무경계

무경계
No Boundary

켄 윌버 지음 / 김철수 옮김

정신세계사

No Boundary

ⓒ 1979, 2011 by Ken Wilber

Korean translation rights ⓒ Inner World Publishing, 2012.

This Korean edition is published by arrangement

with Shambhala Publication, Inc., Boston

through Sibylle Books Literary Agency, Seoul.

무경계

ⓒ 켄 윌버, 1979, 2001.

켄 윌버 짓고, 김철수 옮긴 것을 정신세계사 정주득이 2012년 9월 28일 처음 펴내다. 이균형과 김우종이 다듬고, 김윤선이 꾸미고, 경운출력에서 출력을, 한서지업사에서 종이를, 영신사에서 인쇄와 제본을, 김영수와 하지혜가 책의 관리를 맡다. 정신세계사의 등록일자는 1978년 4월 25일(제1-100호), 주소는 03965 서울시 마포구 성산로4길 6 2층, 전화는 02-733-3134, 팩스는 02-733-3144, 홈페이지는 www.mindbook.co.kr, 인터넷 카페는 cafe.naver.com/mind booky이다.

2024년 4월 2일 펴낸 책(초판 제20쇄)

ISBN 978-89-357-0362-3 03810

켄 윌버에 관하여

켄 윌버(어린 시절의 이름 케니스 얼 윌버 주니어Kenneth Earl Wilber Jr.)는 1949년 1월 31일 오클라호마 시에서 태어났다. 공군이었던 아버지의 잦은 전근으로 고등학교를 졸업할 때까지 이사와 전학이 반복되었지만, 전 과목에서 A 학점을 받으며 네브래스카 주 링컨 시의 벨레브Bellevue 고등학교를 졸업하였다. 1967년 가을 듀크Duke 대학에 입학하여 의학을 전공했으나 1년도 안 돼 흥미를 잃고 있던 참에, 노자의 〈도덕경〉을 읽고 동서양의 심리학과 철학에 빠져들었다. 그 후 오마하 소재 네브래스카Nebraska 대학으로 옮겨 생화학을 전공했으나, 박사과정을 밟던 중 본격적으로 '세계의 지혜전통'을 탐구하기 위해 학업을 중단하고 자신이 세운 계획에 따라 하루에 여덟 시간 이상 2~4권을 독파해가는 독학의 길을 걷는다. 뿐만 아니라 당시 미국에서 활동 중이던 일본의 선사禪師와 티베트 금강승金剛乘 불교의 린포체로부터 지도를 받으며 영적 수행에 정진했다.

약관의 나이(23세)에 쓴 그의 처녀작 《의식의 스펙트럼》(The Spectrum of Consciousness, 1977)은 동서양의 심리학을 통합시키는 독창적인 사상가로의 입지를 확고히 해주었으며, 이를 요약한 《무경계》(No Boundary, 1979)는 지금까지도 대중적으로 가장 인기 있는 그의 저술 중 하나로 남아 있다. 1983년 두 번째 부인 트레야Treya와 결혼 후 유방암으로 투병하는 아내를 극진히 간호하느라 상당 기간 저술활동의 공백기가 있었으나,

1989년 부인 사망 후 오랜 침묵을 깨고 출간한 《성, 생태, 영성》(Sex, Ecology, Spirituality, 1995)은 진정한 의미에서 성숙한 통합이론으로 극찬받고 있다. 그는 좀처럼 대중 앞에 나서지 않아 궁금해하던 많은 독자들을 위해, 1997년 한 해 동안의 생활을 일기형식으로 기록한 《켄 윌버의 일기》(One Taste, 1999)를 발표하여 자신의 일상생활과 영적 체험의 통찰에 관한 궁금증을 어느 정도 풀어주기도 했다.

켄 윌버는 현재 가장 널리 읽히고 가장 영향력 있는 미국 철학자 중한 사람이며, 진정한 세계철학(world philosophy)의 창시자로 자리매김하고 있다. 그는 초개아심리학(transpersonal psychology), 신학, 철학 분야에서 두루 존경받는 인물로 거론될 뿐만 아니라, 이제 막 출현 중인 통합심리학(Integral Psychology)의 개척자로도 알려져 있다. 그의 저술들은 30여 개 국가에서 번역·출간되었으며, 상당수는 대학의 정규 교재로 채택되기도 했다. 1999년에는 그간의 저술과 논문, 에세이 등을 결집한 총 여덟 권의 《켄 윌버 전집》(The Collected Works of Ken Wilber)이 출간되었는데, 저자 생전에 전집이 출간된 것은 출판 역사상 유래를 찾을 수 없는 이례적인 일이라고 한다.

그는 2000년 자신의 통합모델(All Quadrant All Level: AQAL)을 적용해 과학 분야와 사회문제를 연구하기 위한 두뇌집단인 통합연구소(Integral Institute / www.integralinstitute.org)를 설립, 운영하고 있다. 켄 윌버와 그의 저술 및 사상에 관해 더 자세히 알고 싶은 독자는 다음의 웹사이트를 참조하기 바란다.

www.kenwilber.com

wilber.shambhala.com

www.integralnaked.org

켄 윌버는 현재 콜로라도 주 볼더 시에 살고 있다.

옮긴이의 말

본 역서는 2001년 샴발라 출판사에서 재발행한 켄 윌버Ken Wilber의 《No Boundary: Eastern and Western Approaches to Personal Growth》의 완역본이다. 20여 권에 이르는 켄 윌버의 저술 중에 옮긴이가 제일 처음 접한 책도 《무경계》였다. 책 분량도 만만하고 비교적 평이하게 기술한 책이었지만, 그 내용만큼은 만만치 않은 심오한 내용을 담고 있었다. 그때까지만 해도 윌버가 어떤 사람인지 전혀 알지 못한 상태였으나, 나중에 그가 이 책을 20대 중반의 새파란 나이에 썼음을 알고 다시 한 번 놀랐던 기억이 아직도 생생하다.

이렇게 시작된 켄 윌버와의 인연은 지금까지 계속되고 있으며, 나는 그의 책을 읽으면 읽을수록 그의 사상의 폭과 깊이, 지적 성실성, 그리고 무엇보다 그것이 좌선과 명상수행을 통한 깨달음을 바탕으로 하고 있다는 점에서 그가 참으로 만나기 힘든 '서양인'임을 새삼스럽게 느끼곤 한다.

국내 서점가에도 정신질환이나 신경증, 그밖에 심리적 문제를 진단하고 치료하는 데 초점을 맞춘 심리학 책들은 이미 많이 나와 있다. 우주의식, 합일의식 또는 피안의 세계를 논하는 책들도 적지 않게 눈에 띈다. 그러나 한 인간의 성장 과정을 총체적으로 이토록 넓고 깊게 다룬 책은 찾아보기 어렵다.

《무경계》에서 윌버는 정신분석에서 선불교에 이르기까지, 게슈탈트 치료에서 초월명상(TM)에 이르기까지, 실존주의에서 베단타에 이르기까지, 동서양의 심리학과 정신요법과 신비사상을 총망라하여 '의식의 스펙트럼'이라는 그의 독창적인 스펙트럼 심리학을 제창한다. 또한 그는 "우리는 스스로 정신과 신체 사이에 혹은 유기체와 환경 사이에 경계선을 그음으로써 불필요하게 자신의 정체감을 제한해왔기 때문에, 이들 경계선을 하나씩 제거한다면 본래의 경계 없는 '진정한 나(Self)', 즉 무경계를 실현할 수 있다"는 점을 역설하면서, 현재 대부분의 사람들이 살아가고 있는 페르소나(가면) 수준으로부터 건전한 자아, 심신일여心身一如의 켄타우로스(半人半馬), 초월적 주시자의 단계를 차례로 거쳐가며 궁극적으로 전 우주와 하나가 되는 일련의 과정을 그 실천법과 함께 쉽고 친절하게 안내해준다.

《무경계》는 초판본이 절판되어 한동안 구할 수 없었지만 1999년 《켄 윌버 전집》의 제1권으로, 그리고 2001년에는 단행본으로서 재출간되면서 빛을 보게 되었다. 20년 만에 다시 나왔지만 〈머리말〉을 다시 쓰고 본문에서 문단 두세 곳을 삭제한 것 이외에는 전혀 바뀐 곳이 없다. 이것은 세월의 흐름에도 불구하고 이 책의 내용이 여전히 건실하다는 점을 반증해주는 증거라고 봐도 무방할 것 같다. 다만 7장부터 소개하는 추천도서 중 일부가 이미 절판되었거나 쉽게 구할 수 없다는 점, 그 사이에 좋은 책들이 상당수 나와 있음에도 이를 소개하지 않은 점은 조금 아쉬운 부분이다.

이 책을 옮기는 과정에서 원서의 주요 용어를 우리말로 옮기는 데는 선택의 어려움이 있었다. 그중 몇 가지만 예시하자면, Awareness는 문맥에 따라 '자각自覺' 혹은 '각성覺醒'으로, unity consciousness는 '합일合一의식'과 '통일統一의식' 중 '합일의식'으로, soul은 '영혼', '혼', '정신' 중 '영혼'으로 옮겼다. 특히 personal(또는 trans-personal)은 '개인적, 인격적, 사私적, 개個적'과 같은 다양한 의미를 갖고 있어 선택이 쉽지 않았지만, 여기서는 그 기본 전제를 우선적으로 드러내기 위해 '개아적個我的(또는 초개아적超個我的)'으로 옮겼다. 또한 ego는 '자아' 또는 '에고'로, self는 '개아個我' 또는 '나'로, Self는 '진아眞我' 또는 '진정한 나' 등으로 문맥에 따라 유연하게 옮겼다. God과 gods의 경우 일반적으로는 '신神', 기독교적 맥락에서는 '하나님'으로 옮겼으며, Godhead는 '최고의 신' 또는 '신성神性'으로 옮겼다.

《무경계》는 윌버의 첫 번째 저술인 《의식의 스펙트럼》(The Spectrum of Consciousness, 1977)을 핵심주제는 그대로 유지한 채 일반독자를 위해 간소화 내지 대중화시킨 책으로, 저자가 일반 독자들이 좀더 쉽고 편안하게 읽을 수 있도록 얼마나 노력했는지를 매 장 곳곳에서 확인할 수 있다. 따라서 옮긴이도 불편 없이 읽을 수 있도록 여러 차례 문장을 다듬었고, 독자에게 도움이 될 수 있도록 원서에는 없는 〈1979년판 머리말〉, 〈용어 및 인물해설〉, 〈켄 윌버의 사상〉 등을 추가하였다. 하지만 여전히 난해하다거나 뜻이 잘 통하지 않는 등의 문제가 있다면 이는 전적으로 저자의 의도를 제대로 살리지 못한 옮긴이의 책임일 것이다.

끝으로 절판되어 한동안 구할 수 없었던 본서《무경계》를 새롭게 출간하느라 애써주신 정신세계사 관계자 여러분에게 감사드리며, 이 책을 읽은 모든 독자에게, 저자가 이 책 마지막에서 한 말처럼 "부디 이번 생에 영적 스승을 만나는 은총과 지금 이 순간에서 깨달음을 얻는 은총이 함께 하길 기원한다."

2012년 8월
옮긴이 김철수

일러두기

1. 이 책은 Ken Wilber의 《No Boundary: Eastern and Western Approaches to Personal Growth》(Shambhala, 2001)를 완역한 것이다.
2. 책 말미의 〈참고문헌〉과 〈용어 및 인물해설〉은 독자의 이해를 돕기 위해 옮긴이가 추가한 것이며, 〈찾아보기〉의 역할도 함께 지니도록 했다.
3. 홑따옴표(' ')로 묶인 단어 또는 구절은 저자가 이탤릭체로 따로 강조했거나, 역자가 정확한 의미 전달을 위해 임의로 구분 지은 것이다. 또한 동음이의어, 고유명사 등의 경우에는 가능한 한 우리말 옆에 한자와 영문을 병기하고자 했다.

차 례

최상의 학생이자, 최고의 교사이며, 가장 훌륭한 친구인

잭 크리텐든Jack Crittenden에게

머 리 말

《무경계》는 거의 30년 전에 쓴 내 두 번째 책이지만, 여전히 가장 대중적인 책으로 남아 있다. 내 생각에 그 이유는 단순하다. 《무경계》는 물질로부터 몸, 마음, 혼(soul), 영(spirit)에 이르기까지 인간 의식이 접근 가능한 '전 대역(full spectrum)'을 제시한 초기 책 중 하나였으며, 최선의 심리학과 최선의 영성을 통합시켜놓은 책이었다. 한 개인을 성장과 발달로 이끌어주는 동서양의 모든 접근법 중에서 최선의 것을 기술하는 동시에 '잠재의식(sub-consicous) → 자의식(self-conscious) → 초의식(super-conscious)', '전개아前個我(pre-personal) → 개아個我(personal) → 초개아超個我(trans-personal)', '본능 → 에고 → 신성'이라는 하나의 완전한 '의식의 스펙트럼'을 보여준 책이다.

또한 나는 독자들에게 이런 고차원의 의식상태 각각에 도달할 수 있는 실질적인 수행법과 훈련법을 한 상 그득하게 제시하였다. 이 책을 더욱 독특하게 해준 것은 이런 접근의 완전성이었으며, 독자들이 계속해서 열광적인 반응을 보여준 것도 그 때문이라고 나는 믿는다.

《무경계》가 출간된 이후 세월의 흐름은 이 책의 기본 메시지가 여전히 견실하고 진실하다는 점을 더욱 확신케 하였다. 인간은 참으로 놀라운 의식의 스펙트럼 — 물질로부터 몸, 마음, 혼, 영에 이르는 비상한 잠재력과 가능성으로 이루어진 광대한 무지개 — 을 지니고 있다. 우리들 각자는 무지개 안의 그런 '수준들' 또는 '색깔들' 하나하나를 직접 경험하면서, 또한 그 스펙트럼 전체를 통과해가면서, 영 자체에 대한 직접적인 경험에 이르기까지 성장하고 발달해갈 수 있다. 다양한 심리적 기법과 영적 수행들은 — 그중 상당수를 본문에서 접하게 될 것이다 — 우리 자신의 존재 내부에 잠재된 다양한 수준 또는 물결을 직접 경험하도록 도와줄 것이다. 더 나아가 그 방법들이 잘 '조합되어' 적용된다면, 그것은 우리로 하여금 무지개 내부에 있는 모든 색깔을 — 전체 스펙트럼 안의 모든 의식 수준을 — 자각하도록 함으로써 소위 '깨달음', '해탈', 또는 '위대한 해방'이라 불리는 우리의 진정한 본질에 이르도록 도와줄 수 있을 것이다.

《무경계》는 내가 처음 쓴 꽤 두껍고 다소 학술적인 《의식의 스펙트럼》(The Spectrum of Consciousness)이라는 책의 대중판이었다. 이 두 권의 책은 그 뒤이어 나온 20여 권에 이르는 저술의 기반이 되었다. 물론 나는 이후로 더욱 다양한 논점을 개선하고 정교화시켜왔지만, '의식의 스펙트럼'이라는 핵심주제만큼은 여전히 이 책에서 제시한 내용과 달라지지 않았다. 아마도 이런 점이 이 책이 대중적 인기를 지속해올 수 있었던 또 다른 이유일 것이다. 《무경계》의 내용 중 개선된 측면을 알고 싶은 독자는 나의 최근 저술인 《모든 것의 이론》(A Theory of Everything)을 출발점으로 삼아도 좋을 것이다.

요컨대 《무경계》의 기본 메시지는 제목이 말해주는 그대로, 당신 자신의 근원적인 자각과 정체성 자체에는 본래 아무런 경계도 없다는 것이다. 당신의 근원적인 정체성은 물질로부터 몸, 마음, 혼, 영에 이르는 의식의 스펙트럼 전체에 걸쳐 있다. 달리 말하면, 가장 깊은 곳 혹은 가장 높은 곳에서 늘 그 전체(the All)를 품고 있다. 이 책은 이토록 놀라운 당신 자신의 진정한 무아적無我的 본질로 이끌어주는 간단한 지침서이다.

2000년 여름
콜로라도 주 볼더 시에서
K. W.

초 판 (1979) **머 리 말**

이 책은 우리가 현재의 경험을 여러 부분으로 단편화시키고 경계를 설정함으로써, 스스로를 다른 사람들과 외부 세계로부터 — 심지어는 자기 자신으로부터 — 어떻게 끊임없이 소외시키고 있는지를 탐구하는 책이다. 우리는 자신의 자각을 인위적으로 분할하고 구분하면서 경험과 경험, 삶과 삶이 서로 투쟁하도록 분열을 만들어낸다. 예컨대 주체 대^對 객체, 삶 대 죽음, 마음 대 몸, 안 대 밖, 이성 대 본능 등의 분별이 그러하다. 이런 폭력이 불러온 결과는 여러 이름으로 불리고 있지만 한마디로 하자면 불행, 바로 그것이다. 삶은 고통스러운 전쟁터가 되었다.

그러나 우리 경험 내에서의 이런 투쟁 — 갈등, 불안, 고통, 고뇌 — 은 우리가 잘못 설정한 경계들로 인해 만들어진 것들이다. 이 책은 우리가 어떻게 이런 경계를 만들어내는지, 그 경계에 대해 무엇을 할 수 있는지를 탐구한다.

지금은 이런 갈등과 투쟁을 극복하기 위해 어디서 지원과 지도를 받을 것인가 하는 문제에 관해 커다란 혼란이 일어나고 있는 시대이다. 무엇보다, 정신분석에서 선불교에 이르기까지, 게슈탈트에서 초월명상에 이르기까지, 실존주의에서 힌두교에 이르기까지, 실로 너무나 많은 종류의 접근법들이 존재하고 있다. 게다가 동서양의 그 온갖 사상과 학파들의 주장은 일견 상호모순되는 것처럼 보이기도 한다. 고통의 원인을 다르게 진단할 뿐만 아니라, 고통을 경감시키기 위한 처방도 제각각이기 때문이다. 요컨대 심리학자의 의견과 영적 스승의 의견이 따로 보면 충분한 설득력이 있지만, 함께 보면 서로 전적으로 배치되는 경우가 빈번한 것이다.

나는 이런 다종다양한 관점들을 더 큰 그림(전체)의 일부로 조망하는 일종의 '통합'을 시도했다. 나는 치료, 치유 및 내적 성장에 대한 다양한 접근법들을 '의식의 스펙트럼'이라고 부르는 하나의 틀로써 화해시켰다.

이런 접근은 서양의 심리학과 심리치료에 있어서 세 가지 주요 방향의 핵심을 수용하고 통합하는 일을 가능하게 해준다. 첫 번째 방향은 인지-행동주의(cognitive behaviorism)와 프로이트의 정신분석학을 포함하는 전통적 자아심리학이고, 두 번째는 생명에너지학(bioenergetics)와 게슈탈트 같은 인본주의심리학이며, 세 번째는 정신통합(psychosynthesis)과 융 심리학 및 신비사상 전반과 같은 초개아심리학이다. 이런 식의 포괄적인 관점을 제시한 책은 내가 알기론 이 책 이외에는 없다.

이 책은 우리가 경험을 통해 세우게 된 여러 경계가 어떻게 해서 우리의 의식을 한정 — 분열, 갈등, 투쟁 — 시키는지를 보여줄 것이다. 우리의 내면에는 경계와 한계가 다수 존재하고 있으며, 그 경계들을 통합할 때 의식의 스펙트럼이 형성된다. 그리고 다양한 치료법들이 이 스펙트럼의 각기 다른 수준에 대응하고 있다는 사실도 드러난다.

각각의 치료법은 의식 내부의 특정 경계 또는 매듭을 해소하려는 시도들이다. 수많은 치료법을 비교·검토해보면 스펙트럼 내의 이곳저곳에서 만들어진 다양한 유형의 경계들이 드러난다. 또한 이런 장벽을 어떻게 허물고 그것들 너머로 성장해갈 수 있을지도 알게 된다.

일반 독자들 편에서는, 이 책은 내적 성장과 변용에 관한 ─ 자아심리학, 인본주의심리학, 초개아심리학을 포괄하는 ─ 개인적인 입문서가 될 수 있을 것이다. 또한 각각의 접근법들이 서로 어떤 식으로 관련되어 있는지를 보여주면서, 여러 접근법을 스스로 체험해보도록 구체적인 실천법도 소개할 것이다.

이 책은 전문서가 아닐뿐더러 학술적인 책도 아니다. 그야말로 일반화된 입문서이다. 그렇기 때문에 자유롭게 단순화시키고 요약한 부분도 있다. 예컨대 시각화 훈련, 이완반응, 역할 모델링, 지념법止念法, 꿈의 분석 등에 관해서는 깊이 다루지 않았다. 또한 행동수정 전략도 간단한 소개 정도로 처리하기엔 너무 복잡하기에 다루지 않았다. '궁극의 의식'에 관해서도 예컨대 '비이원적(non-dual) 의식', '개방된 근원(open ground) 의식' 또는 '순수(unobstructed) 의식'처럼 기술적으로 정확한 용어나 문법적으로 올바른 '합일적(unitive) 의식'과 같은 용어를 피하고 '합일의식(unity consciousness)'이라는 쉬운 쪽을 택했다.

따라서 어떤 경우든, 의식의 스펙트럼에 관해서 더 구체적인 설명을 알고 싶은 독자들은 학술적인 나의 다른 저술들을 읽어보기를 권한다.*

　요점을 전달하기 위해 내가 이 책에서 자유롭게 인용한 저술들의 저자 몇 분에 대해서는 특별히 언급해두고 싶다. 나는 이미 잘 알려져 있고 쉽게 손에 넣을 수 있는 저술들을 선택했는데, 그렇게 하는 것이 본래의 목적을 쉽게 달성하리라고 생각했기 때문이다. 특히나 다음과 같은 저자들에게서 많은 도움을 받았다.

　제2장은 베산트Besant 박사의 《의식연구》(A Study in Consciouness), 제3장은 화이트헤드Whitehead의 《과학과 현대세계》(Science and Modern World)의 도움이 컸다.

　제4장과 5장은 성 아우구스티누스St. Augustine와 마이스터 엑크하르트Meister Eckhart도 빼놓을 수 없지만 전반적으로는 크리슈나무르티Krishna-murti의 《처음이자 마지막 자유》(The First and Last Freedom)와 《삶의 주석서》(Commentaries on Living), 앨런 왓츠Alan Watts의 《불안전의 지혜》(The Wisdom of Insecurity)에 신세 진 바가 크다. (예컨대 제4장 첫 부분은 《처음이자 마지막 자유》를, 제5장 앞부분은 《불안전의 지혜》를 중심으로 한 것이다).

　제7장은 퍼트니Putney의 《순응된 미국인》(The Adapted American), ·제8장

---

* 《의식의 스펙트럼》(The Spectrum of Consciousness, Wheaton, Quest, 1977), 《아트만 프로젝트 The Atman Project》(Wheaton, Quest, 1980), 《에덴을 넘어》(Up from Eden, Anchor/Doubleday, 1981) 등등.

은 알렉산더 로웬Alexander Lowen의 여러 저술들, 제9장은 로베르토 아사지올리Roberto Assagioli, 제10장은 스즈키 노사Suzuki Roshi의 《선심초심禪心初心》(Zen Mind, Beginner's Mind)과 부바 프리 존Bubba Free John의 《무릎 꿇고 듣다》(The Knee of Listening)에 신세 지고 있다.

이들 저자에 친숙한 독자라면 내가 그분들에게 진 빚이 얼마나 큰지 쉽게 알아차릴 수 있으리라고 생각한다. 다양한 개성을 가진 여러 스승의 대표적 저술들을 토대로 쓰여진 이 책을 통해서, '의식의 스펙트럼'의 전반적인 특징이 좀더 이해하기 쉽게 전달되기를 기대한다.

1979년 봄
네브래스카 주 링컨 시에서
K. W.

1

서론 : 나는 누구인가?

Who am I?

다음과 같은 일이 언제, 어디서 일어날지는 알 수 없다. 아무런 경고나 그럴 만한 이유도 없이 갑작스럽게 일어날 수 있다.

갑자기 나는 화염빛 구름에 둘러싸여 있음을 알았다. 한순간 저 거대한 도시 어딘가에서 엄청난 대화재가 일어났다고 생각했다.

다음 순간 나는 그 불이 내 안에서 일어난 것임을 알았다. 그러자 곧바로 말로 표현할 수 없는 지적 광명과 더불어 엄청난 기쁨과 환희가 밀려왔다. 도무지 믿을 수 없었지만, 무엇보다도 우주가 죽은 물질로 이루어져 있는 것이 아니라 하나의 살아 있는 현존(Presence) 그 자체라는 사실을 알았다. 나는 내 안에서 영원한 생명의 의식이 되었다. 이 말은 영원한 생명을 갖고 있다는 확신이 아니라, 내가 그 당시 영원한 생명을 소유한 의식이었다는 말이다. 나는 모든 사람이 불사不死의 존재임을 알았다. 모든 사물이 자신과 모두의 선善을 위해 함께 협력하고 있고, 모든 세계의 근본원리는 우리가 사랑이라 부르는 바로 그것이며, 긴 안목에서 볼 때 모든 존재가 행복해지는 것은 절대적으로 확실한 사실이라는 것. 우주의 질서란 바로 이런 것임을 알았다.

— R. M. 버크[•]

이 얼마나 격조 높은 자각인가! 만일 이런 경험을 성급하게 환각이나 정신착란의 산물로 결론짓는다면, 우리는 분명히 치명적인 오류를 범하게 될 것이다. 왜냐하면 아무리 철저히 살펴보아도 이런 경험들에서는 그 어떤 정신질환적 환각으로 인한 자학적 고통의 흔적도 보이지 않기 때문이다.

길가의 먼지와 돌들이 황금처럼 반짝거렸다. 처음 보았을 땐, 여러 문들은 세상의 끝이었다. 그 문 하나를 통해 초록색 나무들을 보았더니, 그 나무들은 나를 도취시키고 황홀케 하였다. … 길에서 뛰노는 아이들 모두가 움직이는 보석이었다.

그 아이들이 태어나고 죽어야 하는지 아닌지 나는 몰랐다. 하지만 모든 것이 있어야 할 적절한 자리에 있는 것처럼 영원히 머물러 있었다. 한낮의 빛 속에서 영원(Eternity)이 그 전모를 드러냈다. …

— T. 트래헌[••]

[•] Richard Morris Bucke(1837~1903): 캐나다의 정신의학자. 36세 되던 해 일상을 넘어선 우주의식을 체험한 후 이를《우주의식》(Cosmic Consciousness, 1901)이라는 책으로 펴냈다.
[••] Thomas Traherne(1627~1674): 영국의 시인이자 신비가.

미국의 가장 위대한 심리학자였던 윌리엄 제임스[•]는 "우리가 이성적 의식이라고 부르는 일상적 의식은 의식의 한 가지 특수한 형태에 불과하다. 이 일상적 의식의 주변에는 아주 얇은 막으로 격리되어 있는, 이것과는 전혀 다른 의식 형태가 잠재해 있다"고 거듭 강조했다. 우리의 '일상적 자각'은, 마치 상상조차 할 수 없는 미지의 광대한 의식의 대양에 둘러싸여 있는 작고 보잘것없는 하나의 섬과 같다. 그리고 이 일상적 자각을 대양으로부터 격리시키는 산호초 위로는 끊임없이 파도가 — 언젠가 자연스럽게 광대미답의 진정한 영역, 즉 의식의 신세계에 대한 지식이 우리의 섬 같은 각성을 덮쳐올 때까지 — 세차게 몰아치고 있다.

이번엔 너무도 강렬한 환희의 순간이 도래했다. 마치 말로 표현할 수 없는 장엄한 광경에 깜짝 놀란 것처럼 우주가 멈춰 섰다. 모든 무한한 우주 속의 유일한 존재! 모든 것을 사랑하는 완벽한 유일자唯一者 … 천상의 환희라고 부를 만한 놀라운 순간과 더불어 광명이 찾아왔다. 나는 우주를 구성하는 원자와 분자가 — 그것이 물질적인 것인지 혹은 영적인 것인지는 모르겠지만 — 스스로를 재통합하는 모습을 강렬한 내적 비전(vision)으로 보았다. 우주가 끊임없이 이어지는 생명으로써 재정렬되고 재결합하는 것처럼 보였다.

아무런 단절 없이, 단 하나의 빠진 고리도 없이, 우주 만물이 적시

[•] William James(1842~1910): 1890년 출간된 《심리학 원리》(Principles of Psychology)는 인간 정신에 관한 혁신적 사상을 담은 기념비적인 저서이다.

적지適時適地에 질서정연하게 이어져 있음을 보았을 때의 그 엄청난 기쁨이란! 모든 세계, 모든 시스템이 하나의 조화로운 전체로 어우러져 있었다.

— R. M. 버크

이토록 장엄하고 영감 어린 경험의 가장 매혹적인 측면은 — 우리는 바로 이 측면에 주의를 기울일 것이다 — 그 안에서는 한 점의 의심도 없이 자신과 온 우주가, 높든 낮든 신성하든 세속적이든, 모든 세계와 근본적으로 하나라고 느낀다는 점이다. 이때의 '자기 정체감正體感'은 몸과 마음이라는 협소한 한계를 훨씬 넘어 확장되며, 우주 전체를 감싸 안는다. 버크가 이러한 자각상태를 '우주의식'이라고 불렀던 것은 바로 그 때문이다. 이슬람교도들은 이것을 '지고의 본성'이라고 부른다. '지고至高'라고 하는 이유는 그것이 모든 것(the All)을 포괄하는 정체성이기 때문이다. 이와 같이 온 우주 그 자체와의 사랑으로 가득 찬 포옹을 우리는 '합일의식合一意識'이라고 부를 것이다.

　　거리의 길들도, 교회도, 사람들도 내 것이었다. 하늘이, 해와 달과 별들이, 또한 세상의 모든 것이 내 것이었다.
　　나만이 그것을 보고 즐기는 유일한 존재였다. 나는 어떤 사회적 통념도, 어떤 속박도, 어떤 구분도 알지 못했다. 하지만 그 모든 통념과 구분조차도 내 것이었다. 나는 그 모든 보물의 주인이자, 보물 그 자체였다.
　　지금까지 나는 온갖 소란 속에서 타락했고, 이 세상의 더러운 욕망을 배웠었다. 하지만 이제는 배운 것을 모두 버리고, 다시 하늘나라에 들어가도 좋을 만한 본래의 어린이로 돌아가리라.

— T. 트래헌

이런 '지고의 본성' 경험이 워낙 광범위하게 확산되어 있기 때문에, 인류는 그것을 설명하기 위한 교리를 세우고 거기에 '영원의 철학'이란 이름을 붙이게 되었다. 힌두교, 불교, 도교, 기독교, 이슬람교, 유대교를 포함한 거의 모든 주요 종교의 중심에 이런 유형의 경험과 지식이 자리하고 있음을 보여주는 증거는 대단히 많다. 따라서 '종교들의 초월적 통합' 또는 '궁극적 진리에 관한 합의'라는 우리의 주제는 충분한 정당성을 갖추고 있다.

이와 같은 유형의 자각, 즉 '합일의식' 또는 '지고의 본성'이야말로 모든 지각 있는 존재의 본질이자 조건이다. 그러나 우리는 세계를 한계 짓고 여러 경계를 실재하는 것으로 받아들이면서 우리 자신의 진정한 본질로부터 등을 돌리고 있다. 본래 순수하고 비이원적인 우리의 의식이 서로 다른 경계와 정체성을 가진 '수준들(levels)' 위에서 기능하게 된 것이다. 우리가 "나는 누구인가?"라는 물음에 답하는 다양한 방식은, 기본적으로 이런 '수준들'로부터 비롯된 것이다.

"나는 누구인가?" — 아마도 문명의 여명기부터 인류를 괴롭혀왔을 이 물음은 오늘날까지도 인간에게 가장 성가신 골칫거리로 남아 있다. 세속적인 것부터 신성한 것까지, 단순한 것부터 복잡한 것까지, 낭만적인 것부터 과학적인 것까지, 개인적인 것부터 정치적인 것까지, 실로 모든 범위에서 무수한 답이 제시되어왔음에도 말이다. 그러나 우리는 그런 답들을 일일이 검토하는 대신에, "나는 누구인가? 진정한 나(Self)는 무엇인가? 나의 근본적인 정체는 무엇인가?"라는 물음에 답할 때 우리

안에서 일어나는 매우 구체적이고 보편적인 과정을 살펴볼 것이다.

어떤 사람이 "당신은 누구인가?"라고 물었고 당신은 그 물음에 대해 조리 있고 정직하고 가능한 한 상세하게 답하고자 한다. 그때 당신은 실제로 무슨 일을 하게 되는가? 그때 당신의 머릿속에선 어떤 일이 진행되는가? 아마도 당신은 스스로 파악하고 있는 자신의 특성들, 즉 '나'라는 정체감의 토대로 여겨지는 것들 — 착하다/악하다, 가치 있다/쓸모없다, 과학적이다/시적이다, 철학적이다/종교적이다 등등 — 을 묘사할 것이다. 예컨대 "나는 이러저러한 재능을 타고난 특별한 사람이다. 친절하지만 때로는 잔인하고, 온화하지만 때로는 공격적이다. 아버지이자 법조인이고, 낚시와 야구를 즐긴다…"는 식으로 생각할 것이다. 그렇게 당신의 느낌과 생각의 목록은 계속 채워질 것이다.

하지만 정체성이 확립되는 그 모든 과정의 바탕에는 좀더 기본적인 절차가 하나 존재한다. 즉 "나는 이러저러한 사람이다"라고 답하기 위해서는 반드시 '어떤 작업'이 선행되어야 한다는 것이다. 스스로 '나'를 묘사하거나, 설명하거나, 또는 내적으로 느낄 때마다 당신은 — 자각하든 못하든 간에 — 마음속에 있는 내적 경험의 세계에다가 일종의 정신적인 선線이나 경계境界를 긋는다. 그런 다음 그 경계의 '안쪽에' 있는 모든 것을 '나(self)'라고 느끼거나 '나'라고 부른다. 반면에 그 경계 '밖에' 있는 모든 것을 '내가 아닌 것(not-self)'으로 느낀다. 다시 말해, 당신의 정체성은 전적으로 그 경계선을 어디에 긋느냐에 달려 있다.

당신은 사람이지 의자는 아니다. 그런 앎이 가능한 이유는, 당신이 의식적이든 무의식적이든 사람과 의자 사이에 경계선을 그었기 때문이다. 그렇기 때문에 '의자'가 아니라 '사람'과의 동일시가 가능해진다. 만약 당신이 키가 '큰' 사람이라면, 지금 당신은 큼과 작음 사이에 정신적인 선을 긋고 자신을 '큰' 편과 동일시하고 있는 것이다. 우리는 '이 것'과 '저것' 사이에 경계선을 긋고 "나는 이것이지 저것은 아니다"라고 느낀다. 즉 정체성이란 자신을 '이것'과 동일시하고, '저것'과는 동일시하지 않는 것이다.

이런 식으로 자기 자신에 관해 말할 때, 우리는 '나인 것'과 '내가 아닌 것' 사이에 경계선을 긋게 된다. 그리고 "당신은 누구인가?"라는 물음에 단지 그 선 안쪽에 있는 것을 묘사하면서 답한다. 소위 '정체성의 위기'란, 그 선을 어디에 어떻게 그을지 결정할 수 없을 때 일어나는 현상이다. 요컨대 "당신은 누구인가?"라는 물음은 "당신은 어디에 경계를 설정했는가?"라는 의미인 것이다.

"나는 누구인가?"라는 물음에 대한 모든 답은 정확히 '나인 것'과 '내가 아닌 것' 사이에 경계선을 긋는 기본적인 절차에서 비롯한다. 전반적인 경계선이 그어진 후에 나오는 답은 과학적, 신학적, 경제적으로 대단히 복잡할 수도 있고 무척 단순하거나 모호할 수도 있다. 어쨌든 가능한 모든 답은 처음 그은 경계선에 달려 있다.

이 경계선에 관해 가장 흥미로운 사실은, 그것이 쉽게 변경될 수 있다는 것이다. 경계선은 다시 그어질 수 있다. 내 영혼(soul)의 지도를 다시 그림으로써 우리는 이전에는 미처 가능하다거나, 얻을 수 있다거나, 바람직하다고는 생각지 못했던 것들을 그 새로운 영역 속에서 발견하곤 한다. 그리고 앞서 보았듯이, 경계선의 가장 혁명적인 재작도再作圖 또는 변경은 '지고의 본성' 체험에서 일어난다. 그 지점에서는 내 정체성의 경계가 온 우주를 포함할 정도로 확장되기 때문이다. 경계선이 전부 없어진다고 말할 수도 있다. 나 자신을 '하나의 조화로운 전체'와 동일시한다면, 그곳엔 더 이상 안팎이 없으므로 그 어디에도 경계선을 그을 수 없다.

이 책 전반에 걸쳐, 우리는 '지고의 본성'이라고 알려진 이 '무경계' 자각으로 되돌아가서 그것을 탐구할 것이다. 그러나 현시점에선 영혼의 경계를 규정짓는 데 좀더 흔히 쓰이는 몇몇 방식들을 먼저 탐구해 보는 편이 바람직할 것 같다.

경계선에는 그것을 긋는 사람 수만큼이나 많은 종류가 있을 수 있다. 하지만 그 경계들은 전부 간단히 확인할 수 있는 몇 가지로 분류될 수 있다. 그중 사람들이 정당한 것으로 받아들이는 가장 공통된 경계선은 유기체 전체를 둘러싸고 있는 '피부경계선'이다. 아마도 이것이야말로 가장 보편적으로 받아들여지는 '나 / 나 아님'의 경계일 것이다.

피부경계선의 안쪽에 있는 것은 모두 '나'이며, 그 밖에 있는 것은 모두 '내가 아니다.' 피부경계선 밖에 있는 것들 중에도 '나의 것'이라고 불리는 것이 있긴 하지만, 그렇다고 그것들이 '나'는 아니다. 예컨대 우리는 '나의' 차, '나의' 직업, '나의' 집, '나의' 가족을 인식하지만, 그것들은 우리의 피부 안쪽에 있는 것들과는 사뭇 다르게 취급된다. 따라서 피부경계선은 가장 기본적으로 통용되고 수용되고 있는 '나 / 나 아님'의 경계 중 하나이다.

이 피부경계선은 너무나 명백하고 실질적이고 또한 보편적인 것이라서, 대부분의 사람들은 — 아마도 합일의식에 도달한 극소수 사람이나 희망 없는 정신병자를 제외한 — 설마 그 외에 다른 경계선이 더 있으리라고는 쉽게 생각하지 못한다. 그러나 실제로는 많은 사람들에 의해 그어진, 지극히 보편적이고 명확한 또 다른 경계선이 있다.

우리는 일단 피부를 '나 / 나 아님'의 경계로 인식한 후에, 그 '나'라는 유기체의 '내부'에 좀더 의미 있는 또 다른 경계를 긋기 시작한다.

유기체 '내부'에 경계선이 있다는 말이 이상하게 들린다면 다음의 물음에 답해보라. "당신은 자신이 '몸'이라고 느끼는가, 아니면 몸을 '갖고 있다'고 느끼는가?" 대부분의 사람들은 자동차나 집 또는 다른 물건을 소유하고 있는 것처럼, 자신이 몸을 '갖고 있다'고 느낀다. 그러므로 몸은 '나'라기보다는 '나의 것'처럼 보인다. 그런데 '나의 것'은 정의상 '나 / 나 아님'의 경계선 '밖에' 놓여 있는 것이다.

이처럼 사람들은 '나'라는 유기체 속에서도 특정 부분을 좀더 친밀하게 느끼며 강하게 그것과 동일시한다. '진정한 나'로 느껴지는 그 부분을 우리는 흔히 마음(mind), 정신(psyche), 에고(ego), 성격(personality) 등의 이름으로 부른다.

생물학적으로는 몸과 마음, 정신과 육체, 에고와 육신을 서로 떼어놓거나 근본적으로 갈라놓을 어떤 근거도 없다. 하지만 심리학에서는 이런 분리가 마치 전염병처럼 유행하고 있다. 실제로 심신心身의 분리와 그에 수반된 이원론二元論은 서구문명의 기본적인 사고방식이기도 하다.

이 글에서조차 필자는 전반적인 인간행동의 연구를 지칭하기 위해 '심리학'이란 단어를 사용할 수밖에 없다는 점에 주목하기 바란다. 그 단어 자체가 인간은 기본적으로 '마음'이지 '몸'이 아니라는 편견을 보여준다. 성 프란체스코St. Francis조차 자신의 몸을 "불쌍한 나귀형제"라고 불렀다. 대부분의 사람들이 마치 나귀나 노새를 타고 있는 것처럼, 스스로 제 몸 위의 '어딘가에 올라타' 있는 듯 느낀다는 사실은 부정하기 어렵다.

마음과 몸 사이의 경계선은 분명히 출생 시에는 존재하지 않았던 기묘한 것이다. 그러나 성장 과정을 통해 '나 / 나 아님'의 경계가 그어지고 그것이 더욱 강화되기 시작할 때, 우리는 점차 자신의 몸에 대하여 모순된 감정을 품게 된다.

몸을 경계선 안에 포함하는 것이 좋을까, 아니면 이질적인 영역으로 외면하는 것이 좋을까? 어디에 경계선을 긋는 것이 좋을까? 한편에서 보면, 몸은 인생을 살아가는 데 많은 즐거움의 원천이 된다. 성적 희열, 음식의 맛, 황혼의 아름다움 등을 느끼는 것은 바로 몸의 감각들이다. 그러나 다른 편에서 보면, 몸은 급작스런 통증, 지긋지긋한 만성병, 고문과도 같은 암투병 등 무서운 공포의 근거지이기도 하다.

어린아이에게 몸은 쾌감의 유일한 원천이다. 하지만 몸은 고통의 최초 근원이자 부모와 갈등을 빚게 하는 원흉이기도 하다. 무엇보다 몸은 — 이유는 알 수 없지만 — 부모들이 시종 경계하고 귀찮아하는 대소변을 만들어내는 것처럼 보인다. 대소변에다 콧물이라니, 이 무슨 소란이란 말인가! 이 모든 것이 몸과 직결되어 있다. 어디에 선을 그을 것인지가 점점 더 어려워진다.

그러나 어른이 될 무렵, 대부분의 사람들은 불쌍한 나귀형제에게 작별의 키스를 보낸다. '나 / 나 아님'의 경계가 새로 확정되면서 나귀 형제는 단연코 그 담장 바깥쪽에 놓이게 된다. 몸은 외부세계만큼이나 거의 이질적인 — 그러나 완전히 이질적이진 않은 — 영역이 된다. 이처럼 마음과 몸 사이에 경계가 설정되고, 그는 단호하게 마음과 자신을 동일시하게 된다. 그는 자신이 '머릿속'에 살고 있다고까지 — 마치 명령에 따르기도 하고 따르지 않기도 하는 몸에게 명령하고 방향을 제시하는 두개골 속의 작은 사람인 것처럼 — 느낀다.

요컨대, 이제 그의 정체성은 전全유기체를 담아내는 것이 아니라 에고라고 하는, 유기체의 일부분으로 한정된다. 다시 말해, 정신적인 자아상(self-image) — 그것이 구체적이든 그렇지 않든 간에 — 과 그와 관련된 지적, 정서적 작용에다 자신을 동일시하는 것이다. 그는 전유기체를 동일시의 대상이 아니라 그저 하나의 심상이나 이미지로서 대하게 된다. 따라서 에고만을 자신이라고 느끼고, 몸은 에고의 휘하에 종속되는 처지가 된다.

이렇게 우리는 에고 또는 자아상을 나의 정체성으로 확립시키는 또 하나의 경계선을 알게 되었다. 물론 이러한 '나 / 나 아님'의 경계선은 상당히 융통성 있는 것이다. 그러니 에고 또는 마음 ─ 이 책에서 나는 에고, 자아, 마음이란 용어를 다소 느슨한 의미로 사용한다 ─ 의 내부에 또 다른 경계선이 설정될 수 있다고 해도 그다지 놀라운 일은 아닐 것이다.

다양한 이유로 인해 ─ 그 이유 중 몇 가지는 다음에 논의할 것이지만 ─ 그는 곧 마음의 일부분을 '내가 아닌 것'이라고 부정하게 된다. 심리학 전문용어로 말하면, 그는 자기 정신의 내용들 중 어떤 것을 소외, 억압, 분리, 투사하기 시작한다. 즉 '나 / 나 아님'의 경계를 에고의 경향성 중 일부분에만 국한시킴으로써 동일시 영역을 더욱 좁힌다는 것이다. 이렇게 한 번 더 협소해진 자아상을 우리는 페르소나persona•라고 부를 텐데, 그 의미는 이야기를 진행해감에 따라 점차 분명해질 것이다.

이처럼 정신영역 중에서도 일부(페르소나)하고만 자신을 동일시하게 되면, 자연히 그는 '내가 아닌' 그 나머지 영역은 실제로 이질적이고 이상하고 두려운 대상으로 느끼기 시작한다. 또한 그는 스스로 원치 않는 그 영역(그림자, shadow)을 의식으로부터 배제하기 위한 시도로써 자신의

• 가면(mask)이란 뜻이며, 외부로 드러난 인격을 말한다. 자세한 것은 〈용어해설〉의 '페르소나와 그림자' 항목을 참조하라.

영혼을 재작도再作圖하려 든다. 많든 적든, 이제 그는 자신의 마음 전체가 아니라 '마음의 일부'가 되었다. 이미 눈치챘겠지만, 이것이 또 하나의 보편적인 경계선이다.

이 시점에서 우리는 여러 유형의 지도 중 어떤 것이 '참'인지, '올바른 것'인지, 또는 '진정한 것'인지를 확정하려 들지 않을 것이다. 다만 '나 / 나 아님'의 경계선에는 참으로 여러 유형이 존재한다는 점만을 편견 없이 지적하고자 한다. 그리고 이런 편견 없는 접근을 전제로, 우리는 오늘날 많은 주목을 받고 있는 또 다른 경계선을 논할 것이다. 소위 '초개아' 현상과 관련된 경계 말이다.

초개아超個我(trans-personal)란 한 개체의 측면을 '넘어선' 어떤 과정이 그의 내부에서 일어난다는 것을 의미한다. 이런 현상 중 가장 단순한 예는 초감각적 지각(ESP, extrasensory perception)일 것이다. 초심리학자들(parapsychologists)은 정신감응(telepathy), 투시(clairvoyance), 예지(precognition), 역행인지(retrocognition) 등의 초감각적 지각에 대해 잘 알고 있다. 여기에는 체외이탈 체험, 초개아적 자기 정체감 또는 주시자(witness)로서의 경험, 절정체험(peak experiences) 등도 포함될 수 있을 것이다.

이런 경험들의 공통적 특징은 '나 / 나 아님'의 경계가 유기체의 피부 너머로 확장된다는 것이다. 그러나 초개아적 경험이 어떤 측면에선 합일의식과 유사하다고 하여 그 둘을 혼동해서는 안 된다. 합일의식에서는 그의 정체성이 우주 만물과 일체가 되지만, 초개아적 경험에서는 그렇게까지는 아니고 다만 유기체의 피부 너머로 확장될 뿐이다. 우주 만물과 자신을 동일시하지도 않고, 그렇다고 전적으로 유기체에 국한된 정체성도 아니라는 뜻이다.

당신이 초개아적 경험을 어떻게 생각하든 — 이 책 후반부에서 그런 체험들을 상세히 논의할 것이다 — 적어도 그런 경험이 실재한다는 증거는 압도적으로 많다. 따라서 우리는 이런 현상이 또 다른 유형의 경계선을 보여주고 있다고 안전하게 결론 내릴 수 있다.

'나 / 나 아님'의 경계에 대한 지금까지의 논의에서 핵심이 되는 것은, 한 사람에게 가용한 '정체성 수준'은 하나가 아니라 여러 개라는 것이다. 이런 정체성 수준들은 그저 이론적인 가설이 아니라 각자가 자신의 내부에서 스스로 검증해볼 수 있는 관찰가능한 실재이다. 그리고 이렇듯 서로 다른 수준들을 감안할 때, '의식'이라는 현상 — 익숙하지만 여전히 신비한 — 은 마치 수많은 정체성 수준 또는 대역帶域으로 구성된 무지개 모양의 스펙트럼처럼 보인다.

지금까지 우리가 다섯 가지 수준 또는 유형의 정체성을 간략히 요약했다는 점에 주목하기 바란다. 물론 그것들은 변형될 수 있고, 각각의 수준 안에서도 더욱 세분화될 여지가 있지만, 나는 이 다섯 수준이야말로 인간 의식의 가장 보편적인 속성이라고 생각한다.

이 다섯 가지 정체성 수준을 스펙트럼처럼 순서대로 배열하면 〈그림 1〉과 같은 모양이 된다. 이 그림은 우리가 논의했던 '나 / 나 아님'의 경계선과 그에 따른 주요 정체성 수준을 보여주는데, 각각의 수준은 경계를 긋는 위치에 따라 결정된다. 스펙트럼의 아랫부분, 즉 초개아적이라고 불리는 영역으로 내려가면 경계선은 점선이 되고, 합일의식 수준에선 완전히 사라진다는 점에 주목하기 바란다. 궁극의 수준에선 '나 / 나 아님'의 경계 자체가 사라져서 '하나의 조화로운 전체'가 되기 때문이다.

각각의 수준을 나타내는 선분의 길이는, 위로 갈수록 그 사람이 "당신은 누구인가?"라는 물음에 대한 자신의 답으로 느끼는 '나'라는 정체성이 협소해지거나 제한된다는 점을 보여준다.

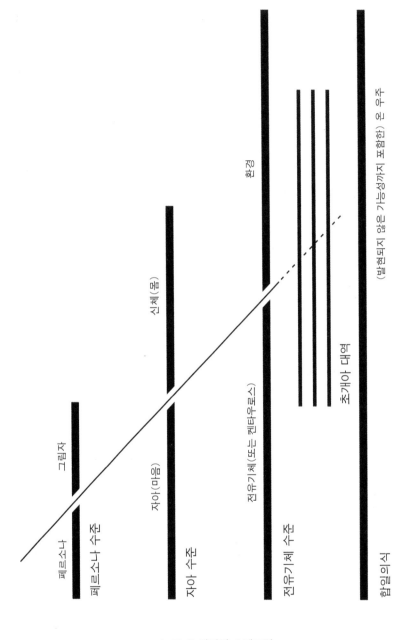

그림자

페르소나

페르소나 수준

신체(몸)

자아(마음)

자아 수준

환경

전유기체(또는 켄타우로스)

전유기체 수준

초개아 대역

(발현되지 않은 가능성까지 포함한) 온 우주

합일의식

〈그림 1〉 의식의 스펙트럼

가장 아래의 합일의식 수준에서, 그는 자신이 유기체 차원을 넘어서서 우주 그 자체와 하나라고 느낀다.

다음 수준에서, 즉 스펙트럼을 올라가면, 그는 자신이 우주 전체와 일체가 아니라 그저 하나의 유기체일 뿐이라고 느낀다. 그의 정체감은 '전체 우주'로부터 그 우주의 일부인 '하나의 유기체'로 변경되고 좁혀진다.

그다음 수준에서, 그의 정체성은 한 번 더 축소된다. 그는 이제 그 유기체의 일부인 마음(에고, 자아)과 자신을 동일시하기 때문이다.

스펙트럼의 마지막 수준에 이르면, 그는 자신의 마음에서 원치 않는 측면인 '그림자'는 소외시키고 억압하면서 자신의 정체성을 그 나머지 측면으로만 더욱 한정시킨다. 이제 그는 자기 정신의 일부, 즉 우리가 '페르소나'라고 부르는 것하고만 자신을 동일시한다.

이런 식으로 우주로부터 '유기체'라는 우주의 일부로, 유기체로부터 '에고'라고 하는 유기체의 일부로, 에고로부터 '페르소나'라고 부르는 에고의 일부로 축소해가는 것이 의식 스펙트럼의 주요 대역들이다.

스펙트럼의 수준이 순차적으로 올라감에 따라, 나의 '밖에' 존재하는 것처럼 보이는 우주의 측면들은 점점 더 많아진다. 유기체 수준에서는 '환경'이 정체성 경계 밖에 존재하는 것으로, 즉 외부의 이질적 대상으로 보인다. 그러나 페르소나 수준에 이르면, 환경과 더불어 '몸과 마음의 몇몇 측면들'까지 외부의 이질적 대상으로 보이게 된다.

스펙트럼의 각기 다른 수준들은 정체성뿐만 아니라, 그 정체성과 직간접적으로 결합되어 있는 문제에서도 차이를 빚어낸다. 내 안에서 서로 다른 생각들이 충돌하고 있는 갈등 상황을 예로 들어보자. 그것은 '나(self)'라는 경계 안팎에서 빚어지는 갈등(self-conflict)이므로, 그 '나

(self)'가 어느 수준에서 정의되었느냐에 따라 양상이 크게 달라질 수밖에 없다. 스펙트럼의 어느 수준에 있느냐에 따라 정체성 경계는 서로 다른 곳에 그어지기 때문이다.

그러나 군사전문가라면 누구라도 알고 있듯이, '경계선'은 잠재적인 '전선戰線'이기도 하다. 하나의 경계선은 두 개의 대립된 영토, 전투 가능성이 있는 두 진영을 만들어내는 법이다. 예컨대 유기체 수준에 있는 사람은 환경을 적으로 보게 된다. 그에게 환경은 이질적인 것이자 자신의 생명과 안녕을 위협할 수 있는 대상이다. 그러나 에고 수준에 있는 사람은 환경뿐만 아니라 자신의 몸도 똑같이 이질적인 대상으로 바라본다. 따라서 그의 갈등과 불화는 유기체 수준과는 전혀 성질이 다르다. 경계선이 바뀌었기 때문에 내적 갈등과 전쟁의 전선도 바뀌었다. 그에게 있어 몸은 이미 적진으로 넘어가 버렸다.

이런 전선은 페르소나 수준에서 가장 극명하게 드러난다. 이 수준에선 자신의 정신적 측면들 사이에 경계선을 긋게 되므로, '페르소나로서의 자신' 대對 '환경과 몸과 정신 내부의 원치 않는 부분들' 사이에서 전선이 생겨난다.

중요한 점은, 자신의 영혼에 경계선을 그음과 동시에 영혼의 전쟁터가 만들어진다는 사실이다. 정체성 경계는 자신의 어떤 측면들을 '나 아님'으로 여기게 될지를 결정짓는다. 따라서 스펙트럼의 각 수준에 따라 세계의 서로 다른 측면들이 소외되어 이질적인 대상으로 보이게 된다. 그리고 그에 따라 우리는 우주의 서로 다른 측면들을 '이방인'으로 여긴다.

프로이트가 한때 지적했던 것처럼 모든 이방인은 적으로 보이게 마련이다. 그렇기 때문에 각각의 수준은 점차 다양한 종류의 적군과 갈등에 휘발리게 된다. 경계선은 곧 전선이며, 각 수준마다 그 적이 달라진다는 점을 상기해보라. 심리학적으로 말하자면, 수준에 따라 서로 다른 '증상들(symptoms)'이 발생한다고 할 수 있다. 여기서 가장 흥미로운 점은, 스펙트럼의 수준들이 서로 다른 특징, 다른 증상, 다른 가능성을 갖고 있다는 사실이다.

요즘 들어 다양한 의식의 다양한 측면을 다루고 있는 온갖 종류의 학파와 기법들에 대한 관심이 놀라울 정도로 증가하고 있다. 심리치료(psychotherapy), 융학파의 분석(Jungian analysis), 신비사상(mysticism), 정신통합(psychosynthesis), 선禪불교, 교류분석(transactional analysis), 롤핑Rolfing, 힌두교, 생명에너지학(bioenergetics), 정신분석(psychoanalysis), 요가yoga, 그리고 게슈탈트Gestalt와 같은 것들에 많은 사람이 몰려들고 있다. 이 학파들의 공통점은, 그것들 모두가 어떤 형태로든 인간 의식에 효과적인 변화를 꾀하고 있다는 점이다. 그러나 유사성은 오직 그것뿐이다.

자신의 내면을 깊숙한 곳까지 탐구하는 데 관심이 있는 사람은 다양한 심리학 체계와 종교 체계를 마주하면서, 도무지 어디서 시작해야 할지 누구를 믿어야 할지 알 수 없는 어리둥절한 상태에 놓이게 된다. 심리학과 종교의 주요 학파들을 주의 깊게 연구한다 할지라도 처음 발을 들여놓았을 때만큼이나 혼란스러운 상태로 끝나기 십상이다. 왜냐하면 그 다양한 학파들은 전체적으로 볼 때, 명백히 서로 모순되기 때문이다.

예컨대 선불교에서는 자아를 잊으라고, 초월하라고, 혹은 자아의 정체를 꿰뚫어보라고 말한다. 그러나 정신분석은 자아를 강화하고, 공고히 하고, 확립시키는 일을 돕는다. 어느 쪽이 옳은 것일까? 이것은 관심 있는 일반인들뿐만 아니라 전문치료사에게도 매우 실질적인 문제이다. 이렇게 제각각인 처방들이 과연 동일한 사람을 향해 제시된 것이란 말인가?

서로 다른 접근법을 취하고 있는 그 학파들은 정말로 '동일' 수준의 의식을 대상으로 하고 있는 걸까? 어쩌면 각기 다른 수준의 '나'에 대한 각기 다른 접근법들이지는 않을까? 그것들은 서로 갈등과 모순을 빚는 게 아니라, 의식 스펙트럼의 다양한 수준 간의 매우 실질적인 차이를 드러내고 있는 게 아닐까? 만약 그렇다면, 그것들이 각자 목표로 삼고 있는 수준을 감안해볼 때, 그 접근법들은 '모두가' 다소간 옳은 것일 수도 있지 않을까?

만약 그 모두가 다소간 옳을 수 있다는 가정이 진실이라면, 우리는 너무나 복잡하게 뒤엉킨 이 분야에 하나의 멋진 질서와 일관성을 부여할 수 있게 된다. 다양한 심리학파와 종교사상들이 한 인간을 두고 논쟁을 벌이는 것이 아니라, 각기 다른 수준에서 상보적으로 접근하고 있었음이 명백해지는 것이다. 또한 스펙트럼의 주요 대역 중 어떤 수준에 뚜렷한 목표를 두고 있느냐에 따라서, 우리는 심리학과 종교라는 방대한 분야를 대여섯 집단으로 크게 나눠볼 수도 있게 된다.

여기서 아주 보편적이면서 쉬운 예를 몇 가지 들어보자. 정신분석과 종래의 심리치료 기법들 대부분은 의식과 무의식적 측면들 사이의 근본적인 분열을 치료하여 환자로 하여금 '마음 전체'와 만나도록 하는 것을 목표로 한다. 이런 치료법들은 페르소나와 그림자를 재통합시켜서 강하고 건전한 에고, 말하자면 정확하고 받아들일 만한 자아상을 만드는 데 목표를 둔다. 다시 말해, 이것들은 전부 에고 수준을 지향한다. '페르소나'로 살고 있는 사람으로 하여금 자신을 '에고'로서 재작도하도록 돕는 것이다.

그러나 이른바 인본주의적(humanistic) 치료의 대부분은 그 목표가 대개 이 지점을 넘어서 '에고'와 '신체' 사이의 분열을 치료하는 데 있다. 즉 정신과 육체를 재통합시켜서 전 $\pm$ 유기체를 드러내는 데 목표를 둔다. 제3세력이라고 부르는 인본주의심리학 ― 나머지 두 세력은 정신분석과 행동주의이다 ― 을 '인간 잠재력 운동'(human potential movement)이라고 부르는 것은 이 때문이다. 마음이나 에고로부터 심신일여心身一如의 전유기체로 정체성을 확장시킬 경우, 유기체 전체의 엄청난 잠재력이 해방되면서 그 사람에게 주어진다.

좀더 깊이 내려가면 선불교나 베단타 힌두교 등이 있다. 이들은 '유기체'와 '외부환경' 간의 분리를 치료해서 온 우주와의 정체성, 즉 지고의 정체성을 드러내는 데 목표를 둔다. 다시 말해, 이것들은 전부 합일의식 수준을 목표로 한다.

그러나 합일의식 수준과 전유기체 수준 사이에 초개아적 대역이 있다는 점을 상기하기 바란다. 초개아 수준을 대상으로 하는 치료법들은 실제로 '초개인적(supra-individual)', '집단적(collective)' 또는 '초개아적(transpersonal)'인 과정들에 깊은 관심을 갖고 있다. 그런 과정 중 어떤 것을 '초개아적 정체성(transpersonal self)'이라고 부르는 경우도 있는데, 이런 초개아적 정체성은 우주 전체와 합일한 것은 아니지만 ― 만일 그렇다면 그것은 합일의식일 것이다 ― 한 개체로서의 전유기체 경계는 초월해 있는 상태를 말한다. 이 대역을 대상으로 하는 치료법들로는 정신통합(psychosynthesis), 융학파의 분석, 초보적인 요가훈련, 초월명상(TM, transcendental meditation) 등이 있다.

대단히 단순화시켜 설명하긴 했지만, 심리학과 심리치료 및 종교의 주요 유파들 대부분이 단순히 스펙트럼의 서로 다른 수준을 대상으로 하고 있을 뿐이라는 요지를 전달하는 데는 충분했을 것이다. 나는 이와

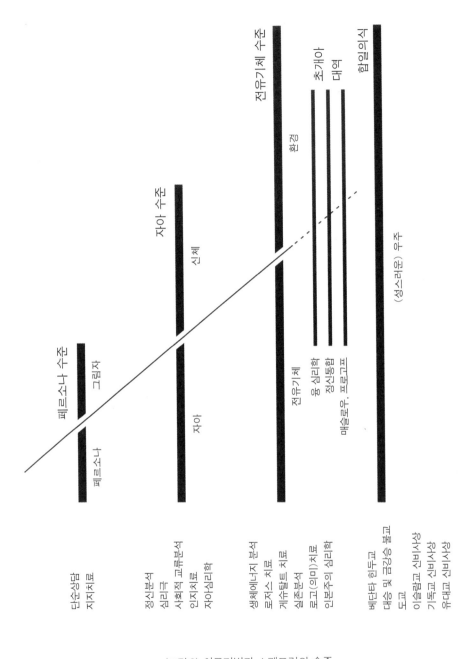

〈그림 2〉 치료기법과 스펙트럼의 수준

부합하는 관계를 〈그림 2〉로 그려놓았는데, 주요 '치료' 유파의 이름을 그들이 기본적으로 목표로 하는 스펙트럼의 수준 옆에 적어놓았다.

　그러나 모든 스펙트럼이 그런 것처럼, 이 수준들은 어느 정도 서로 겹치기 때문에 각각의 수준들과 그 수준을 목표로 하는 치료법들이 완벽히 일대일로 짝을 짓기는 불가능하다는 점도 염두에 두어야 할 것이다. 따라서 앞으로 내가 어떤 치료법을 그 치료법이 목표로 하는 스펙트럼 수준에 기초해서 '분류'한다면, 그것은 명백하게든 암묵적으로든, 그 치료법 자체가 인지하고 있는 가장 깊은 수준을 기준으로 한 것임을 미리 밝힌다. 일반적으로 말하자면, 모든 치료법은 (그림에서) 그보다 상위 수준들 전부를 인식하고 수용하지만, 하위 수준들의 존재는 부정한다.

　(일반인이든 치료사든) 각기 다른 잠재력과 문제를 갖고 있는 스펙트럼 상의 여러 수준에 익숙해지면, 자기 이해와 자기 성장을 위한 여정에서 스스로(또는 치료받는 사람에게) 어디를 지향해야 할지 방향 설정이 용이해질 것이다. 현존하는 문제나 갈등이 어느 수준에서 연유하는지를 더욱 쉽게 알아차릴 수 있게 되고, 자신의 갈등을 적합한 수준의 '치료' 과정에 적용할 수도 있게 될 것이다. 또한 자신이 어떤 잠재력과 수준에 접촉하고자 원하는지 알아차릴 수 있게 되고, 자신의 성장을 촉진하는 데 도움이 되는 가장 적합한 치료법이 무엇인지도 알 수 있게 될 것이다.

　성장이란 기본적으로 자신의 지평地坪을 확대하고 확장하는 것을 의미한다. 즉, 밖을 향한 조망과 안을 향한 깊이라는 양편 모두에 있어서 경계의 성장을 의미한다. 이것이 바로 스펙트럼 상의 '하강'에 대한 정의이기도 하다. (좋아하는 방식에 따라 '상승'이라고 할 수도 있겠다. 이 책에서는 단순히 〈그림 1〉에 맞추기 위해서 '하강'이란 표현을 쓸 것이다).

　스펙트럼에서 하나의 수준을 하강할 경우, 실제로는 자신의 영혼을 재작도하여 그만큼의 영역을 확장시킨 것이다. 따라서 자기 성장이란 재분배, 재구역화, 재작도이며, 자기 자신의 좀더 깊고 넓은 수준을 인식하고 포괄해가는 풍요화 과정이라고 할 수 있다.

이 장에 이어지는 다음 세 개의 장에서, 우리는 합일의식이라고 부르는 궁극적인 신비의 몇 가지 측면을 그 배후로부터 조금씩 다가가면서, 또한 그 안으로 들어가는 과정을 실감하면서 탐구해가게 될 것이다. 이런 탐구는 합일의식에 대한 어떤 감각을 느끼도록 해줄 뿐만 아니라, 오늘날 '초개아심리학(transpersonal psychology)', '순수지성(noetics)', '의식연구' 등으로 부르는 분야들을 이해하는 데 필요한 많은 도구를 제공해줄 것이다. 우리는 한계와 경계가 존재하지 않는 세계, 과거와 미래의 경계가 없는 지금 이 순간, 안과 밖의 경계가 없는 자각을 탐구할 것이다.

그다음 장은 전유기체 수준, 에고 수준 및 페르소나 수준이라고 하는 스펙트럼 상의 모든 수준의 생성 과정과 전개 과정을 설명하는 데 할애할 것이다.

그런 후에는 이상의 기본적 이해를 바탕으로 의식 스펙트럼 상에서 하강을 시작할 것이다. 즉, 다양한 수준과 그 수준에 접촉하기 위해 적용되는 주요 '치료기법'들을 경험적으로 탐구해볼 것이다. 이런 하강은 우리가 처음 시작했던 합일의식에 이르러 끝나게 된다. 앞으로 알게 되겠지만, 합일의식만이 진실로 우리가 단 한 번도 벗어난 적이 없는 유일한 수준이기 때문에 이런 하강은 실로 자연스러운 흐름이다.

2

그것의 절반

Half of It

· ·•◆◆◆•· ·

삶에 왜 대극이 생겨나는지 의문을 가져본 적이 있는가? 왜 가치 있게 여기는 모든 것이 한 쌍의 대극 중 어느 한 쪽인 것일까? 왜 모든 결정은 대극 사이에서 일어나는 것일까? 왜 모든 욕망은 대극에 기초해 있는 것일까?

모든 공간과 방향이 대극으로 이루어짐을 주목해보라. 위/아래, 안/밖, 높음/낮음, 깊음/짧음, 남/북, 큼/작음, 여기/저기, 꼭대기/밑바닥, 왼쪽/오른쪽…. 또한 당신이 진지하게 생각하는 모든 것과 중요하게 여기는 모든 것이 한 쌍의 대극 중 한 극이라는 사실을 주목해보라. 선/악, 삶/죽음, 즐거움/고통, 신/악마, 자유/속박….

뿐만 아니라 사회적, 미적 가치관도 성공/실패, 아름다움/추함, 강함/약함, 지성/어리석음과 같이 언제나 대립적인 용어로 진술된다. 가장 추상적인 것조차도 그 기저에는 대극이 있다. 예컨대 논리학은 진실 대^對 허위에 관심을 두고 있으며, 인식론은 외관 대 실재에, 존재론은 존재 대 비존재에 관심을 두고 있다. 우리의 세계는 마치 거대한 대극의 집합체인 것처럼 보인다.

　이런 사실은 너무나 익숙한 것이라서 언급할 필요조차 없을 정도이다. 하지만 생각하면 할수록 놀라울 정도로 기묘한 일이 아닐 수 없다. 우리가 살고 있는 이 대극의 세계에 대하여 자연은 전혀 알지 못하는 것 같기 때문이다. 자연은 진실한 개구리와 거짓 개구리를 키우지 않을뿐더러, 도덕적인 나무와 부도덕한 나무, 옳은 바다와 잘못된 바다 같은 것도 만들어내지 않는다. 자연 속에서 윤리적인 산과 비윤리적인 산 같은 것은 흔적조차 찾아볼 수 없다. 아름다운 종種과 보기 흉한 종 같은 것도 없다. 적어도 대자연에 그런 것은 존재하지 않는다. 그렇기 때문에 자연은 온갖 종류의 것들을 만들어내는 일을 즐기고 있다. "자연은 절대로 사과하지 않는다"고 소로우•는 말한 바 있다. 자연은 옳음과 그름이란 대극을 알지 못하며, 따라서 인간이 '오류'라고 생각하는 것을 인식하지 못하기 때문이다.

　물론 우리가 '대극'이라 부르는 속성들 중 일부는 대자연 속에도 존재하는 것처럼 보인다. 예컨대 큰 개구리와 작은 개구리, 큰 나무와 작은 나무, 익은 오렌지와 덜 익은 오렌지 등이 그러하다. 그렇더라도 그런 차이는 그들 자신에겐 전혀 문제가 되지 않는다. 그것은 그들을 발작적인 불안으로 몰아가지 않는다. 똑똑한 곰과 둔한 곰이 있을 수 있지만, 그것이 그들에게 걱정거리인 것으로는 전혀 보이지 않는다. 적어도 곰들의 세계에서는 열등감을 찾아볼 수 없다.

　마찬가지로 자연세계에도 당연히 삶과 죽음이 있다. 하지만 그것 역시 인간세계에서와 같은 끔찍한 면을 가진 것으로는 보이지 않는다. 늙

• Henry David Thoreau(1817-1862): 《월든Walden》으로 잘 알려진 미국의 초절주의자.

은 고양이는 죽음이 임박했다고 해서 공포의 급류에 휩쓸리지 않는다. 그저 조용히 숲으로 들어가서 나무 밑에 웅크리고 앉아 죽음을 맞을 뿐이다. 병든 울새는 버드나무 가지에 편안히 앉아 황혼을 바라본다. 그러다 더 이상 빛을 보지 못하게 되면 마지막으로 눈을 감고 조용히 땅에 떨어진다. 인간이 맞이하는 죽음의 방식과 얼마나 다른가.

　　마지막 잠 속으로 순순히 들어가지 마세요.
　　죽어 가는 빛에 대항하여 사납게 분노하세요. *

　자연계에도 고통과 쾌락은 있지만, 그런 것은 걱정할 문제가 아니다. 개는 아프면 낑낑거리지만, 아프지 않으면 아무 걱정도 하지 않는다. 개는 미래의 고통에 대해 염려하거나 과거의 고통에 대해 후회하지 않는다. 그것은 너무나 단순하고 자연스러운 일처럼 보인다.

　이 모든 사실에 대해 우리는 한마디로 "자연이 우둔하기 때문"이라고 말한다. 그러나 그것은 이유가 되지 않는다. 대자연이 생각보다 훨씬 더 현명하다는 사실을 우리는 이제야 막 깨닫기 시작했다. 위대한 생화학자 알베르트 센트-기요르기Albert Szent-Gyorgy는 한 가지 묘한 예를 제시한다.

　　〔프린스턴Princeton 대학교의 고등연구소(Institute for Advanced Study)에 합류했을 때〕, 나는 위대한 원자물리학자와 수학자들과 어깨를 맞대고, 생명체에 관해 무엇인가를 배울 것이라는 희망을 갖고 연구에

---

* 영국의 시인 딜런 토마스Dylan Thomas(1914-1953)가 아버지의 임종을 보고 읊은 시.

참여했다. 그러나 내가 모든 생명체에는 두 개 '이상'의 전자가 있다는 사실을 밝혀내자 물리학자들은 나와 이야기도 하려 하지 않았다. 모든 컴퓨터를 필사적으로 조작해도, 그들은 제3의 전자가 무슨 일을 하는지 밝힐 수 없었다. 그러나 놀라운 것은 그 제3의 전자가 자기가 해야 할 일을 정확히 알고 있다는 것이다. 결국 그 작은 전자는 프린스턴의 현자들조차 알지 못하는 무언가를 알고 있다는 것이며, 그 무언가는 아주 단순한 것임이 틀림없다.

나는 대자연이 우리가 생각하는 것보다 훨씬 더 지혜로울 뿐만 아니라, 우리가 생각할 수 있는 이상으로 현명하다고 생각한다. 어쨌든 자연은 인간의 두뇌, 즉 우리가 우주에서 가장 지적인 도구 중 하나라고 스스로 우쭐대는 두뇌 또한 만들어냈다. 과연 완전한 얼간이가 진정한 걸작을 만들어낼 수 있겠는가?

창세기에 따르면, 아담에게 부여된 첫 번째 과제는 자연계에 존재하는 동식물에 이름을 지어주는 것이었다. 자연은 처음부터 이름표를 달고 나오지 않기 때문에, 자연계의 모든 다양한 측면들을 분류하여 이름붙일 수 있다면 대단히 편리할 것이다. 요컨대, 아담은 자연의 복잡한 형상과 과정을 분류하고 그것들에 이름을 지어주는 과업을 부여받았다는 것이다. "여기 있는 동물은 서로 비슷해 보이는데, 저기 있는 것과는 전혀 닮지 않았구나. 이쪽 집단을 '사자'라 부르고, 저쪽 집단은 '곰'이라 부르자. 어디 보자, 이것들은 먹을 수 있는데 저것들은 먹을 수 없구나. 이쪽 집단은 '포도'라 부르고, 저쪽 것은 '바위'라 부르자."

하지만 아담의 진짜 과제는 동식물의 이름을 생각해내느라 고심하는 일이 아니었다. 물론 그것도 대단히 중요한 일이었지만, 가장 중요한 부분은 '분류 과정' 그 자체였다. 각각의 동물 종들이 한 마리씩밖에 없는 경우는 없었으므로, 아담은 비슷해 보이는 동물들을 한 집단으로 묶어야 했고, 유사하지 않은 동물들은 그로부터 의식적으로 식별해내는 법을 배워야만 했기 때문이다. 그는 다양한 동물 집단 사이에 마음속에서 '경계를 긋는' 일을 배워야만 했다. 이런 작업을 하지 않았다면, 서로 다른 동물들을 제대로 구별하여 그것들에 이름을 지어줄 수는 없었을 것이다.

다시 말해, 아담이 최초로 착수한 위대한 과업은 정신적 또는 상징적인 구분선을 설정하는 것이었다. 최초로 자연의 윤곽을 지도로 그려내고, 마음속에서 구분 짓고, 도식화한 것은 바로 아담이었다. 아담은 최초의 위대한 지도 제작자였다. 아담이 경계를 그려냈다.

자연을 지도화하는 그의 작업은 너무나 성공적이었다. 그렇기에 오늘날까지도 우리의 삶은 대체로 경계를 설정하는 일에 쓰이고 있다. 우리의 모든 결정, 모든 행위, 모든 말은 ― 의식적이든 무의식적이든 ― 이런 경계선 구축에 기초해 있다. 물론 자기 정체성도 중요한 경계이긴 하지만, 여기서 내가 말하는 경계선은 좀더 넓은 의미의 모든 경계를 뜻하는 것이다.

결정한다는 것은 선택할 것과 선택하지 않을 것 사이에 경계선을 긋는 일을 의미한다. 무언가를 욕망한다는 것은 쾌락적인 것과 고통스러운 것 사이에 경계선을 긋고, 둘 중에서 쾌락을 추구한다는 뜻이다. 어떤 관념을 주장한다는 것은 진실이라고 느낀 개념과 진실이 아니라고 느낀 개념 사이에 경계선을 긋는 일이다. 교육을 받는다는 것은 어디에 어떻게 경계를 그을 것인지, 그런 다음엔 경계를 지은 측면들로부터 어떤 일을 해야 할지를 배우는 일이다. 사법체계를 유지한다는 것은 사회

규칙을 따르는 사람과 따르지 않는 사람 사이에 경계선을 긋는 일이다. 전쟁을 한다는 것은 우리 편과 적 사이에 경계선을 긋는 일이다. 윤리학을 배운다는 것은 선과 악을 드러내는 경계선을 어떻게 그을 것인가를 배우는 일이다. 서양의학에 종사한다는 것은 질병과 건강 사이에 확신을 갖고 경계를 설정하는 일이다.

작은 일부터 중대한 위기에 이르기까지, 사소한 선택부터 커다란 결단에 이르기까지, 가벼운 호감부터 불타는 열정에 이르기까지, 우리의 삶은 전부 경계를 설정하는 과정이다.

경계에 있어서 기묘한 점은, 그 경계가 아무리 복잡하고 세련된 것일지라도, 실제로는 안쪽과 바깥쪽이라는 '구분' 이외에는 별다른 요소가 없다는 사실이다. 예컨대 가장 단순한 경계선 중 하나인 원을 그려보면, 그 경계가 오직 안과 밖만을 나타낸다는 점을 알 수 있다.

그러나 안 대 밖이란 대극은 우리가 동그란 경계를 그릴 때까지는 스스로 존재하지 않던 것이라는 점에 주목하기 바란다. 즉, 한 쌍의 대극을 만들어낸 것은 경계선 그 자체이다. 한마디로, 경계를 긋는 순간 대극이 만들어진다. 그러므로 우리가 대극의 세계 속에 살고 있는 이유는 우리의 삶이 곧 '경계선 긋기' 과정이기 때문인 것이다.

아담 자신도 곧 알게 되었던 것처럼, 대극의 세계란 갈등의 세계이다. 아담은 경계선을 긋고 이름을 붙임으로써 얻게 된 힘에 매료되었음이 틀림없다. 아담은 경계선의 힘에 의해서, 예컨대 '하늘'이라는 단순한 소리로 광대무변한 하늘 전체를 가리키고 그 '하늘'이 땅과 물과 불과는 다른 것임을 인식할 수 있게 되었다. 현실의 대상을 직접 다루는 대신, 그 대상을 나타내는 마술적 이름을 머릿속에서 조작할 수 있게 된 것이다.

경계와 이름이 발명되기 이전에는, 예컨대 아담이 이브에게 당나귀만큼이나 어리석다고 생각한다는 사실을 말해주고 싶다면, 이브를 붙잡고 당나귀를 찾아낼 때까지 돌아다니다가 찾아내면 당나귀와 이브를 번갈아 손가락으로 가리키곤 펄쩍펄쩍 뛰면서 끙끙거리고 바보 같은 표정을 지어야 했을 것이다. 그러나 이제 아담은 언어의 마술을 통해 이브를 보고 "세상에, 자기는 꼭 당나귀처럼 바보 같아"라고 말할 수 있게 되었다.

하지만 어떤 의미에선 아담보다 훨씬 지혜로웠던 이브는 한마디도 하지 않았다. 말이란 양날의 칼이며, 칼로 흥한 자는 칼로 망한다는 사실을 알고 있었기 때문인지, 이브는 언어의 마술로 똑같이 되갚는 일 따위는 하지 않았다.

어쨌든 아담이 기울인 노력은 가히 마술적인 놀라운 성과를 거뒀다. 따라서 그가 다소간 건방져졌다는 점은 이해할 만한 일이다. 그는 차라리 손대지 않고 놓아두는 것이 더 나을 지점에까지 경계를 연장했고, 그 너머의 지식을 얻기 시작했다. 이런 건방진 행동은 선과 악이라는 대극의 나무인 '지식의 나무'에 이르러 정점에 달했다. 아담이 선과 악이라는 대극의 차이점을 알아차리게 되자, 즉 하나의 결정적인 경계를 설정하자, 그의 세계는 산산조각이 났다. 아담이 죄를 짓는 순간, 그가 창조하려고 그토록 애썼던 대극의 세계 전체가 그를 괴롭히기 시작했다. 고통/쾌락, 선/악, 삶/죽음, 고된 노동/놀이 등등, 갈등하는 대극 전체가 인류를 급습해왔다.

아담이 배운 당혹스러운 사실은 모든 경계선은 또한 잠정적인 전선
戰線이라는 점, 따라서 하나의 경계를 긋는 것은 곧 스스로 갈등을 자초
하는 일이라는 점이었다. 특히 죽음에 대항하는 삶, 고통에 대항하는 쾌
락, 악에 대항하는 선의 괴로운 투쟁 등이 더욱 그러했다. 너무 늦게 알
게 되었지만, 아담이 배운 것은 "어디에 선을 그을 것인가?"는 실제로
"어디서 전쟁이 일어날 것인가?"를 의미할 뿐이라는 것이다.

단순한 사실은, 우리들 역시 경계의 세계 속에 살고 있기 때문에 자
연히 갈등과 대립의 세계에서 산다는 것이다. 모든 경계선은 또한 전선
이기도 하기 때문에, 경계를 확고하게 다질수록 전쟁터 역시 점점 더 확
고하게 된다는 사실이야말로 인간이 처해 있는 곤경이다.

쾌락에 집착하면 할수록 어쩔 수 없이 고통은 더 두려운 것이 된다.
선을 추구하면 할수록 악에 대한 강박관념은 더욱더 강해진다. 성공을
추구하면 할수록 실패를 더욱더 걱정할 수밖에 없게 된다. 삶에 집착할
수록 죽음은 더 두려운 것이 된다. 무언가에 가치를 두면 둘수록 그것의
상실이 두려워진다. 다시 말해, 우리가 안고 있는 문제들 대부분은 경계
로부터 비롯된, 경계가 만들어낸 문제라는 것이다.

그런데 지금까지 이 문제를 해결하기 위해 우리가 기울인 노력은 대
극 중 어느 하나를 근절시키려는 틀에 박힌 시도였다. 악을 전멸시키려
고 애쓰는 것으로 선/악의 문제를 다루며, 죽음을 상징적 불멸성 아래
은폐하는 것으로 삶/죽음의 문제를 다룬다. 철학에서는 서로 대립하는
개념이 있을 때 둘 중 하나를 내던지거나 다른 것에 환원시키는 식으로
해결하려고 한다. 유물론자는 마음을 물질로 환원시키려 하고, 유심론
자는 물질을 마음으로 환원시키려고 노력한다. 일원론자는 다원성을 통

일성에 환원시키려 하고, 다원론자는 동일성을 다원성으로 설명하려고 애쓴다.

문제는 우리가 언제나 경계를 '실재하는' 것으로 받아들인 이후에, 경계에 의해 만들어진 그 대극을 조작하려고 한다는 데 있다. 우리는 그 경계 자체는 결코 의문시하지 않는 것 같다. 경계를 실재하는 것으로 굳게 믿고서, 대극이란 영원히 격리된, 화해할 수 없는, 분리된 것이라고만 생각한다. "동양은 동양이고 서양은 서양이다. 이 둘은 결코 만나지 않으리라." 신과 악마, 삶과 죽음, 선과 악, 사랑과 증오, 자기와 타인… 우리는 이것들이 밤과 낮만큼이나 서로 다르다고 말한다.

그렇게 해서 우리는 한 쌍의 대극이 있다면 부정적이고 원치 않는 한쪽을 근절시킬 때라야 비로소 삶을 완벽하게 즐길 수 있게 된다고 상상한다. 만일 고통·악·죽음·고뇌·질병을 정복할 수 있다면, 그리하여 선·생명·기쁨·건강이 충만할 수 있다면 ― 물론 그것은 정말로 좋은 삶일 것이다 ― 실제로 그곳이야말로 많은 사람들이 생각하고 있는 천국일 것이다. 이처럼 천국은 모든 대극을 초월한 것이 아니라 한 쌍의 대립 중 좋은 쪽만을 전부 모아놓은 곳을 의미하게 되었다. 반면 지옥은 고통, 고뇌, 불안, 질병 등등 모든 부정적인 쪽을 모아놓은 곳을 의미하게 되었다.

대립하는 것을 분리시켜놓고 긍정적인 반쪽에만 집착하고 달려드는 식의 목표는 진보적인 서구문명 ― 종교, 과학, 의학, 산업 ― 의 독특한 특징처럼 보인다. 결국 진보란 단순히 부정적인 것에서 '멀어지고' 긍정적인 것을 향해 '다가가는' 것이 되었다. 그러나 의학과 농업의 명백한 발전에도 불구하고, 수세기에 걸쳐 긍정적인 것은 강조하고 부정적인 것들을 제거해온 결과로서 인류가 더 행복하고, 더 만족스럽고, 더 평화롭게 되었다는 증거는 어디에도 없다. 실제로는 그와 정반대임을 보여주는 증거가 훨씬 더 많다. 오늘날은 불안의 시대,《미래의 충격》•의 시대, 역병처럼 유행하는 욕구불만과 소외의 시대, 풍요롭지만 또한 권태롭고 무의미한 시대이다.

진보와 불행은 마치 동전의 앞뒷면인 것처럼 보인다. '진보'를 향한 충동 자체가 현재 상태에 대한 '불만'을 함축하고 있기 때문에, 진보를 추구하면 할수록 실은 더 많은 불만을 느끼게 된다. 진보를 맹목적으로 추구하는 가운데 우리 문명은 사실상 욕구불만을 제도화시켜놓았다. 긍정적인 것을 강조하고 부정적인 것을 제거하려는 과정에서, 긍정이란 부정에 기초해서만 규정된다는 사실을 완전히 망각해버린 것이다.

물론 서로 대립하는 것들은 밤과 낮만큼이나 사뭇 다를 수도 있다. 하지만 그보다 중요한 점은 밤이 없이는 낮도 알아볼 수 없다는 사실이다. 부정적인 것을 파괴하려는 시도는 동시에 긍정적인 것을 즐길 가능성도 파괴하는 결과를 낳는다. 따라서 진보라는 모험에서 성공하면 할수록 우리의 실패는 더욱 두드러진 것이 되고, 그렇게 해서 총체적인 욕구불만은 훨씬 극심해진다.

이 모든 곤경의 뿌리는 대극을 화해불가능한 것으로, 서로 철저하게 분리된 것으로 보는 우리의 경향에 있다. 예컨대 우리는 '사고파는 것'과 같은 가장 단순한 대극조차 서로 분리된 두 개의 다른 사건(event)으로 본다. 물론 사는 행위와 파는 행위는 어떤 점에선 다른 것이긴 하다. 하지만 그 둘은 결코 분리할 수 없는 것이기도 하다.

• 미래학자 앨빈 토플러가 기술적, 사회적 변화가 빨라질수록 개인과 집단의 적응은 더욱 어려워진다는 예측을 담아 1970년에 펴낸 책의 이름.

결코 '분리할 수 없는' 것이라는 사실이 중요하다. 누군가가 무언가를 살 때는 언제나 다른 누군가가 무언가를 판다. 즉, 사는 행위와 파는 행위는 단지 '한 사건의 양극', 즉 단일한 거래행위의 양끝에 지나지 않는다. 거래의 양쪽 끝이 '다르긴' 하지만, 그 둘은 단일한 사건을 나타내는 서로 다른 표현일 뿐이다.

이와 마찬가지로, 모든 대극은 암묵적인 동일성을 공유하고 있다. 양극의 차이점이 아무리 생생하더라도, 그 양극들은 어느 쪽도 다른 쪽 없이는 존재할 수 없다는 단순한 이유 때문에, 서로 완전하게 분리될 수 없는 상호의존적인 것으로 남는다. 이렇게 볼 때 이 세상에 '밖 없는 안', '아래 없는 위', '패배 없는 승리', '고통 없는 쾌락', '죽음 없는 생명'이란 존재하지 않는다. 고대 중국의 현자 노자老子는 다음과 같이 말한다.

예와 아니오 사이에 무슨 차이가 있겠는가?
선과 악은 그 거리가 또한 얼마나 되겠는가?
사람들이 두려워한다고 나도 두려워해야만 할까?
이 무슨 난센스인가!*

있음과 없음은 서로를 낳아주고,
어려움과 쉬움은 서로를 전제로 성립하며
길고 짧음은 상대를 드러내주고,
높고 낮음은 서로에게 기대며,
앞면과 뒷면은 서로 따라다닌다.**

장자莊子는 좀더 다듬어 이렇게 설명한다.

　고로, 옳음의 한 짝인 그름이 없는 옳음을 말하거나, 선정善政의 짝인 악정惡政 없는 선정만을 말하는 것은 우주의 위대한 원리를 모르며 뭇 생명의 본질을 이해하지 못한다는 증거이다. 마찬가지로 땅의 존재 없이 하늘의 존재를 말하거나, 양 없는 음의 원리를 말하기도 하나, 그런 것은 분명 불가능한 일이다. 그럼에도 사람들은 끊임없이 그런 말을 되풀이한다. 그와 같은 사람들은 바보 멍청이거나 무뢰한임이 틀림없으리라.

　대극의 내적 일체성은 동서양의 신비가들에게게만 국한된 관념은 아니다. 서양의 지식인들이 최대로 발전시킨 현대물리학을 살펴보면, 그곳에서도 대극이 통합된 또 다른 세계를 발견하게 된다. 예컨대, 상대성이론에서는 정지 대 운동이라는 해묵은 대극이 전혀 구별할 수 없는 것이 되었다. 즉, 한 관찰자에겐 정지된 것으로 보이는 대상이 동시에 다른 관찰자에겐 움직이는 것으로 보이기 때문에 "각각은 둘 다이다"가 되었다. 마찬가지로 파동波動과 입자粒子 간의 분리도 '파자波子' 속으로 사라졌고, 구조 대 기능이란 대비도 증발해버렸다. 질량과 에너지라는 해묵은 분리조차 아인슈타인의 공식 $E = mc^2$로써 무너져버렸다. 이제 이 낡은 '대극'들은 단지 하나의 실재, 히로시마가 너무나도 격렬하게 증언했던 (양자적) 실재의 두 가지 양상으로밖에는 여겨지지 않고 있다.

● 唯之與阿 相去幾何 善之與惡 相去若何 人之所畏 不可不畏 荒兮其未央哉 ― 도덕경 20장.
●● 有無相生 難易相成 長短相形 高下相傾 前後相隨 ― 도덕경 2장의 일부.

마찬가지로 주체 대 객체, 시간 대 공간과 같은 대극도 이제는 상호 의존적인 상태로 단일한 통합 패턴을 형성하고 있는 '서로 잘 짜여진' 하나의 연속체로 여겨진다. 우리가 '주체'와 '객체'라고 부르는 것은, 사고파는 행위처럼 그저 단일한 과정에 접근해가는 두 가지 방식에 지나지 않는다. 시간과 공간 역시 그러하기 때문에, 우리는 더 이상 어떤 대상이 공간 속에 놓여 있다거나 아니면 시간 속에서 일어난다고 할 수 없다. 다만 우리는 '시공간적時空間的'사건만을 논할 수 있을 뿐이다. 요컨대, 현대물리학자들은 실재란 오직 대극이 합일된 상태로밖에 달리 생각할 수 없다고 주장한다. 생물물리학자인 루드비히 폰 베르타란피•의 말을 들어보자.

> 만일 지금까지 말한 것이 진실이라면, 실재란 니콜라스 쿠자누스 Nicolas de Cusa가 '대극의 일치'(coincidentia oppositorum)라고 부른 것과 같다. 추론적인 사고思考는 쿠자누스가 신神이라고 불렀던 궁극적인 실재의 오직 한 측면만을 나타낼 뿐이다. 그것은 결코 실재의 무한한 다양성을 모두 묘사할 수 없다. 그러므로 궁극적인 실재는 대극이 통일된 상태이다.

'대극의 일치'라는 관점에서 보면, 우리가 전적으로 분리되고 화해불가능한 반대극이라고 생각하는 것들이 사실은 ― 폰 베르타란피의 말을 빌리자면 ― 본래 하나이자 동일한 실재의 '상보적 측면들'인 것이다.

이런 이유로 인해 금세기 가장 영향력 있는 철학자 중 한 사람인 알

• Ludwig von Bertalanffy(1901-1972): 오스트리아 출신의 생물학자로《일반 시스템 이론》의 저자.

프레드 노스 화이트헤드Alfrerd North Whitehead도 "모든 궁극적 요소들은 본질적으로 진동한다"는 사실을 시사하는 '유기체'(organism)와 '진동적 존재'(vibratory existence)의 철학을 공표하게 되었던 것이다. 즉, 우리가 흔히 화해할 수 없다고 생각하는 원인과 결과, 과거와 미래, 주체와 객체와 같은 모든 사물과 사건이 실제로는 단일한 진동, 단일한 파도의 마루(trough)와 골(crest)에 해당한다. 하나의 파도는 그 자체로 단일한 사건이지만 마루와 골, 최고점과 최저점이라는 대극을 통해서만 자신을 드러낼 수 있다. 바로 그런 이유 때문에, 실재는 골과 마루 중 어느 한 쪽에서는 발견되지 않고 오직 그 둘의 통일 속에서만 발견된다.(골은 없고 마루만 있는 파도를 상상해보라). 골 없는 마루, 최고점 없는 최저점 같은 것은 있을 수 없다. 골과 마루 — 실로 모든 대립 — 는 그 근저에 있는 '하나의 현상'의 분리불가능한 측면들이다. 따라서 화이트헤드가 말한 것처럼, 우주의 개개 요소들은 '근저의 에너지 또는 현상'이 진동하는 양상, 즉 밀물과 썰물인 것이다.

대극의 내적 일체성을 게슈탈트 지각이론보다 확연하게 설명해주는 틀도 없을 것이다. 게슈탈트에 따르면, 우리는 대비되는 배경과의 관계 없이는 어떤 대상도, 어떤 사건도, 어떤 형태도 결코 인식할 수 없다. 예컨대 우리가 '빛'이라고 부르는 것은 실제로는 어두운 배경 위로 부각된 밝은 형상이다. 깜깜한 밤중에 하늘을 보고 밝게 빛나는 별을 지각할 때 내가 실제로 보고 있는 것 — 내 눈이 실제로 받아들인 것 — 은 분리된 별이 아니라 '시야 전체' 또는 '밝은 별 + 어두운 배경'이라는 게슈탈트(전체장entire field)이다. 밝은 별과 어두운 배경 사이의 대비가 아무리 강렬하더라도, 중요한 것은 어느 하나가 없으면 다른 것도 절대로 지각할 수 없다는 것이다. 따라서 '빛'과 '어둠'은 단일한 감각적 게슈탈트의 두 가지 상보적 측면이다. 마찬가지로 정지와 관련시키지 않고는 운동을 지각할 수 없으며, 안락함 없이는 수고로움을, 단순성 없이는 복잡성을, 혐오감 없이는 매력을 지각할 수 없다.

이와 똑같이, 고통과 관련짓지 않고는 결코 쾌락을 인식할 수 없다. 지금 이 순간 내가 아주 편안하고 즐겁다고 느끼더라도, 불편함과 고통이라는 배경이 없다면 결코 그것을 '알 수 없을' 것이다. 쾌락과 고통이 번갈아 교차하는 것처럼 생각되는 것은 바로 이 때문이다. 쾌락과 고통을 알 수 있는 것은 이 둘의 상호대비와 교차 속에서만 가능하기 때문이다.

따라서 한쪽을 좋아하고 다른 쪽은 몹시 싫어하더라도 그 둘을 고립시키려는 시도는 쓸데없는 짓이다. 화이트헤드라면 즐거움과 고통은 자각이라는 단일한 파도의 나눌 수 없는 골과 마루에 지나지 않으며, 긍정적인 마루를 강조하고 부정적인 골을 제거하려는 것은 자각이라는 파도 자체를 제거하려는 노력과 같다고 말했을지도 모른다.

세계를 분리된 대극으로 볼 때 삶이 왜 그토록 불만스러운 것이 되는지, 왜 진보가 성장이 아니라 암적인 것이 되는지를 이젠 아마도 이해할 수 있을 것이다. 대립하는 양극을 떼놓으려고 애쓰면서 소위 고통 없는 쾌락, 죽음 없는 생명, 악 없는 선 따위의 '긍정적이라고 판단한 것들'에만 집착할 때, 우리는 실체가 없는 유령을 쫓는 꼴이 되고 만다. 이것은 골 없는 마루, 파는 자 없는 사는 자, 오른쪽 없는 왼쪽, 출구 없는 입구만의 세계를 얻으려고 애쓰는 것과 같다. 따라서 우리의 목표가 너무나 고상한 것이어서가 아니라 그저 환상이기 때문에, 비트겐슈타인 Wittgenstein은 "우리의 문제는 풀기 어려운 것이 아니라 성립되지 않는 난센스"라고 지적했던 것이다.

질량과 에너지, 주체와 객체, 삶과 죽음과 같은 모든 대극은 결코 분리할 수 없을 만큼 서로에게 의지하고 있지만, 우리들 대부분은 여전히 그 사실을 받아들이기 어려워한다. 이는 대극들 사이에 '경계선'이 실재한다고 생각하기 때문이다. 분리된 대극이 존재하는 것처럼 보이게끔 하는 것은 '경계 그 자체'라는 사실을 상기하기 바란다. 쉽게 말하면, "궁극의 실재는 대극이 합일된 상태이다"라는 말은 실제로는 '궁극의 실재에는 아무런 경계가 없다'는 뜻이다. 그 어디에도 경계가 없다는 뜻이다.

우리는 경계의 마술, 즉 아담이 지은 죄의 주술에 걸려 그 경계선 자체의 본질을 철저히 망각해버렸다. 어떤 유형의 경계선도 오직 지도제작자의 상상 속에서만 발견될 뿐, 현실세계에서는 결코 발견되지 않는다.

물론 자연계에도 육지와 그것을 둘러싸고 있는 바다 사이의 해안선처럼 여러 종류의 '선'(lines)이 존재한다. 실제로 자연에는 온갖 종류의 선과 면이 존재한다. 나뭇잎의 테두리와 유기체의 피부, 지평선, 나무의 나이테, 호수의 가장자리, 빛과 그림자, 그리고 모든 대상을 그 배경과 구분 짓는 윤곽이 존재하는 것은 분명한 사실이다. 하지만, 예컨대 육지와 바다 사이의 해안선과 같은 선은, 우리가 흔히 생각하듯이 단순히 육지와 물의 '분리'만을 나타내지 않는다. 앨런 왓츠Alan Watts가 자주 지적했던 것처럼, 소위 '나누는' 선들은 동시에 육지와 물이 '만나는' 지점을 나타낸다. 즉, 그 선들은 '나누고 구분하는' 것만큼이나 똑같이 '결합하고 통일시킨다.' 그렇다면, 그런 선은 경계라 부를 수 없다. 선과 경계 사이에는, 곧 알게 되겠지만, 엄청난 차이가 있다.

그러니 요점은, 선은 양극을 구분 지을 뿐만 아니라 그것들을 결합시킨다는 것이다. 또한 그것이 자연에 존재하는 모든 '진정한' 선과 면의 본질이사 기능이기도 하다. 자연 속의 선들은 겉으론 나누는 역할을 하지만 동시에 내적으론 양극을 합친다. 예컨대 아래와 같이 오목면을 나타내는 선을 하나 그어보자.

오목면　　　　　　볼록면

　　하지만 동일한 선이 볼록면을 또한 만들어낸다는 점에 주목하기 바란다. 이것이야말로 도가의 현자 노자가 "모든 대극은 상호적으로 동시에 발생한다"고 말했을 때 의미한 바로 그것이다. 오목면과 볼록면의 예와 같이, 대극물은 함께 생겨난다.

　　나아가서, 그 선이 볼록면과 오목면을 '분리'해낸다고 말할 수도 없다. 거기엔 오직 한 개의 선밖에 없으며, 그 선은 전적으로 둘 다를 공유하고 있기 때문이다. 그 선은 오목면과 볼록면을 구분 짓기는커녕, 오목면의 외선은 '동시에' 볼록면의 내선이기도 하기 때문에, 어느 한 쪽은 다른 쪽 없이는 전혀 존재할 수조차 없다. 오목면을 어떻게 그리든 간에, 그 한 개의 선이 또한 볼록면도 그리게 되기 때문이다. 따라서 볼록 없는 오목은 결코 존재할 수 없다. 모든 대극과 마찬가지로 이들은 언제나 치밀하게 서로를 포용하도록 운명 지어져 있다.

　　중요한 점은, 우리가 자연 속에서 발견한 모든 선은 단지 대극을 구분 짓기만 하는 것이 아니라, 나눌 수 없는 일체로서 둘을 함께 묶는다는 것이다. 다시 말해, 선은 경계가 아니라는 것이다. 정신적인 것이든 자연적인 것이든 또는 논리적인 것이든, 하나의 선은 그저 나누고 구분 짓기만 하는 것이 아니라 또한 묶고 결합시킨다. 반면에 경계는 순전히 환상에 지나지 않는다. 경계는 실은 나눌 수 없는 것을 나누는 척만 할 뿐이기 때문이다. 이런 점에서 볼 때, 현실세계에는 '선'은 있지만 실질적인 '경계'는 존재하지 않는다.

실재하는 선이라도 우리가 그 선의 양편이 분리되어 있고 서로 무관하다고 상상할 경우, 즉 대립된 둘 사이의 외적 차이만 인정하고 내적 일체성을 무시할 경우에는 그것은 '환상 속의 경계'가 되고 만다. 안쪽은 바깥쪽과 공존한다는 점을 망각할 경우, 선은 그저 나누기만 할 뿐 통합시키지 않는다고 상상할 경우, 그 선은 '경계'가 되고 만다. 따라서 선을 긋는 것은 괜찮지만 그 선을 경계로 받아들이는 실수를 범해서는 안 된다. 고통과 쾌락을 구분하는 것은 상관없지만, 고통으로부터 쾌락을 분리해내는 것은 불가능한 일이다.

그런데 우리는 아담이 원래 했던 것과 거의 똑같은 방식으로 경계라는 환상을 만들어낸다. 조상의 죄가 후손들에게 지금까지도 대물림되고 있기 때문일 것이다. 우리는 해안선, 숲의 윤곽, 지평선, 바위나 피부 등과 같은 자연의 선을 따르거나 또는 우리 자신의 마음속의 선(관념이나 개념들)을 만들어냄으로써 이 과정을 시작한다. 우리는 이렇게 우주의 다양한 측면들을 분류하고 범주(class)를 나눈다. 우리는 안과 밖, 바위와 바위 아닌 것, 즐거운 것과 즐거움이 아닌 것, 큰 것과 큰 것이 아닌 것, 좋은 것과 좋은 것이 아닌 것 사이의 차이점을 인식하도록 배운다.

이 시점에서 이미 선은 경계가 될 위험에 처하게 된다. 양극의 차이는 명백히 드러남으로써 쉽게 인식되지만, 드러나지 않는 일체성은 망각되기 십상이다. 이런 오류는 우리가 그 범주의 안과 밖에다 이름을 붙이고 단어나 상징을 부여해감에 따라 더욱 가중된다. 왜냐하면 동일한 범주의 안쪽에 적용하는 '빛, 위, 즐거움'과 같은 '단어'는 그 바깥에

적용되는 '어둠, 아래, 고통'과 같은 '단어'와 진적으로 단절되고 분리
될 수 있기 때문이다.

이렇게 해서 우리는 불가분의 대극의 상징물을 서로 떼어놓고 주무
를 수 있게 된다. "나는 즐거움을 원한다"는 문장을 예로 들어보자. 이
문장에는 즐거움의 필수적인 대극인 고통에 대한 언급이 없다. 현실세
계에서는 어느 극도 상대극과 분리될 수 없지만, 단어로서의 즐거움과
고통은 서로 분리될 수 있다. 바로 이 시점에서 즐거움과 고통 사이의
선은 경계가 되고, 그 둘이 서로 별개라는 환상이 설득력을 얻는다.

우리는 대극이 그저 하나의 과정에 대한 두 개의 다른 이름일 뿐이
라는 사실을 망각한 채, 서로 투쟁하는 두 개의 다른 과정이 존재한다고
상상하게 된다. 화이트L. L. Whyte는 이렇게 말한다. "따라서 자신의 편견
을 떨쳐버릴 수 없는 미성숙한 마음은… '주체/객체, 시간/공간, 정신
/물질, 자유/필연, 자유의지/법칙'이라는 이원성의 올가미 속에서 발버
둥쳐야 하는 저주에 사로잡힌다. 하나뿐이어야만 하는 진실이 모순에
시달린다. 인간은 자신이 어디 있는지를 생각할 수 없게 된다. '하나의
세계로부터 두 개의 세계를 만들어냈기' 때문이다."

문제는 아무런 경계도 없는 자연의 실제 영토를 놓고 경계가 완비된
관습적인 지도를 만들어낸 다음, 그 둘을 철저하게 혼동하고 있다는 데
있다. 코르지브스키Korzybski와 일반 의미론자들(semantists)이 지적한 것처
럼 단어, 상징, 기호, 사고, 관념 등은 실재 그 자체가 아니라 단지 실재
의 지도에 지나지 않는다. '지도는 영토가 아니기' 때문이다. '물'이라
는 단어가 갈증을 풀어줄 수는 없다. 그러나 우리는 마치 지도와 언어가
진정한 세계인 것처럼 그 세계 속에서 살고 있다.

아담의 발자취를 따라가다가 완전한 공상인 '지도와 경계의 세계'

속에서 우리는 철저하게 길을 잃고 말았다. 이렇게 해서 이들 '환상 속의 경계'는 경계가 만들어낸 대립과 더불어 우리의 격렬한 전쟁터가 되고 말았다.

우리가 겪고 있는 '삶의 문제들' 대부분은 대극은 서로 분리될 수 있고 또 분리되어야만 하며, 고립시킬 수 있고 또 고립시켜야만 한다는 환상에 기초해 있다. 그러나 사실 모든 대극은 그 기저에서는 단일한 실재의 두 측면이기 때문에, 양극을 분리하고 고립시키려는 시도는 고무줄의 양끝을 서로 완전히 분리시키려고 애쓰는 것과 같은 짓이다. 그때 우리가 할 수 있는 일이란, 고무줄이 끊어질 때까지 점점 더 세게 잡아당기는 일일 뿐이다.

따라서 전 세계의 모든 신비전승神秘傳承에서는 대극의 환상을 꿰뚫어본 사람을 '해탈한 자'라고 부른다. 왜냐하면 그는 '양극으로부터 해방'되었으며, 양극의 싸움에 따르는 본질적으로 무의미한 문제와 갈등으로부터 해방되었기 때문이다. 그는 더 이상 평화를 찾기 위해 대극의 한쪽을 조작하지 않고 그 둘을 초월해 넘어간다. 선악 중의 어느 하나가 아니라 그 둘 다를 넘어선다. 그는 죽음에 대항하는 삶이 아니라 그 둘을 초월하는 자각의 중심이 된다.

대극을 분리시켜놓고 긍정적인 쪽으로의 진보를 추구하는 것이 아니라 그 둘을 초월하면서 감싸 안는 하나의 토대를 발견해냄으로써 대극을, 긍정과 부정 모두를 통합시키고 조화되게 한다는 것이 핵심이다. 곧 알게 되겠지만, 바로 그 토대가 합일의식이다. 여기서는, 힌두 경전인 〈바가바드 기타Bhagavad Gita〉에서 말하는 것처럼, 해방이란 부정적인 것으로부터의 해방이 아니라 '긍정과 부정이라는 양극'으로부터의 해방이라는 점에 유념하도록 하자.

얻고자 함 없이 그저 스스로 오는 것에 만족하고,

양극을 초월하여 시기심으로부터 해방된 자,

성공이나 실패에 집착하지 않는 자,

그는 행위 속에서도 속박되지 않는다.

갈망하지도 않고 혐오하지도 않는

그를 일컬어, 영원히 자유롭다고 한다.

양극을 초월한 자는

갈등에서 쉽게 풀려나기 때문이다.

대중적인 복음론자들은 망각해버렸지만, '양극으로부터 해방된' 상태란 서구식으로 표현하면 '지상에서 하늘나라를 찾아낸' 것과 같다. 천국이란 대중종교에서 말하는 것처럼 부정적인 요소가 하나도 없는 긍정적인 상태가 아니라 ─ 적어도 〈도마복음〉(Gospel of St. Thomas)에 의하면 ─ '대립 없음', 곧 '비이원성'이 실현된 상태이기 때문이다.

그들이 예수에게 말했다.

"어린아이처럼 되면 그 왕국에 들어가는 겁니까?"

예수가 그들에게 말했다.

"너희가 둘을 하나로 만들 때,

안을 밖처럼, 밖을 안처럼, 위는 아래처럼 만들 때,

그리고 남자와 여자를 하나로 만들 때,

너희는 그 왕국에 들어가리라."

'대립 없음'(no-opposites)과 '비이원성'(not-two-ness)이라는 관념은 아드바이타Advaita 힌두교와 대승불교의 핵심이다. (아드바이타는 '비이원非二元' 또는 '불이不二'를 의미한다.) 가장 중요한 불경 중 하나인 〈능가경楞伽經〉에서는 이 사실을 다음과 같이 멋지게 표현하고 있다.

빛과 그림자, 긴 것과 짧은 것, 검은 것과 흰 것, 이와 같은 것들이 서로 별개로서 구별되어야 한다는 말은 그릇된 것이다. 그것들은 단독으로는 존재하지 못한다. 그것들은 다만 동일한 것의 다른 측면일 뿐이며, 실재가 아니라 관계성을 말하는 단어들이다. 존재의 조건은 상호배타적이지 않다. 만물은 본질적으로 둘이 아니고 하나이다.

이런 종류의 인용문을 얼마든지 더 들 수 있겠지만, 그것들은 모두가 결국 '궁극의 실재란 곧 대극이 통합된 상태'라는 식의 이야기를 할 것이다. 실재를 잘게 잘라 무수한 양극으로 대치시켜놓은 것은 우리가 실재 위에 덧씌운 경계들임이 분명하다. 그렇기 때문에 '실재는 양극으로부터 자유롭다'는 모든 전승의 주장은 '실재는 모든 경계로부터 자유롭다'는 주장과 같은 것이다. '실재는 둘이 아니다'란 말은 곧 '실재는 무경계다'란 의미이다.

따라서 대립과 투쟁을 해소하는 데 필요한 것은 서로 투쟁하고 있는 양극 중 긍정적인 쪽을 취해 진보시키는 재주 부리기가 아니라, 모든 경계를 '허무는' 일이다. 대극의 투쟁은 경계를 실재하는 것으로 받아들임으로써 생긴 하나의 증상이며, 그 증상을 치료하기 위해서는 경계란 본래 환상에 불과하다는 진실을 직면하지 않으면 안 된다.

하지만 우리는 '모든 대극이 실은 하나임을 깨닫는다면 진보를 향

한 우리의 충동은 어떻게 될까?' 하는 의문을 떠올릴지도 모른다. 운이
따른다면 아마도 진보의 충동은 멈출 것이다. 그와 더불어 담장 너머 잔
디가 더 푸르다는 환상으로써 무성해진 괴이한 불만도 멈추게 될 것이
다. 하지만 이 점만큼은 확실히 해둘 필요가 있겠다. 나는 의학과 농업
과 기술 분야의 발전이 멈추게 되리라고 말하는 것이 아니다. 다만 행복
이 진보에 달려 있다는 환상을 품지 않게 되리라고 말하는 것이다. 경계
가 환상이라는 사실을 꿰뚫어볼 때, 우리는 지금 여기(here and now), 아담
이 타락하기 이전에 보았던 우주, 곧 하나의 유기적 통일체, 양극의 조
화, 음과 양의 화음, 진동하는 우리 존재의 즐거운 유희를 목격할 것이
기 때문이다.

　양극이 실은 하나였다는 사실을 알게 될 때, 불화는 조화로 녹아들
고, 투쟁은 춤이 되며, 오랜 숙적은 연인이 된다. 그렇게 되면 우리는 우
주의 절반이 아니라, 우주의 모든 것과 친구가 된 자리에 있게 된다.

3

무경계 영토

No-Boundary Territory

궁극의 형이상학적 비밀을 감히 아주 단순하게 말하자면, "이 우주에는 그 어떤 경계도 없다." 경계는 실재實在의 산물이 아니라, 우리가 실재를 작도하고 편집한 방식의 산물, 즉 환상에 불과하다. 따라서 영토를 지도화하는 것은 상관없지만, 그 둘을 혼동하는 것은 치명적인 오류가 된다.

단순히, 양극 사이에 실은 아무런 경계도 없다는 정도의 뜻이 아니다. 넓은 관점에서 보면, 이 우주 어떤 곳에도 사물이나 생각 등을 구분 짓는 경계는 존재하지 않는다. 무경계의 실재를 현대물리학보다 더 명확하게 볼 수 있는 분야는 없는데, 이는 케플러Kepler, 갈릴레오Galileo, 뉴턴Newton으로 대표되는 고전물리학이 지도제작자이자 경계선 구축자였던 아담의 진정한 후계자였음을 생각해보면 놀라운 일이 아닐 수 없다.

아담은 세상을 뜨면서 인류에게 자신의 지도와 경계선 구축법이라는 유산을 물려주었다. 모든 경계에는 정치적인 힘과 기술적인 힘이 수반되기 때문에, 자연에 대한 아담의 경계 긋기, 분류하기, 이름 붙이기는 기술적인 힘에 의한 '자연 지배'의 시작이었다. 사실 히브리 전통에서는 지식의 나무가 실제로 감추고 있는 것은 선과 악의 지식이 아니라 유용한 지식과 쓸모없는 지식, 즉 기술적인 지식이었다고 전해지고 있다.

그러나 모든 경계는 기술적인 힘과 정치적인 힘을 발휘하는 동시에 소외, 단편화, 갈등도 일으킨다. 무언가에 대한 통제력을 얻기 위해 경계를 설정할 경우, 동시에 그 통제하려는 대상으로부터 자신을 분리시키고 소외시키지 않으면 안 되기 때문이다. 그렇기 때문에 아담의 '단편화로의 타락'을 '원죄原罪(original sin)'라고 부르는 것이다.

그러나 아담이 그은 경계들은 아주 단순한 종류의 경계였다. 그 경계는 단지 여러 범주(class)들을 분류하는 것이어서 묘사하고, 정의 내리고, 이름 짓는 일 이외에는 별 쓸모없는 것이었다. 더구나 아담은 이 구분 짓는 경계조차 충분히 활용하지 못했다. 큰 실수를 저질러 에덴동산에서 쫓겨났을 때, 그는 아직 식물과 과일의 이름을 짓는 일에는 착수조차 하지 못했다.

아담의 후예들이 엄청난 노력으로 또다시 경계선을 만들고, 더욱 미묘하고 추상적인 경계를 만들어내기 시작한 것은 여러 세대가 지난 후의 일이었다. 뛰어난 지적 능력을 갖춘 인물, 즉 위대한 지도제작자와 경계선 구축자들이 출현한 것은 그리스에서였다. 예컨대 아리스토텔레스Aristoteles는 정교함과 설득력을 갖추고서 자연 속의 거의 모든 과정과 사물을 분류해냈다. 유럽인들이 그가 만든 경계선의 타당성에 의문을 제기하는 데만도 수세기가 걸렸던 것은 그 때문일 것이다.

그러나 분류가 아무리 정교하고 복잡하더라도, 그런 유형의 경계선으로는 — 적어도 과학적으로는 — 그저 묘사하고 정의 내리는 것 이외에 별다른 일을 해낼 수 없다. 단지 질적인 과학, 분류하는 과학에 그칠 수밖에 없다. 하지만 일단 그렇게 최초의 경계를 설정해놓으면, 이 세계가 마치 분리된 사물과 사상의 집합체처럼 보이기 때문에 우리는 좀더 미묘하고 추상적인 종류의 경계로 진행해갈 수 있게 된다.

예컨대 피타고라스Pythagoras와 같은 그리스인들이 바로 그런 일을 해냈다. 말에서 오렌지, 별들에 이르기까지 모든 다양한 사물과 사상의 범주들을 점검하면서 피타고라스가 발견한 것은 이 모든 다양한 대상에게 놀라운 책략을 시도할 수 있겠다는 것이었다. 피타고라스는 사물을 '셀' 수 있었다.

이름짓기가 마술처럼 보였다면, 계산은 성스러운 것처럼 보였다. 이름이 사물을 마술적으로 대표할 수 있다면, 수는 사물을 초월할 수 있기 때문이다. 예컨대 오렌지 하나에 하나를 더하면 두 개의 오렌지가 되는데, 사과 역시 하나에 하나를 더하면 두 개의 사과가 된다. 둘이라는 수는 두 개로 된 모든 집단에 공평하게 적용되므로, 어떤 의미에선 개별적 사물의 특성을 초월한 것임이 틀림없다.

추상적인 수에 의해서, 인간은 구체적인 사물로부터 마음을 해방시키는 데 성공했다. 이런 일은 첫 번째 유형의 경계, 즉 이름 짓기, 분류하기, 식별하기 등을 통해서도 어느 정도까지는 가능했던 것이다. 그러나 수는 이런 힘을 극적으로 끌어올렸다. 수를 세는 것은 어떤 의미에선 전적으로 새로운 유형의 경계였기 때문이다. 그것은 경계 위에 세워진 또 다른 경계, 즉 메타meta 경계였다. 메타 경계는 다음과 같은 방식으로 작용한다.

첫 번째 유형의 경계로, 사람들은 다른 사물들 사이에 구분선을 긋고 그것들을 하나의 집단 또는 범주로 구성한 다음에 '개구리, 치즈, 산' 등의 이름을 붙이게 된다. 이것이 최초의 또는 기본적인 유형의 경계이다.

일단 첫 번째 경계를 그렸다면, 그 뒤엔 두 번째 유형의 경계를 긋고 그것들을 셀 수 있게 된다. 첫 번째 경계가 사물의 범주를 만들어낸다면, 두 번째 경계는 사물의 '범주의 범주'(class of classes)를 만들어낸다. 예컨대 7이라는 수는 일곱 개로 이루어진 모든 사물의 집단이나 범주를 동일하게 나타낸다. 7이라는 수는 포도 일곱 송이, 칠일, 일곱 난쟁이 등을 나타낼 수 있다. 다시 말해 7이라는 수는 일곱 개로 이루어진 '모든' 집단을 나타내는 또 하나의 집단이라는 것이다. 그러므로 그것은 범주의 범주, 경계 위의 경계가 된다.

이렇게 해서 인간은 수와 함께 새로운 유형의 경계, 보다 추상적이고 보편화된 '메타 경계'(mata-boundary)를 만들어냈다. 경계는 정치적, 기술적인 힘을 수반하기 때문에 인류는 이로써 자연세계를 지배하는 능력을 배가시켰다.

그러나 이 새롭고 강력한 경계가 기술의 발전만을 가져다준 것은 아니었다. 이와 동시에 광범위한 소외와 단편화 역시 가져왔다. 숫자라는 새로운 메타 경계를 통해 그리스인들은 미묘한 갈등, 미묘한 이원론을 끌어들이는 데 성공했으며 그것은 흡혈귀가 사냥감으로 배를 채우듯 유럽인들을 옭아맸다.

이 추상적인 수, 미묘하고 새로운 메타 경계는 구체적인 세계를 초월해 있었기 때문에 인류는 이제 구체 대 추상, 이상 대 현실, 보편 대 특수라고 하는 두 개의 세계 속에서 살게 되었다. 그 후 2천 년이 넘도록 이원론은 십여 차례 모습을 바꾸긴 했지만 여전히 그 뿌리가 뽑히지도 조화를 이뤄내지도 못했다. 이원론은 합리주의 대 낭만주의, 관념 대 경험, 지성 대 본능, 질서 대 혼돈, 마음 대 물질의 싸움터가 되었다. 이런 구별은 모두 적절하고 진정한 선線에 기초해 있었지만, 그 선은 통상 경계와 싸움터로 변질되고 말았다.

수, 계산, 측정과 같은 새로운 메타 경계는 1600년경 갈릴레오와 케플러의 시대에 이르기까지 수세기 동안 자연과학에 의해 실제로 사용되지는 못했다. 왜냐하면 그리스 시대와 최초의 고전물리학자들 사이의 중간 시기를 유럽 사회에 등장한 교회라는 새로운 세력이 지배하고 있었기 때문이다.

교회는 자연을 측정하거나 과학적인 셈법의 대상으로 삼는 일을 전혀 하지 않았다. 토마스 아퀴나스Thomas Aquinas의 영향을 받은 교회는 아리스토텔레스의 논리학에 가까운 사고방식을 취하고 있었다. 아리스토텔레스의 논리는 대단히 뛰어난 것이긴 했지만, 기본적으로는 '범주로써 분류하는' 것이었다. 아리스토텔레스는 생물학자로서 아담이 시작한 분류작업을 이어나갔지만, 결국 '숫자와 측정'이라는 피타고라스학파의 자유를 획득하지는 못했다. 교회 역시 마찬가지였다.

그러나 17세기 무렵 교회는 쇠퇴의 길을 걷게 되었고, 인류는 자연계의 다양한 형태와 작용을 주의 깊게 관찰하기 시작했다. 갈릴레오와 케플러라는 천재가 무대에 등장한 것은 바로 이 무렵이었다. 이 두 명의 물리학자가 이루어낸 혁명적인 위업은 바로 '측정'이었다. 측정이란 대단히 세련된 '계산'의 일종이다. 그렇게 해서 아담과 아리스토텔레스가 그은 경계 위에다가 드디어 케플러와 갈릴레오가 메타 경계를 그었던 것이다.

그러나 17세기 과학자들이 그저 숫자와 측정이라는 메타 경계를 부활시키고, 그 경계를 더욱 세련되게 발전시킨 것만은 아니다. 그들은 한발 더 나아가 전혀 새롭고 독자적인 경계를 도입했다. (또는 차라리 완성시켰다고 할 수 있다). 믿을 수 없는 일처럼 보이지만, 그들은 메타 경계 위에 또 하나의 새로운 경계를 끌어들였다. 그들은 대수학(algebra)으로 알려져 있는 메타-메타 경계를 발명해낸 것이다.

간단히 말해, 첫 번째 경계는 범주를 만들어낸다. 메타 경계는 수數라고 부르는 '범주의 범주'를 만들어내고, 제3의 메타-메타 경계는 변수變數(variable)라고 부르는 '범주의 범주의 범주'를 만들어낸다. 변수는 수학공식에서 x, y, z와 같은 기호로 표시되며, 다음과 같이 작용한다. 수가 '모든 사물'을 나타낼 수 있는 것과 똑같이 변수는 '모든 수'를 나타낼 수 있다. '다섯'이 '다섯 개로 이루어진 모든 사물'을 나타낼 수 있듯이, x는 '모든 범위의 모든 수'를 나타낼 수 있다.

초기 과학자들은 대수학을 사용함으로써 여러 요소의 계산과 측정 뿐만 아니라, 이론(theories), 법칙(laws) 및 원리(principles)로 표현되는 측정치들 사이의 추상적인 관계를 밝히는 데까지 나아갈 수 있었다. 또한 이들 법칙은 첫 번째 유형의 경계로 분할된 모든 사물과 사상을 어떤 의미에선 마치 '지배'하거나 '통제'하는 것처럼 보였다. 그로써 이 초기 과학자들은 십여 개의 법칙을 만들어냈다. ─"모든 작용에는 동시에 반작용이 존재한다.""힘은 질량에 가속도를 곱한 것과 같다.""물체에 가해진 일의 양은 힘에 거리를 곱한 것과 같다." 등등.

새로운 유형의 메타-메타 경계는 새로운 지식은 물론이고 엄청난 기술력과 정치적인 힘을 가져다주었다. 유럽은 그때까지 인류가 한 번도 겪어 보지 못한 지적 혁명으로 요동쳤다. 아담은 별들에 이름을 지어줄 수 있었고, 피타고라스는 별들을 셀 수 있었지만, 뉴턴은 별들의 무게를 잴 수 있었으니 그 상황이 어땠을지 상상해보라.

과학적 법칙을 공식화하는 이 모든 과정이 세 가지 유형의 경계로부터 비롯되었으며, 각각의 경계는 이전의 경계 위에 좀더 추상적이고 포괄적인 형태로 설정되어 있다는 점에 주목하기 바란다.

첫째로, 우리는 분류를 위한 경계를 긋고 서로 다른 사물과 사건들의 차이를 인식한다.

둘째로, 분류된 요소들 중에서 측정가능한 것들을 찾아낸다. 이 메타 경계는 질을 양으로, 범주를 범주의 범주로, 요소를 측정치로 바꾸어 놓는다.

셋째로, 두 번째 단계의 여러 숫자와 측정치들 사이의 관계를 탐구함으로써 그것들을 전부 포함하는 대수공식을 만들어낸다. 이 메타-메타 경계는 측정을 결론으로, 수를 원리로 바꿔준다. 이처럼 매 단계의 새로운 경계는 더욱 일반화된 지식과, 그에 수반되는 더욱 큰 힘을 가져다준다.

그러나 자연에 대한 이런 지식과 힘, 통제력은 그 대가를 치르고 얻어낸 것이었다. 왜냐하면 경계는 언제나 양날의 칼이며, 그 칼로 잘라낸 자연의 열매는 필연적으로 달콤하면서도 씁쓸한 것일 수밖에 없기 때문이다. 인간은 자연에 대한 지배력을 얻었지만, 그것을 얻기 위해 자신을 자연으로부터 근본적으로 분리해내야만 했다.

불과 십여 세대 만에 인간은 역사상 최초로 스스로를 포함한 지구 전체를 산산조각낼 수 있을 만한 수상쩍은 영예를 자신에게 수여하게 되었다. 지구의 하늘은 새들조차 살 수 없을 만큼 매연으로 가득 찼고, 호수는 저절로 불이 날 만큼 기름투성이의 침전물로 메워졌다. 대양은 용해불가능한 화학물질로 가득 채워져 물고기들이 수은 위에 떠 있는 스티로폼처럼 바다 위로 떠올랐다. 또한 지구상 어딘가에선 철판을 부식시킬 정도의 산성비가 내리기도 했다.

십여 세대가 지나는 동안, 과학계에는 두 번째 혁명이 진행되고 있었다. 그 혁명이 1925년경 마침내 정점에 이를 때까지 아무도 이 혁명이 고전물리학, 즉 '최초의 경계와 메타 경계와 메타-메타 경계'를 뛰어넘는 신호가 되리라는 사실을 짐작하지 못했다. 고전적 경계로 이루어진 세계 전체가 아인슈타인, 슈뢰딩거•, 에딩턴••, 드 브로이•••, 보어•••• 그리고 하이젠베르크••••• 앞에서 산산조각이 나고 무너져내린 것이다.

이들 물리학자 스스로가 말하는 20세기 과학계의 혁명에 대해 읽어 나가다 보면, 아인슈타인의 상대성이론이나 하이젠베르크의 불확정성 원리에 이르는 1905~1925년 사이의 '단 한 세대'라는 짧은 기간에 일어났던 놀라운 지적 격변에 감명받지 않을 수 없다. 고전적인 지도와 고전물리학의 지도는 문자 그대로 산산조각이 났다.

1925년 화이트헤드는 이렇게 말했다. "과학의 발전은 이제 전환기에 들어섰다. 물리학의 안정된 기반이 허물어지고 말았다. 과학사상의 낡은 기반은 불분명한 것이 되고 있다. 시간, 공간, 물질, 에테르, 전기, 메커니즘, 유기체, 원자배열, 구조, 패턴, 기능 등등 모든 것이 새로운 해석을 필요로 하고 있다. 역학力學이라는 것이 무엇을 의미하는지 모르

• Erwin Schroedinger(1887-1961): 1933년 노벨물리학상을 받은 오스트리아의 이론물리학자.
•• Arthur Stanley Eddington(1882-1944): 아인슈타인의 상대성 이론에 대한 최초의 증거를 제시한 영국의 이론물리학자.
••• Louis de Broglie(1892-1987): 자신의 물질파 이론을 실험적으로 확인한 공로로 1929년 노벨물리학상을 받음.
•••• Niels Henrik David Bohr(1885-1962): 원자구조론의 연구로 1922년 노벨물리학상을 받은 덴마크의 이론물리학자.
••••• Werner Karl Heisenberg(1901-1976): 새로운 원자핵 구조론으로 1932년 노벨물리학상을 받은 독일의 이론물리학자.

면서 역학적인 설명을 늘어놓는 것이 무슨 의미가 있겠는가?"

루이 드 브로이도 다음과 같이 말했다. "양자(quanta)가 은밀하게 도입된 날, 고전물리학의 거대하고 웅장한 체계는 자신이 그 기반부터 흔들리고 있음을 알게 되었다. 지적 세계의 역사상 이와 비견될 만한 대격변은 달리 없었다."

'양자혁명'이 어째서 그토록 엄청난 대격변이었는지를 이해하려면, 20세기가 시작될 무렵까지 과학세계는 대략 150여 년에 걸쳐 놀라운 성공을 향유해왔다는 점을 기억해야 한다. 적어도 고전물리학자들 눈에 우주란, 시간과 공간이라는 명확한 경계에 따라 서로 분리된 사물과 사건들이 정교하게 조합되어 있는 그 무엇이었다. 그들은 더 나아가 행성, 바위, 운석, 사과, 사람들과 같은 분리된 대상들을 정밀하게 측정하고 계산할 수 있었으며, 이런 과정을 통해 마침내 과학적 법칙과 원리를 만들어낼 수 있다고 생각했다.

이 수법이 너무나 성공적이었기 때문에, 과학자들은 자연의 모든 것이 이런 법칙에 지배된다고 착각하기 시작했다. 그들은 이 우주를, 서로 분리된 사물들이 맹목적으로 부딪치고 충돌하면서 당구공처럼 움직이는 하나의 거대한 뉴턴의 당구대처럼 보았다. 그리고 입자물리학의 세계를 탐구하기 시작할 때 역시 양자, 중성자, 전자에도 당연히 기존의 뉴턴의 법칙이나 그와 유사한 법칙들 모두가 그대로 적용되리라고 가정했다. 그러나 실제는 전혀 그렇지 않았다. 그 충격은 어느 날 장갑을 벗으면서 거기에 손이 있기를 기대했지만 가재의 앞발을 본 것에 필적할 만한 것이었다.

이보다 더 나쁜 일도 일어났다. 전자와 같은 소위 '궁극적 실체'들은 이전의 물리법칙에 들어맞지 않는 정도가 아니었다. 그것들은 그 위치조차 종잡을 수가 없었다! 하이젠베르크는 이렇게 말한다. "우리는 더 이상 애초에 물질의 기본 구성요소라고 믿어왔던 그것 자체를 궁극의 객관적 실체로 볼 수 없게 됐다. 그것들은 시간과 공간 속에서 그 어떤 형태의 객관적 위치도 보여주지 않기 때문이다."

소립자 당구공이 기존의 법칙을 따르지 않는 정도가 아니라, 애당초 당구공 자체가 존재하지 않았던 것이다. 적어도 그것은 분리된 실체로 존재하지 않았다. 다시 말해, 원자는 개별적인 사물처럼 행동하지 않았던 것이다.

옛 물리학에서는 원자를, 중성자와 양자가 태양처럼 중심에 있고 그 주변을 낱낱의 전자가 행성처럼 공전하고 있는 '태양계의 축소판'처럼 보았다. 그러나 이제 원자는 주변 환경 속으로 한없이 녹아드는 성운星雲처럼 보이기 시작했다. 헨리 스탭Henry Stapp은 다음과 같이 말한다. "소립자(elementary particle)란 독립해서 존재하는 분석가능한 실체가 아니다. 그것은 본질적으로 외부의 다른 사물로 뻗어 나가는 한 묶음의 관계성이다."

모든 현실의 궁극적인 재료인 '원자 차원의 것들'의 위치를 설정할 수 없는 것은, 한마디로 그것이 '경계'를 갖고 있지 않기 때문이다. 뿐만 아니라, 우주의 '궁극적 실체'는 분명한 경계가 없기 때문에 그것을 제대로 측정할 방법조차 없다. 이런 사실이 물리학자들에겐 극도로 당혹스러운 일이었다. 왜냐하면 그들에게는 과학적 측정, 수량화, 메타 경계라는 상투적인 도구가 필수품이었기 때문이다.

이처럼 '궁극적 실체'는 어떤 상황에서도 결코 완전하게 측정될 수 없다는 사실은 하이젠베르크의 '불확정성 원리'(uncertainty principle)라 불리며, 그것은 고전물리학을 내리친 마지막 치명타였다. 하이젠베르크 자신은 그것을 "딱딱한 틀의 붕괴(dissolution of the rigid frame)"라고 불렀다. 낡은 경계들이 붕괴된 것이다.

원자 이하의 소립자들은 아무런 경계도 갖고 있지 않기 때문에 거기에는 메타 경계도, 측정도 있을 수 없었으며, 따라서 어떤 정교한 메타–메타 경계와 '법칙들'도 있을 수 없었다. 오늘날까지도 우리는 단일한 전자의 운동을 지배하는 어떤 법칙도, 어떤 메타–메타 지도도 갖고 있지 않다. 그 이유는, 단일한 전자는 애당초 경계를 갖고 있지 않기 때문이다. 처음부터 경계가 없다면 메타 경계도 메타–메타 경계도 있을 수 없는 일이다.

대신 핵물리학자들은 이제 확률과 통계를 가지고 연구해야만 한다. 이는 그들이 충분히 많은 원자 요소의 측정치를 끌어모아야만 한다는 의미이다. 그렇게 하면 모인 집단을 '가공의 경계'로 구분된 별개의 사물처럼 보이도록 꾸미는 일이 가능해진다. 그런 다음에 메타 경계를 만들어내고, 그 체계가 전체로서 어떻게 행동하는지에 대하여 경험에서 나온 추측을 제시할 수 있다.

그러나 가장 중요한 점은, 이들 경계가 가공이자 거짓된 것에 지나지 않는다는 사실, 그리고 '궁극적 실체' 자체가 여전히 무경계 상태로 남아 있다는 사실을 물리학자들이 이제는 '알고 있다'는 것이다.

이제는 옛 물리학의 무엇이 잘못되었는지를 쉽게 알 수 있다. 옛 물리학은 자신이 그은 메타 경계와 메타–메타 경계의 성공에 너무나 도취해서, 경계 자체의 본질을 까맣게 잊어버린 것이다. 메타 경계와 메타–메타 경계가 너무나 유용했고 또한 정치적, 기술적인 힘을 발휘했기 때문에, 고전물리학자들은 '원래의 경계는 거짓일지도 모른다'는 의문을 전혀 품지 못했다. 바꿔 말하면, 고전물리학자들은 분리된 사물들을 지배하는 법칙을 발달시켜왔지만, 뜻밖에도 분리된 사물이란 것이 아예 실재하지 않는다는 사실을 발견하게 된 것이다.

새로운 양자물리학자들은 애초부터 경계란 것 자체가 일종의 '관습'에 불과했음을 인식할 수밖에 없었다. 실재하는 어떤 경계도 전혀 발견해낼 수 없다는 단순한 이유 때문이었다. 경계란 실재를 느끼고 만지고 측정해낸 결과물이 아니라, 실재를 지도로 그려내고 편집하는 '방식'의 산물이라는 것을 알게 되었다. 물리학자 에딩턴은 다음과 같이 말했다. "우리는 과학이 가장 멀리 발전해간 곳에서, 우리가 자연으로부터 끌어낸 것은 결국 우리가 자연에 부여했던 것이었음을 알게 되었다. 우리는 미지의 해변에서 이상한 발자국 하나를 발견했고, 그 발자국의 기원을 설명하기 위해 심오한 이론들을 하나씩 차례로 개발해냈다. 그리하여 마침내 우리는 발자국을 만든 존재를 재구성해내는 데 성공했다. 그런데, 보라! 그 발자국은 우리 자신의 것이다."

나는 현실세계가 단지 우리의 상상의 산물 — 주관적 유심론唯心論 — 이라고 말하는 것이 아니다. 다만 경계가 상상의 산물이라는 말이다. 비트겐슈타인이 "근대인의 모든 세계관의 밑바탕에는 소위 '자연법칙들이 자연현상을 설명하고 있다'고 하는 환상이 가로놓여 있다"고 말한 이유도 바로 이 때문이다. 왜냐하면 이들 법칙은 실재를 묘사하는 것이 아니라 다만 실재에 대해 우리가 그어놓은 경계에 지나지 않기 때문이다. 비트겐슈타인은 이에 관해 이렇게 말한다. "인과법칙과 같은 법칙들은 (경계들의) 네트워크를 묘사하는 것일 뿐, 네트워크가 묘사하는 그것 자체를 말하는 것은 아니다."

간단히 말해, 양자물리학자들은 실재란 더 이상 개별적인 사물이나 경계의 복합체로 볼 수 없다는 사실을 발견했다. 한때 서로 경계지어진

'사물'로 생각되던 것이 상호 긴밀히 짜여진 측면들이라는 점이 판명되었다.

몇 가지 이상한 이유로 인해, 우주의 모든 사물은 다른 모든 사물과 서로 긴밀히 연결되어 있는 것처럼 보였다. 진정한 영토로서의 세계는 당구공의 집합체가 아니라, 단일하고 거대한 우주장(universal field)처럼 보이기 시작했다. 이것을 화이트헤드는 '천의무봉天衣無縫의 우주'라고 불렀다. 어쩌면 이 물리학자들은 진정한 세계를 희미하게 감지하는 데 성공했던 것처럼 보인다.

이 세계야말로 무경계 영토이자, 아담이 치명적인 경계를 긋기 이전에 보았던 세계이다. 분류되고, 한계 지어지고, 작도된, 또는 메타 작도된 세계가 아니라 있는 그대로의 세계 말이다. 이런 천의무봉 상태에 관해 테이야르 드 샤르뎅Teilhard de Chardin은 다음과 같이 말한다.

구체적인 실재를 바라볼 때, 우주의 소재는 마치 일종의 거대한 원자처럼 진정으로 나뉠 수 없는 하나의 전체를 형성하고 있다. … 보다 강력해진 방법을 사용해서 물질 내부로 더 깊이 침투해 들어갈수록, 물질의 각 부분들의 상호의존성을 발견하고 우리는 점점 더 당황하게 된다. 상호의존하는 이 연결망은 모든 모서리를 닳아 헤지게 하지 않고는, 그 어느 한 부분도 조각내고 고립시키는 것이 불가능하다.

흥미롭게도 세계가 어떤 점에선 하나의 거대한 원자와 유사하다고 하는 이런 현대물리학의 개념은, 그 점에 관해서만큼은 — 실제론 단지 표면을 약간 긁은 것에 지나지 않지만 — 우주적 영역 또는 실재의 장場

을 의미하는 불교의 '법계法界'(Dharmadhatu)라는 교리 개념과 흡사하다.

법계의 주요 원리를 '사사무애事事無碍'라고 부른다. 사事는 '사물, 사건, 실체, 현상, 대상, 과정'을 의미하며, 무無는 '없음'을, 애碍는 '장애, 봉쇄, 경계, 분리'를 의미한다. 따라서 사사무애는 우주의 "모든 사물과 사건 사이에는 아무런 경계도 없다. 즉 무경계이다"로 해석된다. 사물들 사이엔 실제로 분할하는 경계가 없기 때문에, 우주의 모든 실체는 다른 모든 실체와 상호침투해 있다는 말이다. 가르마 창Garma Chang은 이렇게 설명한다.

무한한 법계에서는 언제나, 모든 사물이 아무런 결핍도 빠짐도 없이 완전무결한 상태로서 모든 (다른) 사물을 동시에 포함하고 있다. 따라서 하나의 대상을 보는 것은 모든 대상을 보는 것이며, 그 역도 마찬가지이다. 이 말은 원자라는 아주 작은 우주 안의 미세한 낱낱의 입자들이 미래의 무한한 우주와 아주 먼 과거의 무한한 우주 속의 무수한 대상과 원리를 완전무결한 상태로 포함하고 있다는 것이다.

그렇기 때문에 대승불교에선 우주를 거대한 보석의 망(net)으로 비유한다. 그곳에서는 한 보석의 모습이 모든 보석에 비치고, 모든 보석의 모습이 낱낱의 보석에 비친다. "모든 것은 하나이고, 하나는 모든 것이다(多卽─ ─卽多)"라고 불교에선 말한다. 이 말은 현대물리학자가 설명하는 소립자에 대한 오늘날의 견해를 들어보기 전까지는 대단히 신비하고 현실과 동떨어진 말처럼 들릴 수도 있다. 이것을 평범한 말로 설명하면, "각각의 입자는 다른 모든 입자로 구성되어 있고, 그런 입자들 각각도

동일한 방식으로 동시에 다른 모든 입자로 구성되어 있다"는 뜻이라고 그들은 말한다.

이와 같은 유사성으로 인해 많은 과학자들이 물리학자 프리쵸프 카프라Fritjof Capra의 말에 기꺼이 동의하게 되었다. "이와 같이 현대물리학의 두 가지 기본 이론은 동양적 세계관의 주요 특징 모두를 구비하고 있다. 양자이론은 '근본적으로 분리된 대상'이라는 개념을 제거했으며, 관찰자라는 개념이 있던 자리에 참여자라는 개념을 도입했다. 결국 부분이 전체와의 관계를 통해서만 정의되는, 상호연결된 관계성의 네트워크로서의 우주를 보기에 이르렀다."

본질적으로 현대과학과 동양사상의 커다란 유사성은 양쪽 모두 실재를 경계나 분리된 사물로서가 아니라, 분리할 수 없는 패턴의 비이원적 네트워크, 하나의 거대한 원자이자 무경계의 천의무봉으로 보고 있다는 데 있다.

서양과학이 이 문제를 우연히 발견하기 훨씬 이전부터 동양인들은 이런 사실을 알고 있었는데, 그것은 동양인들이 한 번도 경계라는 것을 심각하게 받아들인 적이 없었기 때문이다. 경계가 그들의 머릿속을 독점하지 못했기 때문에, 자연과 자연에 대한 그들의 이해는 멀리 동떨어진 적이 없었다. 동양인들에겐, 인간이 만든 경계투성이 지도 밑에 잠복해 있는 전체성을 시사하는 오직 하나의 길(way), 도道, 법(Dharma)만이 있었다.

실재가 비이원적이고, 둘이 아니라는 사실을 알고 있었던 동양인은 모든 경계가 환상이라는 사실 또한 알고 있었다. 그렇기 때문에 그들은 지도와 영토, 경계와 실재, 상징과 사실, 이름과 이름 붙여진 것을 혼동하는 오류를 범하지 않았다. 대부분 수세기 전에 쓰여진 것이지만, 어떤 불경佛經을 펼쳐보아도 이와 유사한 내용을 읽게 될 것이다. "겉모습이란 그 자체가 오감과 분별심에 스스로를 드러낸 것이며 모양, 소리, 냄새, 맛, 촉감으로 지각되는 것이다. 이런 겉모습으로부터 진흙, 물, 물병 등과 같은 개념이 형성된다. 그것을 가지고 사람들은 이것은 이러이러한 물건이지 저것이 아니라고 말한다. 이것이 이름이다. 겉모습을 대비시키고 이름을 비교해서 우리는 이것은 '코끼리, 말, 수레, 보행자, 남자, 여자'라 하고, 저것은 '마음과 그에 속한 것'이라고 한다. 이와 같이 사물에 이름을 붙이는 것을 분별이라고 한다. 이런 분별(경계들)의 실체 없음을 아는 것이 올바른 지식이다. 그러기에 현자는 이름과 모양(名色)을 실재와 혼동하는 일이 없다. 이름과 겉모양을 버리고, 모든 분별이 사라질 때, 그곳에 남는 것이 사물의 진정한 본성이다. '진여眞如'라 불리는 그 본성에 관해서는 어떤 예측도 불가능하다. 이 보편적이고, 무분별적이며, 불가지不可知한 '진여', 그것이 유일한 실재이다."(《능가경》)

다른 각도에서 보면, 이것은 '실재란 사고思考의 공空이자 사물의 공空'임을 견지하는 불교의 심오한 '공空의 교의'이다. "텅 비었다"고 말하는 것은, 서구 물리학자들이 발견한 것처럼 사물이란 단지 경험이 만들어낸 추상적인 경계에 불과하기 때문이다. 또한 '사고思考의 공空'이라고 하는 것은, 사고가 상징적인 지도제작이고 실재 위에 경계를 덧씌우는 과정이기 때문이다. 사물을 본다는 것은 생각하는 것이며, 생각한다는 것은 머릿속에서 '사물'을 그려내는 것이다. 따라서 '생각하기'와 '사물화事物化하기'는 우리가 실재를 잡기 위해 던진 경계라는 그물에 붙인 두 개의 다른 이름일 뿐이라는 것이다.

따라서 불교에서 '실재는 공'이라고 말하는 것은 본래 경계가 없음을 의미한다. 모든 실체가 단순히 어디론가 사라져버리고 뒤에 무無라는 순수한 진공, 분별할 수 없는 일원성의 혼돈만 남게 된다는 의미가 아니다. 스즈키D. T. Suzuki 선사는 공에 관해 다음과 같이 언급한다. "공은 다양성의 세계를 부정하지 않는다. 그곳에는 산이 있고, 벚꽃이 만발하며, 가을밤 달빛은 휘영청 밝게 빛난다. 그러나 동시에 그것들은 개별적 존재 이상의 것이다. 그것들은 우리에게 더욱 깊은 의미를 불러일으킨다. 그것들은 자신이 아닌 것과의 관계 속에서 이해된다."

세계를 경계의 공으로 볼 경우, 모든 사물과 사건이 ─ 모든 대립과 마찬가지로 ─ 상호의존적이며 상호침투하는 것으로 보인다는 점이 핵심이다. 즐거움은 고통과 관련되어 있고, 선은 악과, 삶은 죽음과 관련되어 있는 것과 마찬가지로, 모든 것은 '그것이 아닌 것들'과 관련되어 있다.

우리들 대부분은 이런 사실을 파악하기 어렵다. 우리는 여전히 아담의 원죄라는 주문에 걸려 있어서, 경계를 마치 삶 자체인 것처럼 붙잡고 있기 때문이다. 그러나 실재가 무경계라고 하는 통찰의 진수는 너무나 단순한 것이다. 그것을 파악하는 것이 그토록 어려운 이유는 바로 그 단순성 때문이다.

예컨대 시야視野를 예로 들어보자. 자연의 풍경을 죽 훑어볼 경우, 눈은 홀로 분리된 '단일한' 사물을 보는 것일까? 과연 눈은 '한' 그루의 나무, '한' 개의 파도, '한' 마리의 새를 본 적이 있기는 한가? 아니면 나무에 하늘이 더해지고 거기에 풀과 땅이 다시 더해진, 파도에 모래가 더해지고 거기에 다시 바위와 하늘과 구름이 더해진, 맞물려 짜인 온갖 종류의 패턴과 조직이 만들어내는 끊임없이 변화하는 만화경을 보는가?

지금 이 책에 인쇄된 문장을 읽는 경우만 하더라도, 시야 전체에 조심스럽게 주의를 기울인다면, 자신이 한 번에 한 단어만 보고 있지 않다는 점을 알게 될 것이다. 눈은, 실제로 읽는 것은 아니더라도, 이 종이 위의 모든 단어를 보며 그에 더해서 주변의 배경들, 아마도 손과 팔, 무릎, 책상, 방 안의 다른 부분들도 볼 것이다.

따라서 당신의 즉각적이고 구체적인 자각(awareness) 속에는 어떤 분리된 사물도 경계도 없다. 실제로는 단일한 실체를 '본' 적이 결코 없다. 당신은 언제나 풍요롭게 짜여진 하나의 장을 본다. 그것이 당신의 즉각적인 실재의 본질이다. 여기에 경계는 전혀 존재하지 않는다.

하지만 즉각적인 자각의 장에 정신적으로 경계를 첨가해 겹쳐놓을 수는 있다. 예컨대 '한 그루'의 나무, '한 개'의 파도, '한 마리'의 새처럼 몇 가지 두드러진 영역에만 주의를 기울임으로써 시야의 초점을 한정지을 수 있다. 그런 다음 나머지 요소들을 의도적으로 배제함으로써 특정 대상만 인식하는 '척할' 수는 있다. 즉, 자각에 경계를 도입한다는 의미에서 '집중할' 수 있다. 지금 읽고 있는 단어들에만 초점을 맞추고 시야 안의 다른 모든 것들은 알아차리지 못하는 척할 수 있다.

이것은 대단히 유용하고 분명히 필요한 책략이지만, 불리한 결과를 초래하기 쉽다. '분리된 사물들'에만 집중하고 주의를 기울일 수 있다는 데에는 실재가 수많은 '분리된 사물'의 다발로 이루어진 듯 오해하게 만들 위험성이 있다. 분리된 사물들은 사실 자각 속에다 스스로 덧붙여놓은 경계의 부산물에 지나지 않는데 말이다.

당신이 가진 유일한 도구가 망치일 경우, 모든 것은 못처럼 보이기 시작한다. 그러나 사실 당신은 실제로 경계를 보고 있는 것이 아니라 단지 경계를 만들어낼 뿐이다. 분리된 사물을 지각하는 것이 아니라, 그것들을 발명해낼 뿐이라는 뜻이다. 이런 자신의 발명품을 실재 자체로 오해하는 순간 문제가 발생한다. 그렇게 되면 현실세계가 마치 조각나고 뿔뿔이 흩어진 사건처럼 보이게 되고, 원초적인 소외감이 자각 자체에 침투해 들어오기 때문이다.

따라서 동양의 현자가 "모든 사물은 공이다", "모든 사물은 둘이 아니다", 또는 "모든 사물은 상호침투해 있다"고 말할 때, 그는 차이점을 부정하고 개별성을 무시하고 세상을 온통 한데 뒤섞인 걸쭉한 액체처럼 묘사하려는 게 아니다. 세상은 온갖 유형의 특징과 표면과 선들을 포함하고 있지만, 그들 모두는 단일한 무봉의 장으로 짜여져 있다는 것이다.

이런 식으로 생각해보라. 당신의 손은 분명 머리와 다르고, 머리는 다리와 다르고, 다리는 귀와 다르다. 하지만 그 모두가 한 몸을 구성하고 있다는 점을 인식하는 데는 아무런 어려움도 없다. 마찬가지로 당신의 신체가 다양한 부분들로서 스스로를 표현한다는 점을 이해하는 데도 아무런 어려움이 없다. 하나가 모두이고, 모두가 하나라는 것이다.

이와 마찬가지로 무경계 영토에서는 모든 사물과 사건이 똑같은 하나의 몸, 즉 법신法身, 그리스도의 신비체, 브라만의 우주장, 또는 도道의 유기적 구조물이다. 어떤 물리학자라도 우주 속의 모든 대상은 단지 단일한 에너지의 다양한 형상에 지나지 않는다고 말해줄 것이다. 그 에너지를 '브라만'이라 부르든 '도', '신', 혹은 그저 '에너지'라고 부르든 그것은 중요한 문제가 아니라고 나는 생각한다.

앞의 두 장에서 살펴본 사실은 — 적어도 현대과학에서 최근에 발달한 분야와 동양의 고대지혜에 의하면 — '실재는 무경계'라는 것이다. 생각할 수 있는 모든 종류의 경계는 단지 천의무봉의 우주로부터 추상화해낸 것에 지나지 않는다. 따라서 모든 경계는 본래 있지도 않은 분리 (와 결국은 갈등)를 만들어낸다는 의미에서 순전히 환상이며, 사물과 사건 사이의 경계뿐만 아니라 대극들 간의 경계도 궁극적으로 철저한 속임수라는 것이다.

무경계의 실재는 동양인들에게 그저 이론적이거나 철학적인 관심이었던 적이 결코 없었다. 그것은 칠판 위에서나 실험실에서 해결할 수 있는 어떤 것 — 물론 이런 식의 탐구도 중요하긴 하지만 — 이 결코 아니었다. 차라리 무경계는 일상적이며 구체적인 삶의 문제였다. 왜냐하면 사람들은 언제나 자신의 삶과 경험 그리고 자신의 실재를 '제한시켜왔기' 때문이다.

그리고 유감스럽게도 모든 경계선은 전선이 될 가능성을 내포하고 있다. 따라서 동양적 — 그리고 서양의 신비사상적 — 해방법의 유일한 목표는 인간을 경계로부터 구해내어 그 전장의 뒤엉킨 갈등으로부터 구해내는 것이다. 그들은 투쟁 자체를 해결하려고 애쓰지 않는다. 그렇게 하는 것은 피로 피를 닦아내는 것만큼이나 불가능한 일이기 때문이다. 그 대신 그들은 단지 투쟁을 만들어낸 경계가 애초부터 환상이었다는 사실을 드러내 보여준다. 따라서 투쟁은 해결(solved)되는 것이 아니라 저절로 해소(dissolved)된다.

요컨대, 실재가 무경계라는 사실이 드러날 때 곧 모든 갈등이 환상이라는 사실도 밝혀진다. 이런 궁극적인 지혜를 열반(nirvana), 해탈(moksha), 해방(release), 깨달음(enlightenment)이라고 부르며, 이 이해가 곧 양극으로부터의 해방, 분리라는 마법으로부터의 해방, 내 안의 거짓 정체성이란 사슬로부터의 해방이다. 이 점을 이해했다면, 이제 우리는 통상 '합일 의식'이라고 불리는 무경계 자각을 탐구할 준비가 된 셈이다.

4

무경계 자각

No-Boundary Awareness

합일의식이란, 진정한 실재에는 경계가 없다는 단순한 자각自覺이다. 그것을 설명하는 데는 어떤 비밀장치도 필요하지 않다. 뿐만 아니라 어떤 신앙심도, 어떤 신비주의 전문용어도, 어떤 위험한 비술秘術도 필요치 않다. 만일 실재가 정말로 경계 없는 상태라면 — 이를 부정한다면 상대성이론, 생태과학, 유기체 철학 및 동양의 지혜에 등을 돌리는 꼴이 된다 — 합일의식이란 바로 그것을 깨닫는 자연스러운 자각상태이다. 한마디로, 합일의식이 곧 무경계 자각이다.

말은 쉬워 보이지만 무경계 자각이나 합일의식을 올바로 논하는 것은 물론 지극히 어려운 일이다. 왜냐하면 모든 논의의 매개체인 우리의 언어 자체가 '경계의 언어'이기 때문이다. 앞서 보았듯이 단어와 상징 그리고 사고 자체는 실제로 경계 이외의 무엇이 아니다. 생각하거나 단어를 사용하거나 이름을 부를 때는 언제나 경계가 전제되어 있다. "실재는 무경계이다"라는 말조차 여전히 경계와 무경계 사이에 구분을 만들어낸다! 따라서 우리는 이원적인 언어에 함축된 엄청난 어려움을 명심해야 한다.

무경계 자각은 직접적이고 즉각적이고 비언어적인 자각이지 철학적 이론은 아니라는 점만 잊지 않는다면, "실재는 무경계이다"라는 말은 충분히 진실이다. 신비가神秘家와 현자賢者들이 실재는 이름과 형상, 언어와 사고, 구분과 경계 너머에 놓여 있다고 강조하는 것은 그 때문이다. 진여眞如로서의 진정한 세계, 공空, 법계法界, 도道, 브라만, 지고의 신은 모든 경계 너머에 놓여 있다. 뿐만 아니라 진여의 세계에는 선도 없고 악도 없으며, 성자도 죄인도, 탄생도 죽음도 없다. 왜냐하면 이 세계에는 어떤 경계도 없기 때문이다.

중요한 점은 주체와 객체, 나와 나 아닌 것, 보는 자와 보이는 것 사이에 아무런 경계도 없다는 것이다. 나는 이번 장 전체에 걸쳐서 이 점을 강조할 것이며 이 주제에 머물 것이다. 그 이유는 우리가 구축한 모든 경계 중에서 나와 나 아닌 것 사이의 경계야말로 가장 원초적인 것이기 때문이다. 나와 나 아닌 것 사이의 경계야말로 우리가 지워버리기를 가장 꺼리는 경계이며, 우리가 최초로 그은 경계이다.

그것은 우리가 가장 소중히 여기는 경계이다. 우리는 그 경계를 강화하고 방어하여 안정되고 안전한 것으로 만드는 데 오랜 세월을 투자해왔다. 이 경계야말로 우리에게 '분리된 나'라는 존재감을 부여하는 바로 그것이며, 우리가 늙어 추억만을 간직한 채 무無의 세계로 발을 들여놓는 순간 마지막으로 포기하게 될 바로 그것이다. 곧 나와 나 아닌 것 사이의 경계는 우리가 그은 최초의 경계이자 우리가 제거할 마지막 경계이다. 이 경계야말로 우리가 만들어 세운 모든 경계 중에서 가장 근원적인 최초의 것이다.

나와 나 아닌 것을 구분짓는 이 최초의 경계는 너무나 근본적인 것이라서, 다른 모든 경계는 이 최초의 경계에 의존할 수밖에 없다. 사물들로부터 자기 자신조차 구별해내지 못하면서 다양한 사물들 사이의 경계를 식별하는 일은 거의 불가능하다. '당신'이 만들어낸 모든 경계는 '당신 자신'을 분리된 존재, 즉 나와 나 아닌 것으로 나누는 이 최초의 근원적 경계에 기초해 있다.

어떤 경계이든 간에, 분명히 모든 경계는 합일의식에 있어선 장해물이다. 하지만 다른 모든 경계가 이 첫 번째 경계에 의존하고 있기 때문에, 이 경계를 간파하는 것은 모든 경계를 간파하는 것이기도 하다. 어떤 점에서 보면 이것은 대단한 행운이 아닐 수 없다. 만일 우리가 모든 경계를 분리해서 하나씩 씨름해야만 한다면, 그것들 모두를 해체시켜 대치된 양극으로부터 해방되는 데는 전 생애, 혹은 몇 생애가 걸릴지도 모르기 때문이다.

그러나 최초의 경계에 초점을 맞춤으로써 우리의 일은 엄청나게 단순화된다. 그것은 마치 단 하나의 벽돌 위에 나머지 모든 벽돌이 쌓여있는, 즉 피라미드를 거꾸로 쌓아놓은 모습과 같다. 최초의 벽돌 한 개만 빼내면 건물 전체가 무너져내린다.

우리는 이 최초의 경계를 여러 각도에서, 그리고 여러 이름을 통해 살펴볼 수 있다. 이것은 '나'와 '나 아닌 것', 곧 내면의 나와 외측의 대상들 사이의 환원불가능한 분리이다. 이것은 아는 주체와 알려지는 객체의 분열이고, 유기체로서의 나와 외부환경 사이의 공간이다. 그것은 지금 이 책을 읽고 있는 '나'와 읽히는 페이지 사이의 간극이다.

뭉뚱그리자면, 최초의 근원적 경계란 '경험자'와 '경험된 세계' 사이의 간극으로 볼 수 있다. 근원적 경계의 안쪽에는 주체, 생각하는 자, 느끼는 자, 보는 자인 '나'가 있고, 그 반대쪽에는 외부 대상의 세계, 나로부터 분리된 낯선 환경, 즉 '나 아닌 것'이 존재한다.

무경계 자각인 합일의식 안에서는 한때 '나 아닌 것'이라고 생각했던 모든 것이 고스란히 포함될 정도로 정체감이 확장된다. 그 정체감은 온 우주로, 모든 세계로 전환된다. 높든 낮든, 보이는 것이든 보이지 않는 것이든, 신성한 것이든 세속적인 것이든 모든 것이 그 안에 포함된다.

우주를 '분리하는' 이 최초의 경계를 실재하는 것으로 잘못 받아들이는 한, 이런 일은 실현되지 않는다. 그러나 일단 최초의 경계가 환상이라는 점을 이해하게 되면, 즉 '나'의 느낌이 모든 것을 감싸 안게 되면, 더 이상 자신의 바깥쪽에는 아무것도 없게 되며 따라서 경계를 그을 곳도 사라진다. 이와 같이 최초의 경계를 꿰뚫어볼 수만 있다면, 합일의식이라는 경험은 그다지 멀리 있는 것만은 아니다.

이런 설명을 듣다 보면, 합일의식을 불러들이기 위해서는 최초의 경계를 파괴해야만 한다는 잘못된 결론으로 비약하기 쉽다. 거칠게 말하면 그것이 사실이긴 하지만, 실제 상황은 그보다 훨씬 더 단순하다. 실제로는 최초의 경계를 파괴하기 위해 고생할 필요가 없다. '최초의 경계란 존재하지 않는다'는 지극히 단순한 이유 때문이다.

모든 경계와 마찬가지로 최초의 근원적 경계는 다만 하나의 환상일 뿐이다. 단지 존재하는 '것처럼' 생각될 뿐이다. 우리는 그것이 존재한다고 생각하고, 모든 측면에서 마치 그것이 존재하는 것처럼 행동한다. 그러나 그 경계는 존재하지 않는다. 당장 최초의 경계를 찾아 나선다고 해도 당신은 그 흔적조차 찾아내지 못할 것이다. 유령은 그림자를 남기지 않기 때문이다.

지금 이 책을 읽고 있는 바로 이 순간에도 진정 최초의 경계는 존재하지 않는다. 지금 이 순간 합일의식을 가로막고 있는 실질적인 장애란 존재하지 않는다.

따라서 우리는 최초의 경계를 찾아내서 그것을 제거하려고 애쓰지 않을 것이다. 그렇게 하는 것은 엄청난 오류이거나 적어도 어마어마한 시간낭비다. 애당초 존재하지도 않는 것을 파괴할 수는 없는 일이기 때문이다. 최초의 경계를 깨부수려고 애쓰는 것은 신기루 한가운데 서서 그것을 몰아내려고 사납게 팔을 휘두르는 것과 같다. 그런 행동은 대단한 흥분을 자아낼지는 몰라도 전혀 쓸데없는 짓이다.

환상을 뿌리째 뽑아 근절시킬 수는 없다. 환상 그 자체를 이해하고 꿰뚫어볼 수 있을 뿐이다. 이런 관점에서 볼 때 요가, 정신집중, 기도, 의식儀式, 찬송, 단식과 같은 꽤 공이 드는 활동을 통해 최초의 경계를 파괴하려는 시도조차도 실은 파괴하려고 하는 바로 그 환상을 더욱 강화시키고 영속시키는 일에 지나지 않는다. 어쨌든 최초의 경계를 실재하는 것으로 받아들이고 있기 때문이다. 캄브라이의 대주교 페넬롱•은 "'환상을 피하려는 시도'만큼 위험한 환상도 없다"고 말했다.

우리는 최초의 경계를 실재하는 것으로 받아들인 다음에 그것을 제거하려 하지 않고, 먼저 최초의 근원적 경계 그 자체를 찾아보려고 시도할 것이다. 만일 그 경계가 정말로 환상에 불과하다면 우리는 그 흔적을 결코 찾아내지 못할 것이다. 그렇게 되면 합일의식을 가로막고 있다고 생각했던 그것이 처음부터 존재한 적이 없다는 사실을 '자연스럽게' 이해하게 된다. 앞으로 알게 되겠지만, 이런 통찰 자체가 희미하게나마 이미 무경계 자각을 감지하는 것이다.

• Francois Fenelon(1651-1715): 프랑스의 성직자이자 저술가.

최초의 경계를 찾아보자는 말은 정확히 무엇을 의미하는가? 그것은 경험과 느낌으로부터 떨어져 분리된 나, 즉 '분리된 채로 경험하고 느끼는 나'를 아주 잘 찾아보자는 뜻이다.

나는 아무리 잘 찾아보아도 이런 '나'를 결코 발견할 수 없으리라는 점을 시사하고 있다. 합일의식을 가로막는 주된 장애물은 스스로를 고립된 개체로 느끼는 감각이다. 그러므로, 그렇게 분리된 나를 아무리 해도 찾아낼 수 없다면 그 자체가 합일의식을 감지하는 일이 된다. 불교의 위대한 현자 파드마삼바바Padma Sambhava의 말에 귀를 기울여보자. "나 자신을 아무리 찾아도 찾아낼 수 없을 때, 거기에서 찾음의 목적은 달성된다. 또한 찾음 자체도 끝난다."

이 실험을 시작하기 전에, "내가 없다" 또는 "근원적 경계가 없다"는 말이 무엇을 의미하는지 명확히 해둘 필요가 있겠다. 이것은 모든 감정의 상실을 의미하는 것이 아니다. 망아忘我, 혼란, 고뇌 또는 억제 불가능한 행동을 자아내는 상태도 아니다. 나의 마음과 몸이 기체로 증발해서 어딘가에 있는 뭔가 커다란 덩어리에 합체되는 것이 아니다. 그것은 '나 / 나 아닌 것'의 경계를 초월한 것이지, 그 둘이 뒤섞인 혼란에 빠져 있는 정신분열적 퇴행과는 전혀 관계가 없다는 말이다.

"내가 없다"란 말을 사용할 때 우리가 의미하는 바는 '분리된 나'라는 존재감이 실은 오해이고 잘못 해석된 감각이라는 것, 우리의 관심사는 바로 이 잘못된 해석을 일소하는 데 있다는 것이다. 우리 모두는 경험의 흐름에서 떨어져 나온 '나', 주변 세계로부터 분리되고 고립된 '나'라는 존재감을 내면 깊은 곳에 간직하고 있다. 우리 모두는 그 '나'라는 느낌과 외부세계에 대한 느낌을 다르게 여긴다. 그러나 '나'라는 느낌과 '저 밖에 있는 세계'의 느낌을 주의 깊게 살펴보면, 이 두 감각이 실제로는 '하나이자 동일한 느낌'이라는 사실을 알게 된다. 다시 말해, 내가 지금 밖에 있는 객관적 세계라고 느끼는 그것과 내면의 주관적 나라고 느끼는 그것이 동일하다는 말이다. '경험하는 자'와 '경험된 세계' 사이에 분리는 존재하지 않는다. 그렇기 때문에 우리는 그것들을 따로 찾아낼 수가 없다.

우리는 경계를 믿는 데 너무나 익숙해 있기 때문에, 처음에는 내 말이 아주 이상하게 들릴지도 모른다. 자신은 소리를 '듣는 자'이고, 감각을 '느끼는 자'이며, 광경을 '보는 자'라는 생각이 너무나 당연하게 여겨진다. 그러나 다른 한편으로, 자기 자신을 '보여진 사물을 보고 있는' 보는 자라거나, '들리는 소리를 듣고 있는' 듣는 자로 묘사해야 한다는 점이 뭔가 이상하진 않은가? 지각이란 것이 정말로 그렇게 복잡한 것일까? 지각 과정에는 이처럼 '보는 자', '보는 행위', '보여진 대상'이라는 세 가지 개별적인 실체가 진정 포함되는 것일까?

그 세 개의 실체는 따로 분리되어 있지 않다. '보는 행위 없는 보는 자' 또는 '보여진 대상 없는 보는 자'라는 것이 과연 있을 수 있을까? 보는 자 없이, 또는 보여진 대상 없이 보는 행위가 과연 있을 수 있을까? 보는 자, 보는 행위, 보여진 대상은 모두 한 과정의 세 가지 측면에 지나지 않는다. 언제 어느 때든, 다른 둘 없이 하나만 존재하는 일은 결코 일어나지 않는다. 나머지가 없으면 그중 어떤 것도 발견될 수 없다.

문제는 우리가 단일한 작용인 '본다'는 경험에 대하여 '보는 자', '보는 행위', '보여진 대상'이라는 세 개의 단어를 갖고 있다는 데 있다. 이는 단일한 물의 흐름을 "흘러가는 물이 흘러가는 행위를 하면서 흐른다"라고 표현하는 꼴과 같다. 이는 전적으로 동어반복에 불과하며, 실은 하나밖에 없는 곳에 세 개의 요인을 도입하는 셈이다.

그럼에도, 아담의 단어 마술에 최면이 걸려 있는 우리는 '보는 자'라는 분리된 실체가 분명히 존재하며, '보는 행위'라는 일련의 과정을 통해서 그 '보는 자'가 '보여진 대상'에 대한 지식을 얻는다고 생각한다. 그런 다음 우리는 자랑스럽게 자신을 '보여진 대상'과는 전적으로 분리되어 있는 '보는 자'라고 가정한다. 그렇게 해서 오직 하나로 주어진 우리의 세계는 '저 밖에 보여진 대상'과, 심연을 가로질러 그것과 대치하고 있는 '내면의 보는 자'로 분리된다.

여기서 경험이라는 과정 자체의 출발점으로 되돌아가서, 과연 경험자가 정말로 경험된 대상과 전적으로 다른 존재인지를 살펴보자. 먼저 듣기에서부터 시작해보자. 눈을 감고 실질적인 듣기 과정에 주의를 기울여보라. 새들의 노랫소리, 자동차 소음, 귀뚜라미 우는 소리, 아이들의 웃음, 귀에 거슬리는 TV 소리 등등 주변을 맴도는 모든 소리에 주의를 기울여보라. 그 모든 소리에 아무리 신중히 주의를 기울이더라도 당신이 결코 들을 수 없는 한 가지 소리가 있다. 당신은 '듣는 자'를 들을 수 없다. 들리는 소리들에 더해서, 그런 소리를 '듣고 있는 자'를 듣는 행위의 대상으로 삼을 수는 없다.

듣는 자를 들을 수 없는 이유는 '듣는 자가 존재하지 않기' 때문이다. 우리가 '듣는 자'라고 부르게끔 배워온 그것은 실제로 다만 듣는 경험의 한 측면일 뿐이다. 현실에는 오직 소리의 흐름만이 존재하며, 그 흐름은 주체와 객체로 분리되어 있지 않다. 거기엔 그 어떤 경계도 없다. 두개골 안쪽에 있는 '듣는 자'라는 감각이 듣는 경험 그 자체 속으로 녹아들도록 놓아두면, 당신은 자기 자신이 '외부 소리'의 세계 속으로 온통 녹아드는 것을 발견하게 될 것이다.

어떤 노선사老禪師는 깨달음의 순간을 다음과 같이 말했다고 한다.

"사원의 종소리를 듣는 순간, 갑자기 거기엔 종도 없고 나도 없있다. 단지 종소리만 있을 뿐." 관세음보살의 깨달음도 그런 실험을 통해서였다고 전해진다. 듣는 과정에 주의를 기울이면서, 듣는다고 하는 흐름 자체 이외에는 '분리된 나' 또는 '듣는 자'가 따로 없다는 사실을 깨달았던 것이다.

'주관적인' 듣는 자를 들어보려고 아무리 애써도 들리는 것은 '객관적인' 소리들뿐이다. 이 말은 당신이 소리를 듣는 것이 아니라, 당신과 그 소리가 하나라는 의미이다. 당신은 한발 물러선 자리에서 '듣는 행위'로써 '들리는 소리'를 '듣는 자'가 아니라, 그 전부와 하나인 것이다.

이것은 보는 과정에도 똑같이 적용된다. 시야 전체를 주의 깊게 바라볼 경우, 시야에 들어온 모든 것이 거의 공간에 진열된 것처럼, 허공에 떠 있는 것처럼 보인다. 시야는 여기에는 산의 모양을, 저기에는 구름 모양을, 저 아래에는 시냇물을 이루면서 빛과 색채와 음영으로 짜여진 한없이 풍요로운 패턴으로 이루어져 있다. 그러나 볼 수 있는 모든 광경 중에서 당신이 아무리 눈을 부릅떠도 여전히 볼 수 없는 한 가지가 있는데, 그것은 바로 그 광경을 보고 있는 '보는 자'이다.

보는 자를 보려고 노력할수록, '보는 자가 없다'는 사실에 더욱 곤혹스러워진다. 오랫동안 스스로 그 광경을 보는 '보는 자'라고 생각하는 편이 너무나 자연스러웠다. 그러나 그 '보는 자'를 찾으려 하는 순간, 나는 아무런 흔적도 발견하지 못한다. '보는 자'를 보려고 고집스럽게 계속 애써봐도 실제로 발견할 수 있는 것은 오직 '보여진 사물'들뿐이다. 이것은 '보는 자'인 내가 광경을 보는 것이 아니라, '보는 자'인 내가 지금 나타나 있는 모든 광경과 한 덩어리임을 의미한다. 소위 '보는 자'란 '보여진 사물'들과 전혀 다르지 않다.

내가 한 그루의 나무를 볼 때, '나무'라는 하나의 경험과 '나무를 본다'라는 또 다른 경험이 존재하는 것이 아니다. 거기엔 단지 나무를 본다는 단일한 경험만이 있을 뿐이다. 내가 '냄새 맡는 행위'의 냄새를 맡거나, '맛보는 행위'의 맛을 보지 않는 것과 똑같이, 나는 '보는 행위'를 보지 않는다.

경험과 동떨어져 있는 나 자신을 찾으려 할 때마다, 그것이 마치 경험 '속으로' 사라져버리는 듯 보인다. '경험하는 자'를 찾으려 해도 우리는 늘 또 다른 경험만을 발견하게 되며, 주체와 객체는 언제나 하나의 존재라는 사실만이 폭로된다. 이는 꽤나 안절부절못하게 하는 경험이기 때문에, 이 모든 것을 곰곰이 생각하다 보면 좀 혼란에 빠질지도 모른다. 하지만 조금만 더 앞으로 밀어붙여 보자.

당신은 지금 이런 문제를 숙고하고 있는 그 '생각하는 자'를 발견할 수 있는가? 다시 말해서, '나는 혼란스럽다'라고 '생각하고' 있는 '생각하는 자'가 있는가, 아니면 단지 '나는 혼란스럽다'라는 생각만이 있는가? 분명히 현재의 생각만이 존재한다. 만일 당신이 '생각하는 자'를 발견했다면, 그것은 더 이상 '생각하는 자'가 아니라 '생각의 대상'일 수밖에 없다. 우리가 '생각하는 자'라고 믿고 있는 실체가 사실은 현재 생각의 흐름 그 자체일 뿐이라는 점은 명백하다.

이와 같이, 당신은 '지금 나는 혼란스럽다'고 생각함과 동시에 그렇게 생각하고 있는 '생각하는 자'를 인식하지 않는다. 거기엔 단지 '나는 혼란스럽다'라는 현재의 생각만이 있을 뿐이다. 그렇기에 그런 생각을 '생각하는 자'를 찾아내고자 했을 때, 당신이 찾아낸 것은 그저 '지금 나는 혼란스럽다고 생각하고 있다'는 또 하나의 현재의 생각이었다. 결코 현재 '생각'과 분리되어 존재하는 '생각하는 자'를 발견할 수는 없다. 이는 그 둘이 동일한 것이라는 사실을 말해준다.

현자들이 '나'를 없애려고 애쓰지 말고 단지 그것을 찾아보라고 권유하는 이유는 바로 이 때문이다. '나'를 찾으려 할 경우, 발견하는 것은 언제나 '내가 없다'는 사실뿐이기 때문이다.

그러나 분리된 '듣는 자', '맛보는 자', '보는 자', '생각하는 자'가 없다는 점을 머리로는 이해할지라도, 여전히 우리의 내부에는 분리되고 고립된 '나'라는 뿌리 깊은 존재감이 어쩔 수 없이 있을 것이다. 저 밖의 세계와 분리된 '내가 있다'는 느낌은 여전히 존재한다. 내면의 나에 관한 느낌이 마음속 깊은 곳에 여전히 있다. 나를 보거나, 맛보거나, 들을 수는 없을지라도 나는 틀림없이 나를 '느낀다.'

좋다. 그렇다면 당신이 지금 '나'라고 부르는 그 느낌을 간직한 채로, 그 '느낌'을 '느끼고 있는' 느끼는 자'를 찾아낼 수 있겠는가? 만일 그렇다면, 그 '느끼는 자'를 '느낄' 수 있겠는가? 이 경우에도, 그것은 더 이상 '느끼는 자'가 아니라 또 다른 '느낌의 대상'일 수밖에 없다. 생각하는 자가 그 생각과 하나이고, 맛보는 자가 그 맛과 하나이듯, 느끼는 자도 그 느낌 이외의 다른 무엇이 아니다. 현재의 느낌과 분리된 '느끼는 자'는 존재하지 않는다. 그것은 결코 존재한 적이 없다.

이렇게 해서 세계와 떨어져 분리된 '나'가 존재하지 않는다는 피할 수 없는 결론은 분명해지기 시작한다. 당신은 언제나 자신을 '경험과 분리된 경험자'라고 상상해왔다. 하지만 막상 그것을 찾으려는 순간, 그것은 경험 '속으로' 사라져 버린다.

이 점에 대해 앨런 왓츠Alan Watts는 다음과 같이 말한다. "단지 경험만이 존재한다. 경험을 경험하는 누군가란 없다. 우리는 듣기를 듣거나, 보기를 보거나, 냄새 맡기를 냄새 맡지 않는 것과 마찬가지로 느낌을 느끼거나, 생각을 생각하거나, 감각을 감각하지 않는다. '나는 기분이 좋다'라는 말은 현재 기분이 좋다는 의미이다. 그 말은 '나'라고 부르는 어떤 것이 있고, '느낌'이라고 부르는 또 다른 분리된 것이 있어서, 그 둘을 하나로 모을 경우 이 '나'가 좋은 기분을 '느낀다'는 의미가 아니다. 현재의 느낌 이외엔 어떤 느낌도 없다. 그때 당시 어떤 느낌이 현존하든 그것이 곧 '나'이다. 현재 느낌과 동떨어진 '나'를 찾아낸 사람, '나'와 동떨어진 어떤 느낌을 찾아낸 사람은 세상에 없다. 결국 이 말은 단지 그 둘이 똑같다는 사실만을 알려줄 뿐이다."

자, 이제 '나'와 '나의 경험' 사이에 아무런 간격도 없다는 사실을 이해했으니, '나'와 '내가 경험한 세계' 사이에도 아무 간격이 없다는 점이 분명해지기 시작하지 않는가? '나'는 곧 '나의 경험'이고, 또한 '내가 경험한 세계'이기도 하다. 내가 새를 보는 것이 아니라, 내가 곧 새를 보는 경험 그것이다. 내가 책상을 만지는 것이 아니라, 내가 곧 책상을 만지는 경험 그것이다. 내가 천둥소리를 듣는 것이 아니라, 내가 곧 천둥소리를 듣는 경험 그것이다. '나'라고 부르는 내적 감각과 '세계'라 부르는 외적 감각은 하나의 동일한 감각이다. 내적 주체와 외적 객체는 하나의 느낌에 대한 두 개의 이름일 뿐이다. 이런 사실은 '느껴야 할' 어떤 것이 아니라, '느낄 수 있는' 유일한 것이다.

이 말은, 당신이 깨닫고 있든 아니든, 지금 이 순간의 의식상태가 곧 합일의식이라는 의미이다. 지금 이 순간 당신은 '이미' 우주이며, '이미' 현재 경험의 총체이다. 당신의 현재 상태는 언제나 합일의식이다. 합일의식의 주된 장애물로 보이는 '분리된 나'는 환상에 지나지 않는다.

그것은 애당초 존재하지 않기 때문에, 그것을 없애려고 애쓸 필요조차 없다. 그것을 찾아내려 한다 해도, 결코 찾아내지 못할 것이다. 찾아내지 못한다는 사실 자체가 합일의식에 대한 확인이다. 바꿔 말하면, '나'를 찾더라도 발견할 수 없을 때, 당신은 일시적으로나마 진정한 실재인 합일의식을 자각한 것이다.

지금까지 말한 것들이 처음엔 괴이하게 들리겠지만, '분리된 나'란 없다는 통찰이야말로 모든 시대의 신비가와 현자들이 단언해온 것이며, '영원의 철학'의 핵심이기도 하다. 이런 통찰을 예증할 수 있는 수많은 인용문이 있지만, 부처의 유명한 일설은 진정 그 모든 것을 말해준다.

> 고통이 있을 뿐, 고통받는 자는 없다.
> 행위가 있을 뿐, 행위하는 자는 없다.
> 열반이 있을 뿐, 열반을 구하는 자는 없다.
> 길이 있을 뿐, 그 길을 가는 자는 없다.•

이런 이해는, 실로 모든 고통으로부터의 해방을 가능케 해준다고 보편적으로 전해진다. 긍정적으로 표현하자면, '내가 곧 우주'임을 깨달을 때 내게 고통을 줄 수 있는 '외부대상'은 존재하지 않는다는 말이다. 이 우주의 밖엔 충돌을 일으킬 아무것도 없다. 부정적으로 표현하면, 이런 이해는 무엇보다 '고통받을 수 있는 나'가 존재한다는 관념으로부터의 해방이기 때문에 곧 모든 고통으로부터의 해방과 같다는 말이다. 웨이 우 웨이Wei Wu Wei는 이 점에 대해 이렇게 말한다.

• 청정도론淸淨道論(Visuddhimaga) 제16장.

당신은 왜 불행한가?
당신의 생각과 행동의 99.9퍼센트가
당신 자신을 위해 이루어지지만,
실은 그 '당신'이 허구의 존재이기 때문이다.•

　오직 부분만이 고통받을 뿐, 전체는 고통받지 않는다. 신비가들은
이런 깨달음을 '부정적인' 표현으로는 이렇게 말한다. "부분은 환상이
라는 진실, 즉 고통받는 '분리된 나'란 없다는 진실을 깨달을 때 그대는
고통으로부터 해방된다." 반대로 '긍정적인' 표현으로는 이렇게 말한
다. "그대는 언제나 전체로서 오직 자유, 해방, 광명만을 알고 있는 존
재이다. 오직 전체를 깨닫는 것이야말로 고뇌, 고통, 죽음뿐인 부분의
운명을 벗어나는 길이다." 소승불교는 전자를 강조하고, 힌두교와 기독
교는 후자를 강조한다. 대승불교는 이 둘 간의 멋진 균형을 발견한 듯하
다. 하지만 이 모두는 동일한 통찰에 대한 증언들이다.
　부분이란 없다는 사실을 깨달을 때, 우리는 전체로 하강하게 된다.
지금 이 순간 '내가 없다'는 사실을 깨달을 때, 우리는 자신의 진정한
정체는 언제나 지고의 본성임을 알게 된다. 언제나 현존하고 있는 무경
계 자각의 빛 속에서는 한때 '내면의 고립된 나'라고 상상했던 그것이
저 밖의 우주와 하나가 된다. 이것이야말로 진정한 당신이다. 어디를 둘
러보든 그 모든 곳에 당신의 본래면목만이 있을 뿐이다.

• 《깨달은 분께 묻다》(Ask the Awakened), p.1. / 웨이 우 웨이는 영국의 도가철학자 제임스 스테너스
그레이James Stannus Gray의 필명으로, 도가의 중심 철학인 爲無爲를 영어식으로 표기한 것이다.

〔어떤 선사가 처음 무경계를 깨달았을 때의 일을 설명하기를〕

내가 법당에 돌아와 자리에 막 앉으려 할 때 모든 광경이 변했다.

주변을 둘러보고 위아래를 보자

삼라만상의 온 우주가 아주 다르게 보였다.

무지와 열정에 취했을 땐 역겹게만 보이던 것들이,

이제는 나 자신의 가장 깊은 곳으로부터 흘러나온

밝고, 투명하고, 진실한 무엇으로 보였다.

힌두교에선 "탓 트밤 아시Tat tvam asi", 즉 "그대가 그것이다. 진정한 그대는 궁극의 에너지 그것이며, 우주 속의 모든 것은 그 궁극의 에너지의 현시이다"라고 말한다.

인류 역사 전반을 볼 때, 이 '진정한 나'에는 다양한 신비사상과 형이상학 전통에 의해 십여 개의 다른 이름이 붙여졌다. 그것은 알-인산 알-카밀al-Insan al-Kamil, 아담 카드몬Adam Kadmon, 루아흐 아도나이Ruach Adonai, 누스Nous, 정령精靈, 푸루샤Purusha, 여래장如來藏, 보편자普遍者, 성체聖體, 브라만-아트만Brahman-Atman, 즉자성卽自性 등등으로 알려져 왔다. 조금 다른 각도에서 보면, 이 단어들은 모두 진정한 세계, 곧 무경계를 나타내는 상징들에 지나지 않는다. 실제로 이것들은 법계法界, 공空, 진여眞如, 최상의 신Godhead과 동의어이다.

이 '진정한 나'는 보통 그것이 인간의 가장 '깊은' 핵심임을, 또한 대단히 주관적이고, 내적이고, 개인적이고, 추상적(nonobjective)이고, 안쪽에 내재된 무엇임을 암시하는 일련의 호칭들로 불린다. 신비가들은 예외 없이 "천국은 그대 안에 있다"고 말한다. 이는 당신의 가장 깊은 곳에 잠재된 그것 ─ 모든 존재의 진정한 본성 ─ 을 발견할 때까지 당신의 영혼을 깊숙이 탐구해가라는 뜻이다. 스와미 프라바바난다Swami Prabhavananda는 이렇게 말하곤 했다. "그대는 절대적으로, 근원적으로, 근본적으로 깊숙한 곳에서 그대가 과연 누구라고, 무엇이라고 생각하는가?"

'진정한 나'는 '내적 주시자', '절대적인 보는 자(Seer)이자 아는 자(Knower)', '가장 내밀한 본성', '절대적 주체성' 등으로 불리기도 한다. 따라서 베단타 힌두교의 스승인 샹카라Shakara는 다음과 같이 말한다. "우리의 자아의식의 밑바닥에는 자재自在적인 실재가 존재한다. 그 실재는 세 가지 — 깨어 있고, 꿈꾸고, 잠자는 — 의식상태의 주시자이며, 오감과는 별개의 것이다. 그 실재는 모든 의식상태 속에서 아는 자이다. 그것은 마음의 존재 여부를 알아차린다. 이것이 곧 진아眞我, 지고의 존재, 신이다." 시바야마(紫山) 선사의 다음과 같은 훌륭한 인용문도 이 점을 말해준다.

그것(실재)은 주체성과 객체성 모두를 초월해 있으면서 그들을 자유롭게 창조하고 활용하는 '절대적 주체성'이다. 그것은 결코 대상화되거나 개념화될 수 없으며 스스로 완전무결한 상태로 완결된 '근본적 주체성'이다. 그것을 이런 이름으로 부르는 것 자체가 이미 대상화와 개념화로 한 발 내딛는 오류이다. 그래서 에이사이* 선사는 "절대로 그것에 이름 붙일 수 없다"라고 말한 것이다

결코 대상화하거나 개념화할 수 없는 절대적 주체성은 시간과 공간의 제약으로부터 자유롭다. 그것은 삶과 죽음에 지배되지 않으며, 주체와 객체를 넘어서 가며, 한 개체 안에 살지만 그 개체에 국한되지 않는다.

그러나 '진정한 나'를 우리들 한 사람 한 사람의 내면에 있는 '진정한 보는 자', '내적 주시자' 또는 '절대적 주체성'이라고 말하는 것은 우리가 지금까지 합일의식에 대해 말해온 것에 비추어볼 때 모순되는 것처럼 보일 수도 있다.

우리는 '진정한 나'란 언제나 현존하는 무경계 자각이며, 그곳에선 주체와 객체, 보는 자와 보여진 대상, 경험자와 경험된 대상이 단일한 연속체를 이루고 있다는 사실을 알았다. 반면 다른 한편으로, 바로 위에서는 '진정한 나'를 '내적 주시자', '궁극적인 아는 자'라고 기술했다. 진정한 나를 '보여진 대상'이 아니라 '보는 자'로, '밖에 있는 무엇'이 아니라 '안에 있는 무엇'으로 묘사한 것이다. 일견 서로 모순되는 듯 보이는 이런 말들을 어떻게 이해하면 좋을까?

우선 첫째로, 말로 표현할 수 없는 합일의식의 경험을 묘사하려고 할 때마다 신비가들이 당면하는 어려움을 인식해야만 한다. 가장 큰 어려움은, '진정한 나'란 무경계 자각상태인데 비해 모든 언어와 사고는 경계 이외에 다른 것이 아니라는 데 있다. 이것은 어떤 특정 언어에 국한된 결점이 아니라 모든 언어 자체에 내재된 구조적인 문제이다. 언어는 관습적인 경계를 구축할 수 있는 한에서만 유용성을 갖는다. 경계 없는 언어는 이미 언어일 수가 없다. 그렇기 때문에 합일의식을 논리적, 형식적으로 말하고자 하는 신비가는 대단히 역설적이거나 모순되는 말을 할 수밖에 없는 불리한 운명에 처해 있는 셈이다. 문제는 어떤 언어구조든, 포크로 바닷물을 퍼올릴 수 없듯이, 합일의식의 본질을 포착할 수는 없다는 것이다.

● 榮西(1141-1215): 최초로 일본에 차茶를 도입한 것으로 알려져 있음.

따라서 신비가들은 길을 가리키고 보여주는 것으로 만족할 수밖에 없으며, 우리는 그것에 의지해서 스스로의 힘으로 합일의식을 경험하지 않으면 안 된다. 이런 점에서 볼 때, 신비가의 길은 전적으로 실험적인 길이다. 신비가들은 아무것도 맹목적으로 믿지 말라고, 자신의 이해와 경험 이외에 어떤 권위도 받아들이지 말라고 권고한다. 그들은 단지 자각 속에서 몇 가지 실험을 해보도록, 스스로 현재의 존재 상태를 주의 깊게 보도록, 그리고 자기 자신과 자신의 세계를 가능한 한 명료하게 보도록 노력하라고 권고한다. 비트겐슈타인이 말한 것처럼 "생각하지 말고 보라!"는 것이다.

하지만 '어디를' 보라는 것인가? 이 시점에서 신비가들이 보편적으로 답하는 핵심은 "내면을 보라. 진정한 그대는 내면에 있으니 내면을 깊숙이 보라"는 것이다. 그러나 여기서 신비가들은 진정한 그대가 당신의 '안쪽'에 있다고 단언하는 것이 아니라, 그저 당신의 안쪽을 '가리키고 있는' 것임에 유의해야 한다. 물론 그들은 내면을 보라고 말한다. 하지만 최종적인 답이 당신의 밖엔 없고 오직 안에만 있기 때문에 그렇게 말하는 것이 아니라, 일관되고 주의 깊게 안쪽을 보다 보면 머지않아 바깥쪽도 함께 발견하게 되기 때문에 그렇게 말하는 것이다. 다시 말해서 내면과 외측, 주체와 객체, 보는 자와 보여진 대상이 하나라는 사실을 깨닫게 되고, 자발적으로 자연스러운 상태로 빠져들게 된다는 것이다.

그렇기에 신비가들은 '나'에 관해서 우리가 앞서 기술했던 것과 모순되는 듯한 방식으로 말을 시작한다. 그러나 그들의 말을 끝까지 철저히 따라가 보면, 앞으로 알게 되겠지만, 그 결론은 똑같은 것이다.

'절대적 주체성' 또는 '내적 주시자'와 같은 개념이, 적어도 신비가들이 사용하는 방식에서 볼 때 무엇을 의미하는지를 생각하며 이 작업을 시작해보자. 절대적 주체성은 언제 어떤 상황에서도 보이거나, 들리거나, 알려지거나, 지각될 수 있는 대상이 될 수 없다. '절대적인 보는 자'를 보는 것은 절대로 불가능하다. '절대적인 아는 자'를 아는 것 역시 절대로 불가능하다. 노자는 이 점에 대해 다음과 같이 말한다.

> 아무리 보려 해도 보이지 않으니
> 이를 이夷(색깔 없음)라 한다.
> 아무리 들으려 해도 들리지 않으니
> 이를 희希(소리 없음)라 한다.
> 아무리 잡으려 해도 붙들 수 없으니
> 이를 미微(모양 없음)라 한다. •

이 '진정한 나' 혹은 '절대적 주체성'과 접촉하기 위해, 대부분의 신비가들은 스리 라마나 마하르쉬Sri Ramana Maharsh의 말에 따라 다음과 같은 방식으로 진행해간다. "일곱 가지 체액으로 이루어진 이 거친 몸(粗大身)은 내가 아니다. 제각기 대상을 파악하는 다섯 개의 감각기관도 내가 아니다. 생각하는 마음조차, 그것은 내가 아니다."

그렇다면 이 '진정한 나'란 도대체 어떤 것일까? 라마나가 지적한 것처럼 그것은 나의 몸일 수가 없다. 나는 몸을 느낄 수 있고 알 수 있는데, 그처럼 알려진 대상은 '절대적인 아는 자'일 수 없기 때문이다. 그것은 나의 욕망, 희망, 공포와 같은 감정일 수 없다. 왜냐하면 나는 어느

• 視之不見 名曰夷 聽之不聞 名曰希 搏之不得 名曰微. — 도덕경 14장.

정도까진 그런 것들을 느끼고 알 수 있는데, 그처럼 알려진 대상은 '절대적인 아는 자'일 수 없기 때문이다. 그것은 나의 마음, 나의 인격, 나의 생각일 수도 없다. 그런 것들 모두는 보여질 수 있으며 주시注視될 수 있는데, 그처럼 주시될 수 있는 대상은 '절대적인 주시자'일 수 없기 때문이다.

이런 식으로 '진정한 나'를 찾기 위해 끈질기게 내면을 관찰함으로써, 나는 그것이 내면에서 발견될 수 없다는 사실을 깨닫기 시작한다. 나는 지금까지 나 자신을 바깥의 모든 대상을 바라보는 내면의 '작은 주체'로 생각하는 데 익숙해 있었다. 하지만 신비가는 이 '작은 주체'가 하나의 '객체'로 전락할 수 있음을 명백하게 보여준다! 그렇다면 이 '작은 주체'는 진정한 나, 진정한 주체가 전혀 아니다.

그러나 신비가에 따르면, 우리 삶과 생활의 중요한 문제가 바로 이곳에서 비롯된다. 왜냐하면 우리들 대부분은 '나'를 느낄 수 있고 알 수 있고 지각할 수 있고, 아니면 최소한 모종의 느낌으로 알아차릴 수 있다고 상상하기 때문이다. 우리는 지금도 그런 느낌을 갖고 있지 않은가.

이에 대해 신비가는 이렇게 응수한다. 내가 '나'를 지금 이 순간 볼 수 있고, 알 수 있고, 느낄 수 있다는 사실이 그 '나'가 전혀 '진정한 나'일 수 없다는 점을 결정적으로 말해주는 증거이라고 말이다. 그것은 거짓된 나, 사이비 나이며, 환상이자 하나의 날조라는 것이다.

그렇다면 우리는 알고 있거나 알 수 있는 모든 '객체들'의 집합과 무심코 자신을 동일시해온 셈이다. 이처럼 '인식될 수 있는 대상'이 '인식하는 자', 곧 '진정한 나'일 수는 없다. 하지만 우리는 몸, 마음, 성격 등을 '진정한 나'라고 상상하면서 그것들과 자신을 동일시한다. 그러고는 그저 환상에 불과한 그것들을 방어하고, 보호하고, 연장시키려고 애쓰면서 전 생애를 소비해버린다.

우리는 조용히, 그러나 틀림없이 발견되기를 기다리고 있는 지고의 본성을 간직한 채로, 오인된 자기 정체성이라는 역병의 희생자가 되고 말았다. 신비가들은 '거짓 나'보다 더 아래에, 더 깊은 곳에 있는 영원한 '참나'를 일깨우는 것 이외엔 다른 아무것도 우리에게 바라지 않는다. 때문에 그들은 이 '거짓 나'와의 동일시를 멈추기를, 또한 알고 생각하고 느낄 수 있는 대상은 그것이 무엇이든 진정한 나의 일부가 될 수 없다는 사실을 깨닫기를 요구한다.

나의 마음, 나의 몸, 나의 생각, 나의 욕망들… 이것들은 나무, 별, 구름, 산과 마찬가지로 '진정한 나'가 아니다. 왜냐하면 나는 별다른 어려움 없이 그것들을 객체로서 주시할 수 있기 때문이다. 이런 탐구를 계속 진행해가면, '나'라고 하는 것이 점차 투명해지면서 어떤 의미에선 내가 고립되고 피부로 둘러싸인 이 유기체를 훨씬 넘어선 존재라는 사실을 깨닫게 된다. 내 안으로 깊이 들어가면 갈수록, 나는 나로부터 점점 더 멀어져간다.

탐구를 더 밀어붙이면, 의식 속에서 공중제비와도 같은 묘한 전환이 일어난다. 이런 반응을 〈능가경〉에선 '의식 최심층부로의 전회轉回'라고 부른다. 내가 '절대적인 보는 자'를 찾으면 찾을수록, 그것을 하나의 대상으로서 발견해내는 일은 불가능하다는 점이 더욱 명벽해진다. 그것을 하나의 대상으로서 발견해낼 수 없는 이유는, 단순하게도 그것이 실은 '모든 대상 그 자체'이기 때문이다! 내가 '느끼는 자'를 느낄 수 없는 것은 그것이 곧 '느낌 그 자체'이기 때문이다. 내가 '경험하는 자'를 경험할 수 없는 것은 그것이 곧 '경험 그 자체'이기 때문이다. 내가 '보는 자'를 볼 수 없는 것은 그것이 '봄 그 자체'이기 때문이다. 이처럼 '진정한 '나'를 찾아내기 위해 내면으로 들어갈수록, 발견되는 것은 오직 '있는 그대로의 세계'뿐이다.

그러나 이제는 한 가지 이상한 일이 일어났다. 내면의 '진정한 나'가 실제로는 외부의 현실과 하나이며, 그 역도 마찬가지라는 사실을 우리가 깨달았기 때문이다. 주체와 객체, 안쪽과 바깥쪽은 둘이 아니며 또한 언제나 비非이원적이다. 거기엔 어떤 근원적인 경계도 존재하지 않는다. 세계가 곧 나의 몸이며, 보고 있는 내가 곧 보여지는 대상이다.

'진정한 나'는 안에도 밖에도 살고 있지 않다. 주체와 객체는 둘이 아니기 때문에, 신비가들은 실재에 관해 서로 다른 방식으로 말하지만 그것은 다만 외관상으로만 모순되는 듯 보일 뿐이다. 그들은 실재는 그 어떤 객체도 포함하고 있지 않다고, 또는 실재는 그 어떤 주체도 포함하고 있지 않다고 말한다. 주체와 객체, 양쪽 모두의 존재를 부정할 수도 있다. 어쩌면 상대적 주체와 상대적 객체 모두를 초월하면서 또한 포함하는 절대적 주체성에 대해 말하기도 한다. 이런 말들은 결국 내면세계와 외부세계가 같은 것 ― 늘 현존하고 있는 무경계 자각상태 ― 을 가리키는 두 가지 이름에 지나지 않는다는 사실을 알리려는 여러 방편일 뿐이다.

'영원의 철학'을 둘러싼 복잡한 이론과 설명에도 불구하고, 그 본질은 지극히 평범하고 단순하며 평이하다는 사실이 아마도 지금쯤은 분명해졌을 것이다. 잠시 뒤돌아보면, 2장에서 우리는 실재란 대극의 통일성 또는 비이원성이라는 사실을 보았다. 대극을 서로 대치한 적들로 분리시켜놓는 것은 상징적 지도와 경계들이었다. 그렇다면 실재가 비이원적이라고 말하는 것은 실재가 무경계라는 말과 같다.

3장에서 우리는 실재가 시간과 공간 속에서 서로 결렬되고 분리독립된 사물들의 집합체가 아니라는 사실을 알았다. 우주 내의 모든 사물과 사건은 그것 이외의 모든 사물과 사건과 상호의존적으로 관련되어 있다. 여기에서도 우리에게 독립된 개별적 실체라는 환상을 제공하는 것은 상징적 지도와 경계이다. 그렇다면 진정한 세계가 어떤 분리된 대상도 담고 있지 않다고 말하는 것은 진정한 세계가 무경계라고 말하는 것과 같다.

이번 4장에서, 우리는 무경계인 실재의 발견이 곧 '합일의식' 그것임을 알았다. 이 말은 합일의식 속에서 무경계의 진정한 실체를 본다는 것이 아니라, 합일의식이 곧 진정한 무경계 영토라는 것이다. 어떤 의미에서 보더라도, 실재는 무경계이며, 그것이 곧 우리의 진정한 정체성이다. 양자역학의 창시자인 에르빈 슈뢰딩거Erwin Schroedinger의 말을 인용해보자. "대지 위에 자신을 던져 어머니인 대지 위에 몸을 눕히면, 당신이 그녀와 하나이고 그녀가 당신과 하나임을 확신할 수 있게 된다. 당신은 대지처럼 확실히 안정되며 불사의 존재가 된다. 실제로 당신은 대지보다도 수천 배나 확고한 불사의 존재이다. 내일 그녀가 당신을 집어삼킬 것만큼이나 확실히 그녀는 새로운 당신을 낳을 것이고, 당신에게 한 번 더 새로운 노력과 고통을 안겨줄 것이다. 단지 '어느 날'만이 아니라 지금, 오늘, 그리고 매일 그럴 것이다. '한 번'만이 아니라 수천 번이나 어머니 대지는 당신을 집어삼키고 또한 당신을 낳을 것이다. 영원히 그리고 언제나, 오직 하나이며 동일한 '지금 이 순간'만이 존재한다. 현재만이 유일하게 끝없이 영원한 것이다."

5

무경계 순간

The No-Boundary Moment

성 디오니시우스St. Dionysius는 "나는 성경에서 말하는 시간(time)과 영원(eternity)의 의미를 이해할 '필요'가 있다고 생각한다"는 말과 함께 모든 신비통찰의 난제에 손을 댔다. 왜냐하면 모든 시대 모든 지역의 깨달은 현자들이 합일의식은 시간의 산물, 즉 일시적인 것이 아니라 영원한, 즉 '무시간적인' 것이라는 데 동의하고 있기 때문이다. 합일의식은 시작도 탄생도 알지 못하며, 종말도 죽음도 알지 못한다. 따라서 진정한 실재가 우리를 교묘히 피해 다니도록 두지 않으려면 우리는 영원성의 본질을 철저하게 파악할 필요가 있다.

성 아우구스티누스St. Augustine는 다음과 같이 묻는다. "마음을 고요케 함으로써, 오고감 없이 늘 머물러 있는 영원이 어떻게 과거와 미래라는 시간을 드러내는지를 들여다볼 자 과연 누구인가?" 참으로 누구란 말인가? 영원한 무언가를 — 만일 그런 게 정말로 존재한다면 — 파악하는 것은 너무나 벅차고, 심오하고, 거의 불가능한 과제처럼 생각되기 때문에 우리는 그 앞에서 움츠러들기 쉽다. 현대인은 대개 최소한의 신비적 통찰조차 상실해버렸기에 영원이라는 개념 자체를 완전히 무시해버리거나, 실증주의적 열정으로써 적당히 설명하고 치워버리려 하거나, 아니면 그런 것이 '실제 현실'과 무슨 관련이 있는지 반문하기 십상이다.

하지만 신비가는 '영원'이란 철학적 견해도, 종교적 교리도, 이룰 수 없는 이상도 아니라고 주장한다. 차라리 영원은 너무나 단순한, 너무나 명백한, 그저 있는 그대로의 너무나 간단한 것이어서 우리가 해야 할 일은 그저 눈을 번쩍 떠서 생생하게 '보는 것'일 뿐이라고 말한다. 황벽선사•는 "그것은 바로 네 눈앞에 있다!"고 시종일관 강조했다.

'영원과의 만남'이 그토록 두렵게 느껴지는 이유 중 하나는 우리가 일반적으로 '영원'이란 단어 자체의 진정한 의미를 오해하고 있기 때문이다. 우리는 보통 영원을 아주 아주 긴 시간, 예컨대 수백억 년 넘도록 끝없이 계속해가는 시간의 연장이라고 상상한다. 그러나 신비가는 영원을 전혀 그런 식으로 이해하지 않는다. 왜냐하면 영원은 '끝없이 이어지는 시간'에 대한 자각이 아니라 그 자체가 전적으로 '시간 밖에 존재하는' 자각이기 때문이다. 영원한 순간이란 과거도 미래도, 이전도 이후도, 어제도 내일도, 탄생도 죽음도 알지 못하는 무시간적인 순간이다. 합일의식 안에서 산다는 것은 곧 '무시간적 순간' 속에서 '무시간적 순간'으로서 산다는 것과 같다. 왜냐하면 시간이라는 '오염'만큼 신성한 빛을 철저히 가로막고 있는 장애물도 없기 때문이다. 마이스터 에크하르트Meister Eckhart는 이렇게 말한다. "우리에게서 빛을 가로막는 것은 시간이다. 시간만큼 하나님[합일의식]을 가로막는 장해도 없다. 꼭 시간 그 자체뿐만 아니라 덧없음, 덧없어 보이는 대상들, 덧없다는 환상 등등

• 黄檗希運(?-870/856).

시간으로부터 기인한 흔적과 냄새도 모두 여기에 포함된다."

그러나 우리는 여전히 '무시간적 순간'이란 무엇인지를 묻지 않을 수 없다. 날짜도 기간도 없는 순간이란 어떤 것인가? 시간 속에서 단지 재빠르게 사라져 가는 순간이 아니라 절대적으로 '시간 없는 순간'이란 무엇인가?

처음엔 이런 물음이 이상하게 보이겠지만, 우리들 대부분은 과거와 미래가 모호한 어떤 것으로 사라져가는 순간들, 참으로 시간 너머에 너무나 멀리 놓여 있는 것처럼 보이는 순간들과 절정의 순간들을 알고 있다는 점을 받아들일 수밖에 없다. 황혼을 바라보며, 바닥을 알 수 없는 수정같이 검은 연못 위에서 유희하는 달빛을 바라보며, 또는 사랑하는 사람과 황홀한 포옹을 나누며 넋을 잃고 나 자신과 시간으로부터 표류해 떠다닌 순간, 세찬 빗속을 통해 반향하는 천둥소리 후의 고요함에 문득 사로잡힌 순간… 이와 같은 무시간성을 접해보지 못한 사람이 과연 있을까?

이 모든 경험이 공통적으로 갖고 있는 것은 무엇일까? 신비가는 '현재순간(present moment)'에 완전히 몰입한 경험 속에서는 시간이 정지된 것처럼 보인다고 말한다. '현재순간'을 잘 검토해보면, 분명 그 안에는 시간이 존재하지 않는다는 것이다. 현재순간은 곧 무시간의 순간이며, 무시간의 순간은 과거도 미래도 모르고, 이전도 이후도 모르며, 어제도 내일도 모르는 영원한 순간이다. 따라서 이런 현재순간으로 깊숙이 발을 내딛는 것이 곧 영원으로 뛰어드는 것이고, 거울을 통과해 불생불사不生不死의 세계로 들어가는 것이다.

이 현재순간은 '시작이 없다.' 시작이 없으니 불생不生(the Unborn)이다. 즉 아무리 찾아봐도 이 현재순간에 대한 경험의 '시작점'을 찾아내

거나 보거나 느낄 수 없다. 이 현재는 언제 시작됐을까? 이 현재에 시작
이 있기는 했을까? 어쩌면 이 현재는 시간이 닿을 수 없는 곳에 있어서
'애초부터' 시간의 흐름에 속한 적이 없는 것은 아닐까?

　동일한 이유로, 지금 이 순간에는 '끝이 없다.' 끝이 없으니 불사不死
(the Undying)이다. 다시 한 번 아무리 찾아봐도 지금 이 순간에 대한 경험
의 '종말'을 찾아내거나 보거나 느낄 수 없다. 결코 현재순간의 종말을
경험하는 것은 불가능하다. (죽더라도, 어떤 종말을 느끼는 당신은 이미 그곳
에 있지 않을 것이다). 슈뢰딩거Schroedinger가 "현재는 끝을 갖고 있지 않은
유일한 것이다"라고 말한 것은 이 때문이다.

　겉으로는 폭포처럼 연속해서 빠르게 스쳐 가는 듯해도, 현재순간 그
자체는 우리가 배워온 '시간의 흐름'이란 해석과는 무관하게 전혀 파괴
되지도, 오염되지도 않는다. 이 현재순간엔 과거도 없고 미래도 없다.
즉, 시간의 흐름이 존재하지 않는다. 그리고 그것이 바로 영원이다. 설
봉선사*는 말한다. "영원이 무엇을 의미하는지 알고 싶은가? 그것은
지금 이 순간 이외에 다른 것이 아니다. 지금 이 순간에서 영원을 붙잡
지 못하면, 수만 번 다시 태어나더라도 그것을 얻지 못하리라."

　따라서 끝없이 이어지는 '영속적인(everlasting) 시간'이란 개념은 기형
적인 괴물에 불과하다. 우리는 어떤 방법으로도 그런 영속성을 이해하
거나 포착하거나 경험할 수 없다. 그러나 영원한(eternal) 지금, 바로 이
'무시간의 순간'은 당신 자신의 현재 경험만큼이나 단순하고 접근가능
한 것이다. 영원과 현재 경험은 하나이자 동일한 것이기 때문이다. 비트
겐슈타인도 "영원한 생명은 현재에 살고 있는 사람의 소유물"이라고

● 雪峰義存(822-908).

말한 바 있다.

영원이란 현재의 본질이자 무시간적 순간의 본질이기 때문에, 신비가는 하늘나라로 들어가는 문, 즉 '과거와 미래라는 양극 너머'로 이끌어주는 위대한 해방은 지금 외에는 언제 어디에도 존재하지 않는다고 말한다. 기독교 성자인 드 코사드^{de Causade}는 이렇게 말한다. "오, 목마른 자들이여! 생명수가 샘솟는 샘을 찾을 필요가 없다는 것을 알라. 그 샘은 지금 이 순간 그대 곁에서 샘솟고 있다 … 지금 이 순간이 하나님 이름의 현현이요, 하늘나라의 임장臨場이다." 이런 까닭에 이슬람 신비가인 루미[●]는 "수피^{Sufi}는 이 순간의 자녀"라고 말한다.

모든 주요 종교와 철학 학파의 위대한 현자들의 말씀을 다 동원한다면, 이런 인용문은 끝없이 계속 이어질 수 있을 것이다. 그러나 그 모두는 결국 똑같은 것을 가리킬 뿐이다. 영원이란 내일 발견되는 것도, 5분 후에 발견되는 것도, 2초 이내에 발견되는 것도 아니다. 영원은 '언제나 이미 지금(always already Now)'인 것이다. 현재만이 유일한 실재이다. 거기에 또 다른 실재란 존재하지 않는다.

그럼에도 불구하고, 전적으로 온전히 지금 이 순간에 살고 있는 사람은 극히 적은 것처럼 보인다. 우리는 어제에 살면서 끊임없이 내일을 꿈꾸기 때문이다. 그렇게 해서 시간이라는 고통스러운 사슬에 묶이고, 있지도 않은 유령을 불러내어 스스로를 속박한다. 기억과 기대라는 공상의 안개 속에서 에너지를 소모하고, 그로써 현존하고 있는 근원적 실재를 박탈하고는 그것을 '허울 좋은 현재' 또는 '빈약한 현재', 즉 고작 1~2초 정도 머물다 사라져버리는 영원한 현존의 창백한 그림자로 전

● Mevlana Celalettin Rumi(1207-1273): 페르시아 출신의 위대한 수피.

락시킨다. 무시간적 순간 속에 살지 못하는 무능력과 영원의 기쁨 속에 잠기지 못하는 무능력 때문에, 우리는 현재순간의 무기력한 대용품인 '시간의 약속' — 지금 갖지 못한 것을 미래엔 갖게 되리라는 — 을 계속 추구한다.

신비가에 따르면, 시간 속의 삶은 고통 속의 삶이다. 왜냐하면 신비가는 우리의 모든 문제가 '시간에서 비롯된' 또는 '시간 속의' 문제라고 주장하기 때문이다. 당신은 지금까지 이런 식으로 생각해본 적이 없겠지만, 잠시 숙고해보면 그 말이 너무나 명백한 진실임을 알게 될 것이다. 우리의 모든 문제는 시간과 관련되어 있다. 우리의 걱정은 언제나 과거 또는 미래에 걸쳐 있다.

우리는 과거에 저지른 수많은 행동을 후회하며, 그로 인한 미래의 결과를 두려워한다. 죄책감은 과거와 단단히 결합되어 우울증, 쓰라림, 후회라는 고뇌를 가져온다. 이 말에 납득되지 않거든, 과거의 상처가 전혀 없는 삶의 모습은 어떤 것일지 한 번 상상해보아도 좋을 것이다. 이와 마찬가지로, 모든 불안은 미래에 대한 생각과 한데 묶여서 두려움과 파멸적 기대라는 먹구름을 가져온다. 과거와 미래! 이 둘이 우리를 고뇌라는 족쇄로 채우고 있음은 분명하다. 〈바가바드 기타Bhagavad Gita〉는 우리에게 다음과 같이 경고한다.

나, 세월로 와서 인간을 먹어치우노니,
파멸로 무르익어가는 그들의 때를 기다리도다.

그럼에도 불구하고, 현재 그 자체에는 어떤 근본적인 문제도 없다. 그곳에는 시간이 없기 때문이다. 현재의 문제를 끼고 사는 생명은 존재하지 않는다. 만일 그런 것이 있다고 생각된다면 다시 면밀히 살펴보라. 그러면 그것이 실제로는 어떤식으로든 과거의 죄책감이나 미래의 불안과 결합되어 있다는 사실이 필연적으로 드러날 것이다. 왜냐하면 죄책감이란 과거 속에서 헤매는 상태이고, 불안이란 미래 속에서 헤매는 상태이기 때문이다.

신비가는 이런 의미에서 모든 문제가 '시간의 흐름'이라는 감쪽같은 느낌과 속박에 의해 만들어진다고 주장한다. 소설 《율리시즈Ulysses》에서 스테픈Stephen은 "역사란 내가 깨어나려고 애쓰는 악몽이다"라고 한탄한다. 에머슨Ralph Waldo Emerson이 멋지게 지적한 것처럼, 이 깨어남은 우리가 현재에 현존하게 될 때만 일어난다.

나의 창 아래 핀 장미들은 이전의 장미나 더 아름다운 장미와는 아무런 관계도 없다. 그들은 존재 그 자체이며, 신과 더불어 오늘 존재한다. 그들에겐 시간이란 존재하지 않는다. 거기엔 단순히 장미만이 존재할 뿐이다. 장미는 존재의 매 순간 완전하다 … 그러나 인간은 뒤로 미루거나 기억한다. 인간은 현재에 살지 않고 과거를 비탄하거나, 자신을 둘러싼 풍요로움에 무관심한 채 습관적으로 눈을 뒤로 돌리거나 미래를 미리 보기 위해 까치발을 한다. 인간은 시간 너머 현재 속의 자연과 함께 살 때까지 행복할 수도 강해질 수도 없으리라.

이와 같이 '시간 너머 현재 속에 살기' 그리고 '순간의 자식으로 존재하기'는 영원과 합일의식의 핵심을 이루고 있다. 왜냐하면 무시간적 현재란 '시간으로부터 영원으로, 죽음으로부터 불사로' 이끌어주는 곧고 좁은 길 이외에 다른 것이 아니기 때문이다.

하지만 이 점을 이해하는 데 있어선 대단히 조심하지 않으면 안 된다. 왜냐하면 이 '무시간적 현재에 살기', 즉 현재 순간에 대한 꾸밈없는 주목은 그저 어제와 내일을 망각하는 흔해 빠진 심리적인 술책과는 아무런 관계도 없기 때문이다. 신비가는 과거와 미래를 잊어버리거나 무시함으로써 현재에 살아야 한다고 말하는 것이 아니다. 처음엔 이 말이 귀를 의심케 할지 모르지만, 그들이 말하는 것은 "과거와 미래란 없다"는 것이다. 왜냐하면 과거와 미래란 단지 영원한 지금 위에 덧씌워진 상징적 경계라는 환상의 산물에 불과한 것이기 때문이다. 이 상징적 경계가 어제 대 내일로, 이전 대 이후로, 지나간 시간 대 다가올 시간으로 영원을 분리시키는 것처럼 보이게 만든다. 따라서 영원 위에 덧그은 경계로서의 시간은 해결해야 할 문제가 아니라, 애당초 존재하지도 않는 하나의 환상에 지나지 않는다.

따라서 이 영원한 자각을 올바르게 이해하기 위해선 대단히 조심해야 한다. 영원이 끝없이 지속되는 시간이 아니라 '무시간의 현재'라는 것을 이론적으로 파악한 많은 사람들은 현재 경험하는 모든 것에, 지금 이 순간에 주의를 집중함으로써 이 무시간의 현재에 '접촉하려고' 애쓴다. 그들은 무시간의 현재순간에 접촉하기 위해 즉각적 현재에 대한 오롯한 주의를 목표로 훈련한다.

그러나 이런 훈련이 그럴듯하게 들릴지는 몰라도, 핵심에서 벗어난 시도라는 것은 두말할 필요도 없다. 지금 이 순간에 접촉하려는 노력은 여전히 그런 접촉이 일어날 '또 다른' 지금 이 순간을 필요로 하기 때문이다. 다시 말해, 무시간의 현재 속에 살기 위한 '노력'에는 이미 시간이 전제되어 있다는 것이다. 현재에 주의를 기울이는 노력에는, 달리 주의를 기울일 수 있는 미래가 전제되어 있어야 한다. 하지만 우리가 문제 삼고 있는 것은 미래와 대비되는 현재가 아니라, 있는 그대로의 지금 이 순간이다. 간단히 말해서 시간에서 벗어나기 위해 시간을 사용한다는 것은 어불성설이다. 그렇게 할 경우, 우리는 뿌리 뽑고자 하는 바로 그 것을 강화하는 꼴이 되기 때문이다.

이 말이 기분을 상하게 한다면, 그것은 우리가 자신이 이미 영원한 지금 속에 살고 있지 않다고 생각하고, 따라서 미래의 언젠가 그런 삶 이 확실해질 조치를 취해야만 한다고, 그래야 영원한 현재로서 살게 될 것이라고 끊임없이 생각하기 때문이다. 바꿔 말해, 시간을 진정한 현실 이라고 생각한 다음 그것을 깨부수려고 노력을 기울인다는 것이다. 이 보다 더 나쁜 사실은, 우리는 시간을 시간으로써 부수려고 애쓰지만 그 렇게 해서는 결코 성공할 수 없다는 것이다. 그렇기 때문에 신비가들은 환상을 깨부수라고 하지 않고, 다만 환상을 주의 깊게 살펴보라고만 권 고하는 것이다. 만일 실제로 시간이 존재하지 않는다면, 시간을 부수기 위해 애쓸 필요도 없기 때문이다.

그렇다면 시간을 제거하려고 애쓰기 전에, 우선 과연 시간을 찾아낼 수 있는지부터 알아보기로 하자. 시간을 찾아보았지만 찾아낼 수 없다 면, 우리는 이미 무시간성을 다소나마 감지한 셈이 될 것이다.

우리는 경험된 세계로부터 떨어져 있는 '분리된 나'란 없다는 사실 을 직접적인 경험이 보여주고 있음을 이미 살펴보았다. 이와 마찬가지 로, 아주 똑같은 방식으로, 우리는 이제 과거로부터 미래로 흘러가는 시 간이 실제로 존재하는지, 또는 존재하지 않는지에 대한 어떤 증거를 직 접적인 경험에서 찾아볼 것이다.

그럼 감각에서부터 시작해보자. 우리는 과연 시간을 느껴본 적이 있는가? 즉, 과거나 미래를 직접 감각해본 적이 있는가? 먼저 청각을 살펴보자. 잠시 동안 그저 들리는 것들에 모든 주의를 집중하고, 자각 전반을 통해 만화경같이 끊임없이 변하는 소리의 흐름에 귀를 기울여보라. 사람들의 얘기 소리, 개 짖는 소리, 아이들의 노는 소리, 바람 부는 소리, 빗방울 소리, 수도꼭지에서 떨어지는 물소리 등을 들을 수 있을 것이다. 아마도 집이 삐걱대는 소리나 자동차 소리, 누군가의 웃음소리가 들릴지 모른다. 그러나 이 '모든 소리'가 '현재의 소리'라는 점에 주목하기 바란다. 당신은 과거의 소리도, 미래의 소리도 들을 수 없다. 당신이 듣는 유일한 소리는 오직 '현재'이다. 당신은 과거나 미래를 듣고 있지 않으며 들을 수도 없다.

모든 소리가 오직 현재의 소리인 것과 똑같이, 모든 맛은 오직 현재의 맛이며, 모든 냄새도 현재의 냄새이고, 모든 광경 역시 현재의 광경이다. 당신은 과거나 미래의 어떤 것도 만지거나 보거나 느낄 수 없다. 다시 말해, 직접적이고 즉각적인 자각 속에는 어떤 과거도 미래도 없다. 즉, 시간이 없다는 것이다. 1초도 안 될 만큼 아주 짧더라도, 결코 끝나지 않으며 쉼 없이 변화하는 현재만이 존재할 뿐이다. 직접적인 자각은 모두 무시간적인 자각이다.

하지만 그럼에도 불구하고 우리로 하여금 시간, 그중에서도 지나간 시간, 자신의 과거사, 예전에 존재했던 사물들을 모두 자각하고 있다는 압도적인 인상을 갖게 하는 것은 무엇일까? 분명히 나의 직접적인 경험 속에는 과거란 없고 오직 끊임없이 스쳐가는 현재만이 존재한다는 것을 충분히 이해하고 있음에도 불구하고, 나는 스스로 과거를 '알고' 있다고 확신하고 있다. 또한 어떤 교묘한 말재주로도 그렇지 않다고 나를 확신시킬 수 없다. 몇 분 전, 몇 일 전, 몇 년 전에 일어났던 일들에 대해 분명하고도 확고하게 내게 말해주는 무언가가 있기 때문이다. 그것은 무엇일까? 그것을 부정하는 것이 가능할까?

첫 번째 의문에 대한 답은 분명한 것처럼 보인다. 그 답은 기억이다. 과거는 직접 보거나 느끼거나 만지지는 못할지라도, 생각해낼 수는 있기 때문이다. 과거가 있었다는 것을 보증해주는 것은 기억뿐이다. 실제로 기억이 없다면, 나는 시간이라는 관념을 결코 가질 수 없을 것이다. 나아가 다른 사람들도 역시 기억을 갖고 있는 듯 보이며, 그들 모두가 내가 회상하는 것과 같은 유형의 과거에 대해 말한다.

따라서 나는 과거를 직접 경험할 수는 없더라도 '기억이 실제 과거에 대한 지식을 가져다준다'고 생각한다. 그러나 신비가들은 바로 여기서 내가 치명적인 실수를 저질렀다고 주장한다. 내가 과거를 생각할 때 실제로 알고 있는 것 모두는 특정 기억일 뿐이며, "그 기억 자체도 현재 경험"이라고 신비가들은 말한다. 앨런 왓츠는 이렇게 설명한다. "그렇다면 기억은 어떤가? 분명히 기억을 떠올림으로써 나는 과거가 어땠는지 알 수 있는 게 아닌가? 좋다, 그렇다면 무언가를 떠올려보자. 친구가 길을 따라 내려가는 모습을 본 경우를 떠올려보라. 당신은 무엇을 인식하는가? 당신은 친구가 길을 따라 걸어 내려가고 있다는 증명가능한 사건을 실제로 보고 있는 것이 아니다. 당신은 그 친구에게 다가가 악수할 수 없으며, 지금 떠올리고 있는 그 과거에 깜박 잊고 묻지 않았던 질문을 던져 답을 얻을 수도 없다. 요컨대 당신은 전혀 진정한 과거를 보고 있는 것이 아니다. 과거에 대한 현재의 흔적을 보고 있는 것이다. … 기억으로부터 당신은 과거에 어떤 일이 있었다고 추정한다. 그러나 당신은 어떤 과거 사건을 인식하는 것이 아니다. 단지 현재 속의, 그리고 현재의 한 부분으로서의 과거를 아는 것일 뿐이다."

이와 같이 내가 아는 것은 실질적인 과거가 아니다. 내가 알고 있는 것은 다만 과거에 대한 기억일 뿐이며, 그런 기억들은 오직 현재경험으로서만 존재한다. 게다가, 우리가 '과거'라고 부르는 일이 실제로 일어났을 때 역시 그것은 현재의 사실이었다. 따라서 어떤 시점에서 보더라도 나는 결코 실질적인 과거를 '직접' 인식하는 것이 아니다. 마찬가지로, 나는 결코 미래를 알지 못한다. 내가 유일하게 아는 것은 단지 예견이나 기대일 뿐이며, 그것들도 두말할 필요 없이 현재경험의 일부이다. 예견이란 기억과 마찬가지로 현재의 사실이다.

　'기억으로서의 과거'와 '예견으로서의 미래'가 모두 현재의 사실이라는 점은 모든 시간이 현재에 존재하고 있음을 알려준다. 이 점을 이해한다면, 시간과 영원에 관한 신비가들의 말이 훨씬 선명해진다. 예컨대 성서에 언급된 두 종류의 시간(날)에 대한 마이스터 에크하르트의 유명한 언명을 읽어보라. "한 종류의 날만 있는 것이 아니다. 영혼의 하루와 하나님의 하루가 있다. 6일 전의 하루든 7일 전의 하루든 또는 6천 년 전의 하루든, 하루는 어제만큼이나 바로 현재에 가까이 있다. 어째서 그런가? 모든 시간은 지금순간(Now-moment)에 포함되어 있기 때문이다. 영혼의 하루는 이런 시간에 해당하며 사물을 비추는 자연의 빛으로 이루어져 있다. 그러나 하나님의 하루는 낮과 밤으로 이루어진 완전한 하루이다. 그 하루가 진정한 지금순간이다. 과거와 미래는 모두 하나님으로부터 멀리 떨어져 있으며, 그의 길과는 무관한 것이다." 니콜라우스 쿠자누스Nicolas de Cusa는 "모든 시간의 흐름은 하나이자 동일한 '영원한 지금'과 일치한다. 고로, 과거나 미래 같은 것은 존재하지 않는다"고 말했다. 또한 우리는 단테Dante가 왜 "모든 시간이 곧 지금 이 순간이다"라는 거짓말 같은 말을 할 수 있었는지도 이해할 수 있다.

그렇다면, 우리가 시간과 시간으로 인한 모든 문제에 속박되어 있다는 것은 엄청난 환상에 불과하다. 현재만이 있을 뿐 시간은 존재하지 않는다. 그 겉모습이야 어떻든 간에, 당신이 경험하는 것은 오로지 영원한 현재뿐이다. 그러나 우리들 대부분은 현재의 순간이 영원한 것이라고 느끼지 않는다. 우리는 현재의 순간을 그저 1~2초 정도 지속하다 순식간에 스쳐가는 현재, '덧없는 현재'라고 느낀다. 기독교 신비가들은 이것을 눙크 플루엔스nunc fluens, 즉 '스쳐가는 현재'라고 부른다. 다른 식으로 말하면, 현재의 순간을 '한정되고 제한된' 것으로 느낀다는 뜻이다.

현재의 순간은 과거와 미래 사이에 낀 샌드위치처럼 보인다. 그 이유는 우리가 상징으로서의 기억과 실제 사실을 혼동함으로써 무시간적 현재에 하나의 '경계'를 설정하고, 그것을 과거 대 현재라는 대립으로 갈라놓은 다음, 시간이란 과거로부터 '덧없이 스쳐가는 현재'를 거쳐 미래로 진행해가는 움직임이라고 생각하기 때문이다. 우리는 영원이란 영토에 경계를 만들어 놓고 스스로를 그 안에 가두어버린다.

그렇게 되면 스쳐가는 현재가 한편으론 과거에 의해, 다른 한편으론 미래에 의해 한정된 것처럼 보이게 된다. 과거는 나의 '뒤에' 있는 진정하며 실질적인 무엇처럼 보이고, 뒤돌아보면 뭔가 진정한 실체가 거기에 있는 듯 느껴진다. 많은 사람들은 과거가 그들 뒤에 놓여 있는 것일 뿐만 아니라, 아마도 글을 왼쪽에서 오른쪽으로 읽기 때문인지, '왼쪽'에 있다고 느끼기도 한다. 어쨌든 우리는 기억이 진정한 과거를 가리킨다고 생각하기 때문에, 과거를 현재의 뒤편에 있는 것처럼 보게 된다. 그렇기 때문에 현재는 '제한'되며, 현재와 맞서고 있는 과거는 뒤쪽에, 왼쪽에, 또는 바깥쪽에 있는 듯 여겨진다.

스쳐가는 현재의 다른 쪽엔 미래가 놓여 있다. 물론 미래는, 그것이 어떤 모습일지는 추측에 불과하기 때문에 과거보다는 다소 불확실하긴 하지만, 마찬가지로 매우 실질적으로 존재하는 것처럼 생각된다. 미래가 '있다'는 사실은 의심할 여지가 없는 듯 보인다. 현재의 앞쪽에, 오른쪽에 세워진 경계가 미래를 만든다. 우리는 우리의 기대가 진정한 미래를 가리키고 있다고 상상하기 때문에, 미래를 현재보다 앞쪽에 있는 것으로 여긴다. 이렇게 해서 우리는 현재에 또 하나의 경계를 만들어낸다.

우리의 현재는 과거와 미래 사이에 낀 샌드위치가 되어 모든 면에서 제한된다. 현재는 한정되고, 담으로 둘러싸이고, 제한된다. 열린 순간이 아니라 짓눌린 순간, 압착된 순간, 즉 그저 스쳐 지나갈 뿐인 덧없는 순간이 된다. 과거와 미래가 너무나 실재하는 것처럼 보이기 때문에, 샌드위치 속의 고기인 현재의 순간은 단지 얇은 종잇조각처럼 축소되고 우리의 실재는 이내 내용물 없는 두 조각의 빵이 되어버린다.

그러나 기억으로서의 과거가 언제나 현재경험이라는 사실을 알게 되는 순간, '뒤쪽'에 있는 경계는 무너진다. 지금 이 순간 이전에는 아무것도 없다는 점이 명백해진다. 마찬가지로, 예견으로서의 미래가 언제나 현재경험이라는 사실을 알게 되는 순간, '앞쪽'에 있는 경계도 사라져버린다. 앞뒤로 우리를 짓누르는 듯했던 무게 전체가 순식간에 갑자기, 그리고 완전히 사라져버린다. 그리고 지금 이 순간은 더 이상 가두어진 순간이 아니라 모든 시간을 채울 만큼 확장된다. 그리하여 '스쳐가는 현재'가 '영원한 현재'로 펼쳐진다. 이것을 기독교 신비가들은 눙크 스탄스nunc stans라고 부른다. 눙크 플루엔스, 즉 '스쳐가는 현재'가 눙크 스탄스, 즉 '영원한 현재'로 되돌아간다. 현재는 단지 실재의 한 조각이 아니다. 현재 안에 세상의 모든 시간과 모든 공간과 함께 우주가 존재한다.

이런 영원한 현재, 눙크 스탄스가 바로 무경계 순간이다. 기억으로서의 과거와 기대로서의 미래가 그 주변이 아니라 그 '안'에 있기 때문에, 영원한 현재에는 아무런 경계도 없다. 현재의 '밖'에는 어떤 과거도 어떤 미래도 없기 때문에, 지금 이 순간에는 아무런 경계도 없다. 지금 이 순간 이전에 온 것도, 이 순간 이후에 올 것도 전혀 없다. 결코 그 시작을 경험할 수도 그 끝을 경험할 수도 없다. 〈육조단경六祖壇經〉에서는 이렇게 말한다.

이 순간에 새롭게 생겨나는 것이란 아무것도 없다. 존재하기를 멈추는 것도 없다. 고로, 종말을 초래할 탄생과 죽음이란 없다. 따라서 지금 이 순간은 절대적인 평화이다. 그것은 이 순간에 있지만, 이 순간에는 경계도 제한도 없다. 여기엔 영원한 기쁨만이 있을 뿐이다.

따라서 신비가들이 즉각적인 현재에 계속 코를 박고 있음으로써 시간을 회피한다거나, 역사라는 시대적 압력으로부터 도망친다는 말은 진실이 아니다. 이런 비난이 진실이라면, 신비가들은 다만 덧없는 현재, 1∼2초 정도 스쳐가는 현재(눙크 플루엔스)에만 관심을 보인다는 말이 된다. 그러나 그들은 그렇지 않다. 그들의 자각은 이와 반대로 영원한 현재(눙크 스탄스)에서 흘러나온다. 그들은 모든 시간을 감싸 안으면 안았지 결코 시간으로부터 도망치지 않는다.

그들은 자유롭게 과거와 미래를 신중히 숙고한다. 하지만 이런 숙고 역시 어디까지나 현재의 사건(event)이라는 깨달음을 통한 것이기에, 그들은 결코 과거와 미래에 의해 '속박'되지 않는다. 기억으로서의 과거에 떠밀리는 일도, 기대로서의 미래에 끌리는 일도 없다. 그들의 현재는 과거와 미래를 포함하고 있기에, 이 현재 밖에서 밀고 당기고 할 수 있는 것이란 아무것도 없기 때문이다. 그들은 전혀 시간 속에 존재하지 않는다. 모든 시간이 그들 안에 있기 때문이다.

끝으로 우리는 이렇게 물을 수도 있을 것이다. 영원한 지금(눙크 스탄스)은 합일의식과 어떤 관계가 있는가? 그들 사이에 어떤 관계가 과연 있기는 한 것인가? 답은, 그들 사이엔 아무런 관계도 없다는 것이다. 왜냐하면 그 둘은 하나이자 동일한 것이기 때문이다. 올더스 헉슬리Aldous Huxley가 말한 것처럼, "영원한 지금이 '곧' 하나의 의식이다." 우리 식으로 말하자면, 영원한 현재가 곧 합일의식이다.

합일의식은 '진정한 나'에는 경계가 없다는 인식일 뿐만 아니라, 거울이 대상을 포용하는 것처럼 모든 우주를 포용한다. 앞장에서 보았듯이, 합일의식의 최대 장애물은 최초의 근원적 경계이다. 이 근원적 경계는 스스로를 저 밖에 있는 세계에 대한 경험자로서 '내면의 작은 나'를 만들어내고, 우리는 다만 그 '조그만 나'와 잘못된 동일시를 하게 된다. 그러나 크리슈나무르티Krishnamurti가 자주 지적했듯이 분리된 나, 그 내면의 작은 사람은 '전적으로 기억의 산물'일 뿐이다. 즉, 지금 이 책을 읽고 있는 당신 내면의 내적 관찰자는 '지나간 기억들의 복합체'에 지나지 않는다.

당신이 가진 호불호, 희망과 두려움, 관념과 원칙들은 모두 기억에 기초해 있다. 누군가가 "당신은 누구인가? 당신 자신에 대해 말해달라"고 요구하면 당신은 즉시 과거에 행했거나, 보았거나, 느꼈거나, 이루었던 이런저런 사실들을 찾아내기 위해 기억을 탐색하기 시작할 것이다. 그러나 당신이 지금 분리된 실체로서 존재한다는 그런 느낌 자체가 전적으로 기억에 기반을 둔 것이라고 크리슈나무르티는 주장한다. 당신이 자신에 관해 잘 알고 있는 것이 있다면, 그것은 당신이 붙잡고 있는 기억 이외에 다른 것이 아니라는 말이다.

물론 과거를 기억하는 것에는 아무런 잘못도 없다고 크리슈나무르티는 덧붙인다. 기억은 이 세상을 살아가는 데에 필수적인 요소이기 때문이다. 그러나 문제는 이런 기억들이 마치 저 밖에 존재하는 것처럼 또는 지금 이 순간과 떨어져 있는 것처럼, 즉 실질적인 과거의 지식을 구현하는 것처럼 여겨지고 있다는 사실이다.

이 말이 무슨 의미인지를 생각해보자. 우리는 기억이 현재경험의 '밖에' 존재한다고 생각하기 때문에, 기억으로서의 나 자신 역시 현재경험의 '밖에' 있는 것처럼 생각해버린다. 그렇게 되면 내가 현재경험과 '동일한' 존재가 아니라, 현재경험을 '갖고' 있는 존재처럼 느껴진다. 기억이 현재순간의 '뒤쪽'에 있는 과거경험이라는 느낌은, 내가 현재경험 '뒤쪽'에 있는 분리된 실체라는 느낌과 전적으로 동일하다. 관찰자가 지금(Now)의 바깥에 있는 것처럼 보이는 것은 오직 기억이 마치 과거의 경험인 것처럼 보이기 때문이다. 관찰자는 곧 기억이다. 기억이 현재경험과는 다른 것으로 여겨질 때, 관찰자 또한 현재경험과는 다른 것으로 여겨진다.

하지만 동일한 방식으로, 모든 기억은 현재경험이라는 것을 이해할 경우에는 내가 현재와 동떨어져 존재한다는 생각의 기반이 전적으로 붕괴된다. 그렇게 되면 그저 기억에 불과한 '나'는 다시 한번 현재경험이 된다. 이제는 현재경험을 하고 있는 별개의 존재가 아니게 된다. 과거가 현재와 일체가 되면, 관찰자로서의 나도 마찬가지로 현재와 일체가 된다. 이제 당신은 더 이상 지금 이 순간에서 분리된 곳에 서 있을 수 없게 된다. 지금 이 순간 이외에 달리 있을 곳이 없기 때문이다.

따라서 모든 기억을 현재경험으로 본다는 것은 현재순간의 경계를 붕괴하는 것이며, 현재순간을 환상적 한계로부터 자유롭게 하고, 과거 대 미래라는 대립으로부터 해방시키는 것이다. 그렇게 되면 자신의 앞 뒤 어디에도 시간이란 없다는 사실이 분명해진다. 그렇게 해서 무시간 적 현재 이외에 달리 서 있을 곳이 없게 되고, 영원 이외에 달리 있을 곳 이 없게 된다.

6

경계의 생성과 전개과정

The Growth of Boundaries

지금까지 무시간적 합일의식의 본질에 관해 꽤 긴 시간을 할애해왔다. 일단 이런 무경계 자각을 이해할 경우, 그것이 아주 일반적인 수준의 이해라 할지라도, 나머지 의식 스펙트럼의 성질이 훨씬 더 명료해질 것이기 때문이다. 자아自我(ego)를 진정한 '나'로 정의하는 정통심리학에서는 합일의식을 정상성正常性의 상실로, 의식의 착란 또는 변성된 의식 상태로 묘사할 수밖에 없을 것이다. 그러나 합일의식을 '자연스러운 나', 유일한 '진정한 나'로 본다면 자아는 합일의식의 부자연스러운 억제나 제약으로 이해될 수 있을 것이다. 사실 스펙트럼의 각 수준은 '진정한 나', 즉 합일의식과 무경계 자각이 점진적으로 속박, 제약 또는 수축되어가는 단계들로 이해될 수 있다.

이 장에서 우리는 경계의 생성과 전개과정에 관한 놀라운 이야기를 살펴볼 것이다. 앞서 보았듯이, 자연은 경계라고 하는 살짝 미친 세계에 관해선 아무것도 알지 못한다. 자연 속에는 어떤 장벽도 담장도 없다. 그럼에도 우리는 경계의 세계, 장벽과 한계의 세계, 속박과 투쟁의 세계

속에 완전히 매몰되어 있는 것처럼 보인다. '진정한 나'는 오로지 언제나 합일의식일 뿐이라면, 어떻게 해서 다른 의식수준들이 존재하는 것처럼 생각되는 것일까? 어떻게 해서 이처럼 다양한 정체성 수준이 생겨난 것일까?

스펙트럼의 모든 수준은 합일의식의 점진적인 한정이자 제약에 지나지 않는다. 그렇다면 여러 경계의 생성과 전개과정에 대한 연구는 그 출발점에서, 최초의 원인에서, 첫 번째 경계 그 자체에서 시작되어야 할 것이다. 우리는 이미 이 최초의 경계에 대해 살펴본 적이 있다. 우리는 그것을 근원적 경계(primary boundary)라고 불렀다. 이 근원적 경계는 보는 자와 보여진 대상, 아는 자와 알려진 대상, 즉 주체와 객체 사이의 분열이다. 일단 이 근원적 경계가 발생하면 어쩔 수 없이 연쇄적인 결과들이 뒤를 잇게 된다. 또 다른 경계가 선행경계 위에 세워지고, 다른 많은 경계들이 계속해서 그 뒤를 잇게 된다. 그렇게 해서 여러 의식수준들이 박리剝離되고, 그때 우리가 알고 있는 이 세계가 돌연 존재하기 시작한다. 우리는 길을 잃기도 하고, 깜짝 놀라기도 하고, 매료되기도 하고, 동요하기도 하고, 곤혹스러움을 느끼기도 하면서, 스스로 만들어낸 대립의 세계와 애증관계 속에 놓이게 된다.

종교, 철학, 신화, 그리고 과학에서조차 이 최초의 원인, 창조 자체의 충동이 언제 시작되었는지에 대한 설명을 나름대로 제시해왔다. 천문학자들은 대략 150억 년 전 아무것도 존재하지 않다가, 갑자기… 펑(Bang)! 절대적이고 완전한 무無로부터 어마어마한 대폭발이 일어났고 삼라만상의 존재가 우주로 방출되었다고 말한다.

기독교 신화에 따르면, 수천 년 전에는 하나님 이외에는 아무것도 존재하지 않았다. 그러던 어느 날 6일간에 걸친 일련의 작은 폭발(minibang)을 통해 우리가 알고 있는 세계가 존재하게 되었다고 말한다.

빅뱅Big-Bang으로 설명하는 과학에서부터 빅 대디Big Daddy(하나님)로 설명하는 종교에 이르기까지, 모두가 이 태초의 창조의 시점을 정확히 설명하고자 애써왔다. 그러나 최초의 원인을 과거 속에서 탐구하더라도, 충분한 이유로 해서, 과거는 존재하지 않기 때문에 우리는 결코 만족할 만한 해답을 찾아내지 못할 것이다.

이 최초의 원인은 어제 일어난 사건이 아니다. 차라리 그것은 현재의 사건이자 현재의 사실이며 현재의 활동이다. 나아가 이 최초의 원인을 우리 존재와 동떨어져 있는 하나님에게 돌릴 수도 없다. 왜냐하면 하나님이란 존재하는 모든 것에게 있어 실로 '진정한 나'이기 때문이다. 이 영속적으로 활동하는 최초의 원인인 근원적 경계는 바로 '지금 이 순간'에서의 '우리의' 행위이다.

이 모든 의문 중에서 가장 궁금한 측면은, 도대체 '왜' 근원적 경계가 발생하느냐 하는 것이다. 다른 식으로 말하자면, '왜 원죄가 존재하는가? 왜 윤회輪廻의 세계, 환영幻影의 세계, 경계의 비참함이 존재하는가?' 하는 것이다. 이것은 자연스러운 의문이긴 하지만 함정에 빠지기 쉬운 난제이다. '왜 근원적 경계가 생겨나는가?'라는 물음은 실제로 근원적 경계 이전에는 무엇이 존재했는가에 관한 물음이기 때문이다. 하지만 근원적 경계가 세워지기 이전에 선행한 것은 아무것도 없다. 즉, 아무것도 그것을 야기하지 않았고, 아무것도 그것을 만들어내거나 존재로 끌어들이지 않았다. 만일 근원적 경계에 어떤 원인이 있었다면, 그 원인 자체가 새로운 근원적 경계일 것이다. 신학적으로 말하면, 최초의 원인이 어떤 원인을 갖고 있다면, 그것은 '최초의' 원인일 수 없다.

따라서 처음에는 납득하기 어려워 보이더라도, '왜 근원적 경계가 만들어지는가?' 라는 질문에 대한 유일하게 가능한 답은, '왜'가 존재하지 않는다는 것이다. 차라리 근원적 경계는 우리 자신의 현재의 활동으로서, 원인 없는 활동 그 자체로서, 스스로 발생한다. 그것은 합일의식 속에서의 합일의식에 의한 하나의 움직임, 많은 결과를 낳지만 그 자체는 어떤 결과도 아닌 하나의 움직임이다.

우리는 마지막 장에서 이 최초의 전개과정으로 되돌아가서 그것의 비밀스러운 활동을 간파해낼 수 있을지 알아볼 것이다. 하지만 이 시점에서 말할 수 있는 것은 갑자기 이 순간에, 바로 이 순간에, 또다시 이 순간에 근원적 경계가 발생한다는 것이다. 오목—볼록의 예에서 보았듯이, 이제 우리는 매번 하나의 경계가 실재 위에 덧씌워진다는 사실과 그 경계는 대립한 것처럼 보이는 양극을 만들어낸다는 사실을 알았다. 근원적 경계에서도 똑같은 일이 일어난다. 왜냐하면 근원적 경계는 합일의식 자체의 한가운데를 둘로 분할하면서 주체 대 객체, 아는 자와 알려진 대상, 보는 자와 보여진 대상, 좀더 현실적으로 말하자면 유기체 대 환경의 대립을 만들어내기 때문이다.

피부경계와 같이 부정할 수 없는 유기체와 환경 사이의 자연스러운 선線(line)은 하나의 '환상적' 경계, 담장이 되어 분리할 수 없는 것을 분리해놓는다. 크리슈나무르티는 "그 간격으로 인해 보는 자와 보여진 대상 사이에 구분이 생기고, 그 구분으로 인해 인간의 모든 갈등이 있게 된다"고 말한다.

이런 근원적 경계가 발생하면(그 경계는 지금 이 순간에도 발생하고 있다), 인간은 더 이상 자신을 전유기체, '그리고' 환경 양쪽과 동일시하지 않게 되며 자신이 지각하는 세계와 하나가 아니게 된다. 그 이유는 이 둘의 '대립'은 이제 화해할 수 없는 것처럼 보이기 때문이다. 그 대신 그는 스스로를 오직 환경에 대항하는 자신의 전유기체하고만 동일시하게 된다. 유기체는 '나'이지만, 환경 전체는 '나 아닌 것'이 된다. 그는 피부경계 '안쪽'에 자리를 잡고 자신을 둘러싼 주변 세계를 사방으로 응시한다. "나는 내가 만들지 않은 세계 속에서, 홀로 두려워하는 이방인이다." 근원적 경계의 생성과 더불어 그는 이전의 '모든 것과 하나인' 정체성을 망각하고, 오직 자신의 심신心身하고만 배타적으로 동일시하게 된다.

그렇게 해서 그는 '진정한 나'로부터 떠난 척, 합일의식 수준으로부터 멀어진 척하게 되고, 자신이 분리되고 고립된 유기체로서만 살고 있다고 상상한다. 이것이 바로 스펙트럼의 그다음 주된 수준인 전유기체 수준의 '창조기원'이다. 근원적 경계는 유기체-환경의 통일을 분열시키고 '안에 있는 나' 대 '밖의 세계'라는, 언뜻 갈등하는 듯 보이는 유기체 대 환경이라는 양극을 만들어낸다. 그 뒤에 만들어지는 모든 경계는 이 최초의 경계에 의존하게 된다. 장자莊子가 설명한 것처럼 "다른 사람이 없다면 나도 없을 것이고, 내가 없다면 구별할 아무것도 없을 것"이기 때문이다.

근원적 경계의 생성으로 인해, 이제 나는 내가 주변의 세계로부터 다리 놓을 수 없는 심연에 의해 영원히 떨어져 나온 것처럼 느끼게 된다. 우리는 더 이상 우주가 아니다. 우리는 우주를 눈앞에 두고 있다. 합일의식은 개아적個我的 의식이 되고, 지고의 정체성은 개별적인 정체성이 되고, '진정한 나'는 '가상의 나'가 된다. 그렇게 해서 처음의 주요 양극인 보는 주체와 보여진 객체는 영원한 포옹으로부터 갈라서게 되고, 이제 서로 불구대천의 적으로 맞서게 된다. 이렇게 해서 '나 대 세계' 간의 투쟁이 시작된다. 저 밖에 있는 환경은 지금 내가 '진정한 나'라고 느끼고 있는 나의 유기체, 곧 나의 심신을 소멸시킬 힘을 갖고 있기 때문에 잠재적인 위험이 된다. 이렇게 해서 그야말로 새로운 요소가 최초로 등장하게 된다. 이것은 압도적인 의미를 갖게 될 운명을 타고난 요소이다. 즉, 의식의 내부에 '죽음에 대한 공포'가 출현하는 것이다.

고대 도가道家의 한 현자는 이렇게 말한 바 있다. "옛 진인眞人은 생명을 사랑하거나 죽음을 미워하는 것에 대해 아무것도 알지 못했다. 생명을 받더라도 기뻐하지 않았고, 물러날 때도 저항하지 않았다. 그분들은 태연하게 왔다 태연하게 갔다. 이와 같이 그분들에겐 도道에 저항하려는 마음의 바람이 없었으며, 인간의 수단으로써 하늘의 뜻에 저항하려는 그 어떤 바람도 없었다."

그렇다면 진인이란 어떤 사람인가? 그 현자는 다른 곳에서 진인에 대해 이렇게 말했다. "나는 육신에 집착하지 않으며, 알고 있다는 생각도 모두 버렸다. 스스로를 육신과 마음〔즉, 심신이라는 분리된 유기체〕으로부터 자유롭게 함으로써 나는 무한과 하나가 된다." 다른 말로 하면, 유기체의 죽음은 오직 배타적으로 유기체하고만 동일시하고 있는 '나'의 문제일 뿐이라는 것이다.

왜냐하면 자신을 환경으로부터 분리한 순간, 오직 그 순간에만 죽음에 대한 공포가 의식 내에서 발생하기 때문이다. 옛 진인이 죽음을 두려워하지 않은 이유는 너무 어리석어서 아무것도 몰랐기 때문이 아니라, '심신을 초월하여' 영원히 무한과 하나였기 때문이다. 이 진인이야말로, 임제선사*가 지적했듯이 우리의 참된 자아(True Self), 즉 합일의식이다. '근본적인 나'는 '우주로서의 나'라는 사실을 깨달을 때, 외견상의

● 臨濟義玄(?-867): 선종5가禪宗五家 중 하나인 임제종의 창시자.

개인적 죽음은 단지 받아들일 수 있는 현상이 될 뿐만 아니라 심지어 바라는 것이 되기도 한다.

그리고 나는 의도적으로 나를 잠재웠다.

오직 부분만이 죽음을 맞는다. 전체는 결코 죽지 않는다. 그러나 나 스스로를 '배타적으로' 특정 유기체에만 국한된 존재로 상상하게 되면, 그 유기체의 죽음에 대한 불안이 너무나 절실해진다. 죽음의 문제, 무無에 대한 공포가 나 자신을 부분이라고 상상하고 있는 나의 '핵심'이 되고 만다.

죽음에 대한 이런 근원적인 공포감은 '분리된 나'로 하여금 삶과 죽음의 일체성을 이해하고 수용하는 일을 거의 불가능하게 만들기도 한다. 우리가 지금까지 검토했던 다른 모든 대극들과 마찬가지로, 존재와 비존재는 분리할 수 없는 하나의 통일성을 이루고 있다. 외견상 다른 것처럼 보이는 그 둘은 심층에서 볼 때 동일한 것이다. 삶과 죽음, 탄생과 사망은 단지 현재라는 무시간적 순간을 바라보는 두 가지 다른 방식에 지나지 않는다.

이런 식으로 볼 수도 있을 것이다. 이제 막 태어난, 이제 막 존재에 참여한 것은 어떤 것이든 그 배후에 아무런 과거를 갖고 있지 않다. 바꿔 말해, 탄생이란 '과거를 갖고 있지 않은' 상태이다. 마찬가지로 이제 막 죽은, 이제 막 존재하기를 멈춘 것에게는 그 앞에 아무런 미래도 없다. 즉, 죽음이란 '미래를 갖고 있지 않은' 상태이다. 그러나 이미 살펴본 것처럼, 지금 이 순간에는 어떤 과거도, 어떤 미래도 동시에 '모두' 없다. 즉, 탄생과 죽음은 지금 이 순간에 있어서는 하나이다. 지금 이 순간은 이제 막 태어난다. 지금 이 순간에서는 결코 과거를 발견할 수 없으며, 그 이전의 무언가를 절대로 찾아낼 수 없다. 마찬가지로 지금 이 순간은 이제 막 죽어간다. 지금 이 순간에서는 결코 미래를 볼 수 없으며, 그 이후의 무언가를 절대로 볼 수 없다. 돌연히 존재하고 동시에 사라진다. 따라서 현재순간은 대극의 합일, 탄생과 죽음, 존재와 비존재, 삶과 죽음의 합일이다. 잇펜(一遍)선사가 말한 것처럼 "모든 순간이 마지막 순간이고, 모든 순간이 부활의 순간이다."

그러나 배타적으로 유기체(근원적 경계)와만 동일시하는 사람은 탄생과 죽음 중 '반쪽'만을 받아들인다. 나머지 반쪽인 죽음은 거부한다. 사실상 죽음은 그가 지금 그 무엇보다 두려워하는 것이다. 죽음이란 미래가 없는 상태이기 때문에, 죽음을 거부하는 것은 실제로 '미래 없이 살기를 거부한다'는 의미이다.

사실상 우리는 현재순간에서 죽음의 냄새를 맡지 않기 위한 하나의 약속으로서 미래를 요구하게 된다. 죽음에 대한 이런 공포는, 공공연히 작용하든 미묘하게 작용하든, 언제나 내일을 생각하고 계획하고 동경하도록, 최소한 내일을 의도하도록 내몬다. 죽음에 대한 공포는 미래를 찾아 나서도록, 미래로 다가가도록, 미래를 향해 움직이도록 하는 원인이 된다. 간단히 말해 죽음에 대한 공포는 강렬한 '시간 감각'을 만들어낸다.

하지만 얄궂게도 '분리된 나'란 본래 환상에 지나지 않기 때문에, '분리된 나'의 죽음 또한 환상에 지나지 않는다. 수피 신비가 하즈라트 이나야트 한Hazrat Inayat Khan은 이 점에 대해 이렇게 말한다. "죽음이라는 것은 환상을 제외하곤 존재하지 않는다. 사람이 살아생전 두려워 떠는 것은 그 환상에 대한 인상일 뿐이다."

이 수준에서 사람들은 시간이란 환상을 만들어내고, 그 환상 속에서 환상에 불과한 죽음에 대한 자신의 공포를 진정시키려고 한다. 이런 점에서 볼 때, 시간이란 하나의 환상을 밀쳐내기 위한 또 하나의 환상에 불과하다.

버스 여행 중에 늙고 나약해 보이는 노인을 만난 어떤 사람의 이야기가 있다. 노인은 한 손에 누런 종이봉투를 들고 음식 부스러기를 그 봉투 안으로 밀어 넣고 있었다. 마침내 여행자는 더 이상 호기심을 참을 수 없어서 종이봉투 속에 무엇이 있느냐고 물었다.

"몽구스라네. 뱀을 죽일 수 있는 동물이지."

"헌데 왜 그 동물을 데리고 다니십니까?"

노인이 대답했다. "이보게나. 나는 알코올중독자라서 환각증세를 보일 때 뱀들을 쫓아낼 몽구스가 필요하다네."

"하지만 그 뱀들이 그저 환상이라는 걸 모르십니까?"

노인은 이렇게 응수했다. "아, 알다마다. 하지만 몽구스 역시나 상상이라네."

이와 마찬가지로, 우리도 죽음이라는 환상을 내쫓기 위해 시간이라는 환상을 사용한다.

무시간적이며 영원한 지금이란, 과거도 미래도 알지 못하는 하나의 자각이다. 영원한 지금에는 어떤 미래도, 어떤 경계도, 어떤 내일도 없다. 그것보다 앞서는 것은 아무것도 없으며, 그것 앞에도 그것 뒤에도 아무것도 없다. 그러나 그것은 또한 '죽음의 상태'이기도 하다. 왜냐하면 죽음이란 미래도, 내일도, 다가올 어떤 시간도 없는 상태이기 때문이다. 따라서 죽음을 받아들인다는 것은 곧 미래 없이 전적으로 편안하게 살아간다는 것이다. 즉 에머슨Emerson이 말한 것처럼, 그는 시간을 넘어선 현재에 산다.

그러나 근원적 경계의 생성과 함께, 인간은 죽음을 거부하고, 그로써 미래 없이 살기를 거부한다. 간단히 말해 인간은 시간 없이 살기를 거부한다는 것이다. 시간을 요구하고, 시간을 창조하며, 시간 속에서 살아간다. 살아남는 것이 희망이 되고, 시간은 가장 소중한 소유물이 되며, 미래는 유일한 목표가 된다. 따라서 모든 문제의 궁극적인 근원인 시간은 '상상 속 구원'의 원천이 된다. 최후의 시간이 다가올 때까지… 인간은 시간 속으로 무모하게 달려든다. 그리고 시간이 다 되면, 시작할 때 그랬던 것처럼, '분리된 나'의 핵심과 직면하게 된다. 이것이 곧 죽음이다.

> 내일, 또 내일, 그리고 또 내일이
> 기록된 시간의 마지막 순간에 이르기까지
> 따분한 하루하루 그 틈으로 살금살금 기어드누나.
> 그리고 모든 어제는 우매한 자들에게
> 허망한 죽음의 길을 밝혀주었나니.•

우리는 미래를 요구하기 때문에 매 순간 기대와 미완성 속에서 살아간다. 우리는 매 순간을 '스쳐 보내면서' 살아간다. 바로 이런 방식으로 인해 진정한 눙크 스탄스, 즉 무시간적 현재는 눙크 플루엔스, 즉 그저 덧없이 질주해가는 1~2초의 현재, 스쳐 지나가는 현재로 전락한다. 우리는 매 순간이 미래의 순간으로 '지나가기를' 기대한다. 언제나 상상

• Shakespeare(1564-1616)의 〈맥베스Macbeth〉 5막 5장, 왕비가 운명했다는 전갈을 들은 맥베스의
독백.

속 미래를 향해 달려감으로써 죽음을 '도피하는 척'하려고 말이다.

우리는 미래 속에서 자신을 만나고 싶어한다. 우리는 지금 이 순간만을 원하지 않는다. 또 다른 지금, 또 다른 지금, 그리고 또 다른 지금 … 내일, 또 내일 그리고 또 내일을 원한다. 그렇게 해서, 역설적이게도, 우리의 지극히 짧은 현재는 우리가 그것이 끝나기를 요구하기 때문에 덧없이 재빨리 지나가 버린다! 현재가 끝나길 바라는 것은 그래야 미래의 순간으로 나아갈 수 있기 때문이다. 그러나 그 미래의 순간도 역시 다만 스쳐가기 위해 살게 될 것이다.

여기까지는 아직도 시간에 대한 이야기의 절반에 지나지 않는다. 사람들은 이제 전적으로 자신의 유기체와만 동일시하고 있기 때문에, 그 유기체에게 자연스럽게 존재하는 기억이란 흔적이 그 무엇보다 중요한 의미를 갖고 머릿속에서 떠나지 않게 된다. 마치 기억이 진정한 실체인 것처럼, 마치 진정한 자신의 진정한 과거를 말해주는 것처럼 우리는 기억에 집착하게 된다. 그는 자신의 '과거'에 얌전히 사로잡히고, 무조건 과거의 기억과 자신을 동일시한다.

그는 '앞쪽'에 있는 진정한 미래를 요구하기 때문에, 또한 '뒤쪽'에 있는 진정한 과거를 보고 싶어한다. 그는 기억을 현재경험의 일부로 보는 대신에, 그것이 과거의 실제 사건에 관한 정보를 준다고 상상함으로써 과거를 지어낸다. 그는 자신이 한때 과거에 존재했었으며 따라서 내일도 존재하리라는 하나의 보장인 기억에 매달리는 것이다. 이렇게 해서 그는 다만 지나간 시간의 달콤하면서도 씁쓸한 한탄과 다가올 시간에 대한 통절한 희망으로 자신의 현재를 구속하고 제한하면서 기억과 기대 속에서 살아가게 된다. 자신을 죽음으로부터 보호하기 위해 현재의 주변에 뭔가가 있기를 원하게 되고, 그래서 현재의 범위를 과거와 미래로 경계짓는다.

〈그림 1〉(36쪽)을 참고로, 그가 이제는 시간과 공간 속에 존재하는 자신의 전유기체와 동일시하고 있다는 점에 주목하기 바란다. (그림에서 굵은 대각선은 '나 / 나 아닌 것'의 경계를 나타내며, 지금 우리가 추적하고 있는 것은 그 경계의 변화 과정이다. 우리는 조금 전에 경계선이 우주로부터 개별 유기체로 변경되는 과정을 보았다.)

그러나 지금까지는 우주와 전유기체 중간에 있는 초개아 대역(trans-personal bands) 수준에 대해서는 아무런 언급도 하지 않았다. 이 대역은 현 시점에서 논의하기에는 너무나 미묘하고 복잡한 영역이기 때문이다. 우리는 9장에서 이 대역으로 되돌아갈 텐데, 그때쯤이면 그것의 의미를 알아채기에 충분한 배경 정보를 갖게 될 것이다. 지금으로선 다만 〈그림 1〉에 도식적으로 제시한 것처럼, 이 스펙트럼의 대역에서는 그 사람의 정체성이 전체(the All)와 완전히 일치하지는 않지만(그렇다면 합일의식 수준일 것이다), 그렇다고 고립된 심신에 국한되지도 않는다(그렇다면 전유기체 수준일 것이다)는 점만 알아두는 것으로 족하다. 초개아 대역에서는 '나 / 나 아닌 것'의 경계가 대단히 긍정적인 의미에서 확장되며, 이런 확장 속에서는 '분리된 개별 유기체'를 말끔히 초월한 자각 수준이 생겨난다.

이제 다시 전유기체 수준으로 돌아가서, 스펙트럼의 전개과정에 관한 이야기를 계속해보자. 이 수준에서 그 사람은 죽음으로부터 도피하고, 시간 속에 존재하고, 자신의 유기체와만 동일시한다. 물론 그는 적어도 아직은 자신의 심신일여心身一如한 존재 전체와 접촉하고 있다. 우리가 전유기체 수준을 더 단순한 이름, 즉 켄타우로스kentaurus(영어로는 센토centaur)라고 부르는 이유는 이 때문이다. 켄타우로스는 반은 사람이고 반은 말인 전설적인 동물로서, 몸과 마음의 완벽한 통일과 조화를 잘 보여준다. 켄타우로스는 말을 조종하는 기수가 아니라 말과 한몸인 기수이다. 육체와 떨어져 나와 육체를 조종하는 정신이 아니라, 스스로 통제하고 스스로 관리하는 심신의 통일체이다.

여기서 그는 다시 중대한 사건에 직면하게 된다. 스펙트럼의 다음 수준인 자아 수준의 발생과 더불어 켄타우로스가 문자 그대로 두 동강이 난다. 왜냐하면 이제 그는 자신의 유기체 전체와 접한 상태로 남아 있기를 거부하기 때문이다. 자신의 정체성을 유기적 활동 전체로 연장시키기를, 자신을 전체적으로 느끼기를 거부하기 때문이다. 그 대신 그는 정체성을 전유기체의 일부로만 축소시킨다. 자신의 에고, 자기상, 심리적 성향, 즉 켄타우로스의 추상적인 부분하고만 배타적인 동일시를 이룬다. 이것은 신체를 소유물로 전락시킴으로써 근본적인 수준에서 부정하고 거부한다는 것을 의미한다. 그는 이제 기수이자 조정자가 되고, 몸은 그를 태우고 그에게 조정받는 말, 어리석은 짐승의 역할로 전락한다.

왜 이런 일이 벌어지는 것일까? 어째서 또 다른 경계가 새롭게 추가되는 것일까? 무엇이 그 사람으로 하여금 자신의 전유기체인 켄타우로스로부터 멀어지도록 밀어붙이는 것일까? 아시다시피 몸과 마음 사이에 새로운 경계가 생기는 데는 몇 가지 이유가 있다. 하지만 그중 가장 두드러진 이유는 그 사람이 여전히 죽음으로부터 도주하고 있다는 데 있다. 그는 죽음을 떠올릴 만한, 죽음을 체현할 만한 또는 죽음을 암시할 만한 모든 것을 회피한다. 그런데 죽음으로부터 달아나면서 자신의 현실을 구축하는 과정에서, 최초로 직면하는 가장 큰 문제는 바로 자신의 몸이다.

육체는 죽음의 궁극적인 거처인 것처럼 보인다. 그는 자신의 몸이 죽을 운명에 처해 있다는 사실을 알고 있다. 자신의 육체가 쇠약해질 것이고 썩어 없어지리라는 것을 알고 있다는 것이다. 육체가 영속적이지 않다는 것은 타협의 여지가 없는 사실이다. 그리하여 죽음으로부터 도피하려는 사람은 내일, 소위 '불사의 내일'을 약속해줄 어떤 것만을 찾게 된다. 이때 몸은 당연히 고려 대상에서 무시된다.

이렇게 해서 그는 자신이 영속적이고, 정적이고, 불멸하고, 동요됨이 없고, 지속적인 존재여야 한다는 비밀스러운 욕망을 키우게 된다. 그러나 그런 속성들은 상징(symbols), 개념(concepts), 관념(ideas)에만 부여될 수 있는 것이다. 예컨대 실재하는 모든 나무가 변화하고, 성장하고, 형태를 바꾸고, 죽을지라도 '나무'라는 단어 자체는 변함없이 그대로 지속된다.

이런 정적인 불멸성을 추구하면서, 그는 하나의 '관념'을 중심으로 자신의 정체성을 확립하기 시작한다. 이것이 바로 '자아(ego)'라고 불리는 지적인 추상물이다. 그 사람은 자신의 신체와 함께 살지 않으려고 한다. 신체는 부패할 가능성이 있기 때문이다. 따라서 오직 자신에 대한 하나의 그림, 죽음에 대한 어떤 참된 관계도 무시된 하나의 그림인 자아로서만 살게 된다.

이렇게 해서 자아 수준이 탄생한다(〈그림 1〉 참조). 마음과 몸 사이의 자연적인 선(line)이 이제는 환상적 경계, 요새화된 장벽이 된다. 사실상 분리할 수 없는 것을 분리시키는 무장된 성벽이 되고 만다. 그리고 매 경계는 새로운 전투를 수반하기 때문에, 대립하는 것들 간의 새로운 전투가 시작된다. 육체의 욕망이 영혼의 바람과 맞서 싸우게 되고, 너무나 자주, "영혼은 바라지만 육신이 나약해서…"라는 사태가 발생한다.

유기체는 깊은 통일성을 포기한 채 스스로 분열한다. 그 사람은 자신의 전유기체와의 접촉을 상실하고, 전유기체 중에서 정신적 표상에 해당하는 자아상만을 수용하게 된다. 그러나 '몸'과의 접촉을 상실한다는 말은 정확한 표현은 아니다. 그보다는 몸과 마음의 '통일성', 켄타우로스의 특징인 '섬세한 알아차림(느낌에 집중된 주의feeling-attention)'과의 접촉을 상실하게 된다는 말이 정확한 표현일 것이다. 알아차림이라는 명료성은 모두 파괴되고 왜곡되며, 대신 그 자리의 한쪽엔 강박적인 사고思考가, 다른 한쪽엔 분리된 몸이 자리잡게 된다.

이렇게 해서 그는 자아 수준에 도달해 있는 자신을 발견한다. 이 수준에 있는 사람은 자신의 전유기체의 일부인 정신적 표상, 즉 자아상과 동일시한다. 이 자아상은 다소 느슨하긴 하지만 그래도 꽤 정확한 이미지이다. 이 이미지는 유기체의 관습적 역사 전체를 수용할 수 있는 여지를 간직하고 있다. 이 이미지는 유기체의 유치한 측면, 정서적 측면, 합리적·비합리적 측면들을 모두 포함하고 있다. 이것은 전유기체의 강점과 약점을 알고 있다. 이것은 부모로부터 물려받은 달콤하면서도 씁쓸한 선물인 양심(또는 '초자아'), 그리고 개인적인 경계의 모체인 철학적 견해를 소유하고 있다. 건전한 자아는 이 모든 다양한 측면들을 통합시키고 조화롭게 한다.

그러나 자아 내부의 모든 것이 잘 어울려 지내는 것은 아니다. 상황에 따라, 그는 자아의 어떤 측면과 접촉하기를 거부하게 된다. 자아의 소망과 욕망 중 일부는 너무나 이질적이고 위협적이며 금기시되는 것처럼 보여서 그 사람은 그것들을 인정하기를 거부한다. 그는 그런 욕망을 '갖고 있는' 것 자체가 곧 그 욕망의 '표출하는' 것과 같으며, 너무나 끔찍한 결과를 빚어낼지 모른다고 두려워하면서 애당초 그런 소망을 갖고 있다는 사실 자체를 부정해버린다.

예컨대 그는, 자아 성향의 단순한 측면으로서, 어떤 사람을 '한 대 쥐어박고 싶다'는 잠시 스쳐가는 생각에 잠길 수도 있을 것이다. 이런 일시적인 생각으로부터 달아나려는 사람은 거의 없다. 그러나 그것이 밖으로 '표출'될지도 모른다는 두려움은 그로 하여금 자신이 그 소망의 소유자임을 부정하게 하고, 그런 다음엔 부정했다는 사실조차 잊어버리게 한다. '내가? 난 그런 걸 생각해본 일조차 없었어. 나는 생각해본 일조차 없기 때문에 애당초 그런 소망을 부정할 필요조차 없어.' 그러나 어쩌랴, 그 소망은 여전히 그의 것으로 남아 있으며 그가 할 수 있는 일이란 그런 소망을 갖고 있지 않은 '척'하는 것뿐이다.

'나 / 나 아닌 것'의 경계를 놓고 볼 때, 금기된 소망은 '나 아닌 것'의 편으로 넘어가거나 적어도 넘어가는 것처럼 보인다. 유사한 방식으로, 싫어하거나 이해할 수 없거나 받아들일 수 없는 자아의 측면들 모두는 비밀리에 담장 건너편에 자리잡게 된다. 소외된 측면들은 그렇게 저편에서 적의 세력에 합류한다.

방금 언급했던 사람, 즉 누군가 — 직장상사라 치자 — 를 쥐어박고 싶지만 그런 소망을 부정한 사람을 예로 들어 자아 내부의 분열을 설명해보자. 부정한다고 해서 그 소망이 없어지지는 않는다. 그 소망은 여전히 존재한다. 하지만 이제는 그것이 마치 '나의 외부'에 존재하는 것처럼 보이게 된다. 이를 전문적인 용어로는 자신의 소망을 밖으로 "투사投射한다"고 말한다.

그는 누군가가 미칠 듯이 싸우고 싶어한다는 것을 안다. 그러나 싸우려는 주체가 분명 자신은 아니기 때문에 다른 후보자를 찾아내야만 한다. 다시 말해, 스스로 화가 잔뜩 나 있고 여전히 펄펄 끓고 있지만, 그 화가 자신의 것이라는 사실을 부정하고 있기 때문에, 그는 그 화의 원인을 유일하게 가능한 다른 곳, 즉 다른 사람에게서 찾게 된다. 갑자기 주변에 있는 사람이 그에게 화를 내는 것처럼 보인다. 그것도 아무런 이유 없이! 싸우고 싶다는 그의 소망은 이제 '다른 사람으로부터' 오는 것처럼, 오히려 자신은 '표적'이 된 것처럼 보인다. 이처럼 "나는 세상에 대해 화가 나 있다"가 투사되어 "세상이 나에게 미친 듯 화가 나 있다"로 바뀌게 된다. 그러니 그가 우울증에 걸리는 것은 이해할 만한 일이다.

그러나 이밖에도 뭔가 중요한 일이 일어났다. 그 사람은 이제 더 이상 자기 자아의 성향 전체와 접해 있지 않은 것이다. 그는 전유기체와 '접할' 수 없을 뿐만 아니라(이것은 정의상 모든 자아의 운명이다), 이젠 몇몇 생각들이 금지되었기 때문에 유기체의 모든 잠재력에 대해 '생각하는' 일조차 할 수 없게 된다. 다시 말해, 자아상이 더 이상 받아들일 만한 것으로 존재하지 않게 된 것이다. 그는 그것을 좀더 받아들일 만한 것으로 만들기 위해 왜곡시켰고, 결국은 자신의 어떤 측면을 거부하게 되었다.

그렇게 해서 이제 그는 자신에 대한 거짓된 그림, 부정확한 이미지를 발달시킬 수밖에 없다. 간단히 말해 그는 '페르소나'의 성질을 띠게 되고, 자아 안의 수용 불가능한 모든 측면을 외적인, 이질적인, '나 아닌 것'들처럼 바라보기 시작한다. 그런 것들은 '그림자'로서 밖으로 투사된다. 자아 내부에 또 하나의 경계가 세워진 것이다. 그 결과 '나'는 협소해지고, 반면에 위협적인 '나 아닌 것'들은 더 많아진다. 이렇게 해서 페르소나 수준이 확립된다(〈그림 1〉 참조).

이처럼 우리는 의식의 스펙트럼이 연속적으로 세워지는 경계를 통해서 전개돼 나간다는 사실을 알게 되었다. 새로운 경계가 그어질 때마다 정체감은 축소되고 수축되며, 또한 좀더 좁아지고 제한되어 여유가 적어진다. 제일 먼저 환경이, 그다음으로 신체, 그런 다음 그림자가 저 밖에 존재하는 '나 아닌 것'으로, 이질적인 적으로 보이게 된다. 모든 경계선은 전선이기 때문이다.

그러나 '저 밖에 있는 대상' 모두는 단지 나의 '투사'에 불과하므로, 그 모든 것은 나의 한 측면들로 재발견될 수도 있다. 그것이 바로 우리가 이 책의 나머지 부분에서 다루게 될 과정이다. 매 번의 발견은 때로는 고통스러운 일이지만, 마침내는 기쁨이 된다. 저 밖에 있는 대상이 실은 나 자신의 한 측면이라는 발견은 그 자체가 적을 친구로, 싸움을 춤으로, 전투를 놀이로 바꾸어놓기 때문이다.

아담이 잠에 빠진 후손들에게 건네준 선물인 지도와 경계의 세계 속에서 공상적인 꿈을 꾼 결과로, 우리의 그림자, 몸 그리고 전체 환경은 무의식 속으로 밀려나고 말았다. 그렇다면, 이제 그 경계를 제거하고 진정한 세계를 새롭게 보는 작업을 시작해보자. 우리가 접촉하는 것들 모두가 그 핵심에 있어서는 '진정한 나'의 본래면목이라는 점을 명심하면서, 경계들을 일소하여 우리의 그림자, 몸, 환경과 다시 한번 접촉할 수 있도록 해보자.

7

페르소나 수준 :
발견의 출발점

The Persona Level: The Start of Discovery

스펙트럼 상의 하강과 발견의 태동은 삶에 대한 불만이 의식되는 순간 시작된다. 대부분의 전문적인 의견과는 반대로, 삶에 대한 극심한 불만은 '정신질환'의 신호가 아니다. 잘못된 사회적응의 지표도 아니며 인격장애 역시 아니다. 왜냐하면 삶과 존재에 대한 근본적인 불만 내부에 감춰져 있는 것은 흔히 엄청난 무게의 사회적 위선에 매몰되어 있는 특별한 지성, 성장하는 지성의 싹이기 때문이다.

삶의 괴로움을 느끼기 시작한 사람은 동시에 보다 심층적이고 진정한 실재로서 '깨어나기' 시작한다. 고통은 현실에 대한 소위 표준적인 자기만족에 대한 위안을 산산조각내며, 우리로 하여금 지금까지 회피해 왔던 방식과는 다르게 자신과 세계를 세심하게 보고 깊이 느끼고 접하게 함으로써, 특별한 의미에서 살아 있게끔 강요하기 때문이다. 고통이야말로 '최초의 은총'이라는 말이 전해오는데, 나는 이 말이 진실이라고 생각한다. 특수한 의미에서, 고통은 거의 환희의 순간이기도 하다. 고통은 창조적인 통찰력이 탄생하는 기점이기 때문이다.

하지만 이것은 특수한 의미에서만 그러하다. 어떤 사람들은 어린애가 엄마에게 매달리듯 고통에 매달리며, 그것을 내려놓을 엄두도 못 내는 짐처럼 짊어지고 살아간다. 그들은 깨어 있는 의식으로써 고통을 직면하는 대신 남몰래 십자가에 매달려 경련하면서 고통을 붙들고 있다. 고통을 부정하거나 회피하거나 경멸해서도 안 되지만, 미화하거나 집착하거나 과장해서도 안 된다. 고통의 출현은 단순히 하나의 좋은 신호이다. 합일의식을 벗어난 삶이란 궁극적으로 고통스럽고, 비참하며 슬픔으로 가득 찬 것임을 알아채기 시작했음을 보여주기 때문이다.

경계로 이루어진 삶은 투쟁의 연속이며 공포, 불안, 고통 그리고 마지막엔 죽음으로 점철된다. 우리는 감각을 상실케 하는 보상이나 주의분산, 마술 등의 온갖 방식을 통해서, 끊임없이 돌아가는 고뇌라는 바퀴의 근본원인인 '환상 속의 경계'에 대해 의문을 품지 않기로 동의한다. 그러나 완전히 무감각해지지 않는 한, 조만간 방어적 성격의 보상물은 '달래고 감춰주는' 성능을 잃기 시작한다. 그 결과로 우리는 이런저런 식으로 고통받기 시작한다. 왜냐하면 우리의 자각이 마침내 갈등으로 점철된 거짓 경계의 본질을, 그리고 그런 거짓 경계들로 인해 조각난 삶을 향해 눈을 돌리기 때문이다.

따라서 고통은 거짓 경계를 알아차리는 최초의 움직임이다. 그렇기에, 올바로 이해하기만 하면 고통은 해방을 준다. 고통은 모든 경계를 넘어선 곳을 가리키기 때문이다. 그렇다면 고통의 원인은 병들어서가 아니라 지성적 통찰이 드러나고 있기 때문일 것이다.

그러나 이런 통찰의 탄생이 유산되지 않도록 하기 위해선 고통에 대한 올바른 이해가 필수적이다. 고통 속으로 들어가서 그것을 겪어내고 마침내 그것을 넘어서기 위해서는 고통을 올바로 해석할 필요가 있다.

고통을 올바로 이해하지 못할 경우, 우리는 고통의 한가운데서 꼼짝 못하게 된다. 달리 무엇을 해야 할지 모른 채 허우적거리게 된다.

인류의 역사를 통해서 주술사, 사제, 현자, 신비가, 심리학자, 정신의학자 등등 다양한 사람들이 고통을 넘어선 삶을 살기 위해 고통을 바르게 살아내는 최선의 길을 제시해왔다. 그들은 인간의 고통에 대한 자신들의 통찰을 나눠줬는데, 그것은 각자 자신의 고통을 올바로 이해해야만 그 고통을 넘어 자유롭게 살아갈 수 있기 때문이었다.

그러나 다양한 영혼의사(doctor of soul)가 제시한 통찰들은 언제나 같은 성질의 것은 아니었다. 실제로 이런 통찰은 왕왕 크게 서로 모순되어 보였다. 예전의 영혼의사들은 신과 접촉할 것을 권했고, 현대의 영혼의사들은 무의식과 접촉할 것을 권한다. 전위적인 영혼의사들은 신체와 접촉하라고 충고한다. 초자연적인 영혼의사들은 신체를 초월하라고 충고한다. 오늘날, 영혼의사들은 그 어느 때보다도 심하게 서로 의견을 달리하고 있다. 그 결과 우리는 고통이 무엇을 의미하는지를 알지 못한 채로, 또한 그 의미를 누구에게 물어야 좋을지조차 알지 못한 채로, 고통 한가운데서 마비상태에 놓여 있다. 고통 속에 얼어붙은 상태에서는 실재를 꿰뚫어볼 심층적인 통찰력이 출현하지 않으며 출현할 수도 없다. 그런 때는 깨어 있는 의식으로써 고통 속으로 들어갈 수가 없을 뿐만 아니라, 그 안에 숨겨진 통찰을 꺼내올 수도 없다.

고통이 무엇을 의미하는지, '왜' 고통이 발생하는지를 알지 못한다면 그 고통이 줄 열매를 생각하며 참고 견뎌낼 수도 없다. 우리가 고통이 무엇을 의미하는지를 알지 못하는 이유는 진심으로 온전히 신뢰할 수 있는 영혼의사가 없기 때문이다. 우리는 한때 순수한 믿음을 갖고 성직자나 현자 혹은 주술사를 영혼의사로서 추앙했던 적이 있다. 그리고 그들은 우리의 자각이 신을 향하도록 이끌어주었다. 그러나 지난 세기 중에 이들 성직자 대부분은 진정으로 곤경에 처했을 때 의지할 권위자의 자리를 정신과의사에게 빼앗겨버렸다.

정신과의사라는 새로운 성직자들은 우리의 주의를 자신의 정신적 측면들로 향하도록 했다. 하지만 오늘날에 와서는 널리 존경받던 영혼의사로서의 정신과의사에 대한 신뢰마저 점차 사라지고 있다. 더욱 현대적이고 효과적이고 해방적인 치료기법들이 출현하고 있기 때문이다. 에설른Esalen과 오아시스Oasis, 그 외 전국에 걸쳐 산재해 있는 유사한 성장센터를 통해 속속 출현하고 있는 새로운 영혼의사들은 우리의 의식을 육체에서 분리된 정신만이 아니라 유기체 전체로 향하게 함으로써 '치료(therapy)'의 의미를 혁신시키고 있다. 요즘은 우리의 의식을 직접 초개아(transpersonal) 의식으로 향하게 하는 것을 목표로 하는 초개아적 영혼의사들이 출현하고 있다. 그러나 안타깝게도 이 의사들 중 어느 누구도 진정 서로의 의견을 같이 하지 않는다. 도대체 누구의 말을 믿어야 좋을까?

"누가 옳은가?"라는 흔한 논쟁에 내포된 가장 큰 문제 중 하나는, 일반인과 전문가들 모두 고집스럽게 다양한 영혼의사들이 '인간'을 서로 다른 각도에서 접근하고 있다고 추측하는 경향이 있다는 것이다. 그러나 그렇지 않다. 그들은 인간 각성의 '다른 수준들'을 다른 각도에서 접근하고 있다. 오늘날 우리가 진심으로 믿을 수 있는 영혼의사를 갖고 있지 못한 이유는 그들 모두가 '동일한' 의식수준에 대해 말하고 있다고 상상하기 때문이다. 따라서 그들은, 적어도 핵심사항에서는, 서로 명백히 모순되는 것처럼 보이며 우리는 그 모순에 휘말리고 있는 것이다.

그러나 일단 인간 의식의 다층적 본질을 깨닫게 되면, 즉 우리의 존재가 많은 층으로 이루어져 있음을 이해하게 되면, 다양한 치료기법들이 실은 영혼의 각기 다른 층을 다루고 있기 때문에 달라 보일 뿐이라는 점을 알 수 있게 된다. 이와 같이 다양한 영혼의사들이 의식의 서로 다른 수준을 각자 타당하게 다루고 있다는 사실을 이해한다면, 특정 수준에 관한 특정 영혼의사의 의견에 좀더 열린 마음으로 귀를 기울일 수 있게 될 것이다. 또한 만약 우리가 '바로 그 수준'에서 고통받고 있다면, 우리는 그들이 말하는 것을 진심으로 경청할 수 있을 것이다. 그렇게 되면 그들은 우리로 하여금 특정한 고통의 의미를 알아채도록, 그렇게 해서 자각과 이해와 통찰을 갖고 고통을 견뎌내도록, 나아가서 고통을 넘어선 삶을 살도록 도울 수 있을 것이다.

존재의 다양한 층, 즉 의식의 스펙트럼에 전반적으로 친숙해지면, 우리는 각자가 현재 살아가고 있는 수준뿐만 아니라 현재의 고통이 발생하는 수준의 위치까지도 좀더 쉽게 찾아낼 수 있게 된다. 그렇게 되면 우리는 특정 고통에 적합한 특정 영혼의사와 함께 적절한 접근방법을 고를 수 있을 것이고, 더 이상 고통 속에서 옴짝 못하고 주저앉아 있지 않아도 될 것이다.

이런 목적을 지향하면서, 다음의 몇 장에서는 스펙트럼의 주요 수준 일부를 검토해볼 것이다. 각 수준에 본래 내재된 다양한 잠재력과 기쁨과 가치관도 살펴볼 테지만, 그중에서도 특히 각 수준에서 발생하는 다양한 질병과 고통과 증상들을 중점적으로 살펴볼 것이다. 또한 각 수준에서 발생하는 특정 고통들을 다루기 위해 고안된 주요 '치료기법들(therapies)'도 살펴볼 것이다. 이것은 독자들에게 의식의 심층을 보여주는 약도를 제공해줄 것이고, 이 약도는 경계에서 비롯된 혼란을 통과해가도록 돕는 지침이 될 것이다.

우리는 의식의 스펙트럼을 거슬러 내려가는 '하강' 방식으로 진행해 갈 것이다. 이 하강은 '대극의 조화', '의식의 확장', 또는 '콤플렉스의 초월' 등의 다양한 관점으로 설명될 수 있다. 그러나 이 하강은, 가장 근본적으로는 단순히 '경계의 해체'이다. 우리는 앞에서 새로운 경계가 구축될 때마다 자아감이 제한되고 한정되고 왜소화되면서 원래의 정체감이 우주로부터 유기체로, 다시 자아로, 페르소나로 점차 변경된다는 사실을 보았다. 비유적으로 말하자면, '나'는 점점 더 작아지는 반면 '나 아닌 것'은 점점 더 커진다는 것이다.

경계가 생겨날 때마다 자신의 일부분은 외부로 '투사'된다. 그처럼 투사된 부분은 이제 외부의, 이질적인, 저 밖에 있는, 담장 건너편에 있는 것처럼 보이게 된다. 따라서 특정 경계를 구축하는 것은 특정한 투사를 만들어내는 것과 같다. 그렇게 되면 이제 나의 어떤 부분들은 내가 아닌 것처럼 보이게 된다. 그렇다면 반대로 하나의 투사를 재소유한다는 것은 곧 하나의 경계를 해체시키는 것과 같을 것이다. '저 밖에' 존재하는 것처럼 보였던 투사의 대상이 실은 자신의 반영이자 자기의 일부라는 사실을 깨닫게 될 때, 우리는 '나'와 '나 아닌 것' 사이에서 그 특정 경계를 제거한 셈이 된다. 그렇게 되면 우리의 자각은 훨씬 더 확장되고, 자유롭게 개방되고, 방어하지 않게 된다. 이전의 '적'과 진정한 친구가 되고 궁극적으로 하나가 된다는 것은 전선을 제거하고 자유롭게 왕래할 수 있는 영토를 확장하는 것과 동일하다. 그렇게 되면 투사된 부분들이 곧 자기 자신이 되기 때문에, 그것들은 더 이상 위협적이지 않게 될 것이다. 따라서 스펙트럼을 하강한다는 것은 (1) 투사를 재소유함으로써 (2) 경계를 해체한다는 것을 의미한다. 이런 일이 하강의 매 단계마다 일어난다.

경계, 투사, 대극의 갈등과 같은 대부분의 개념들은 구체적인 예들과 함께 이야기를 진행해감에 따라 더욱 명료해질 것이다. 나는 이 장 전체를 페르소나와 그림자를 이해하고, 페르소나 수준으로부터 자아 수준으로 하강하는 데 도움이 되는 학문분야를 살펴보는 데 할애할 것이다. 그리고 다음 장에서는 자아 수준으로부터 켄타우로스 수준으로의 하강을 살펴볼 것이며, 그다음으로는 켄타우로스 수준으로부터 초개아 수준으로의 하강을, 끝으로는 합일의식으로의 하강을 살펴볼 것이다.

각각의 장은 독자들에게 (1) 특정 수준의 전반적인 이해, (2) 그 수준에 대한 체험적 맛보기, (3) 그 수준에 역점을 둔 현존하는 '치료기법들'의 개요를 소개하기 위한 것으로서 대체로 실용적인 내용을 담고 있다. 그것들은 독자를 실제로 특정 수준에 앉히기 위해 고안된 것이 아니라, 단지 그 수준에서의 치료법들이 어떤 것인지에 대한 대략적인 느낌을 제공하기 위해 구성되었다. 더 심층적인 의식수준에서 지속적으로 살기 위해선 상당 시간의 실천과 연구가 필요하다. 그래서 각 장 말미에 그 수준을 다루고 있는 추천할 만한 문헌과 치료법의 목록을 게재해놓았다.

그러면 많은 사람들이 머물러 있는 곳, 즉 페르소나 속에 갇혀 있는 지점에서부터 시작해보기로 하자. 페르소나란 다소간 부정확하고 허약해진 자기상을 일컫는다. 페르소나는 분노, 자기주장, 성적 충동, 환희, 적대감, 용기, 공격성, 충동, 흥미 등과 같은 자신의 특정한 성향을 스스로 부정할 때 만들어진다. 그러나 이런 성향을 아무리 부정한다 해도 그것이 사라지지는 않는다. 이런 성향은 '그의 것'이기 때문에, 그가 할 수 있는 일이란 단지 그것들이 다른 사람에게 속하는 것인 '척'할 수 있을 뿐이다. 사실 자신만 아니라면 그것이 누구라도 상관없다.

따라서 그는 이런 성향을 부정하는 데 진정으로 성공한 것이 아니라 단지 그것의 소유권을 부정하는 데 성공했을 뿐이다. 그렇게 되면 그는 실제로 이런 성향이 이질적인, 외부에 존재하는 '나 아닌 것'이라고 믿게 된다. 그는 원치 않는 성향들을 제거하기 위해 자신의 경계를 '협소하게 좁힌' 것이다. 이처럼 소외된 성향들은 그림자로서 투사되며, 그 사람은 오직 그 나머지, 즉 협소하고 빈약하고 부정확한 자기상인 페르소나와만 동일시하게 된다. 새로운 경계가 설정됨과 동시에 페르소나 대 그림자라는 대극의 투쟁이 시작된다.

그림자의 본질을 이해하는 것은 쉽지만, 그것을 원상태로 되돌리기는 어렵다. 그 이유는, 되돌릴 때 우리는 가장 소중히 여겼던 환상 중 몇 가지를 내버려야 하기 때문이다. 하지만 다음 예를 읽어보면 투사 과정 자체가 실제로 얼마나 단순한 것인지를 알게 될 것이다.

잭Jack은 온통 엉망이 된 차고를 깨끗이 정리하고 싶어한다. 게다가 언젠가는 차고를 정리해야겠다고 마음먹은 적이 있었다. 잭은 마침내 지금이 그 일을 하는 데 최적의 시기라고 보고, 낡은 작업복으로 갈아입고는 차고와 씨름할 가벼운 열의를 갖고 곧장 그리로 향한다. 지금 이 시점에서 잭은 자신의 '동인動因(drive)'과 상당 정도 접촉해 있다. 정리하는 일이 분명 자신이 '하고 싶어한' 것임을 잘 알고 있기 때문이다. 그의 일부가 엉망이 된 차고를 치우고 싶어하지 않더라도, 중요한 사실은 '차고를 정리하려는 그의 욕망이 정리하지 않으려는 욕망보다 더 크다'는 점이다. 그렇지 않다면 애당초 잭은 그 일을 하려고 들지도 않았을 것이다.

그러나 잭이 차고에 들어서서 믿기지 않을 만큼 엉망진창인 차고 내부를 훑어보고 있을 때 이상한 일이 일어나기 시작한다. 그는 정리와는 무관한 딴생각을 품기 시작한다. 하지만 그렇다고 그곳을 떠나지도 않는다. 잭은 잡지책을 읽기도 하고, 옛날 자신의 야구글러브를 갖고 놀기도 하고, 백일몽에도 빠지면서 약간 들뜬 상태로 차고를 어슬렁거리며 돌아다닌다. 이 시점에서 잭은 자신의 동인과의 접촉을 잃기 시작하고 있다. 그러나 여기서 다시 중요한 점은 차고를 정리하려는 욕망이 여전히 현존해 있다는 것이다. 그렇지 않다면 벌써 차고를 나와 다른 일을 시작했을 것이기 때문이다. 그가 그러지 않은 것은 여전히 정리하려는 욕망이 정리하지 않으려는 욕망보다 더 크기 때문이다. 그러나 그는 자신의 동인을 조금씩 잊는 것은 물론이고, 그 동인을 멀찍이 떼어놓고 투사하기 시작한다.

그의 투사는 이런 식으로 진행된다. 우리가 이미 보았듯이 차고를 정리하려는 잭의 욕망은 여전히 남아 있다. 따라서 그 욕망은 여전히 활동적이며, 예컨대 배고픔이 그 충동에 따라 뭔가 먹는 행동을 하도록 끊임없이 요구하는 것처럼, 잭의 주의를 끌기 위해 계속 소란을 피운다. 차고를 정리하려는 충동이 여전히 현존해 있고 활동적이기 때문에, 잭은 마음 한구석에서 '누군가'가 정리를 원하고 있다는 사실을 알고 있다. 그가 차고 안에서 여전히 어슬렁거리는 이유는 그 때문이다.

잭은 누군가가 정리를 원한다는 것을 알고 있지만, 문제는 이 시점부터는 '그가 대체 누구인지'를 잊었다는 것이다. 따라서 그는 이 모든 일에 짜증을 내고 귀찮아하기 시작한다. 시간이 지남에 따라 자신의 처지가 점점 더 참을 수 없게 된다. 그가 투사를 완성시키기 위해서는, 즉 차고를 정리하려는 '자신의' 동인을 완전히 잊기 위해서는 그 동인을 투사하여 '떠넘길' 만한 그럴듯한 후보자가 필요하다. 누군가가 차고를 정리하도록 잭을 내몰고 있고, 그래서 잭은 성가시다. 그렇기 때문에 잭은 자신을 강제로 내몬 '다른 사람'을 반드시 찾아내고 싶어한다.

이 시점에서 이 일과는 아무 관련이 없는 피해자가 끼어든다. 잭의 아내가 우연히 차고 옆을 지나다가 얼굴을 들이밀고는 별생각 없이 정리가 끝났는지 묻는다. 약간 화가 나 있던 잭의 눈이 순간 번뜩인다! 그녀가 '자신의 뒤를 떠민' 장본인임이 분명하기 때문이다. 잭은 이제 차고 정리를 원하는 것이 자신이 아니라 자신의 아내라고 느낀다. 투사는 이 시점에서 완성된다. 잭 자신의 동인이 외부에서 온 것처럼 보이게 되었다. 그는 자신의 동인을 투사했기에, 즉 담장 바깥에 갖다놓았기에, 그 동인이 밖에서 그를 공격한다고 믿는다.

잭은 아내가 '압력을 가하고 있다'고 느끼기 시작한다. 하지만 그가 실제로 느끼는 것은 자신이 밖으로 잘못 투사한 동인, 즉 차고를 정리하고 싶다는 그 자신의 욕망일 뿐이다. 잭은 너저분한 차고를 전혀 치우고 싶지 않다고, 왜 자꾸 압력을 가하고 성가시게 구냐고 아내에게 소리를 지를지도 모른다. 그러나 잭이 정말로 정리를 원치 않았다면, 그가 정말로 그 동인에 결백하다면, 그는 단순히 마음이 바뀌어서 다른 날에 치우겠다고 아내에게 대답했을 것이다. 그러나 그는 그렇게 하지 않았다. 마음 한구석에선 '누군가'가 참으로 깨끗하게 정리된 차고를 원한다는 것을 알고 있었지만, 그 누군가는 '자신'은 아니므로 다른 사람일 수밖에 없었기 때문이다. 당연히 아내가 그럴듯한 후보자이다. 그 장면에 끼어든 아내에게 잭은 자신의 동인을 투사한 것이다.

한 마디로, 잭은 자신의 동인을 투사했고 따라서 그 충동을 밖에서 온 '외적인 것'으로 경험했다. 외적 동인에 대한 다른 이름은 '압력'이다. 사실상 어떤 동인을 투사할 때면 언제나 그 사람은 반드시 압력, 즉 밖에서 그에게 되돌아온 자신의 동인을 느끼게 될 것이다. 더 나아가서

— 바로 이것이 대부분의 사람들이 믿지 못하고 놀라워하는 점이지만 — 실로 '모든' 압력은 투사된 충동의 결과이다.

위의 예에서 만일 잭이 차고를 정리하고 싶다는 동인을 갖지 않았다면, 아내로부터 어떤 압력도 느낄 수 없었으리라는 점에 유념하기 바란다. 그는 그 상황을 아주 침착하게 받아들이고, 오늘은 정리하고 싶지 않다거나 마음이 바뀌었다고 간단히 답했을 것이다. 그렇게 하는 대신 그는 압력을 느꼈다. 그가 느꼈던 것은 '자신'의 동인에서 나온 압력이지 아내에게서 나온 압력이 아니었다. 동인이 없으면 압력도 없다. 모든 압력의 그 밑바닥에는 그 사람 자신으로부터 쫓겨난 충동이 깔려 있게 마련이다.

하지만 만일 아내가 차고로 들어와서 실제로 잭에게 정리할 것을 요구했다면 어떻게 됐을까? 그랬다면 분명히 이야기 전체가 바뀌지 않았을까? 그때 잭이 압력을 느꼈다면, 이 압력은 실제로 아내가 그에게 강요했기 때문이지 않을까? 그랬다면 잭이 느낀 압력도 실제로 아내의 것이 않은가?

실제로 그랬다 해도 이야기는 전혀 바뀌지 않는다. 단지 잭이 아내에게 투사하는 일이 훨씬 쉬워졌을 뿐이다. 이런 경우 우리는 그녀를 좋은 '밥(먹잇감hook)'이라고 부른다. 잭이 그녀에게 투사하려는 것과 '똑같은' 성향을 때마침 그녀가 드러냈기 때문이다. 하지만 아무리 아내가 잭의 동인을 투사받기에 안성맞춤인 상대였어도, 그 동인 자체는 여전히 잭의 것이다. 그 동인을 갖고 있는 것은 그이며, 그것을 투사하는 것도 틀림없는 그 자신이다. 그렇지 않다면 그는 어떤 압력도 '느끼지' 않을 것이다. 아내가 정말로 정리하라는 압력을 가했을 수도 있겠지만, 그가 똑같은 욕구를 갖고서 그것을 투사하지 않는 한, 그는 실제로 압력을

'느끼지' 않을 것이다. 그의 느낌은 바로 자신의 느낌일 뿐이다.

이와 같이, 페르소나 수준의 치료사들은 지속적으로 압력을 느끼는 사람은 그 자신이 스스로 생각하는 것 이상의 동인과 에너지를 갖고 있다는 점을 지적할 것이다. 만일 동인을 갖고 있지 않다면 그가 그 일에 그다지 신경 쓸 이유가 없기 때문이다. 현명한 사람은 ― 상사, 배우자, 학교, 친구, 동료 또는 자녀로부터 ― 어떤 압력을 느낄 때면 언제나 그 압력을 스스로 인식하지 못한 어떤 에너지와 동인을 현재 자신이 갖고 있음을 보여주는 '신호'로 사용하는 법을 배운다. '나는 압력을 느낀다'를 '나는 내 생각보다 더 많은 동인을 갖고 있다'로 변환시키는 법을 배운다는 것이다. 일단 그가 모든 압박감이 자신의 무시된 동인임을 깨닫게 되면, 그 동인을 실행으로 옮길 것인지 아니면 뒤로 미룰 것인지를 새롭게 결정할 수 있다. 그러나 어느 쪽으로 결정하든, 그는 그 동인이 '자신의 것'이라는 사실을 안다.

이와 같이 투사 자체의 기본 메커니즘은 아주 단순하다. 자신의 '내부'에서 생겨난 (동인, 분노, 욕구와 같은) 충동은 당연히 '외부환경을 목표로 한다'. 그렇지만 그 충동이 투사될 경우, 그것은 외부환경 속에서 발생해서 '자신을 표적으로 하는' 충동처럼 보인다. 그것은 일종의 부메랑 효과이며, 자신의 에너지로써 자신에게 사정없이 고통을 가하는 결과를 빚는다. 자신이 행위를 강력히 밀고 나가는 게 아니라, 행동하도록 강요당하고 있다고 느껴진다. 그 충동을 '나 / 나 아닌 것' 경계의 바깥쪽에다 갖다놓았기 때문에, 자연히 그것은 환경에 작용하는 것이 아니라 반대로 환경으로부터 나를 공격해온다.

이렇게 해서, 우리는 그림자 투사에는 두 가지의 주요 결과가 있음을 알 수 있다. 첫째로, 그는 자신이 자신의 충동, 특질, 성향 등을 결코 외부로 투사하지 않는다고 느낀다. 둘째로, 그것은 '저 밖의' 환경 속에, 흔히 다른 사람 속에 존재하는 것처럼 보인다. '나'는 더 작아지고 '나 아닌 것'은 더 커진다. 그러나 이것은 분명 불쾌한 일이기에 투사하는 사람은 자신의 틀린 관점을 필사적으로 방어할 것이다. 만일 아무 죄도 없는 아내에게 소리 지르는 잭에게 다가가서, 압박당하고 괴롭힘당한다는 그의 느낌이 실제론 그 자신의 충동일 뿐임을 지적해준다면, 아마도 당신은 주먹세례를 받게 될 것이다. 왜냐하면 잭에게는 그의 투사가 실제로 밖으로부터 그를 위협하고 있음을 '입증하는' 일이야말로 무엇보다 중요하기 때문이다.

어쨌든 대부분의 사람들은 자신의 그림자를 받아들이는 데 이처럼 강한 '저항감'을 갖고 있다. 그들은 투사한 충동과 특질이 실은 자신의 것이라는 사실을 받아들이지 않고 저항한다. 사실상 저항은 투사의 주된 원인이다. 사람들은 자신의 그림자에 저항하고, 자신의 원치 않는 측면에 저항하기 때문에 그런 것들을 밖으로 투사한다. 따라서 투사가 있는 곳이면 어디든지, 그 부근에는 반드시 일종의 저항감이 숨어 있게 마련이다. 이 저항감은 때로는 온순하지만, 때로는 폭력적일 수 있다. '마녀사냥'이라는 일반적인 형태의 투사는 이런 저항이 작용하는 과정을 가장 확실하게 보여준다.

거의 모든 사람들이 한두 번쯤은 마녀사냥을 — 그것이 어떤 형태였든 — 보거나 듣거나 함께한 적이 있을 것이다. 따지고 보면 너무나 기괴한 일이지만, 자기 자신의 결점에 대한 사람들의 끈질기고 맹목적인 투사에 의한 참사를 잘 보여주는 경험이었을 것이다. 동시에 마녀사냥은 투사의 진실을 여실히 보여주는 실례를 제공해준다. 즉, 우리가 싫어하는 다른 사람들의 일면은 단지 우리가 우리의 내면에서 은밀히 싫어하고 있는 일면일 뿐이라는 진실 말이다.

마녀사냥은 우리가 우리 내면의 어떤 특징이나 성향 — 악마적이고, 극악무도하고, 비열하고, 또는 쓸모없다고 여겨지는 — 을 제대로 보지 못할 때 시작된다. 실제로 이런 성향과 특징은 모종의 도착증倒錯症, 비열함 또는 악당근성처럼 우리가 상상할 수 있는 것들 중 가장 불합리한 것일 경우가 많다. 누구라도 어두운 측면을 갖고 있다. 그러나 '어두운 측면'이 '나쁜 측면'을 의미하는 것은 아니다. 그저 누구라도 약간은 음흉한 면을 갖고 있다는 점을 의미할 뿐이다. ("모든 사람의 마음속에는 좀도둑이 살고 있다"). 만일 우리가 그것을 충분히 인식하고 수용한다면, 그것은 사실 우리 삶에서 좋은 양념이 되어준다. 유대전통에 의하면, 인류가 권태로움 때문에 멸망하는 것을 막기 위한 조치로서 태초에 하나님께서 모든 사람 속에 이런 변덕스러운 성향, 별나고 심술궂은 경향을 심어놓았다고 한다.

그러나 마녀사냥꾼은 자신은 음흉한 마음을 조금도 갖고 있지 않다고 믿는다. 뿐만 아니라 자신이 상당히 정의로운 편이라고 특유의 허풍을 떨기도 한다. 본인은 자신에게 음흉한 마음이 없다고 믿으면서 다른 사람들도 그것을 믿게끔 만들고 싶어하지만, 실제로는 그 역시 자신의 다소 음흉한 마음에 극히 불편해하고 있다. 그는 내면에서 그런 마음에 저항하고, 그것을 부정하며 밖으로 내던지려고 애쓴다. 그러나 그런 마음은 어쩔 수 없이 그대로 남아 있을 수밖에 없다. 그나마도 얌전히 있는 것이 아니라 주의를 끌기 위해 끊임없이 소란을 피운다. 음흉한 마음이 주의를 끌기 위해 소란을 피우면 피울수록 그의 저항감은 더 강해진다. 저항하면 할수록 음흉한 마음은 더욱 힘을 얻고, 더 큰 소리로 주의를 끌고자 한다.

마침내 그 존재를 더 이상 부정할 수 없게 되면, 그는 음흉한 마음을 바라보기 시작한다. 그러나 그가 할 수 있는 유일한 방식은, 그 음흉한 마음이 '다른 사람' 안에 있다고 믿는 것이다. 누군가가 다소 음흉한 마음을 갖고 있고, 그것이 자신일 리는 없기 때문에, 그는 그것이 다른 사람의 것임이 틀림없다고 생각한다. 그가 할 수 있는 일은 이 누군가를 찾아내는 것이고, 이제 이 일이 지극히 중요한 과제가 된다. 자신의 그림자를 투사할 수 있는 누군가를 찾아내지 못한다면 그 그림자를 계속 간직한 채로 지내야 하기 때문이다. 저항감이 중요한 역할을 담당하는 것은 바로 이 시점이다. 억제할 수 없는 열성으로써 자신의 그림자를 혐오하고 저항하며 또한 수단방법을 가리지 않고 제거하려고 애쓰는 만큼, 그는 자신의 그림자가 투사된 상대방을 똑같은 열성으로써 경멸하게 된다.

이런 마녀사냥은 때로 잔혹한 양상을 띤다. 나치의 유대인 학살, 살렘Salem의 마녀재판, 흑인을 희생양으로 삼은 KKK(Ku Klux Klan)단… 그 모든 사례에서, 피해자를 증오하는 가해자의 지독한 야만적 광포성이야말로 가해자 자신의 성향을 스스로 폭로하고 있음에 주목하기 바란다.

때로는 정도가 덜한 마녀사냥도 있다. 예컨대, "모든 침대 밑에는 빨갱이가 있다"는 식의 냉전시대의 공포가 여기에 속한다. 희극적인 양상을 띠는 경우도 꽤 있다. 험담 대상에 대해서보다 험담자에 대해 훨씬 더 많은 것을 말해주는 끊임없는 뒷담화의 경우가 여기에 속한다. 그러나 이 모든 것은 그들 자신의 그림자가 다른 사람에게 속한 것임을 증명하려는 필사적인 노력의 사례들이다.

많은 사람들이 동성애자들을 혐오하고, 심지어 욕설까지 퍼붓는다. 다른 모든 점에서 대단히 예의 바르고 이성적인 사람들이 오직 동성애에 관해서는 극심한 혐오감을 보인다. 그들은 동성애자를 옹호하는 법률의 정지(또는 그보다 더 나쁜 것)를 아주 격분한 상태로 제창하기도 한다. 하지만 왜 그토록 열성적으로 동성애자를 미워하는 것일까? 이상하게도, 동성애자를 미워하는 것은 그가 동성애자이기 때문이 아니다. 그가 혐오하는 것은, 자신도 그렇게 될지 모른다는 비밀스런 두려움의 일면을 동성애자에게서 보기 때문이다. 자기 자신의 자연스러운 약간의 동성애적 성향을 몹시 불쾌히 여기며 밖으로 투사하는 것이다. 그렇게 해서 그들은 다른 사람들이 가진 동성애적 성향을 혐오하게 된다. 하지만 그런 일이 생기는 것은 무엇보다 자기 자신 속에 있는 그런 성향을 혐오하기 때문이다.

이와 같이 마녀사냥은 다양한 양상으로 진행된다. 가해자는 '피해자'가 더럽고, 어리석고, 변태적이고, 부도덕하기 때문에 혐오한다고 말한다. 그러나 그들의 말은 사실일 수도 있고, 그렇지 않을 수도 있다. 그 일치 여부는 중요치 않다. 왜냐하면 가해자는 피해자에게 덮어씌운 그 혐오스러운 특징을, 알든 모르든 자기 자신도 소지하고 있는 경우에만 그렇게 난리를 치기 때문이다. 우리가 끔찍이도 받아들이기 싫어하는 우리의 일면을 그들이 끊임없이 환기시키고 있기 때문에 우리는 그들을 혐오하는 것이다.

우리는 투사의 중요한 지표 하나를 알게 되었다. 환경(사람 또는 사물들) 속의 무언가가 우리에게 단지 '정보'만 주는 것이 아니라, 강력하게 '영향'을 미친다면, 그것은 대개 우리 자신으로부터 투사된 것이라는 사실 말이다. 성가시고, 당황스럽고, 혐오스러운 물건들, 또는 역으로 매료되고, 항거할 수 없고, 마음을 사로잡는 물건들, 이런 것들이 흔한 그림자의 반영이다. 옛 속담은 이렇게 말한다.

보고 또 보다 보니 비로소 알게 되었다.

내가 너라고 생각했던 그것이

실은 바로 나 자신이었음을.

그림자에 대한 기본적인 이해를 기초로 또 다른 일상적인 투사 몇 가지를 더 설명해보자. '압박감'이 투사된 동인인 것과 똑같이, '의무감' 역시 투사된 욕망이다. 즉, 끊임없이 의무감을 느끼는 것은 지금 스스로 '하고 싶어한다고 생각하지 않는' 어떤 일을 하고 있다는 하나의 신호이다. 의무감, 즉 "나는 '너를' 위해 ~를 해야 한다"는 느낌은 가족관계에서 가장 흔히 발생한다. 부모는 자녀를 돌봐야 한다는 의무감을 느끼고, 남편은 아내를 부양해야 한다는 의무감을 느끼고, 아내는 남편의 시중을 들어야 한다는 의무감을 느낀다. 외부인에게 아무리 즐겁게 보일지라도, 사람들은 결국 의무감에 저항하기 시작한다. 이런 원망이 커지게 되면 마녀사냥으로 변할 가능성이 커진다. 그렇게 되면 그와 아내는 결국 결혼생활 상담가라 불리는 주술사에게 도움을 청해야 하는 처지가 된다.

이런저런 일을 하는 데 엄청난 의무감을 느끼는 사람은 단지 이런저런 일을 하고 싶다는 그의 진정한 욕망을 투사하고 있는 것이다. 하지만 그 자신은 이런 사실을 (그림자에 대한 저항으로 인해) 인정하지 않는다. 실제로 그는 정반대로 말할 것이다. 자신이 의무감을 느끼는 것은 정말로 그 일을 하고 싶지 '않기' 때문이라고 주장할 것이다. 그러나 그 말은 진실이 아니다. 남을 돕고자 하는 욕망이 정말로 없다면 그는 의무감을 전혀 느끼지 않을 것이기 때문이다. 무엇 때문에 신경 쓰겠는가! 그는 돕고 싶어하지 않는 것이 아니라, 돕고 싶어하지만 그 사실을 스스로 인정하지 않는 것이다. 그는 다른 사람들을 돕고 싶어하지만, 그 욕망을 투사하고는 '다른 사람들'이 그가 도와주길 원한다고 느끼는 것이다. 이와 같이 의무감이란 다른 사람들의 요구에서 오는 부담이 아니라, 자기 자신의 친절함 — 그러나 인식되지는 않는 — 이 지운 짐이다.

이제 또 하나의 일상적인 투사를 검토해보자. 아마도 모든 사람이 나를 주시하고 있다는 격심한 '자의식自意識'만큼 고통스러운 것도 없을 것이다. 강연을 해야 하거나, 무대에서 연기를 해야 하거나, 상을 받아야 할 경우에 우리는 모든 사람이 자신을 보고 있다고 느끼기 때문에 경직되기 십상이다. 하지만 대중 앞에서 경직되지 않는 사람들도 많다. 따라서 문제는 상황 자체에 있다기보다 그 상황에서 우리가 하는 어떤 행위에 있음이 틀림없다.

많은 치료사들에 의하면, 모든 사람이 나에게만 관심을 쏟는 듯 느껴지는 이유는 우리 자신의 관심이 그들에게 투사되었기 때문이다. 즉, '내가 다른 사람들에게 가진 관심'이 투사되어 '다른 사람들이 나에게 갖는 관심'으로 바뀌는 것이다. 시선을 관중에게 향한 순간, 나에 대한 그들의 자연스러운 관심이 엄청나게 증폭되면서 마치 나를 억누르는 것처럼 보인다. 그들이 나의 일거수일투족을 낱낱이 바라보고 있다고 생각하게 되는 것이다. 그렇게 되면 자연히 경직될 수밖에 없다. 자신이 엄청난 주목의 대상이 되었다는 투사를 용감하게 거둬들일 때까지, 우리는 그 경직을 풀어낼 수 없다.

마찬가지로, 어떤 사람이 거친 공격성을 포함한 적개심이나 욕망을 외부환경에다 투사하는 경우에 어떤 일이 일어날지를 상상해보자. 그는 사람들이 자신에게 이유 없이 적대적이고 도발적이라고 느낄 것이다. 그 결과 자신에게 집중된 엄청난 양의 적의로 인해 위협과 두려움을 느끼고 아마도 혼비백산하게 될 것이다. 그러나 이런 두려움은 환경의 결과라기보다 자신의 적개심을 환경에다 투사한 결과에 지나지 않는다. 이와 같이 사람이나 장소에 대한 비현실적인 공포는 대부분의 경우 단지 자신이 화가 나 있고 적대적이지만 스스로 그런 사실을 모르고 있다는 하나의 신호이자 경고일 뿐이다.

마찬가지로, 정서적인 문제로 상담을 받는 사람들이 가장 흔히 호소하는 것 중 하나는 따돌림을 당한다는 느낌이다. 그들은 아무도 진정으로 자신을 좋아하지 않는다거나, 아무도 자신을 배려하지 않는다거나, 혹은 모든 사람이 자신에게 대단히 비판적이라고 느낀다. 그들은 대개 자신은 모든 사람을 좋아하기 때문에 이런 일은 곱절로 불공정한 것이라고 느낀다. 그들은 자기 자신의 내면에는 타인을 거부하는 성향이 전혀 없다고 생각한다.

그들은 다른 사람들에게 친절하기 위해, 비판적이지 않기 위해 비상한 노력을 기울인다. 그러나 자신은 그런 특성이 없는데 다른 모든 사람들은 그런 경향을 갖고 있다고 보는 것이야말로 투사의 특징이다. 삼척동자도 아는 속담처럼, "사돈 남 말 하는" 꼴인 것이다. 모든 사람이 자신을 거부한다고 느끼는 사람은 실제로는 다른 사람들을 거부하고 비판하는 자신의 성향을 철저하게 모르고 있는 사람이다. 이런 성향은 그 사람의 전반적인 인격에서 볼 때 사소한 측면에 지나지 않을 수도 있지만, 만일 그런 성향을 계속 인식하지 못한다면 그는 결국 자신이 아는 '모든' 사람에게 그런 성향을 투사하게 된다. 그로써 원래의 충동은 증폭되고, 실제로는 세상이 전혀 그렇지 않음에도 불구하고, 그는 세상이 자신에게 지나치게 비판적이라고 보기 시작한다.

이것은 모든 투사에 다 해당하지만, 문제는 정말로 어떤 사람이 당신에 대해 대단히 비판적일 수도 있다는 것이다. 그러나 당신이 그 비판에다 스스로 '투사한' 비판을 덧붙이지 않는 한, 그 비판은 당신을 압도하지 못할 것이다. 따라서 강력한 열등감과 거부감을 느낄 때마다 먼저 자신의 투사를 찾아보고, 자신이 세상에 대해 생각보다 비판적이라는 사실을 받아들이는 편이 현명할 것이다.

지금쯤은 분명해졌으리라고 생각되지만, 그림자 투사는 '저 밖에 있는' 실재에 대한 우리의 관점을 왜곡시킬 뿐만 아니라 '내면의' 자기에 대한 느낌도 엄청나게 변화시킨다. 내가 어떤 감정이나 특성을 그림자로서 투사할 경우, 나는 여전히 그것을 '지각하지만' 그것은 왜곡되어 '저 밖에 있는' 대상처럼 보인다. 마찬가지로, 나는 여전히 그것을 '느끼지만' 그것은 왜곡되고 변장된 형태로 느껴진다. 일단 그림자를 투사하면, 나는 그것을 단지 하나의 증상으로서만 느낀다.

따라서 방금 보았듯이 자신의 적개심을 다른 사람에게 투사할 때, 그는 사람들이 자신에게 적의를 품고 있다고 상상할 것이고, 따라서 사람들로부터 섬뜩한 공포심을 느끼기 시작할 것이다. 자신이 갖고 있던 본래의 적의가 투사된 그림자로 대치된 것이다. 따라서 그는 그 그림자를 다른 사람들 속에서 보면서, 자신의 내부에서는 공포라는 '증상'만을 느끼게 된다. 자신의 그림자가 증상으로 바뀐 것이다.

따라서 자신의 그림자를 떼어내려고 노력해도 그로부터 자유로워질 순 없다. 그 자리가 빈 공간, 공백, 구멍으로 그냥 남아 있지 않기 때문이다. 내가 내 안의 어떤 측면을 스스로 자각하지 못하고 있음을 암시하는 고통스러운 증상이 그 자리를 메운다. 더 나아가, 그림자가 증상이 되고 나면, 우리는 한때 그림자와 싸웠던 것처럼 그 증상과도 싸우게 된다. 자신의 성향 중 일부(그림자)를 부정하려고 애쓰면, 그것은 증상으로서 모습을 드러낸다. 그리고 우리는 한때 그림자를 싫어했던 것과 똑같은 식으로 그 증상을 증오하게 된다. 아마도 한때 그림자를 자신에게 숨기려고 애썼던 것과 똑같이, 자신의 증상 — 두려움, 열등감, 우울증, 불안 등 — 을 다른 사람에게서 숨기려고 애쓰게 될 것이다.

따라서 우울, 불안, 권태, 공포 등의 증상에는 어떤 투사된 감정이나 특징과 같은 그림자의 측면이 포함되어 있기 마련이다. 중요한 것은, 아무리 불쾌하더라도 증상을 거부하거나 혐오하거나 회피해서는 안 된다는 점을 이해하는 것이다. 왜냐하면 그런 증상들 자체가 해결의 열쇠를 갖고 있기 때문이다. 증상과 싸우는 것은 사실 그 증상 속에 내포된 그림자와 싸우는 것이고, 이 싸움이야말로 문제를 일으킨 최초의 원인이다.

페르소나 수준에서 치료의 첫 단계는 증상들을 받아들이고 여유를 갖는 것이며, 지금까지 혐오해왔던 증상의 불쾌감과 친해지는 것이다. 그러기 위해선 의식적으로 증상과 접촉해야 하고, 가능한 한 마음을 크게 열고 증상을 수용해야 한다. 이 말은 우울, 불안, 소외감, 권태로움, 상처, 또는 당혹감 등을 스스로 '허용한다'는 것을 의미하며, 이전엔 온갖 방식으로 저항해왔던 이 감정들이 스스로 드러나게끔 내버려둔다는 것을 의미한다. 뿐만 아니라 이 감정들을 적극적으로 활성화시키기도 한다. 특정 증상에 집중하여 그것이 자유롭게 움직이고 숨 쉬도록 내버려두면서, 다만 그 증상 자체의 모습에 지속적인 자각을 유지하는 것이다.

이것이 페르소나 수준의 치료에서 첫 단계이며, 대부분의 경우엔 이 정도로 충분하다. 증상을 진정으로 받아들인 순간, 그 증상에 숨겨져 있는 그림자 역시 상당 부분 수용되기 때문이다. 그렇게 되면 문제는 대체로 사라진다.

만일 증상이 지속될 경우, 페르소나 수준의 치료에서는 두 번째 단계로 진행해간다. 이 두 번째 단계는 진행방식은 간단하지만, 실천하는 데는 시간과 인내가 필요하다. 두 번째 치료는 의식적으로 모든 증상을 원래의 형태로 '해석 / 변환'하는 작업이다. 이런 작업을 해나갈 때, 아래의 표와 추천도서에서 예시한 개략적인 지침 등을 일종의 사전처럼 활용할 수도 있을 것이다.

다양한 그림자 증상들의 공통적인 의미
증상을 원래의 그림자 형태로 변환시키기 위한 사전

증상	원래 그림자 형태로의 변환
외부의 압력	내적 동인動因
거부감("아무도 날 좋아하지 않아")	"난 그들을 상대하고 싶지 않아!"
죄책감("넌 나에게 죄책감을 느끼게 만들어")	"난 네 요구를 받아들이고 싶지 않아"
불안	흥분
자의식("모든 사람이 나를 보고 있어")	"난 내가 생각하는 이상으로 사람들에게 관심이 많아"
성적 무기력 / 불감증	"난 네게 만족을 주고 싶지 않아"
두려움("저들이 나를 해치려고 해")	적개심("난 부지중에 화를 내고 공격하고 있어")
슬픔	"미칠 듯 화가 나!"
위축(물러남)	"난 너희 모두를 밀쳐낼 거야!"
"난 할 수 없어"	"난 하고 싶지 않아!"
의무감("해야만 해")	욕망("하고 싶어")
혐오감("나는 ~때문에 널 경멸해")	자기 혐담("나는 내 안의 ~가 싫어")
부러움("넌 정말 멋져")	"난 생각보다는 괜찮은 인간이야"

두 번째 단계의 핵심은, 모든 증상이 단지 무의식적인 그림자 경향성의 '신호'(또는 상징)에 지나지 않는다는 점을 깨닫는 데 있다. 예컨대 직장에서 강력한 압력을 느낄 때, 조금 전에 보았듯이, 그 압력이라는 '증상'은 언제나 그 일에 대한 동인이 당신 자신에게 있음을 (당신이 인정하는 것 이상으로) 보여주는 단순한 지표 내지는 '신호'이다. 그러나 당신은 자신의 진정한 관심과 욕망을 공공연히 인정하고 싶지 않을 수도 있다. 그것을 인정할 경우 '타인의' 이익을 위해 어쩔 수 없이 '해야만' 했던 감사받지 못한 작업시간에 대한 그들의 죄책감을 사해주는 셈이 되기 때문이다. 또는 자신의 '사심 없는' 헌신에 대하여 더 많은 보상을 기대하고 있기 때문일지도 모른다. 아니면 그 동인의 흔적을 자신도 모르게 상실한 것일 수도 있을 것이다. 이유가 무엇이든, 압박감이라는 증상은 스스로 알고 있는 것보다 당신 자신이 더 열성적이라는 것을 보여주는 확실한 신호이다. 따라서 그 증상을 원래의 올바른 형태로 되돌려 변환시키는 것이 중요하다. 이때 "나는 해야만 해"는 "나는 하고 싶어"가 된다.

즉, '변환'이 치료의 열쇠이다. 예컨대, 압박감을 없애기 위해 동인을 '만들어낼' 필요가 없을 뿐만 아니라, 있지도 않은 동인을 느끼려고 애쓸 필요도 없다. 또한 지금은 부족한 것처럼 생각되는 충동을 억지로 불러낼 필요도 없다. 일에 대하여 억지로 동인이나 관심을 가지면 아무런 압박감도 느끼지 않게 된다는 말이 아니다. 압박감을 느낄 경우 반드시 압력이란 증상으로 변장한 동인이 '이미 존재한다'는 말이다. 동인을 마법적으로 불러낼 필요도 없고, 압력이란 느낌 곁에 갖다놓을 필요도 없다. 압박감이 바로 당신이 필요로 하는 동인 그 자체이다. 당신은 단순히 압박감을 '동인'이라는 본래의 바른 이름으로 부르기만 하면 된다. 그것은 단순한 변환이지 창작이 아니다.

이런 의미에서 볼 때, 증상이란 바람직하지 않은 것이 아니라, 오히려 성장을 위한 기회이다. 증상은 무의식 속의 그림자를 대단히 정확하게 지적해준다. 즉, 증상은 투사된 성향을 확실하게 지적해주는 결코 오류 없는 신호로서, 우리는 증상을 통해 그림자를 발견하고 그 그림자를 통해 성장하고 경계를 확장해가는 것이다. 이것이 정확하고 수용가능한 자기상으로 하강해가는 길, 한마디로 페르소나 수준에서 자아 수준으로 하강해가는 길이다. 그것은 '페르소나 + 그림자 = 자아'라는 공식만큼이나 아주 단순한 것이다.

이 수준에서 시행할 치료작업의 핵심을 이해할 수 있는 단순한 열쇠를 제공하지 않고 이 장을 마무리한다면 그것은 나의 태만일 것이다. 그림자 치료사가 사용하는 전문용어들은 무시하고 대화의 전반적인 흐름에만 귀를 기울여보면, 당신은 그가 하는 말이 어떤 패턴을 따르고 있다는 사실을 알게 될 것이다. 만일 당신이 어머니를 사랑한다고 말하면, 치료사는 당신이 무의식적으로 어머니를 미워한다고 말할 것이다. 당신이 어머니를 미워한다고 말하면, 그는 당신이 무의식적으로 어머니를 사랑한다고 말할 것이다. 우울한 상태를 견딜 수 없다고 말하면, 실은 그런 상태를 자초한 것이라고 말할 것이다. 창피당하는 것이 싫다고 말하면, 은연중 그런 상태를 좋아한다고 말할 것이다. 만일 어떤 종교적, 정치적 또는 이념적 운동에 열성적으로 참여하면서 당신의 신념에 따라 다른 사람을 전향시키려 한다면, 그는 당신은 전혀 그런 것들을 진정으로 믿고 있지 않으며 그처럼 믿지 못하는 자기를 전향시키려는 시도에 불과하다고 말할 것이다. 당신이 "예"라고 말하면, 그는 "아니오"라고 말한다. 당신이 위를 말하면 그는 아래를 말하고, 당신이 "야옹" 하고 말하면, 그는 "멍멍" 하고 답한다. 당신이 심리학자들을 증오하는 게 아닌가 하고 스스로 의심했었는데 이제는 그것을 확신한다고 말하면, 그는 실은 당신이야말로 좌절한 심리학자이며 그래서 은밀히 모든 치료사를 시기하는 것이라고 말할 것이다.

어이없는 소리처럼 들릴지 모르지만, 치료사들은 스스로 인식하든 못하든 온갖 복잡한 논리를 동원하여 '당신으로 하여금 자신의 대극을 직면하게끔' 하는 것이다. 이 장에서 든 예들을 이런 각도에서 살펴보면, 각각의 상황에서 주인공은 대극의 한쪽 측면밖에 인식하지 못하고 있다는 사실이 드러난다. 그는 대극의 양쪽 모두 보기를 거부하고, 양극의 일체성을 받아들이지 않았다. 대극은 어느 한쪽 없이는 존재할 수 없기 때문에, 양극 모두를 인식하지 못할 경우 거부된 극은 지하세계로 쫓겨날 것이다. 따라서 당신은 거부된 극을 무의식에게 넘겨주고 그것을 투사할 것이다. 간단히 말해 대극 사이에 경계를 만들고, 그렇게 해서 전쟁이 일어나는 것이다. 그러나 이 전쟁은 결코 승리할 수 없는 전쟁, 온갖 수단을 다 동원해도 계속 패배할 수밖에 없는 전쟁이다. 양 진영은 실제로 상호의존적인 측면들이기 때문이다.

따라서 그림자란 단순히 자신의 무의식 속의 대립에 지나지 않는다. 그렇다면 지금 의식적으로 의도하거나 염원하거나 욕망하는 것은 그것이 무엇이든, 반대로 상정하는 것이 그림자와 만나는 간단한 방법이 된다. 그러면, 자신의 그림자가 어떤 식으로 세상을 보고 있는지가 분명해질 것이다.

또한 당신이 친해지려고 하는 것이 바로 이런 관점이기도 하다. 이 말은 정반대의 것에 기초해서 '행동'하라는 뜻이 아니라, 단지 대극을 '자각'하라는 뜻이다. 누군가를 몹시 싫어한다고 느낀다면, 그 사람을 좋아하고 있는 당신의 측면을 인식하라는 것이다. 만일 열광적인 사랑에 빠져 있다면, 그다지 배려하지 못하는 당신의 측면을 인식하라는 것이다. 특정 감정이나 증상을 싫어한다면, 은밀히 그런 감정이나 증상을 즐기고 있는 자신의 그런 측면을 인식하는 것이 좋다.

특정 상황에 대한 긍정적인 느낌과 부정적인 느낌 모두를 진정 자신의 대극으로 자각하는 순간, 그 상황에 결부된 많은 긴장감은 사라진다. 왜냐하면 그런 긴장을 야기한 대극 간의 전투가 해소되기 때문이다. 반면에 대극의 일체성, 즉 자기 내면의 대립된 측면에 대한 자각을 잃는 순간, 우리는 양극을 분열시키고 양자 사이에 경계를 그은 다음 그 거부된 극을 무의식에 넘겨주게 된다. 무의식에 넘겨진 측면은 이제 증상이 되고, 그 증상은 자신을 괴롭힌다. 대극은 언제나 한몸이기 때문에, 그들을 떼놓을 수 있는 유일한 방법은 의식하지 않음, 곧 선택적 무시에 의해서이다.

자신의 대극, 그림자, 투사를 탐구하기 시작하면, 자신의 느낌과 마음상태에 대한 책임감을 느끼게 됨을 깨닫는다. 자신과 다른 사람들 사이에서 일어나는 대부분의 투쟁이 실은 자신과 자신의 투사와의 투쟁이라는 점을 알게 될 것이다. 자신의 증상들은 환경이 자신에게 행사하는 무언가가 아니라, 다른 사람들에 대하여 자신이 정말로 하고 싶어하는 것의 과장된 대체물이고, 그것을 자기 자신에게 하고 있다는 사실을 알게 된다.

당신은 사람이나 사건들 자체가 당신을 흥분시키는 것이 아니며, 그것들은 당신이 '스스로' 흥분하게끔 만드는 계기를 제공할 뿐임을 깨달을 것이다. 스스로가 자신의 증상을 만들어낸다는 사실을 최초로 이해하는 것은 그 자체가 엄청난 안도감을 선사할 것이다. 왜냐하면 그것은 그런 증상들을 원래 형태로 되돌려 '변환'시킴으로써 증상 만들기를 '중단'할 수 있음을 의미하기 때문이다. 이때 자기 자신은 느낌의 결과가 아니라, 원인이 된다.

이 장에서 우리가 알게 된 것은 자아의 특정 측면을 부정할 경우, 어떻게 해서 페르소나라고 하는 거짓되고 왜곡된 자기 이미지를 만들게 되는가 하는 것이었다. 일반적으로 말하면, 좋아하는 것(페르소나)과 좋아하지 않는 것(그림자) 사이에 하나의 경계가 세워진다. 또한 우리는 자아의 부정된 측면들(그림자)이 결국엔 투사되고 '저 밖의' 환경 속에 존재하는 것처럼 보이게 된다는 사실도 알았다. 그렇게 되면 우리는 허공에 주먹질하는 식으로 인생을 살게 된다. 페르소나와 그림자 사이의 경계가 페르소나와 그림자 사이의 전쟁이 되고, 내면의 전쟁은 하나의 증상으로서 자각된다. 그렇게 되면 우리는 처음 그림자를 증오했던 것과 똑같이 열성적으로 증상을 증오하게 되고, 다른 사람에게 그림자를 투사한 경우, 한때 그림자를 증오했던 것처럼 그 사람을 증오하게 된다. 그런 다음 우리는 상대방을 싸워야 할 하나의 증상으로 대하게 된다. 이렇게 해서 이 수준의 경계 전반에 걸쳐서 다층적인 형태의 전쟁이 진행된다.

어느 정도 정확한 자기 이미지를 발달시키는 것은 ― 페르소나 수준에서 자아 수준으로 하강하는 것은 ― 간단히 말해 그 존재를 알지 못했던 자신의 다양한 측면들에 대한 포괄적인 인식을 획득하는 것이다. 이런 측면들을 탐지해내는 일은 실로 간단하다. 자신의 증상, 대극, 투사로서 모습을 드러내고 있기 때문이다. 그런 자신의 투사를 거둬들인다는 것은 경계를 허물고 이질적인 것으로 생각했던 것을 자신의 일부로서 자기 내부에 포함시키는 일이다. 또한 여유를 갖고 부정적인 면과 긍정적인 면, 좋은 면과 나쁜 면, 사랑스러운 면과 야비한 면을 막론하고 모든 다양한 잠재력을 이해하고 수용해서 자신의 정신-신체적 유기체 전반에 대한 비교적 정확한 심상을 발달시키는 일이다. 그것은 자신의 경계를 변경시켜 오랜 숙적이 동맹국이 되고, 암암리에 서로 싸우던 대극이 마음을 열고 친구가 되는 것이며, 또한 자신의 영혼을 재작도하는 것이다. 그렇게 되면 자신의 모든 것이 바람직한 것은 아니라 할지라도, 좋아할 만은 한 것임을 알게 될 것이다.

추 천 도 서

자아 수준에 대한 — 즉, 페르소나로 살고 있는 사람들을 자아 수준으로 하강시키도록 돕기 위한 — 고전적인 방법으로서 정신분석학이 남아 있긴 하지만, 나는 독자가 돈과 시간을 지불할 수 있다 해도 이것을 더 이상 선택할 만한 치료법으로 추천하고 싶지는 않다.

첫째로 적어도 그만큼의 효과가 있으면서 더 빠른 방법들이 있기 때문이며, 둘째로 분석 자체가 스펙트럼의 심층 수준에서 자발적으로 솟아나오는 통찰들을 너무나 자주 왜곡시키고, 영혼의 깊이를 밋밋한 평면으로 축소시키는 경향이 있기 때문이다.

그러나 정신분석 이론은 여전히 자아, 페르소나 및 그림자의 역동성 이해에 관한 한 핵심적인 이론으로 남아 있다. 캘빈 홀Calvin Hall의 《프로이트 심리학 입문》(A Primer of Freudian Psychology, 1973)은 훌륭한 입문서이다. 상급자라면 프로이트 자신이 쓴 《정신분석학 입문》(A General Introduction to Psychoanalysis, 1971)에 도전해보는 것도 좋을 것이다. 진지한 독자들에게는 오토 페니켈Otto Fenichel의 《신경증에 대한 정신분석 이론》(The Psychoanalytic Theory of Neurosis, 1972)을 추천하고 싶다.

페르소나 / 자아에 대한 보다 최근의 접근법을 다루고 있는 책으로는 윌리엄 글래서William Glasser의 《현실요법》(Reality Therapy, 1965), 엘리스A. Ellis와 하퍼R. Harper의 《합리적인 삶에 대한 새로운 지침》(A New Guide to Rational Living, 1975), 말츠M. Maltz의 《싸이코싸이버네틱스Psychocybernetics》(1960), 카렌 호니Karen Horney의 《자기분석》(Self-Analysis, 1942) 등이 있다. (호니는 몇 가지 명백한 켄타우로스적 / 전일적 경향을 갖고 있기 때문에, 그녀의 저술은 자아 수준과 켄타우로스 수준 모두에 유용하다) 등이 있다.

베르트만M. Werthman의 《자기-정신화》(Self-Psyching, 1978)는 대부분 자아 문제에 초점을 둔 치료기법에 대한 훌륭한 개론서이다. 퍼트니와 퍼트니Putney and Putney의 《순응된 미국인》(The Adjusted American, 1966)은 대단히 뛰어난 책이다. 이 장에서 인용한 많은 예들을 나는 그들 책에서 인용했으며, 그들에게 진 빚에 감사드린다. 게슈탈트 치료 역시 그림자를 아주 효과적으로 다루고 있지만, 켄타우로스 수준도 함께 다루고 있기 때문에 관련 자료는 다음 장에 포함시켰다.

적어도 내가 보기엔, 교류분석(Transactional Analysis)은 선택해볼 만한 접근법이라고 생각된다. 이 기법은 프로이트 이론의 핵심을 좀더 단순하고 명료하고 압축된 맥락에서 적용하고 있다. 나아가 인간의 보다 심층 수준의 가능성을 전반적으로 인식하고 있어서, 심원한 통찰을 노골적으로 방해하지도 않는다. 해리스T. Harris의 《나도 OK, 너도 OK》(I'm OK-You're OK, 1969)와 에릭 번Eric Berne의 《사람들이 놀이하는 게임》(Games People Play, 1967), 그리고 《인사를 나눈 후 무슨 말을 하는가?》(What Do You Say After You Say Hello?, 1974)도 참고하기 바란다.

8

켄타우로스 수준

The Centaur Level

‑‑‑‑‑‑◆◆◆‑‑‑‑‑‑

앞장에서 우리는 투사된 그림자와 만나고 그것을 재再소유함으로써 빈약한 페르소나로부터 건전한 자아로 정체감을 확장시킬 수 있다는 것을 살펴보았다. 페르소나와 그림자 사이의 경계를 해체하고 분열을 치유하면, 더욱 크고 안정된 자기 정체감을 발견할 수 있다. 그것은 비좁은 아파트에서 안락한 단독주택으로 이사 간 것과 흡사하다.

이 장에서는 안락한 일반주택으로부터 훨씬 더 넓은 대저택으로 옮겨갈 것이다. 또한 경계를 해체하는 기본적인 과정을 더 깊은 수준으로 계속해갈 것이지만, 투사된 신체를 만나고 재소유함으로써 자아, 그리고 자아의 세계관으로부터 켄타우로스로 정체성을 확장시키는 몇 가지 방법도 탐색해볼 것이다.

신체를 재소유한다는 것이 처음엔 괴이한 주장처럼 보일 수도 있을 것이다. 자아와 육체 사이의 경계는 보통 사람들의 무의식 속에 너무나 깊이 파묻혀 있어서, 많은 사람들이 이 둘 사이의 분열을 치유하는 일에 대해서는 당혹감과 권태가 혼합된 묘한 반응을 보인다. 마음과 신체 사이의 경계를 꼼짝없이 실재하는 것으로 믿고 있기 때문에, 경계의 해체는 고사하고 왜 그 경계에 간섭하려 드는지조차 이해할 수 없을 정도가 되었다.

마음을 잃어버린 사람은 거의 없겠지만, 우리들 대부분은 이미 오래전에 신체를 잃어버렸다. 나는 이 말을 문자 그대로 받아들여야 한다고 생각한다. 실제로, '나'는 마치 자신이 말 위에 앉아 있는 기수인 것처럼, 몸 위에 앉아 있는 것처럼 느낀다. 나는 필요에 따라 때리기도 하고, 칭찬하기도 하고, 먹이고 목욕시키고 보살피기도 한다. 나는 신체와 아무런 상의도 없이 그것을 충동질하기도 하고, 때로는 신체의 의지와는 반대로 억압하기도 한다. 신체(말)가 착한 일을 할 경우 대체로 무시하지만, 말을 듣지 않고 멋대로 굴면 — 이런 일은 자주 일어난다 — 채찍질해서 다시 복종시킨다.

정말로 신체는 그저 내 밑에 매달려 있는 것처럼 느껴진다. 나는 더 이상 신체와 '더불어' 세상을 살아가는 것이 아니라 신체 '위에서' 살아간다. 나는 이 위에 있고 신체는 저 아래 있으며, 나는 저 아래에 있는 신체와 기본적으로 편안한 관계에 있지 않다. 나의 의식은 거의 '전적으로' 머리 의식이다. 즉, 나는 내 머리이고, 나는 내 신체를 '소유'하고 있다. 내 신체는 나의 소유물, 즉 '나'가 아니라 '나의 것'으로 전락했다. 한마디로, 신체는 그림자가 그랬던 것과 아주 똑같은 방식으로, 하나의 대상 또는 하나의 투사물이 된다.

전유기체 위에 하나의 경계선이 세워지고 그렇게 해서 신체는 '나 아닌 것'으로 투사된다. 이 경계는 하나의 분열, 하나의 균열이며, 로웬Lowen의 개념으로는 '블록block'(폐쇄구간)이다. "블록은 정신영역을 신체영역으로부터 분리하고 고립시키는 작용을 하기도 한다. 우리는 양자가 서로 영향을 주고받는다는 것을 알고 있지만, 블록으로 인해 의식 기저의 통일성을 감지할 수 있을 만큼 충분히 확장되지는 않는다. 사실상, 블록은 통일된 인격을 분열시킨다. 블록은 정신과 신체를 떼어놓을 뿐만 아니라, 표면적 현상을 유기체의 심층부에 있는 근원으로부터 분리시킨다."

여기서 기본적으로 문제가 되는 것은 '전유기체', 즉 켄타우로스의 분열이다. 하지만 신체의 상실은 가장 눈에 잘 띄고 쉽게 감지할 수 있는 신호 중 다만 하나에 지나지 않는다. 신체의 상실은 '기저의 통일성', 곧 켄타우로스의 분열과 정확히 동의어가 아니라 이런 분열이 일어날 경우 현저하게 드러나는 것 중 하나일 뿐이다. 하지만 신체의 상실이 가장 파악하기 쉽고 표현하기 쉽기 때문에, 이 장에서는 신체의 상실에만 초점을 맞출 것이다.

그러나 (우리가 육체라고 부르는) 신체 자체가 심리적 자아보다 더 심층적인 실재라고 말하는 것은 아님을 잊지 말기 바란다. 이 장에서는 신체를 단독으로 다루고 있지도 않다. 사실상 신체 자체는 의식의 모든 양식(modes of consciousness) 중에서 최하위의 것이고 너무나 단순한 것이기 때문이다. 많은 인체학자들(somatologists)이 신체를 자아보다 '심층적인 실재'라고 생각하지만, 그렇지 않다. 신체와 자아의 '통합체'야말로 어느 한쪽보다 더 심층적인 실재이다. 실용적인 목적 때문에 신체와 신체 훈련을 중심으로 논의하더라도, 이 장에서 우리가 강조하려는 것은 바로 신체와 자아의 통합이다.

예상할 수 있듯이, 우리가 신체를 버리고, 이제 다시 신체를 되찾는 것을 두려워하는 데는 많은 종류의 이유가 있다. 스펙트럼의 전개과정을 논의하면서 우리는 그런 이유 중 몇 가지를 이미 개략적으로 살펴본 바 있다.

표면적인 수준에서 보면, 우리는 신체를 되찾을 만한 어떤 이유도 없다고 생각하기 때문에 되찾기를 거부한다. 그렇게 하는 것은 아무 소득도 없는 공연한 짓이라고 생각한다. 좀더 심층적인 수준에서 보면, 사회적으로 금지된 강렬한 감정과 느낌들이 너무나 생생하고 살아 있는 형태로 신체에 깃들어 살고 있기 때문에, 우리는 신체 되찾기를 두려워한다. 또한 궁극적인 면에서 볼 때, 신체를 회피하는 것은 그것이 죽음의 제단이기 때문이다.

이런 이유들 이외에도 여러 이유로 인해, 일반적으로 '순응된' 사람은 오래전부터 자신의 신체를 '저 밖에 있는 대상'으로, 우리 식으로 말하면 '저 아래에 있는 대상'으로 투사해왔다. 그는 켄타우로스이기를 포기하고 신체와 맞서 저항하는 자아와 동일시한다. 그러나 모든 투사가 그렇듯이 이 같은 신체의 배척은 투사된 신체로 되돌아와 그 사람을 괴롭히는 결과를 초래한다. 더 나쁘게는 자신의 에너지로써 가장 고통스러운 방식으로 스스로를 공격하게 된다. 모든 점에서 신체는 '나 / 나 아닌 것' 경계의 다른 쪽에 놓이게 되고, 친구도 동맹국도 아닌 '적'이 된다. 자아와 신체는 정면으로 마주 선 채 공세를 취하게 되고, 때로는 미묘하지만 치열한 양극의 싸움이 시작된다.

이미 보았듯이, 모든 경계는 서로 싸우는 대극을 만들어낸다. 그렇기 때문에 당연히 자아와 신체 사이의 경계에서도 같은 일이 일어난다. 이 특정 경계와 관련된 대극에는 여러 가지가 있지만, 그중에서도 가장 중요한 것은 수의隨意 대 불수의不隨意라는 대극이다. 자아는 통제와 조작의 지위에 있으며, 수의적이고 의지에 의한 활동의 장場이다. 실제로 자아는 정의상 오직 수의적인 과정하고만 동일시한다. 반면 신체는 기본적으로 혈액순환, 소화, 성장과 발달, 신진대사 등과 같은 불수의적 과정들의 잘 조직된 결합체이다.

이런 구분이 납득되지 않는다면, 사람들의 말에 주목하면서 그가 어떤 과정을 자신이라고 부르는지 주의 깊게 귀를 기울여보기 바란다. 그는 "나는 팔을 움직인다"고 말할 것이다. 하지만 "나는 심장을 뛰게 한다"고 말하지는 않을 것이다. "나는 음식을 먹고 있다"고 말하지만, "나는 음식을 소화시키고 있다"고 말하지는 않을 것이다. "나는 눈을 감는다"라고 말하지만, "나는 머리카락을 자라게 한다"고 말하지는 않을 것이다. "나는 발가락을 움직인다"라고는 말하겠지만, "나는 피를 순환시킨다"라고 말하지는 않을 것이다.

다시 말해, 자아로서의 그는 수의적이고 통제가능한 행위와만 동일시하고, '그 나머지 모든' 자발적이고 불수의적인 작용들에 대해서는 왠지 '나 아닌 것', 신뢰할 수 없는 것으로 느낀다는 것이다. 상식과는 다름에도 불구하고, 자신을 자기 존재 전체의 일부와만 동일시한다는 것은 이상하지 않은가? 고작해야 유기체 전체의 절반만을 '자신'이라고 부르는 것이 이상하지 않은가 말이다. 그렇다면 나머지 반은 누구에게 속하는 것일까?

어떤 의미에선, 자아는 제멋대로 구는 신체의 피해자이며, 골치 아픈 처지에 놓였다고 느낀다. 이와 같이 육체에 속박되어 있다고 느끼는 사람들이, 현생에서든 이승에서든 육체의 나약한 취약성을 벗어나 영혼이 최상의 지배권을 갖고 육체를 떠나 하얀 잠옷만 걸친 채 공중을 떠다니는 상태를 희구한다 해도 진기한 일은 아닐 것이다. 많은 사람들이 육신과 죄를 동의어처럼 사용하는 이유를 쉽게 알 수 있다.

자아는 특히 신체의 고통에 대한 무방비로 인해 덫에 걸려 있다고 느낀다. 고통, 괴로움, 살아 있는 세포조직과 신경의 엄청난 예민함 — 이런 것들이 자아를 두려움에 떨게 하는 것은 충분히 이해할 만한 일이다. 또한 자아는 고통의 근원으로부터 벗어나려고, 신체를 마비시키고 동결시켜서 신체의 고통에 대한 무방비 상태를 완화시키려고 한다. 자아는 신체의 불수의적인 감각을 통제할 수는 없을지라도, 신체 전체를 둔하고 무감각하게 만들고 신체로부터 의식을 철회하는 것을 배울 수 있으며 또한 그렇게 하기를 배운다. 이것이 오로빈도Aurobindo가 "치명적인 충격(vital shock)"이라고 불렀던 그것, 즉 죽음을 피할 수 없는 육체의 취약성에서 오는 충격과 위축, 육체를 무감각하게 하고 자각을 왜곡시키는 위축이다.

하지만 육체를 무감각하게 하는 일은 엄청난 대가를 지불하지 않고는 달성되지 않는다. 왜냐하면 신체는 고통의 근원인 것이 확실하지만, 동시에 쾌락의 원천이기도 하기 때문이다. 자아는 고통의 근원을 죽이는 동시에 쾌락의 원천도 말살시킨다. 더 이상 고통은 없지만… 더 이상 즐거움도 없다.

이와 같이, 평범한 사람은 그 결과의 본질을 이해하지 못한 채 신체를 동결시켜버린다. 또한 그는 자신이 동결되어 있다는 사실조차 알지 못한다. 그것은 넓게 퍼진 동상凍傷의 경우와 거의 흡사하다. 동상 환자는 동상 부위에서 아무런 느낌도 느끼지 못한다. 느낌이 없다는 것조차 느낄 수 없기 때문에 아무것도 느끼지 못하며, 아무 느낌도 없는 것을 괜찮은 것처럼 생각한다.

이렇듯 만연한 감각의 결핍은 신체로부터의 위축과 켄타우로스의 분열이 가져온 치명적인 충격의 일반적인 결과이다. 이런 분열은 건전한 자아조차도 어느 정도까지는 가지고 있다. 오직 자신의 자아(ego)와만 동일시하는 한, 정의상 자기는 유기체의 자발적인 작용을 포함할 수 없으며 통합하지도 못하기 때문이다. 그렇기 때문에, 페르소나에서 자아로 확장되었다 할지라도, 우리는 왠지 심층적인 느낌, '의미 있는' 느낌의 기반, 내적인 자각과 섬세한 알아차림(feeling-attention)의 원천이 결여되어 있음을 깨닫게 된다. 그러므로 우리는 하강과정을 계속하여 자아와의 협소한 동일시를 버리고 전체적인 정신-신체적 유기체와 동화된 느낌을 찾으려고 애쓰게 될 것이다. 이 수준에서 활약하는 치료사들에겐, 이런 시도는 진정한 실존적 자기의 발견을 의미한다.

우리는 존재의 심층부에 잠든 채 누워 있는 대극의 일체성을 다시 발견하기 위해 마음과 신체 사이의 경계를 용해시킬 방법을 탐구해나갈 것이다. 로웬Lowen은 다음과 같이 말한다. "이 분열은 신체 내부의 에너지 작용에 대한 지식만으로는 극복될 수 없다. 지식 자체는 표면적인 현상이며 또한 자아의 영역에 속하는 것이다. 신체 속에서 흥분의 흐름을 느껴야 하고 그 길을 감지해야 한다. 그러나 이렇게 하기 위해서는 엄격한 자아통제를 포기해야만 하고, 심층의 신체감각이 표면에 도달할 수 있도록 하지 않으면 안 된다."

듣기에는 단순해 보이지만, 이것이야말로 신체와 결합하려고 노력할 때 거의 모든 사람들이 직면하는 어려움이다. 그는 다리, 배, 어깨를 실제로 느끼지 못하면서 습관적으로 단지 자신의 다리, 배, 어깨에 '대해 생각한다.' 그런 것들을 생각으로 그림 그려 보여줄 뿐, 직접 '느낌'에 주의를 기울이는 일은 회피한다. 물론 이것은 최초로 신체를 분리시키는 원인이 되었던 바로 그 메커니즘 중 하나이다. 우리는 자신의 느낌을 관념화하는 이런 경향성에 특별히 주의를 기울여야만 하며, 느낌에 대한 알아차림을 생각과 그림으로 변화시키는 습관을, 최소한 일시적으로라도, 중지시키는 데 각별한 노력을 기울이지 않으면 안 된다.

처음에 신체와의 결합을 시도하는 한 가지 방법은 담요나 매트 위에 팔다리를 쭉 편 채 위를 향해 누워, 조용히 눈을 감고 깊고 편안하게 숨을 쉬면서 신체의 느낌을 탐색하는 것이다. 어떤 것도 느끼려고 '노력할' 필요는 없다. 느낌을 강요하지 말고, 단지 신체를 통해 주의가 흐르도록 자유롭게 놓아둔 채 신체의 다양한 부위에서 긍정적이든 부정적이든 어떤 느낌이 있는지만 알아차린다.

예컨대, 두 다리를 느낄 수 있는가? 배는 어떤가? 심장, 두 눈, 성기, 엉덩이, 정수리, 횡격막, 발을 느낄 수 있는가? 신체의 어떤 부위에서 느낌이 충만하고 강력하며 생기 있는지, 어떤 부위가 둔하고 무겁고 생기 없고 희미한지, 혹은 꽉 조이거나 아픈지 주의를 기울여보라. 이런 시도를 최소한 3분 정도 지속하면서, 얼마나 자주 자신의 주의가 신체를 떠나 백일몽에 빠지는지 알아차려 보라. 고작 3분 동안도 신체에 머물러 있는 것이 그토록 어렵다는 것이 이상하리만치 놀랍지 않은가? 자신이 신체에 있지 않다면, 도대체 어디에 있는 것일까?

이 예비훈련을 마치면, 다음 단계로 넘어갈 수 있다. 여전히 팔다리를 양옆으로 약간 벌린 채 누워서 눈을 감고 아주 깊이 그러나 천천히 호흡한다. 들이마시는 숨을 '목에서 배로 끌어내리면서' 가슴과 배 전체를 가득 채운다. 가슴과 배 전체가 커다란 풍선이고 숨을 들여 마실 때마다 그 풍선을 공기로 가득 채운다고 상상해도 좋다. '풍선'은 가슴 속으로 부드럽게 공기를 빨아들여야 하고 배에서 팽팽하게 부풀어 올라야 한다. 만일 부풀어 오른 풍선의 부드러운 힘을 느낄 수 없는 부위가 있다면, 그 특정 부위를 좀더 충분히 채워보라.

그런 다음 천천히 부드럽게 풍선에서 바람이 완전히 빠져나가도록 숨을 내쉰다. 아랫배를 솟아오르게 했다가 다시 골반까지 파고들도록 풍선 안쪽의 부드럽지만 단단한 압력을 유지하면서 이런 시도를 7~8회 반복한다. 어떤 부위가 꽉 조이고, 긴장되고, 아픈 느낌이 드는지 또는 무감각한지에 특별히 주의를 기울여보라.

부푼 풍선처럼 전체 부위를 한 덩어리로 느낄 수 있는가? 아니면 가슴, 배, 골반이 꽉 죄임, 긴장 또는 통증 부위로 나뉘고 격리된 것처럼 느껴지는가? 약간의 통증과 불쾌감이 있더라도, 풍선 전체로 확장된 느낌이 곧 미묘한 쾌감과 즐거움이라는 점을 알아차리기 시작할지도 모른다. 문자 그대로 쾌감을 들이마시고 그 쾌감을 심신 전체로 확산시키는 것이다. 숨을 내쉴 때 그저 숨을 내뿜지 말고, 그 숨이 마치 신체 전체로 스며드는 쾌감인 것처럼 내쉬어보라. 이렇게 하면 미묘한 쾌감이 심신을 통해 흐르게 되고, 매번 호흡할 때마다 더욱 충만하게 된다. 이런 일이 분명치 않을 경우에는, 호흡에 내포된 쾌감에 내맡기면서 완전한 확장 호흡을 서너 차례 더 계속한다.

요가 달인들이 왜, 철학적인 의미에서가 아니라 감각적인 의미에서 호흡을 생기生氣라고 부르는지를 아마도 이해할 수 있을 것이다. 숨을 들이쉬는 것은, 신체를 에너지와 생명력으로 충진시키면서 생기를 목을 통해 아랫배로 끌어들이는 것이다. 숨을 내쉬는 것은, 이런 생기를 미묘한 쾌감과 즐거움으로 심신 전체에 걸쳐 방출하고 발산시키는 것이다.

생기를 목으로부터 배꼽 아래(단전)에 이르기까지 들이마시면서 완전한 풍선 호흡을 계속하다 보면, 내쉬는 숨이 단전으로부터 신체 구석구석 모든 곳으로 생명력이 발산되는 느낌으로 느껴지기 시작할 것이다. 숨을 들이마실 때마다 단전에 생명력을 가득 채워보라. 그런 다음 숨을 내쉬면서 그 생기와 쾌감의 발산을 두 다리에서 얼마나 아래까지 느낄 수(또는 따라갈 수) 있는지 알아보라. 넓적다리까지? 무릎까지? 발끝까지? 궁극적으로는 문자 그대로 발가락 끝까지 내려가야만 한다. 이런 시도를 몇 차례 호흡하면서 계속한 다음, 똑같은 시도를 상반신에 적용해보라. 생기가 양팔로, 손가락으로, 머리, 뇌, 정수리로 발산되는 것을 느낄 수 있는가? 이번엔 숨을 내쉬면서 이런 미묘한 쾌감이 신체를 통해 나가 '온 세계'로 퍼져나가도록 해보라. 내쉬는 숨이 신체를 통과해 무한에 이르도록 내쉬어보라.

지금까지 말한 모든 요소를 하나로 연결하면, 완전한 하나의 호흡순환이 가능해진다. 즉, 숨을 들이마시면서 숨을 '목구멍에서 단전까지' 끌어내리면서 생기로 가득 채운다. 숨을 내쉬면서는 이 미묘한 쾌감이 심신 전체를 '통과해서' 세계로, 우주로, 무한에 이를 때까지 발산한다. 일단 이 순환이 충분한 상태에 이르면, 이번에는 모든 생각이 내쉬는 숨에 용해되어 무한에게로 넘겨지도록 허용한다. 모든 고통스러운 느낌, 불쾌함, 괴로움, 고통의 경우에도 똑같이 시도한다. 섬세한 알아차림이 현존하는 모든 상태를 통과해가도록, 그런 다음 그런 상태를 넘어 무한으로, 순간에서 순간으로 사라지도록 넘겨준다.

이제 이런 훈련의 구체적인 각론으로 들어가보자. 지금쯤 생명력의 쾌감과 알아차림이 심신 전체를 통해 편안히 순환하는 것을 느낄 수 있을 것이다. 그러나 이런 훈련단계에서 한편으론 마비되거나, 감각이 결여되거나, 둔감해진 신체부위도 느꼈을 것이고, 또 한편으론 꽉 조임, 긴장, 뻣뻣함, 통증이 느껴지는 부위도 있었을 것이다. 다시 말해, 알아차림의 충분한 흐름을 가로막는 블록(작은 경계들)을 느꼈을 것이다.

대부분의 사람들은 거의 예외 없이 목, 눈, 항문, 횡경막, 어깨 또는 허리 뒤쪽에서 경직과 긴장을 느낀다. 마비된 듯한 느낌은 흔히 골반 주위, 성기, 가슴, 아랫배 또는 사지의 말단에서 발견된다. 최선을 다해서 자신의 특정 블록이 어디에 있는지를 발견해내는 것은 매우 중요한 일이다. 그러나 지금 당장은 블록을 '극복하려고 애쓰지는 말라.' 잘해봤자 효과가 없을 것이고, 잘못하면 블록을 더 단단하게 경직시키게 된다. 그저 그런 블록이 신체의 어느 부위에 있는지 찾아내고, 마음속으로 그 위치를 알아차리기만 하면 된다.

일단 이 블록을 정확히 집어낼 수 있게 되면, 이제 해소과정에 착수해도 좋다. 그러나 신체 전체에 걸쳐 자리 잡고 있는 죄임, 압력, 긴장 대역에 있는 블록과 저항이 무엇을 의미하는지부터 먼저 생각해보자.

자아 수준에서는 충동이나 감정의 소유권을 부정함으로써 그런 것에 저항하고 회피할 수 있다는 점을 앞서 살펴보았다. 자아의 투사 메커니즘을 통해서, 우리는 자신의 내면에 있는 특정한 그림자 성향에 대한 자각을 차단할 수 있었다. 실제로 적대감을 갖고 있으면서 그 적의가 자신의 것이 아니라고 부정할 경우, 그 감정을 투사하고, 이번엔 세상이 자신을 공격한다고 느끼게 된다. 다시 말해, 투사된 적의의 산물로서 불안과 공포를 느끼는 것이다.

이 적의를 투사할 경우, 신체에서는 무슨 일이 일어날까? 마음과 신체는 둘로 나뉘어 있지 않다. 그렇다면 심리적으로 투사가 일어날 때, 동시에 신체적으로도 뭔가 일어날 것임이 틀림없다. 적개심을 억압하면 신체에서는 무슨 일이 일어날까? 신체 수준에서는 몸의 움직임을 통해 발산되기를 갈구하는 강렬한 감정을 어떻게 억제하는 것일까?

적개심에 차서 화가 날 경우, 당신은 소리치고, 고함지르고, 주먹을 휘두르는 신체활동으로써 이런 감정을 발산하려고 할 것이다. 이런 근육활동이야말로 적개심 자체의 본질이다. 따라서 적개심을 억제하려면,

신체적으로 이런 '근육의 해소활동'을 억압하지 않으면 안 된다. 다시 말해, '어떤' 근육활동을 억제하기 위해선 '다른' 근육을 사용하지 않으면 안 된다는 것이다. 그 결과 근육 간의 전쟁이 초래된다. 근육의 반은 주먹을 휘둘러 적개심을 발산하려고 하지만, 다른 반은 기를 쓰고 그런 활동을 막으려고 한다. 이것은 마치 한 발은 가속기를 밟고, 다른 발은 브레이크를 밟는 것과 같다. 이런 갈등은 결과적으로 아무런 움직임도 만들어내지 못한 채 엄청난 양의 에너지만 소모하면서 잔뜩 긴장된 교착상태로 끝나 버린다.

적대감을 억제할 경우에는 아마도 턱, 목구멍, 목, 어깨 그리고 팔 상단의 근육을 조이게 될 것이다. 이것이 육체적으로 적개심을 '참을 수 있는' 유일한 방법이기 때문이다. 따라서 앞서 보았듯이, 부정된 적개심은 흔히 두려움으로 의식에 떠오르게 된다. 만약 이유 없이 공포에 사로잡힐 경우, 주의를 기울이면 어깨부위 전체가 움츠러들고 위로 올라가면서 경직되었다는 점을 알아차릴 수 있을 것이다. 그것은 적개심을 참고 있다는 증거이며, 그렇기 때문에 두려움을 느끼는 것이다. 그러나 어깨 자체에서는 더 이상 공격하려는 경향성을 '느끼지 못할' 것이다. 그곳에선 더 이상 적개심을 느끼지 못하고 강한 긴장, 죄임, 압력만을 느낄 것이다. 당신은 '블록'을 갖게 된 것이다.

이것이 호흡훈련을 하는 동안 신체 전반에 걸쳐 발견할 수 있었던 블록의 정확한 본질이다. 신체 안의 모든 블록, 모든 긴장이나 압박감은 기본적으로 어떤 금지된 충동이나 느낌을 '근육적으로' 억제한 결과이다. 이처럼 블록이 근육적이라고 하는 것은 대단히 중요한 핵심사항이다. 이 점에 관해선 잠시 뒤 다시 다루기로 하고, 여기에선 이들 블록과 긴장부위들이 (작은 경계를 사이에 놓고) 서로 싸우고 있는 두 집단의 근육, 즉 한쪽으로는 충동을 발산하려 하고, 다른 한쪽으론 발산을 억제하려고 하는 근육들 간의 갈등으로 생긴 결과라는 점만 지적해 두기로 한다. 이것은 적극적인 억제, 즉 '안에 가둬두기' 또는 '금지시키기'이기도 하다. 그 결과 신체의 특정 부위와 관련 있는 충동을 밖으로 발산하는 대신, 문자 그대로 감정을 특정 신체부위 안에 우격다짐으로 밀어 넣게 된다.

따라서 눈 주위에서 긴장감을 느낀다면, 울고 싶은 욕망을 억제하고 있을 가능성이 크다. 관자놀이에서 긴장과 통증을 느낀다면, 아마도 소리 지르거나 고함 치거나 또는 웃는 것을 저지하려 애쓰면서 자신도 모르게 턱을 악물고 있을 수도 있다. 어깨와 목의 긴장은 억제된 분노나 적개심을 나타내며, 횡격막의 긴장은 느낀 그대로의 '알아차림'이 표출되지 않도록 통제하려는 시도로 호흡을 만성적으로 제한하고 참고 있음을 나타낸다(자기억제 시에는 언제나 대부분의 사람들이 호흡을 멈춘다). 아랫배와 골반 주변의 긴장은 흔히 성욕에 대한 모든 자각이 차단됐다는 신호이다. 즉, 생기 있는 호흡과 에너지의 자유로운 흐름을 막기 위해 그 주변부위를 경직시키고 억제한다는 것을 의미한다. 어떤 이유에서든 이런 일이 발생하면, 다리에서의 느낌도 대부분 차단된다. 다리의 긴장, 뻣뻣함 또는 힘이 없는 느낌은 일반적으로 확고함, 안정감, 확실성 또는 전반적인 균형의 결여를 나타낸다.

따라서 방금 보았듯이, 특정 블록의 일반적인 '의미'를 이해하는 가장 좋은 방법 중 하나는 그것이 신체 어느 부위에서 발생하는지를 파악하는 것이다. 일반적으로, 특정 신체부위는 특정 감정을 발산한다. 발로 소리지르지 않듯이, 무릎으로 울거나, 팔꿈치에서 성적 절정감을 느끼지는 않을 것이다. 따라서 신체의 특정 부위에 어떤 블록이 있을 경우,

그에 해당하는 감정이 억제되어 있다고 가정할 수 있다. 이 점에 관해서는 이 장 말미에 제시한 로웬Lowen과 켈러먼Keleman의 연구가 매우 뛰어난 지침이 될 것이다.

자신의 느낌에 관련된 주요 블록들의 위치를 정확히 찾아냈다면, 이제 블록 자체를 해소하고 용해시키는 대단히 흥미로운 작업을 진행할 수 있게 된다. 기본적인 절차는 이해하기 쉽고 실천가능한 것이긴 하지만, 그 성과를 스스로 인식할 수 있으려면 엄청난 노력과 인내가 필요하다. 특정 블록이 만들어 세워지는 데는 적어도 15년 이상 걸렸을 것이다. 따라서 15분 정도 수련한 후에 그 블록이 완전히 제거되지 않더라도 놀랄 일은 아닐 것이다. 모든 경계와 마찬가지로, 의식적 자각 속에서 블록을 용해시키는 작업에도 시간이 걸리게 마련이다.

이전에 이런 블록을 겪어본 적이 있다면, 그것들의 가장 골치 아픈 측면은 아무리 열심히 노력해도, 최소한 항구적으로는, 완화시킬 수 없는 것처럼 느껴진다는 것이다. 의식적인 노력을 통해 며칠 정도 완화시키는 데에는 성공할지라도 '강제된 이완'을 잊어버리는 순간, 그 긴장 (목과 등, 가슴 등등)은 마치 앙갚음처럼 되돌아온다. 어떤 블록과 긴장 부위 중에는 — 거의 대부분이 그렇지만 — 전혀 이완되기를 거부하는 것도 있다. 그럼에도 불구하고, 우리가 습관적으로 시도하는 유일한 치료법은 그런 긴장을 의식적으로 완화시키려는 헛된 시도뿐이다. (이런 시도 자체가, 참으로 역설적이게도, 엄청난 노력을 요구하는 접근방법이다).

다시 말해, 우리는 이런 블록을 제멋대로 일어난 것처럼, 의지에 반해서 생긴 것처럼, 전적으로 불수의적인 불청객처럼 느낀다. 우리는 블록의 억울한 피해자처럼 보인다. 그렇다면 이 초대받지 않은 손님들이 끈질기게 버티는 원인이 어디에 있는지 알아보자.

먼저 주목해야 할 것은, 앞서 언급했듯이, 이런 블록이 모두 근육에서 일어난다는 점이다. 하나하나의 블록은 실제로 특정 근육이나 근육 집단, 곧 어떤 골격근의 수축, 경직, 고착이다. 그리고 모든 골격근은 '수의적 통제가 가능한' 근육들이다. 팔을 움직이거나, 무엇을 씹거나, 걷거나, 뛰어오르거나, 주먹을 쥐거나, 발로 찰 때 사용하는 수의근과 동일한 근육들이란 뜻이다. 바로 이 수의근들이 모든 신체 블록에서도 작용한다.

이 말은 이들 블록이 불수의적인 것이 아님을 의미한다. 블록은 불수의적인 것일 수 '없다.' 블록은 저절로 생긴 것이 아니다. 그것들은 우리가 자신에게 능동적으로 하고 있는 어떤 것이며, 또한 그런 것일 수밖에 없다. 간단히 말해, 우리가 그런 블록을 고의적으로, 의도적으로, 수의적으로 만들어냈다는 것이다. 왜냐하면 블록은 전적으로 수의근으로 이루어져 있기 때문이다.

그럼에도 불구하고 흥미롭게도 우리는 자신이 블록을 만들어낸다는 사실을 '알지 못한다.' 우리는 근육들을 경직시키면서 근육의 수축과 긴장은 알아차리지만, '자신이' 실제로 근육을 경직시키고 있다는 사실은 알아채지 못한다. 일단 이런 종류의 블록이 만들어지면, 우리는 이 근육들을 이완시킬 수 없게 된다. 애초에 자신이 그 근육을 수축시키고 있다는 사실을 모르고 있기 때문이다. 그렇게 되면 이런 블록 전부는 (다른 모든 무의식 과정과 똑같이) 제멋대로 생겨난 것처럼 보이게 되고, 자신은 통제를 '넘어선' 힘에 의해 뭉개진 무기력한 희생자처럼 보이게 된다.

이것은 내가 나를 꼬집으면서, 그 사실을 모르고 있는 것과 정확히 일치한다. 마치 내가 의도적으로 나를 꼬집으면서 꼬집고 있는 게 나란 사실을 잊어버린 것과 같다. 나는 아픔을 느끼지만 왜 아픔이 멈추지 않는지 이해할 수 없다. 이와 똑같이, 신체 안에 정착된 근육긴장은 모두가 심층에 자리잡고 있는 '스스로 꼬집는 행태' 중 하나이다. 따라서 중요한 문제는 "어떻게 하면 블록을 제거하거나 완화시킬 수 있을까?"가 아니라, "어떻게 하면 '내가' 능동적으로 블록을 만들어내고 있음을 알아챌 수 있을까?" 하는 것이다. 자신이 자신을 스스로 꼬집으면서 누군가에게 아픔을 멈추게 해달라고 부탁하는 것은 현명한 일이 아니다. 어떻게 하면 꼬집기를 멈출 수 있는지를 묻는 것은 자신이 <u>스스로를 꼬집고 '있지 않다'</u>는 것을 뜻한다. 반면에, 자신이 실제로 스스로를 꼬집고 있다는 사실을 깨달으면, 그때 처음으로 꼬집기를 자발적으로 멈출 수 있게 된다. 자신의 팔을 어떻게 들어올릴 수 있는지를 남에게 묻지 않듯이, 어떻게 하면 꼬집기를 멈출 수 있는지를 이 사람 저 사람에게 묻고 다니지 않을 것이다. 양쪽 다 수의적인 행동이기 때문이다.

따라서 핵심은 자신이 실제로 어떻게 근육을 긴장시키고 있는지를 직접 느껴보는 데 있다. 단, 근육긴장을 이완시키려고 노력하지는 '말라.' 이완시키려고 애쓰기보다는 언제나 그런 것처럼 그 역을 시도해야만 한다.

전에는 결코 생각지도 못했던 일을 해야 한다. 특정한 긴장을 일부러 적극적으로 '증가시키는' 것이 바로 그것이다. 그 긴장을 고의적으로 증가시킴으로써, 무의식적으로 하던 꼬집는 행동을 적극적으로 의식화하는 것이다. 간단히 말해, 어떻게 자신이 스스로를 꼬집어왔는지를 알아내는 것이다. 그렇게 하면, 자신이 문자 그대로 스스로를 어떻게 공격해왔는지를 깨닫게 된다. 그런 것을 조목조목 이해하고 느끼면, 근육들의 전쟁으로부터 에너지가 해방된다. 그렇게 해서 그 에너지를 자신의 내면이 아니라 환경을 향해 밖으로 방향전환시킬 수 있게 된다. 자신을 책망하고 공격하는 대신 일, 책, 맛있는 식사를 향해 돌격할 수 있게 되며, 공격성(aggression)이란 단어의 올바른 의미, 즉 "~을 향해 간다"는 의미를 새롭게 배우게 된다.

그러나 이런 블록의 해소에는 똑같이 중요한 두 번째 측면이 있다. 첫 번째는 관련된 근육을 더 경직시킴으로써 압력이나 긴장을 고의로 증가시키는 것이었다. 이제까지 무의식적으로 해왔던 것을 의식적으로 해보라. 그러나 이런 긴장 블록이 어떤 중요한 기능을 해왔다는 점을 잊으면 안 된다. 그것들이 최초로 도입되었던 것은, 한때 위험하거나 금지된 것이거나 받아들일 수 없다고 생각한 느낌과 충동을 질식시키기 위해서였다. 이런 블록은 특정 감정에 대한 '저항'의 한 형태였으며 지금도 여전히 그러하다. 그러므로, 이들 블록을 완전히 해소시켜 없어지게 하려면, 근육에 갇혀 깊숙이 파묻혀 있는 감정에 대하여 자신을 개방하지 않으면 안 된다.

이들 '파묻혀 있는 감정'들이 몹시 사납고 탐욕스러운 것도 아니고, 전적으로 저항할 수 없을 정도의 문란한 쾌락적 충동도 아니며, 부모 형제를 살해하려는 귀신들린 잔인한 충동도 아니라는 점을 강조해두어야 하겠다. 그런 감정들은 너무나 오랫동안 근육 속에 갇혀 있었기 때문에 극적인 것처럼 보일지 모르지만, 실제로는 대체로 꽤 온순한 것들인 경우가 대부분이다. 그런 블록들은 흔히 눈물을 흘리거나, 한두 차례 비명을 지르거나, 억제되지 않은 성적 절정감을 체험하거나, 예전부터 써온 그다지 해롭지 않은 울화통 풀기 또는 베개에 대한 화풀이만으로도 해소되는 것들이다.

강력한 부정적 감정 — 어떤 분노의 폭발 — 이 밀어닥치더라도 경계戒 경보를 요란하게 울릴 필요는 없다. 그 감정은 당신의 인격에서 주된 부분을 이루고 있지 않기 때문이다. 연극 무대에서 사소한 배역의 연기자가 처음 무대 위에 등장할 경우, 그가 전체 배역 중 극히 하찮은 부분을 맡고 있을지라도 관중의 모든 시선은 이 하찮은 배역의 연기자에게 쏠리게 마련이다. 그와 마찬가지로, 어떤 부정적인 감정이 자각의 무대에 처음 등장할 경우, 그것이 감정이란 전체 배역 중 그저 한 조각에 불과할지라도, 당신은 일시적으로 그 감정에 고착될 수 있다. 그러나 그런 감정을 무대 뒤에서 어정거리게 놔두는 것보다는 무대 전면에 내세우는 편이 훨씬 낫다.

어떤 경우이든, 이런 감정의 발산, 꾹 참았던 감정의 분출은 흔히 의식적으로 신체의 다양한 근육의 긴장을 스스로의 책임으로 떠맡기 시작하면 대체로 자연스럽게 일어나는 것들이다. 관련된 근육을 의도적으로 수축시키기 시작하면, 자신이 근육을 수축시키고 있다는 것을 기억하기 쉬워진다. 예컨대, 지금 막 울려고 하는 어떤 친구를 보고 "무슨 일이 있더라도 참아!"라고 말하면, 그는 아마도 왈칵 울어버릴 것이다. 그 친구가 유기체에게는 자연스러운 반응을 의도로써 억누르려는 순간, 그는 자신이 그것을 차단하려고 노력한다는 것을 알게 되고 그러면 그 감정은 쉽게 지하로 숨을 수 없게 된다. 이와 똑같은 방식으로, 블록을 일부러 강화시키면서 의식적으로 블록의 책임을 떠맡으면, 억압된 감정들이 표면에 떠오르기 시작할 것이다.

이런 유형의 신체각성 실험의 전 과정은 다음과 같이 진행된다. 특정 블록의 위치를 찾아낸 다음 — 예컨대 턱, 목구멍, 관자놀이의 긴장이라고 하자 — 그것에 충분한 주의를 기울이면서, 그 긴장이 정확히 어느 부위에 위치하며 어떤 근육들이 관련되어 있는지를 느낀다. 그런 다음 천천히 그러나 의식적으로 긴장감과 압력을 증가시킨다. 이 경우엔 목구멍 근육을 긴장시키고 이를 악문다. 근육 압력을 증대시키는 이 실험을 하는 동안, 단지 근육을 긴장시킬 뿐만 아니라 '무언가를 적극적으로 억제하려고' 애쓰고 있다는 사실을 자신에게 환기시키도록 하라. 자신에게 (큰소리로) "안 돼! 안 할래! 난 저항할 거야!"하고 반복해서 말해도 좋다. 그렇게 하면 자신의 안에서 꼬집고 있는 부분, 그 어떤 감정을 억제하려고 애쓰는 자신의 일부를 정말로 감지할 수 있게 된다. 그런 다음 천천히 그 근육들을 이완시킨다. 동시에 어떤 느낌이 표면에 떠오르더라도 그 느낌에 자신을 전적으로 내맡긴다. 이 경우에는 울고 싶은 욕망일 수도 있고, 물어뜯거나, 토하거나, 웃거나, 비명 지르고 싶은 욕구일 수도 있을 것이다. 혹은 단지 블록이 늘 있었던 곳에서 떠오르는 기분 좋은 따뜻한 느낌일 수도 있을 것이다. 차단된 감정들의 진정한 발산을 위해서는 시간, 노력, 열린 태도 그리고 진지한 실천이 요구된다. 만일 전형적인 만성적 블록이 있을 경우, 좋은 결과를 얻기 위해서는 적어도 매일 15분 정도의 '훈련'을 한 달 이상 계속할 필요가 있을 것이다. '섬세한 알아차림'이 전혀 방해받지 않고 그 부위를 통해 완전히 무한정 흐를 수 있을 때, 비로소 그 블록은 해소된다.

마음과 신체, 수의와 불수의, 의도된 것과 자발적인 것 사이의 분열이 치유됨에 따라 정체감과 현실감에 중대한 변화가 일어나게 된다. 불수의적인 신체과정들을 '자기 자신으로' 느낄 수 있는 정도만큼, 자신이 통제할 수 없는 것들을 완벽하게 자연스러운 것으로 받아들일 수 있게 된다. 표면적인 의지와 자아의 소란 너머에 있는 심층적인 나에 대한 믿음을 갖게 되고, '통제'할 수 없는 것을 기꺼이 받아들일 수 있게 되고, 자발성 속에 안주할 수 있게 된다. 또한 자신을 받아들이기 위해 스스로를 통제할 필요가 없다는 사실도 배우게 된다. 실제로 보다 심층적인 나인 켄타우로스는 자아의 통제력이 미치지 못하는 곳에 존재하고 있다. 그것은 수의적인 '동시에' 불수의적인 것으로, 둘 다 전적으로 '나'의 표현으로서 받아들일 수 있는 것이다.

나아가, 수의적이면서 또한 불수의적인 양쪽 모두를 자신으로 받아들이게 되면, 더 이상 자신을 신체나 불수의적이고 자발적인 과정 전반의 희생자라고 느끼지 않게 된다. 일어나는 모든 것을 의식적으로 통제하고 책임을 져야 한다는 의미에서가 아니라, 느끼는 것에 대해 다른 누군가를 비난하거나 탓을 돌릴 필요가 없다는 의미에서 깊은 책임감이 발달하게 된다. 궁극적으로, 우리 자신은 불수의적인 과정과 수의적인 과정 모두를 만들어내는 그 심층의 '근원'이지 결코 그 피해자가 아니다.

불수의적인 과정을 자신으로 받아들인다는 것은 불수의적인 과정을 통제할 수 있게 된다는 의미가 아니다. 머리카락을 더 빨리 자라도록 하거나, 위장의 불편을 멈추게 하거나, 피를 거꾸로 흐르게 할 수는 없는 일이다. 그런 게 아니라, 이런 과정들이 '수의적인 과정과 똑같이 자기 자신'이라는 사실을 깨달음으로써 자신과 세계를 강박적으로 조작하고, 억지로 통제하고, 창조의 책임을 떠맡으려는 만성적이고 헛된 시도를 포기하게 된다는 것이다.

역설적으로 보이지만, 이런 깨달음은 확장된 해방감을 가져다준다. 당신의 의기양양한 자아가 의식적으로 한 번에 할 수 있는 일은 아마도 두세 가지일 것이다. 하지만 전유기체는, 자아의 어떤 도움도 받지 않고, 지금 이 순간 복잡한 소화과정에서부터 신경전달이라는 복잡 미묘한 과정과 관념적 정보의 교통정리에 이르기까지 문자 그대로 한 번에 수백만 가지 과정을 조정하고 있다. 이런 과정은 자아가 그토록 자랑하는 피상적인 술수보다 어마어마한 지혜를 요구한다. 켄타우로스에 안착할 수 있는 능력이 커질수록, 이 광대한 자연스러운 지혜와 자유의 보고寶庫에 기초해서 삶을 살 수 있게 되고, 거기에 삶을 맡길 능력도 향상된다.

우리의 일상적인 문제와 근심걱정 대부분은 자아가 간섭하지 않는다면 유기체가 완벽하게 처리할 과정들을 통제하고 조작하려는 데서 비롯된다. 예컨대 자아는 삶 속에서 행복, 쾌락 또는 일시적인 기쁨을 만들어내려는 미혹된 시도를 한다. 현재 상황에서의 즐거움은 무언가가 본질적으로 결핍되어 있다고 느끼며, 주변을 세련된 장난감과 장치들로 채움으로써 즐거움을 만들어내야 한다고 생각한다. 이런 느낌은 행복과 즐거움을 밖에서 안으로 끌어들일 수 있다는 환상을 강화시킬 뿐이다. 이 환상은 그 자체가 즐거움을 방해하는 원천이기 때문에 우리는 결국 자신의 기쁨을 방해하는 바로 그것을 추구하는 어리석음에 빠지게 된다.

켄타우로스로 되돌아온다는 것은 정신-신체적 유기체 내부 전체에 심리적, 신체적 건강이 이미 순환하고 있음을 알아차리는 것이다. "에너지란 영원한 기쁨이며, 그것은 신체에서 온다"고 블레이크Blake는 말한 바 있다. 이것은 외적 보상이나 약속에 의존하지 않는 기쁨이기도 하다. 이 기쁨은 내면에서 솟아나는 것이며, 이 현재순간에도 아무 대가 없이 주어지는 것이다. 자아가 시간 속에 살면서 이익을 얻고자 미래로 목을 길게 빼고 마음속으로 과거의 손실을 한탄하는 데 비해, 켄타우로스는 언제나 현재의 흐름, 스쳐가는 구체적인 현재, 어제에 매달리거나 내일을 희구하지 않는 살아 있는 현재, 즉 '눙크 플루엔스' 속에서 살고 있다. 켄타우로스는 이 순간의 선물에서 충만함을 발견한다. (이것은 영원한 현재, 즉 '눙크 스탄스'는 아니지만 어쨌든 올바른 방향으로 한 발 더 내디딘 것이다). 켄타우로스의 자각이야말로 '미래의 충격'에 사로잡힌 세계에 대한 강력한 해독제이다.

여기서 배우는 것은 수의적인 과정과 불수의적인 과정 모두를 자신으로 수용하는 것뿐만이 아니다. 이 심층 수준에선 수의적인 것과 불수의적인 것이 실은 '하나'라는 사실을 알게 되는 경우도 있다. 이 두 가지는 모두 켄타우로스의 '자발적인' 활동이다. 우리는 이미 불수의적인 것이란 자발적인 것임을 알고 있다. 그러나 (정신적) 의지와 의도적인 결정에 기초한 행위들조차도 실은 자발적으로 일어난다. 의지작용의 '배후'에 무엇이 있는 것일까? 또 다른 의지작용이 있는 것일까? 나는 의지하기를 의지하는 것일까, 아니면 의지가 '단지 일어나는' 것일까? 만일 전자가 옳다면, 나는 의지를 의지하는 것을 의지하는 것일까? 결정은 자발적으로 일어나는 것일까, 아니면 결정을 결정하는 것을 결정하는 것일까?

이처럼 수의적인 의도적 활동조차 사실상 저 아래 어딘가에서는 켄타우로스의 자발성, 즉 수의적 과정과 불수의적 과정의 기저에 놓여 있으면서 모두를 통합시키는 그 자발성과 일체이다. 이 심층 수준에서의 '나'(self)는, 쿠마라스와미Coomaraswamy가 말한 것처럼 "현재 속의 영속적이고 계산되지 않은 삶"을 이끌어간다.

이 수준을 지향하는 어떤 치료법이든, 그 치료의 가장 중요한 결과는 미묘하면서도 넓게 스며드는 자각의 변화이다. 이런 변화는 켄타우로스를 부활시키고 켄타우로스 이전의 정체성을 발견하기 시작함에 따라 일어난다. 이런 잠재력은 자아의 잠재력과 신체의 잠재력을 단지 합해 놓은 정도가 아니라, 부분의 합을 훨씬 능가하는 하나의 전체성이다. 롤로 메이Rollo May는 다음과 같이 말한다. "자아든 신체든 무의식이든 '자율적'일 수 없다. 그런 것들은 다만 전체성의 일부로서만 존재할 뿐이다. 또한 의지와 자유가 자신의 기반으로 삼아야 하는 것은 이 전체성이다."

이 '전체성'의 확장된 잠재력을 골드스타인Goldstein과 매슬로우Maslow는 자기실현(self-actualization)으로, 프롬Fromm과 리스먼Liesman은 자율성(autonomy)으로, 메이May는 삶의 의미(meaning of life)로 부른다. 켄타우로스 수준은 인간 잠재력 계발 운동, 실존주의, 인본주의 치료법 등이 목표로 하는 바로 그 높은 수준이다. 이들은 모두 심신心身과 정서情緖를 고차적인 합일체, 심층적 총체로 통합한다는 기본 전제를 채택하고 있다.

이곳에서 자기실현에 관해 장황하게 논의할 지면은 없지만, 아래에 인용한 매슬로우의 글은 실로 이 모든 것을 말해준다. 이 글은 자아실현이란 무엇인지, 그리고 자아실현에 태만할 경우 그 결과가 어떤 것인지를 지적하고 있다.

우리 모두는 잠재력을 최대한 실현하고자 하는 욕구를 찾고 있다. 자기실현, 인간성의 개화開花, 인간성의 완성을 향한 욕구를 갖고 있다는 것이다. 〔이 욕구는〕 완전히 진화된 진정한 자기의 확립을 향한 추구이며… 통합(또는 합일, 전체성)의 역할에 대한 드높은 관심이다. 이분법二分法이 보다 포괄적이고 차원 높은 일체성 속에서 해소되면, 인간 내부의 분열은 치유되고 보다 통합된 존재가 출현한다. 〔이것은 또한〕 자기 자신의 최선의 가능성을 실현하고자 하는 충동이기도 하다. 만일 가능한 존재방식 이하로 존재하기를 의도한다면 경고하노니, 당신은 남은 여생을 깊은 불행 속에서 살게 되리라.

매슬로우가 시사하는 바와 같이, 자기실현과 삶의 의미는 밀접한 관계가 있다. 켄타우로스 / 실존 수준의 치료사들이 삶의 근본적인 의미에도 깊은 관심을 보이는 것은 바로 이런 이유 때문이다. 이들이 관심을 보이는 것은 자아가 '꿈꾸는' 의미가 아니라 그것을 '넘어선' 의미이다.

일단 올바르고 건전한 자아를 발달시켰다면, 그다음엔 무엇을 할 것인가? 자아의 목표를 이루었다면 — 자동차와 집과 어느 정도의 자존감을 갖게 되었다면, 물질적인 것과 직업적인 인정까지 획득했다면 — 그 모든 것을 이룬 후에는 무엇을 할 것인가? 역사가 영혼에게 부여해준 의미가 소진되었을 때, 외부세계에서의 물질적 추구가 매력을 상실했을 때, 자신을 기다리고 있는 것이 죽음뿐이라는 것이 확실해졌을 때, 우리는 무엇을 어떻게 해야 좋을까?

삶 속에서 자아의 의미를 찾는다는 것은 삶 속에서 무언가를 '한다'는 것이고, 어느 시점까지 그것은 적절한 것이다. 그러나 자아를 넘어선 곳에는 그런 종류의 의미를 넘어선 무엇이 있다. 행위는 감소하고 존재가 증가하는 그런 의미 말이다. 커밍스E. E. Commings가 말한 것처럼, "존재할 수 있거든, 단지 존재하라. 만일 그럴 수 없다면, 원기를 내서 다른 사람들의 일에 끼어들고 스스로 지쳐 쓰러질 때까지 이런저런 일을 참견하면서 계속 그렇게 살아가라."

켄타우로스적인 삶의 의미, 즉 근본적인 삶의 의미를 발견한다는 것은 바로 삶 자체의 과정이 기쁨을 만들어낸다는 사실을 발견하는 것이다. 의미는 외적인 행위나 소유에서가 아니라, 자기 존재의 빛을 발하는 내적인 흐름에서 발견된다. 또한 세계로, 친구에게로, 인류 전체로, 그리고 무한 그 자체에 이르기까지 이런 흐름을 '발산시키고 관계 맺는' 가운데 발견된다.

삶 속에서 진정한 의미를 발견하는 것은 삶에서 죽음을 수용하는 것이기도 하다. 또한 존재하는 모든 것의 무상함과 친구가 되고, 숨을 내쉴 때마다 심신 전체를 공空 속으로 해방시키는 것이기도 하다. 또한 숨을 내쉴 때마다 자신을 아무 조건 없이 죽음에 내맡기는 것은 숨을 들이쉴 때마다 새롭게 태어나는 것이기도 하다. 반면 매 순간의 죽음과 무상함 앞에서 위축되는 것은 매 순간의 삶으로부터 위축되는 것과 같다. 왜냐하면 삶과 죽음은 하나이자 동일한 것이기 때문이다.

뭉뚱그리자면, 켄타우로스 수준은 (1) 자아실현, (2) 의미, (3) 실존, 곧 생사문제의 본거지이다. 그리고 이 모든 것을 해소하는 데는 신체와 마음의 충만한 각성이 요구된다. '섬세한 알아차림'의 흐름이 심신에 침투하고, 정신-신체적 전 존재가 동원되지 않으면 안 된다. 자아와 신체 전체를 동일시하는 것은 그 각각을 새로운 맥락 위에다 갖다놓음으로써 양쪽 모두에 실질적 변화를 가져온다. 자아는 자신의 기반이자 지원처인 지상으로 내려갈 수 있고, 신체는 자신의 빛이자 공간인 천상으로 올라설 수 있다. 자아와 신체 사이의 경계와 전쟁은 해소되었고, 한 쌍의 대극이 새로이 재통합되었으며, 더욱 심층적인 일체성이 발견되었다. 이 시점에서 처음으로, 우리는 자신의 마음에 신체를 구현시키고, 신체에 마음을 불어넣을 수 있게 된다.

- - - - - - - - ◆ - - - - - - - -

추 천 도 서

켄타우로스 / 실존 수준의 다양한 측면을 다루고 있는 훌륭한 책들은 대단히 많다. 특별히 추천할 만한 책으로는 롤로 메이Rollo May의 《사랑과 의지》(Love and Will, 1969), 칼 로저스Carl Rogers의 《인간이 되어감에 관하여》(On a Becoming a Person, 1961), 그리고 어니스트 벡커Ernest Becker의 《죽음의 부정》(The Denial of Death, 1973) 등이 있다.

켄타우로스 수준의 접근법에는 서너 가지 걸출한 치료법이 있다. 수세기에 걸쳐 실천되고 검증된 하타 요가hatha yoga는 간단할 뿐만 아니라 효과적이며 스스로 실천할 수 있는 방법이다. 스와미 비쉬누데바난다 Swami Vishnudevananda의 《완전도설 요가서》(Complete Illustrated Book of Yoga, 1972)와 부바 프리 존Bubba Free John의 《의식훈련과 초월적 태양》(Conscious Exercise and the Transcendental Sun, 1977)을 참조하기 바란다.

게슈탈트 치료는 이론적으로 견실할 뿐만 아니라 뛰어난 접근법이 포함되어 있기도 하다. 이에 관해선 펄스Perls, 굿먼Goodman 및 헤퍼린 Hefferlin의 《게슈탈트 치료》(Gestalt Therapy, 1951)와 프릿츠 펄스Fritz Perls의 《축어적 게슈탈드 치료》(Gestalt Therapy Verbatim, 1969)를 보기 바란다. 특히 전자를 추천한다. 이 책은 게슈탈트 치료에 관한 고전적인 이론을 기술하고 있을 뿐만 아니라, 혼자서 실천가능하도록 워크북 형태로 제작되었기 때문이다.

젠들린E. T. Gendlin의 《초점 맞추기》(Focusing, 1979)는 '현재의 심리-생리적 흐름'을 다루는 경험치료 학파의 영향력 있는 중요한 보고서이다. 매슬로우Maslow의 저술도 대단히 중요하지만, 그는 나중에 초개아적 분야로 옮겨갔기 때문에 그의 저술은 다음 장 추천도서에 실어놓았다.

순수지성 분석(Noetic analysis)과 강력한 신체훈련을 결합시킨 치료법으로 생체에너지 분석법(Bioenergetic Analysis)이 있는데, 이는 켄타우로스 수준에 대한 훌륭한 접근방법이다. 그러나 생체에너지 기법을 사용하는 '개업의開業醫'들 중에는 심적-자아적 통찰과 언어화를 도외시한 채 단순히 신체와 물리적 신체훈련만을 미화시키고 그것에만 강박적으로 사로잡힐 정도로 퇴보한 경우가 있다는 점을 지적해둘 필요가 있을 것 같다. 소위 이런 종류의 치료법은 자아치료 또는 진정한 켄타우로스 치료와 공동으로 사용되던가 그 예비단계로 사용되지 않는다면 기피해야 할 것이다.

알렉산더 로웬Alexander Lowen은 마음과 신체 사이에서 멋진 균형을 이루고 있다고 생각된다.《신체의 반란》(The Betrayal of Body, 1967)과《우울증과 신체》(Depression and the Body, 1973)를 참조하기 바란다. 또한 스탠리 켈러먼Stanley Kellerman의 《당신의 신체가 마음을 말한다》(Your Body speaks Its Mind, 1975)도 참고하기 바란다.

9

초월적인 나

The Self in Transcendence

⟡

켄타우로스 수준을 떠나 초개아 대역으로 이동해감에 따라, 이제 우리는 자신과 세계에 대한 친숙한 상식적 지침을 뒤에 남겨놓게 된다. 저 너머의 세계이자 저 위의 세계에 발을 들여놓기 때문이다. 우리는 개아個我를 초월해 있으며 그 자신을 훨씬 넘어선 무엇을 드러내주는 또 다른 자각과 만나기 시작한다. 이 수준에 적절한 훈련이라면, 어떤 것이든 조만간에 개아를 자신의 내면에 존재하는 하나의 자각으로 개방시켜준다. 이 자각은 본인 자신을 광대하고 미묘한 초개아적인 세계로 들어올려줄 그야말로 깊고 심오한 자각이다.

그러나 안타깝게도 이와 같은 이야기는 대부분의 양식 있는 서양인들에게 그저 약간의 당혹감만을 일으킬 뿐이다. 현대 종교의 전반적인 빈혈상태와 더불어, 우리는 사회적으로 접근 가능한 직접적인 초월수단을 대체로 상실해버렸기 때문이다. 그렇기 때문에, 평범한 사람들은 개별성을 초월하고 관습적인 공간과 시간을 넘어서 있는 세계와 이어져 있는 '초개아적 자기(transpersonal self)'가 존재의 심연에 잠들어 있음을 알려줘도 믿으려 들지 않는 경향이 있다.

초월성을 억압하는 경향이 과거 수세기에 걸쳐 서양에서 점차 강해져온 것은 불행한 일이 아닐 수 없다. 이런 억압은 교묘하고 광범위한 것이었고 스펙트럼상의 다른 수준에서의 성욕, 적개심, 공격성 등에 대한 피상적 억압보다도 현대문명의 불만과 불행에 대한 책임이 더 크다는 점에 관해선 의심의 여지가 없어 보인다. 페르소나, 자아, 켄타우로스 수준의 억압이 아무리 광폭하고 극적인 것처럼 보이더라도, 사회 전체의 분위기를 결정지을 만큼 포괄적인 것은 아니었다. 그 뿌리는, 알게 모르게 언제나 초월성이란 토양 속에 뿌리내리고 있기 때문이다.

우리는 이 사실을 어떻게든 집단적으로 부정해왔다. 그러나 억압된 것은 결코 진정으로 제거되지 않으며, 단지 힘을 비축하면서 잠복해 있거나 위장된 형태로 표면에서 새어나오기 마련이다. 그렇기 때문에 오늘날 우리는 이 억압된 초월성의 확대된 분출을 목격하고 있다. 그것은 명상, 심령현상, 요가, 동양종교, 변성된 의식상태, 바이오피드백biofeedback, 유체이탈, 임사臨死체험 등에 대한 관심의 형태를 취하고 있다. 또한 초월성에 대한 이런 충동은 일반적으로 너무나 오랫동안 억압되어왔기 때문에 때로는 흑마술, 강신술, 향정신성 약물의 오남용, 사이비 종파의 교주숭배와 같은 기이하고 과장된 형태를 취하기도 한다.

하지만 이 모든 초월성의 분출에도 불구하고 대부분의 서구인들은 어떻게 그들 내면 깊숙한 곳에 있는 무엇이 공간과 시간을 초월한 것일 수 있는지, 어떻게 해서 그들 내면에 있는 자각이 개별성을 초월해 있는지, 어떻게 해서 개인적인 문제와 긴장과 불안에서 자유로워질 수 있는지를 이해하는 데 여전히 상당한 어려움을 겪고 있다. 따라서 이 시점에서 바로 초개아적 정체감에 대한 논의로 뛰어들기보다는 프로이트의 가장 훌륭한 제자였던 칼 융$^{Carl Jung}$의 업적부터 간략히 소개하는 것이 좋을 것 같다. 이런 논의가 다양한 문화권에서 여러 형태로 대대로 전해 내려왔던 약간의 필수적 배경정보를 제공해줄 것이다.

융이 프로이트와 함께 연구를 시작한 것은 금세기 초 무렵이었다. 프로이트는 융을 그의 유일한 '후계자이자 왕관을 물려받을 왕세자'로 지명했지만, 융은 10년도 안 돼 학문상의 불화로 프로이트와 결별하고 말았다. 이 유명한 결별 이후, 위대한 두 사람은 두 번 다시 대화를 나눈 적이 없었다. 두 사람의 상호 양립 불가능한 기반은 (첫 장에서 언급했듯이) 다음과 같은 사실에서 비롯되었다. — 스펙트럼 상의 특정 수준을 연구하는 심리학자라면 어떤 학자라도 일반적으로 자신의 관심 수준과 그 위의 수준이 모두 실재한다고 인정하지만, 그 수준보다 심층적인 수준에 대해서는 흔히 실재성을 부정할 뿐만 아니라 병적인 것이라거나 환상적인 것이라거나 또는 존재하지 않는 것이라고 주장한다.

결국 프로이트는 자신의 용기 있고 뛰어난 연구를 자아, 페르소나, 그림자에만 한정시켰다. 한편 융은 이런 수준들을 충분히 인정하면서도 자신의 연구를 초개아 대역까지 밀고 나갔다. 융은 인간 자각의 초개아적 영역의 주요 측면들을 발견하고 탐구했던 최초의 저명한 유럽 심리학자였다. 프로이트는 스스로를 스펙트럼의 상위 수준에 한정시켰기 때문에 이를 이해할 수 없었으며, 따라서 두 사람은 각기 자신의 길을 걷게 되었다.

그렇다면 융은 특별히 어떤 것과 마주쳤던 것일까? 인간 영혼의 심층부에서 융이 발견한, 초개아 영역을 명백히 가리키는 그것은 무엇이었을까? 한 사람 '안에' 있는 동시에 그 사람 '너머에' 있는 것은 과연 무엇일까?

무엇보다 먼저, 융은 세계의 온갖 신화를 연구하는 데 엄청난 시간을 들였다. 중국, 이집트, 미대륙의 원주민과 그리스, 로마, 아프리카의 신화, 인도의 남신과 여신 그리고 악마와 인격신, 토템과 물활론, 고대의 상징과 심상, 신화적 주제들, 그야말로 모든 신을 모셔놓은 만신전萬神殿을 섭렵했다. 융을 놀라게 한 것은 이들 원시적인 신화적 심상들이 '현대의 문명화된 유럽인의 꿈과 환상 속에서도' 의심의 여지 없이 규칙적으로 등장한다는 사실이었다. 그리고 그들 대다수는 그런 신화에 전혀 노출된 적이 없는 사람들이었다. (적어도 꿈에 등장하는 이런 신화에 대해 상당한 정도의 정확한 지식을 갖고 있지는 않았다.) 즉 신화에 대한 정보는 그들의 생애 중에 획득된 것이 아니었다.

따라서 융은 이런저런 궁리 끝에, 이런 바탕의 신화적 주제들은 모든 인류 구성원 사이에 물려져 내려오는 생득적 구조임이 틀림없다고 생각했다. 이와 같은 원시적인 심상들, 융이 말하는 원형原型(archetypes)은 전 인류에게 공통된 것이다. 그것들은 한 사람의 개인에게 속하는 것이 아니라 초개아적이고 집단적이고 초월적인 것이다.

특히 융이 매우 신중하게 보고한 엄청난 양의 상세 자료를 주의 깊게 검토해보면, 이 가설은 매우 그럴듯하게 생각된다. 예컨대 사람이라면 누구나 한 개의 심장, 두 개의 신장, 열 개의 손가락, 팔다리 등을 소지하고 있는 것과 똑같이, 모든 사람의 뇌는 다른 모든 정상적인 인간 두뇌와 근본적으로 동일한 보편적인 '상징적 형태'를 지니고 있을 것이다.

인간의 뇌 자체는 수백만 년이란 세월의 산물이다. 인간의 손이 물건을 잡기 위해 특수한 방식으로 진화한 것처럼 뇌는 방대한 시간에 걸쳐서 필연적으로, 실재를 지각하고 파악하는 어떤 '기본적인' — 그런 의미에서 '신화적'인 — 방식으로 진화했을 것이다. 풍부한 상상력으로써 현실을 파악하는 방식 그 자체가 바로 '원형'이다. 모든 사람의 뇌 구조는 기본적으로 유사하기 때문에, 융은 누구라도 내면에 동일한 신화적 원형들을 담고 있으리라고 생각했다. 모든 사람이 인류 공통의 구성원이라는 단순한 이유 때문에 그 원형들은 모든 사람에게 공통된 것이다. 융은 이 정신의 심층부를 '집단무의식(collective uncon-scious)'이라고 명명命名했다. 다시 말해 집단무의식이란 개아적이거나 사적인 것이 아니라 초개인적(supra-individual), 초개아적(transpersonal), 초월적인 것을 의미한다. 이 신화적 초월성은 모든 사람의 존재 심층에 파묻혀 있으며, 이 강력한 층을 무시할 경우 가장 후회스러운 결과를 초래하게 된다.

무의식의 일부에는 (페르소나, 자아, 켄타우로스 수준에 상응하는) '개인적인' 기억들, 사적인 소망과 관념, 경험과 잠재력이 담겨져 있다. 그러나 심층영역, 즉 '자신의 내면'에 있는 집단무의식은 엄밀히 개인적인 것이라곤 아무것도 담고 있지 않다. 오히려 집단무의식에는 인류 공통의 주제들이 저장되어 있다. 우리 존재의 심연에는 세계의 고대신화라는 형식으로 외부로 표현된 모든 남신과 여신, 신성한 존재와 악마, 영웅과 악한들이 응축된 형태로 존재한다. 융에 의하면, 우리가 그런 사실을 알든 모르든, 그것들은 거기에 계속해서 살고 있으며, 창조적이거나 파괴적인 방식으로 우리를 계속해서 교묘히 조종한다고 한다.

따라서 융의 치료법과 같은 초개아 대역의 치료법은 우리로 하여금 무의식적으로 또는 의지에 반해서 그것들에게 조종당하지 않고, 그것들의 강력한 힘을 의식적으로 인정하고, 친구가 되고, 활용하도록 돕는 것을 목표로 한다. 예컨대 핵심적인 이미지가 스핑크스, 고르곤gor·gon(제우스 신에 대항하고 그의 아들 헤라클레스를 해치려고 했던 악녀신), 거대한 뱀, 날개 달린 말 등의 신화적 소재로부터 나온 어떤 꿈을 반복해서 꾼다고 하자. 고대신화를 조금만 연구해보더라도, 당신은 인류 전반에게 이들 신화적 심상의 의미가 무엇이었는지를 어렵지 않게 배울 수 있으며, '자신의 집단무의식에 있어서 이들 심상이 무엇을 의미하는지도' 발견할 수 있다. 이런 의미를 자신의 깨어 있는 의식에 통합시킨다면, 당신은 더 이상 그 힘에 강제로 지배당하지 않게 되며, 그에 따라 영혼의 심연은 풀려나기 시작한다. 통상적인 자아의 단단하고 두꺼운 표층과 켄타우로스의 자각이 부드럽게 깨지고 초월적 존재의 성장이 가능해진다. 이런 과정의 성장은 개아적 삶을 초월하는 동시에 '심층적 나'의 측면을 이루는 것들이다.

이런 원형적 자각이라는 맥락 속에서 '심층적 나', '초개아적 나'로의 이행移行이 어떻게 일어나는지를 검토해보자. 인류 공통인 원형과 신화적 심상의 눈을 통해 자신의 삶을 곰곰이 되새겨보기 시작하면, 그의 자각은 좀더 보편적인 관점으로 이행하기 시작한다. 그는 편파적인 자신의 눈을 통해서가 아니라, 집단적인 '인류정신의 눈'이라는 전혀 다른 관점을 통해 스스로를 바라본다! 그는 더 이상 오로지 자신의 사적인 견해에만 몰두하지 않게 된다. 실제로 이런 과정이 올바르게 진전되면 그의 정체성은 비교적 전반적인 차원에 이르기까지 질적으로 확장되고, 영혼은 심층으로 흠뻑 젖게 된다. 그는 더 이상 자아 또는 켄타우로스와만 동일시하지 않게 되고, 순전히 사적인 문제와 사건에 파묻혀 질식되지도 않는다. 어떤 의미에선, 자신의 개인적인 근심걱정들이 그냥 흘러가도록 내버려둘 수 있어서, 창조적인 초연성을 유지한 채 그것들을 지켜볼 수 있다.

'사적인 나'가 어떤 문제에 직면하든 '심층의 나'는 그것들을 초월하고, 또한 그것에 전혀 오염되지 않고 활짝 열린 상태에서 그것들을 인식한다. 처음엔 멈칫거리겠지만 계속 커져가는 확실성과 더불어, 의식 표면의 파도는 고통과 불안과 절망이란 급류에 휩쓸릴지라도 깊은 바닷속과 같이 평정을 유지하는 고요한 내적 힘의 근원을 발견하게 된다.

초개아 대역의 모든 치료법과 실천법의 주된 목적은, 어떤 형식으로든, 이런 '초월적인 나'를 발견하는 것이다. 그러나 지금까지 우리가 논의해왔던 신화적 접근이 '초월적 나'에 이르는 유일한 길이 아님은 더말할 것도 없다. 스펙트럼의 모든 수준에는 다채로운 접근법들이 존재한다. 따라서 개개인은 어느 정도 실험을 통해서 어떤 접근법이 자신에게 최선의 것인지를 알아내야만 한다. 나는 초개아 영역에 대한 하나의 편리한 소개로서 신화적 접근법을 사용해왔지만, 신화적인 통로는 난해한 길이며, 세계신화의 광대한 미궁과 자신의 원형층을 통과하도록 안내해줄 전문가의 도움이 필요한 방법이기도 하다.

초개아적 상태로 이끌어주는 좀더 단순한 접근법들도 있다. 이 접근법들은 반드시 짧거나 쉬운 길은 아니지만, 덜 섬세하고 덜 복잡한 길이다. 이런 방법들은 각자가 자기 나름대로 채택하여 주도적으로 추구해갈 수 있는 것들이다. 이제 우리가 탐구하려는 것은 이런 접근법들이다.

무엇보다 먼저 '초월적 나'의 폭넓고 현저한 특징부터 주목해보자. '초월적 나'란 자신의 사적인 마음, 몸, 감정, 생각, 느낌들로부터 초연한 자각의 창조적 중심이자 확장된 자각이다. 따라서 자신의 내면에 있으면서 자신을 넘어선 이 '초월적 나', '내가 아닌 나'를 직관하는 작업은 다음과 같이 진행된다.

처음엔 앞장에서 기술했던 켄타우로스 자각을 2~3분 정도 실천한다. (그렇게 하면 그 아래에 있는 초개아 대역에 좀더 '가까운' 켄타우로스 수준과 어느 정도 접촉할 수 있게 된다). 그런 다음, 문자 하나하나가 갖고 있는 의미를 가능한 한 생생하게 느끼면서, 아래 문장을 천천히 소리 내지 말고 자신에게 암송해보라.

나는 몸을 '갖고 있다.' 하지만 나는 나의 몸이 '아니다.' 나는 몸을 보고 느낄 수 있다. 보여지고 느껴질 수 있는 것은 진정한 보는 자가 아니다. 내 몸은 피곤하거나 흥분하기도 하고, 아프거나 건강하기도 하고, 무겁거나 가볍기도 하지만 그런 것은 내면의 나와는 아무런 관계도 없다. 나는 몸을 '갖고 있지만', 나는 나의 몸이 '아니다.'

나는 이런저런 욕망을 '갖고 있다.' 하지만 나는 나의 욕망이 '아니다.' 나는 나의 욕망들을 알 수 있는데, 알려질 수 있는 것은 진정한 아는 자가 아니다. 욕망들은 오고가면서 내 자각을 통해 흘러가지만, 그런 것들은 내면의 나에게 영향을 미치지 않는다. 나는 욕망을 '갖고 있지만', 나는 나의 욕망이 '아니다.'

나는 감정을 '갖고 있다.' 하지만 나는 나의 감정이 '아니다.' 나는 나의 감정들을 느낄 수 있고 감지할 수 있는데, 느껴지고 감지될 수 있는 것은 진정한 느끼는 자가 아니다. 감정들은 나를 통해 스쳐가지만, 그런 것들은 내면의 나에게 영향을 미치지 않는다. 나는 감정을 '갖고 있지만', 나는 나의 감정이 '아니다.'

나는 생각을 '갖고 있다.' 하지만 나는 나의 생각이 '아니다.' 나는 나의 생각들을 알 수 있고 직관할 수 있는데, 알려질 수 있는 것은 진정한 아는 자가 아니다. 생각들은 나에게 오고 나에게서 떠나가지만, 그것들은 내면의 나에게 영향을 미치지 않는다. 나는 생각을 '갖고 있지만', 나는 나의 생각이 '아니다.'

몇 차례 암송을 반복한 다음, 가능한 한 구체적으로 다음과 같이 확언한다. —"나는 그 뒤에 남아 있는 순수한 자각의 중심이며, 모든 생각, 감정, 느낌, 욕구에 대한 부동의 주시자注視者이다."

이런 훈련을 끈기 있게 지속해 나가면 그 안에 담긴 이해가 공고해지고, 내적 정체감의 근본적 변화를 알아차리기 시작하게 될 것이다. 예컨대 깊은 내면의 자유로움, 가벼움, 해방감, 안정감을 직관하기 시작할 것이다. '태풍의 중심'인 이 근원은 주변에서 사납게 휘몰아치는 불안과 고통의 한가운데서도 투명한 고요함을 유지할 것이다. 이 '주시하는 중심'의 발견은 폭풍우 치는 바다 표면 위의 파도로부터 고요하고 안전한 해저의 심연으로 잠수하는 것과 흡사하다. 처음엔 동요하는 감정의 파도 밑으로 그다지 잠수하지 못할 테지만, 끈기를 갖고 계속하다 보면 영혼의 고요한 심연으로 깊이 잠수할 수 있는 능력을 얻을 수 있을 것이다. 한때 자신을 꼼짝 못하게 붙잡고 있던 혼란을 해저에 편안히 누워 빈틈없이, 그러나 초연한 상태로 응시할 수 있는 능력을 얻게 될 것이다.

지금 여기서 우리가 논의하고 있는 것은 '초개아적 나' 또는 주시자이지, 아직 순수한 합일의식은 아니다. 합일의식 속에서는 초개아적 주시자 자체가 주시된 모든 것과 함께 붕괴된다. 그러나 그런 일이 일어나기 선에 먼저 초개아직 주시자를 발견해야만 한다. 이 발견이 합일의식으로의 손쉬운 '도약대'로 작용하기 때문이다.

따라서 이 장에서는 주시자를 다룰 것이며, 합일 속에서 주시자가

'붕괴'되는 과정은 다음 장에서 다룰 것이다. 우리는 '모든' 정신적, 감정적, 육체적인 대상과 탈동일시함으로써, 즉 그 모든 것을 초월함으로써 이 초개아적 주시자를 발견하게 된다.

예컨대, 실제로 "내 불안은 내가 아니다"라는 깨달음이 강해질수록, 그 불안에 위협당하지 않게 될 것이다. 불안이 현존해 있더라도 더 이상 그 불안에만 묶여 있지는 않기 때문에, 압도당하는 일은 없을 것이다. 더 이상 불안에게 환심을 사려 하거나, 싸우거나, 저항하거나, 그것으로부터 달아나지 않게 된다. 가장 근본적인 방식에서, 불안을 있는 그대로의 모습으로 철저히 수용하고, 원하는 대로 자유롭게 움직이도록 허용한다. 불안이 사라져가는 것을 단지 보고 있기 때문에, 나는 불안이 존재하든 안 하든 잃을 것도 없고 얻을 것도 없다.

이와 같이 자신을 혼란시키는 감정이나 감각, 생각, 기억, 경험이란 모두 자신이 배타적으로 동일시해왔던 것에 불과하다. 그렇다면 그런 혼란의 궁극적인 해소는 단순히 그것들로부터의 '탈동일시(disidentification)'일 것이다. 그것들이 자신이 아니라는 점을 깨닫게 되면, 그 모든 것은 말끔히 떨어져 나갈 것이다. 그것들은 보이는 대상이기 때문에 진정한 보는 자, 진정한 주체일 수 없다. 그것들이 '진정한 나'가 아니라면, 그것들에 동일시하거나, 매달리거나, 자기 자신을 속박하도록 허용해야 할 아무런 이유도 존재하지 않는다.

이런 탈동일시 '치료법'을 온화하게 서서히 추구해나가면, 지금까지 자신이 필사적으로 보호하고 방어해왔던 '개아적 나'(페르소나, 자아, 켄타우로스)가 투명해지고 떨어져 나가기 시작한다. 문자 그대로 자기가 붕괴되고, 육체에서 분리된 채 허공을 떠돈다는 말이 아니다. 사적인 나 ― 나의 소망, 희망, 욕구, 상처 등등 ― 에게 무슨 일이 일어나든 그건 생사가 달린 심각한 문제가 아님을 깨닫기 시작한다는 것이다. 그것은 주변의 엄청난 동요이긴 하지만, '진정한 나'는 실체 없이 소란을 피우는 표면의 파도가 범접하지 못하는 심층에 있기 때문이다.

이와 같이 개아적 심신이 고통이나 수치 또는 두려움을 느끼더라도, 스스로 높은 곳에서 굽어보는 주시자로 머물러 있는 한, 그것들은 더 이상 위협적이지 않을 것이다. 더 이상 그것들을 조작하거나, 그것들과 씨름하거나, 그것들을 정복하려고 생각하지 않을 것이다. 그런 것들을 기꺼이 주시하고 공평하게 요모조모 살펴보기 때문에, 그것들을 초월할 수 있을 것이다. 성 토마스St. Thomas는 이렇게 말한다. "어떤 대상을 인식하는 자는 그 대상을 자신의 본질로서 지닐 수 없다." 만일 눈이 붉은색으로 물들어 있다면, 그 눈은 붉은 대상을 지각할 수 없을 것이다. 붉은색을 볼 수 있는 것은 눈이 맑거나 '붉음이 없기' 때문이다. 마찬가지로 자신의 괴로움을 관찰하거나 주시할 수 있다면, 자신에게는 괴로움이 없음을, 주시된 혼란에서 자유로운 상태임을 스스로 증명하는 것이다. 내면에서 고통을 느끼는 그것 자체는 고통을 갖고 있지 않으며, 두려움을 느끼는 그것은 두려움이 없으며, 긴장을 지각하는 그것에는 긴장이 없다. 어떤 상태를 주시하는 것은 이미 그 상태를 초월한 것이다. 그것들을 앞에 놓고 정면에서 보기 때문에, 더 이상 그것들이 뒤에서 습격해올 염려는 없다.

따라서 인도의 요가경 집성자인 파탄잘리Patanjali가 어째서 "무지無智란 보는 자와 보는 도구의 동일시이다"라고 말했는지 그 이유를 이해할 수 있다. 페르소나, 자아 또는 켄타우로스와 배타적으로 동일시하거나 그것에 집착할 때마다, 그 각각의 존재나 기준을 위협하는 것은 무엇이든 바로 '진정한 나'를 위협하는 것처럼 여겨진다. 즉 생각, 감각, 느낌,

경험에 대한 집착은 그것이 무엇이든 단지 스스로를 구속하는 또 다른 사슬에 지나지 않는다는 것이다.

앞의 몇 장에서, 우리는 정체성의 확장이 곧 '치료'라고 말해왔다. 헌데 여기서는 뜻밖에도 갑작스럽게 탈동일시를 말하고 있다. 이 둘은 모순되는 말이 아닐까? 실제로는, 이 둘은 단일한 과정을 말하는 두 가지 방식에 지나지 않는다. 다시 〈그림 1〉로 돌아가서, 예컨대 페르소나 수준에서 자아 수준으로의 하강을 주목해보기 바란다. 이 하강에서는 두 가지 일이 일어났다. 첫째로 개인은 자신의 그림자와 '동일시'한다. 그러나 둘째로 그는 자신의 페르소나와 '탈동일시'하거나 배타적인 집착을 끊는다. 따라서 그의 새로운 정체성인 자아는 페르소나와 그림자 양쪽 모두가 협동적으로 결합된 것이다. 마찬가지로 켄타우로스 수준으로의 하강에서는, 그는 정체성을 신체로 확장하는 한편, 자아와의 배타적 동일시를 떨쳐낸다. 어떤 경우이든, 새롭고 폭넓은 정체성으로 확장해갈 뿐만 아니라, 낡고 협소한 정체성을 깨뜨리기도 한다. 똑같은 방식으로, 오직 켄타우로스와의 협소한 정체성을 서서히 버리거나 놓아줌으로써 그는 폭넓은 '초월적 나'라는 정체성으로 '확장'해간다. 켄타우로스와의 동일시를 중단하고, 더 넓고 더 깊은 곳을 향해 나아간다.

이와 같이 초개아적 주시자와 접촉함에 따라 우리는 순전히 개인적인 문제, 걱정, 근심을 놓아주기 시작한다. 사실은(그리고 이것이 대부분의 초개아 대역 치료법의 열쇠인 바.) 자신의 문제나 근심걱정을 해결하려고 시도조차 하지 않는다. 페르소나, 자아 또는 켄타우로스 수준에서라면 당연히 시도했을 것이다. 하지만 이 수준에서 우리의 유일한 관심은 특정한 근심걱정을 '관찰'하는 것이기 때문이다. 괴로움을 판단하지 않고, 회피하거나, 각색하거나, 손대거나, 합리화하지 않고 단순히 그것을 순수하게 자각할 뿐이다. 어떤 느낌이나 경향성이 나타나더라도, 단지 그것을 '주시'한다. 그 느낌에 대한 증오가 나타나더라도 단지 그것을 '주시'한다. 그 증오에 대한 증오심이 나타나더라도 또 다시 단지 그것을 '주시'한다.

해야 할 것이란 아무것도 없다. 어떤 행위가 나타나든 단지 그것을 주시할 뿐이다. 모든 괴로움의 한가운데서, 다만 '무선택적 자각(choice-less awareness)'으로 머물러 있어보라. 이렇게 있을 수 있는 것은, 어떤 괴로움도 '진정한 나'를 이루고 있지 않다는 사실을 이해했을 때이다. 그런 것에 집착하고 있는 한, 아무리 미묘하더라도 반드시 그것들을 조작하려는 노력이 존재한다. 그런 것들이 나의 중심이 아니라는 점을 이해할 때, 비로소 자신의 괴로움을 비난하거나, 그것들에 분개하고, 원망하는 일도, 거부하거나 탐닉하는 일도 하지 않게 된다.

괴로움을 해결하려는 시도는 그것이 어떤 것이든 자신이 바로 괴로움 그 자체라는 환상만 강화시킬 뿐이다. 따라서 궁극적으로는, 괴로움에서 도피하려는 노력은 그 괴로움을 영속화시키는 일에 불과하다. 가장 골치 아픈 문제는 괴로움 자체가 아니라 그 괴로움에 대한 우리의 '집착'이다. 우리가 괴로움과 동일시한다는 것, 그것만이 유일하게 진정한 곤경이다.

괴로움과 싸우는 대신, 우리는 단지 괴로움에 대하여 치우침 없이 초연한 순수 상태를 취한다. 신비가와 현자는 이 주시 상태를 거울에 비유하기를 좋아한다. 거울이 그 앞을 스쳐가는 어떤 것이든 공평하고 온전하게 비춰주는 것처럼, 우리는 일어나는 어떤 감각이나 생각이라도 붙잡거나 밀쳐내지 않고 단지 비춘다. 장자는 이렇게 말한다. "완벽한 사람은 자신의 마음을 거울처럼 부린다. 그 어떤 것도 붙잡거나 거부하

지 않는다. 그 마음은 응하지만 소유하지 않는다."•

　이와 같은 초연한 주시를 발달시키는 데 성공하면(그렇게 되는 데는 시간이 걸린다), 하늘에 떠다니는 구름이나, 흘러가는 강물이나, 지붕 위에 떨어지는 빗물처럼 자각의 장 안에 있는 대상들을 보는 눈과 똑같은 공평한 눈으로 자신의 심신에서 일어나는 일들을 바라볼 수 있게 될 것이다. 다시 말해, 자신의 심신과의 관계가 다른 모든 대상들과의 관계와 동등하게 된다는 것이다. 지금까지는 자신의 심신을 통해 세상을 바라보았다. 그렇기 때문에 심신에 강하게 집착하게 되었고, 그것들의 제한된 관점에 속박되어 있었다. 전적으로 심신과 동일시했었고 심신의 문제, 고통, 괴로움에 속박되어 있었다. 그러나 심신을 끈기 있게 바라봄으로써, 그것들이 단지 자각의 ‘대상’, 실은 초개아적 주시의 ‘대상’에 지나지 않는다는 사실을 깨닫게 된다. "나는 마음과 몸과 감정을 갖고 있지만, 나는 마음과 몸과 감정들이 아니다."

　어떤 사람이 초개아적 대역에 접촉하거나 그 수준으로 전적으로 이행했다 할지라도, 그로 인해 스펙트럼의 위에 있는 수준들과의 접점을 상실하거나 통제력을 잃게 되지 않는다는 사실을 확실히 해둘 필요가 있다. 어떤 사람이 오직 페르소나와의 정체성으로부터 더욱 충실하고 정확한 자아 전체와의 정체성으로 하강하더라도, 그는 페르소나와의 접점을 잃는 것이 아니라 더 이상 그것에 집착하지 않게 될 뿐이라는 점을 상기하기 바란다. 예컨대 그는 멋을 부릴 수도 있고, 실질적인 또는 예의상의 목적으로 잠시 사회적 겉치레를 하게 될 수도 있다. 그럴 때 그는 여전히 자신의 페르소나(가면)를 쓸 수 있다. 그러나 더 이상 그 역할

• 至人之用心若鏡 不將不迎 應而不藏.

에 만성적으로 머물러 있지는 않는다. 이전에는 다른 사람들에 대해서나 심지어 자기 자신에 대해서도 — 이 점이 문제지만 — 외관을 벗어버릴 수 없었다. 그러나 이제 그는 상황과 자신의 재량에 따라 그 외관을 사용할 수도 있고 하지 않을 수도 있다.

만일 '멋진 가면'을 쓰기로 결정할 경우에는, 그는 자신의 부정적인 측면들을 보여주지 않기 위해 의식적으로 또한 일시적으로 자신의 그림자를 억제한다. 하지만 여전히 부정적인 측면들을 자신 안에서 인식할 수 있으므로 그것들을 밖으로 투사하지 않는다. 따라서 페르소나 자체는 그것이 유일한 정체성이 아닌 한, 적응을 훼방하거나 문제를 일으키지 않는다. 요컨대, 페르소나 수준에서 자아 수준으로 하강할 때 해체되는 것은 그림자나 페르소나 그 자체가 아니라 그 둘 사이의 경계와 그로 인해 생긴 전쟁인 것이다.

마찬가지로 자아 수준에서 켄타우로스 수준으로 하강할 경우에도, 우리는 자아나 신체를 파괴하는 것이 아니라 그 둘 사이의 경계를 제거할 뿐이다. 켄타우로스 수준에서도 우리는 여전히 자아, 신체, 페르소나, 그림자와 접점을 갖고 있다. 그러나 더 이상 그중 어느 하나와 배타적으로 동일시하지 않기 때문에 모든 요소가 조화롭게 기능한다. 이들 모두와 친해지고, 이들 하나하나와 수용적인 자세로 접촉할 수 있게 된다. 그들 사이에는 다루기 힘든 경계란 존재하지 않으며, 더 이상 큰 전투도 없다.

'초개아적 나'와 접촉하는 경우에도 똑같은 방식으로, 우리는 여전히 그 위에 있는 모든 수준과의 접점을 유지한다. 그러나 더 이상 그 수준들에 얽매이거나, 구속되거나, 제약되지 않는다. 그 수준들은 본질이 아니라 수단이다.

이처럼 고립된 유기체와의 동일시로부터 창조적 초연성을 갖게 되더라도, 자신의 유기체를 돌보지 않게 되는 일은 전혀 일어나지 않는다. 즉, 먹지 않거나 살기를 포기하는 일은 발생하지 않는다. 실은 오히려 그 반대가 진실이다. 그는 자신의 심신을 수용하고 더욱 잘 보살피게 된다. 더 이상 심신에 '속박'되어 있지 않기 때문에 심신을, 자유를 억압하는 감옥으로 보지 않게 된다. 그렇기 때문에 그 사람의 에너지는 유기체에 대한 억제된 분노와 증오로 동결되지 않는다. 전체로서의 유기체는 완전히 수용된 초개아적 나의 한 측면이 된다.

앞서 언급했듯이, 우리는 초월적 주시자의 입장에서 마치 책상, 나무, 개, 자동차 등 다른 대상들을 보는 것과 똑같은 방식으로 우리의 심신을 보게 된다. 이 말은 우리가 종종 환경에 대해 나타내는 경멸적인 태도를 갖고 자신의 유기체를 대한다는 것처럼 들릴지도 모른다. 그러나 실제론 전혀 반대이다. 환경 속의 모든 대상을 마치 나 자신을 대하는 것처럼 대하기 시작한다는 말이다.

실제로 이런 자세에는 세계란 사실상 자신의 몸이며 또한 몸으로서 대해야 한다는 직관이 반영되어 있다. 신비가들이 그토록 강조해 마지 않는 보편적인 자비慈悲란 이런 초개아적 직관으로부터 샘솟는 것이다. 이런 자비는 페르소나, 자아 또는 켄타우로스 수준에서 발견되는 자비와 사랑과는 전적으로 다른 것이다. 초개아적 수준에서 누군가를 사랑하는 것은 그들이 자신을 사랑하거나, 인정해주거나, 배려해주거나, 안심시켜주기 때문이 아니라, 그들이 '곧 나 자신이기' 때문이다.

그리스도의 첫 번째 가르침은 "네가 너 자신을 사랑하는 것처럼 이웃을 사랑하라"는 것이 아니라, "네 이웃을 '진정한 너 자신'으로서 사랑하라"는 의미이다. 또한 그저 네 이웃뿐만 아니라 모든 환경을 사랑하라는 의미이기도 하다. 자신의 팔다리를 보살피는 것과 똑같이 주변을 보살피라는 것이다. 이 수준에서는, 환경과의 관계가 바로 자신의 유기체와의 관계와 동일하다는 사실을 명심하기 바란다.

초개아적 주시자, 즉 원형적 '나'의 수준에서는 어린 시절 갖고 있었던 근원적인 직관을 회복하는 경우도 있다. 즉, 우리의 의식은 분리된 유기체를 근원적으로 초월해 있기 때문에 (1) 단일하며, (2) 불사不死라는 직관 말이다.

거의 모든 아이들은 한번쯤 '다른 부모에게서 태어났다면 나는 어떤 사람일까?' 하고 생각해본다. 바꿔 말해 아이들은, 아주 순진하고 모호한 형식이긴 하지만, 의식 자체(내적 주시자)는 마음과 몸이라는 특정한 외적 형태에만 한정되지 않는다는 점을 알고 있다는 것이다. 모든 아이들은 설령 다른 부모와 다른 몸을 갖게 되더라도 여전히 자신은 '나'라는 것을 느끼고 있는 듯하다. 현재의 자신이 다르게 보일 것이고 다르게 행동하겠지만, 여전히 자신은 '나'이리라는 것을 알고 있는 것이다. ("나는 마음과 몸과 감정을 갖고 있지만, 나는 마음과 몸과 감정이 아니다.")

아이들은 "엄마 아빠가 달라도 나는 여전히 '나'일까?" 하는 이 의문을 던지고 있다. 자신이 다른 부모에게서 태어났을지라도 여전히 똑같은 '내면의 나'로서 존재하고 느낄 것이라는 자신의 '초월성'을 부모로부터 설명받길 원하기 때문이다. 그러나 부모는 아마도 그런 '초월적 나'를 오래전에 잊어버렸을 것이고, 그래서 자녀에게 만족할 만한 대답을 해줄 수 없을 것이다. 하지만 한순간이나마 허를 찔린 듯 놀라며, 전혀 기억할 수 없는 여기에 뭔가 엄청나게 중요한 것이 감춰져 있음을 느끼게 된다.

'초개아적인 나'를 근원적으로 직관하게 된 사람이라면, 존재하는 것은 오직 '하나의 진정한 나'뿐이며 그 '하나의 나'가 다양한 모습을 취하고 있다는 사실을 깨닫기 시작한다. 어떤 사람이든 육체를 초월해 있는 이 '하나의 나'를 똑같이 직관하기 때문이다. 이 유일한 '진정한 나'는 마음과 몸을 말끔히 초월해 있다. 따라서 그것은 '모든 의식 있는 존재'에게 있어 근본적으로 '하나이자 동일한' 것이다. 우리가 내적 정체감에 아무런 변화 없이 이 방 저 방을 움직여 다닐 수 있는 것과 똑같이, 다른 몸, 다른 기억, 다른 감각을 갖고 있더라도 그 '동일한 나'는 근본적으로 변화하지 않을 것이다. 그는 그런 대상들의 주시자일 뿐 그것들에 묶여 있지 않기 때문이다.

'초월적인 나'가 개별적 유기체를 초월해 있다는 통찰에는 불사에 대한 직관도 포함된다. 대부분의 사람들은 자신이 불멸하는 존재라는 내적인 느낌을 품고 있다. 자신이 존재하지 않는 상태를 상상하는 일은 가능하지 않다. 어느 누구도 그런 상상은 불가능하다! 그러나 보통 사람들은 켄타우로스, 자아 또는 페르소나로서 존재하기 때문에, 그의 '개아'가 영원히 살게 되리라고 잘못 상상하며 또 그렇게 되기를 절실히 원한다. 마음, 자아, 몸이 불멸이라는 것은 진실이 아니다. 그것들은 모든 연기緣起된 합성물과 마찬가지로 죽을 운명에 처해 있다. 그들은 지금도 죽어가고 있으며, 그들 중 어떤 것도 영원히 살아남지는 못한다. 환생이란 자신의 자아가 전생轉生한다는 의미가 아니다. 샹카라Shakara가 말한 것처럼, 유일하게 전생하는 것은 오직 '초월적인 나'뿐이다.

그렇기 때문에 어떤 점에서 보면, 불사의 초월적 존재로 깨어나기 위해서는 허구의 분리된 자아로부터 죽지 않으면 안 된다. 이렇게 해서 "죽기 전에 죽으면, 죽을 때 죽지 않는다"는 유명한 역설이 생겨난 것이다. 또한 신비가들의 격언에서는 "철저하게 죽은 사람만큼 하나님과 가까이 있는 사람은 없다"고 말하기도 한다. 일종의 초개아적 ‘요법’을 일 관성 있게 실천해온 많은 사람들이 실제로 죽음을 두려워하지 않는다고 말하는 이유도 이 때문이다.

우리 모두의 안에 ‘단일한 불사不死의 나’가 깃들어 있다는 신비가와 현자들의 근원적인 통찰을 다른 방식으로 접근해 살펴볼 수도 있을 것이다. 아마도 우리는 누구나 자신은 어제의 자신과 ‘기본적으로’ 동일한 사람이라고 느낄 것이다. 또한 자신은 1년 전의 자신과 근본적으로 동일한 사람이라고 느낄 것이다. 물론 기억할 수 있는 한 최대로 거슬러 내려간다 해도 여전히 ‘같은’ 사람처럼 느낄 것이다. 다른 식으로 말하면, 당신은 자신이 아니었던 때를 결코 기억할 수 없다는 것이다. 다시 말해, 당신 내면의 ‘어떤 것’은 시간의 흐름에 영향받지 않은 채 남아 있는 것처럼 느껴진다는 것이다. 그러나 분명히 당신의 몸은 1년 전의 몸과 똑같지 않다. 또한 오늘의 감각은 과거와 비교해볼 때 분명히 다르다. 기억 역시나 10년 전과 비교해볼 때 전혀 달라졌다. 당신의 마음, 몸, 느낌… 이 모든 것이 시간과 더불어 변했다. 그러나 무언가 변하지 않은 것이 있다. 당신도 그 무언가는 변하지 않았다는 사실을 알고 있다. 그 무언가는 여전히 똑같이 느껴진다. 그것은 대체 무엇일까?

1년 전에는 관심사도 달랐고 전혀 다른 문제들을 갖고 있었다. 경험도 달랐고 생각 역시 달랐다. 이 모든 것이 사라져버렸지만 당신 내면의 무언가는 그대로 남아 있다. 한발 더 나가보자. 만일 당신이 전혀 다른 나라로 이주해가서 새로운 친구들, 새로운 주변환경, 새로운 경험, 새로운 생각을 하게 됐다고 하면 어떨까? 그렇디라도 ‘나’라고 하는 기본적인 느낌은 결코 변하지 않는다. 더 나아가서, 바로 지금 인생 초기 10년, 15년 또는 20년의 기억을 잊어버리게 된다면 어떨까? 그렇다 해도 여전히 '동일한 나'라는 내적 느낌은 그대로일 것이다. 그렇지 않겠는가? 만일 이 순간 일시적으로 과거에 일어났던 '모든 것'을 잊어버릴지라도, 여전히 '나는 나'임을 느낀다면 과연 무엇이 진정으로 변한 것일까?

간단히 말해 당신의 내면에는 기억이나 생각, 마음, 몸, 경험, 환경, 느낌, 갈등, 감각, 기분과는 다른, 무언가 깊숙한 '나라는 느낌'이 존재한다는 것이다. 모든 것이 변해도 그 느낌은 아무런 영향을 받지 않는다. 그것이 바로 시간의 흐름에 간섭받지 않는 초개아적 주시자이자 '초개아적인 나'이다.

그렇다면 '모든' 의식 있는 존재가 '똑같은' 내면의 나를 갖고 있음을 이해하는 것이 과연 그토록 어려운 일일까? 그 무수한 '초월적인 나'들이 실은 '하나'라는 점을 깨닫는 것이 그렇게 어려운 일일까? 이미 추측해 보았듯이 만일 당신이 다른 몸을 갖게 되더라도, 여전히 기본적으로는 '동일한 나'를 느낄 것이다. 그러나 그것은 다른 사람들이 지금 이 순간 모두 느끼고 있는 그것과 동일하다. 그렇다면 그것은 다른 관점, 다른 기억, 다른 느낌이나 감각을 갖고 있는 '단일한 나' 또는 '진정한 나'가 존재한다고 말하는 것만큼이나 쉬운 일이 아닐까?

또한 그것은 지금만이 아니라 과거와 미래 언제나 존재한다. 당신이 아무런 의심 없이 20년 전의 자신과 지금의 자신을 동일한 사람이라고 느낀다면 ― 기억, 마음, 몸은 변했다 하더라도 '나라는 느낌'의 측면에서 ― 마찬가지로 200년 전에도 그것과 '동일한 나'가 있었다고 해야 맞지 않을까? 만일 그 느낌이 기억이나 마음, 몸에 좌우되지 않는다면 20년 전이나 200년 전이나 무슨 차이가 있겠는가? 물리학자 슈뢰딩거 Schroedinger의 말을 들어보자. "당신이 '자신의 것'이라고 부르는 한 덩어리의 지식과 느낌과 선택이 그다지 머지않은 과거 어느 순간에 무로부터 갑자기 출현했다고는 생각할 수 없다. 차라리 이 지식과 느낌 그리고 선택은 본질적으로 영원하며 불변인 것이고 모든 사람, 아니 모든 감각 있는 존재가 공통으로 갖고 있는 오직 '하나'밖에 없는 것이다. 당신의 존재 조건은 거의 바위만큼이나 오래된 것이다. 수천 년에 걸쳐 남자들은 고생하고 분투하며 가족을 부양해왔으며, 여자들은 산고를 겪으며 아이를 낳았다. 백 년 전에는 아마도 다른 남자가 바로 이 자리에 앉아 당신과 마찬가지로 빙하 위로 스러져 가는 빛을 경외심과 동경심을 갖고 바라보았을 것이다. 당신처럼 그도 남자에 의해 잉태되었고 여자로부터 태어났다. 그가 느낀 고통과 순간의 기쁨도 당신의 느낌과 똑같았을 것이다. 그가 다른 사람이었을까? 그가 바로 당신 자신은 아니었을까?"

이에 우리는 이렇게 말하곤 한다. "아냐, 난 그 당시 무슨 일이 있었는지 기억할 수 없으니까, 그건 나였을 리가 없어." 그러나 이 말은 '나'를 기억과 동일시하는 오류를 범한 것이다. 우리는 방금 나란 느낌은 기억이 아니라 기억의 주시자라는 사실을 살펴보았다. 게다가 지난달 자신에게 무슨 일이 일어났었는지조차 기억할 수 없더라도, 나는 여전히 나이다. 그렇다면 지난 세기에 무슨 일이 일어났는지 기억할 수 없다면 어떨까? 그렇다 해도 나는 여전히 그 '초월적인 나'이다. 전 우주에 오직 하나뿐인 그 '나'는 새로 태어나는 모든 존재에서 깨어나는 똑같은 나, 선조 때부터 보았고 자손 대대로 볼 똑같은 나, 하나이자 동일한 나이다. 그것들이 서로 다르게 보이는 것은 내면의 '초월적인 나'를 외적이고 개인적인 기억, 마음, 그리고 몸과 동일시하는 오류를 범하기 때문이다. 그런 것들이야 물론 다르다.

그러나 진정 이 내면의 나에 관해 말한다면… 그것은 대체 무엇일까? 그것은 당신의 몸과 함께 태어나지 않았으며, 죽더라도 소멸되지 않을 것이다. 그것은 시간을 인식하지 않으며 시간으로부터 생겨난 괴로움에 반응하지도 않는다. 그것은 색깔도 없고, 모양도, 형체도, 크기도 없다. 그럼에도 불구하고 눈앞에 펼쳐져 있는 모든 장엄함을 본다. 그것은 해와 구름, 별과 달을 보지만, 그 자체는 보이지 않는다. 그것은 새소리, 귀뚜라미 소리, 폭포 소리를 들을 수 있지만, 그 자체는 들리지 않는다. 그것은 떨어진 낙엽, 풍화된 바위, 구부러진 나뭇가지를 인식하지만, 그 자체는 인식되지 않는다.

당신은 '초월적 나'를 보려고 애쓸 필요가 없다. 무슨 수를 써도 그것은 불가능한 일이다. 당신의 눈은 자신의 눈 자체를 볼 수 있는가? 당신에게 필요한 것은 다만 자신의 기억, 마음, 몸, 감정, 사고와의 잘못된 동일시를 끈기 있게 지속적으로 깨는 일뿐이다. 이런 파기에는 초인적인 노력이나 이론적인 이해 같은 것은 전혀 필요치 않다. 필요한 것이라곤 '당신이 볼 수 있는 것은 그것이 무엇이든 보는 자일 수 없다'는 단한 가지 이해뿐이다.

당신이 자신에 대해 알고 있는 것은 '그 어느 것도' 진정한 나, 아는 나, 내면의 나가 아니다. 그것은 지각될 수도, 정의될 수도 없다. 어떤 식으로든 대상이 될 수 없는 것이다. 속박이란 보는 자를 '보여질 수 있는' 것들과 잘못 동일시한 데서 비롯된 것에 지나지 않는다. 그리고 해방은 이런 잘못의 단순한 역전에서부터 시작한다.

누구든 문제, 불안, 정신상태, 기억, 욕망, 신체감각, 감정 등과 자신을 동일시한다면 그는 속박, 한정, 두려움, 수축, 그리고 궁극적으로는 죽음에 스스로를 내던지고 있는 것이다. 이 모든 것은 볼 수 있는 것들이며, 그렇기 때문에 보는 자가 아니다. 반면에 보는 자, 주시자, '진정한 나'로서 계속 머문다면 제약과 문제들로부터 한발 '비켜나게' 되며, 궁극적으로는 그런 것들로부터 완전히 '발을 빼게' 된다.

이것은 단순해 보이지만 인내심이 필요한 힘든 작업이다. 하지만 그 결과는 다름 아닌 이생에서 이루는 해탈이다. '초월적인 나'는 모든 전통에서 신성神性의 빛으로 인식되고 있으며, 원리적으로 '초월적인 나'는 — 당신이 신을 어떻게 인식하든 — 신과 동일한 성질의 것이기 때문이다. 즉 궁극적, 근본적으로는 심오한 곳에서 오직 신만이 당신의 눈을 통해 보고, 당신의 귀를 통해 듣고, 당신의 혀로 말하기 때문이다. 그렇지 않다면, 어떻게 생 클레망St. Clement이 "자기 자신을 아는 자는 하나님을 안다"고 주장할 수 있었겠는가?

바로 이것이 융의 메시지이고, 또한 미대륙의 원주민, 도가, 힌두교, 이슬람교, 불교, 기독교를 막론한 모든 성인과 현자, 신비가의 메시지이기도 하다. 즉 "당신 영혼의 심연에는 인류의 영혼이 존재한다. 속박에서 해방으로, 마법에 걸린 상태에서 깨어남으로, 시간에서 영원으로, 죽음에서 불사로 이끌어주는 신성한 초월적 영혼 말이다."

❖

추천도서

초개아 대역에는 여러 측면들이 있으며, 그 접근법도 대단히 많다. 따라서 여기서는 몇 개의 집단으로 나눠 다루는 것이 좋을 듯하다.

칼 융C. G. Jung의 저술에 관해선, 융 저술의 뛰어난 선집인 조지프 캠벨Joseph Campbell의 《포터블 융The Portable Jung》(1972)을 추천하고 싶다. 융의 분석 심리학에 관한 전반적인 입문서로서는, 베넷E. A. Bennet의 《융은 진정 무엇을 말했나?》(What Jung Really Said?, 1966)를 참고하기 바란다. 진지한 독자들에겐 프로이트와 융의 뛰어난 비교 연구서인 릴리안 프레이 – 론Lillian Frey-Rohn의 《프로이트에서 융으로》(From Freud to Jung, 1974)를 권한다. 융 학파의 치료법에 대한 실천적이면서 효과적인 접근법으로는 이라 프로고프Ira Progoff의 《워크샵 기록물》(At a Journal Workshop, 1975)을 적극 추천한다.

매슬로우Maslow의 획기적인 초개아 연구에 관해선, 그의 《존재의 심리학을 향하여》(Toward a Psychology of Being, 1968)와 《인간 본성의 더 나아간 도달점》(The Further Reaches of Human Nature, 1971)을 참고하기 바란다.

전통적인 심리학에 관심이 있는 독자는 타트C. Tart가 편집한 《초개아심리학(Transpersonal Psychologies, 1975)을 참조하기 바란다. 포괄적인 선집으로는 화이트J. White의 《최상의 의식상태》(The Highest State of Consciousness, 1972), 웰우드J. Welwood의 《길의 만남》(Meeting of the Ways, 1979), 월시R. Walsh와 본F. Vaughan의 《자아를 넘어서》(Beyond Ego, 1979) 등이 있다. 프랜시스 본의 저술 중에는 《직관 깨우기》(Awakening Intuition, 1979)라는 귀중한 책도 있다.

내가 쓴 《의식의 스펙트럼》(The Spectrum of Consciousness, 1977)과 《아트만 프로젝트The Atman Project》(1980)는 다양한 자료들을 이 대역의 관점에 통합시키려고 시도한 책이다. 만일 독자가 정신의학자로서 좀더 신중한 접근을 음미하고 싶다면, 딘S. Dean이 편집한 《정신의학과 신비주의》(Psychiatry and Mysticism, 1975)를 읽어보는 것도 좋을 것이다.

정신통합은 확실히 '초월적 나'에 대한 건실하고 효과적인 접근방법이다. 정신통합의 창시자인 로베르토 아사지올리Roberto Assagioli의 《정신통합》(Psychosynthesis, 1965)은 포괄적인 입문서이다. 이 장에서 다룬

탈동일시 훈련은 이 책에서 인용한 것이다. 환각제 연구의 중요한 자료에 관해서는, 그로프S. Grof의 《인간 무의식의 영역》(Realm of the Human Unconscious, 1975)을 참고하기 바란다.

종교의 초월적 통일성과 영원의 철학 전반에 관해서는, 슈온F. Schuon의 《종교의 초월적 통일》(The Transcendent Unity of Religions, 1978)을 참조하기 바란다. 휴스턴 스미스Houston Smith의 《잃어버린 진실》(The Forgotten Truth, 1976)은 일반 독자를 위한 가장 좋은 입문서이다.

명상과 초개아 분야에 관해서는 화이트J. White의 《명상이란 무엇인가?》(What is Meditation?, 1972)가 유용한 선집이다. 그러나 초개아 대역에 대한 많은 접근법들이 이 대역을 지나 합일의식 수준까지도 목표로 삼고 있기 때문에, 나는 이 장과 다음 장에 제시한 추천도서를 인위적으로 나눠놓았다. 일반적으로 이곳에 제시한 추천도서는 대체로 초개아 대역을 일종의 중간지점으로 설정한 다음, (만일 더 진행해간다면) 거기서부터 합일의식으로 진행해가는 것들이다.

초개아 대역은 실제로는 몇 개의 하위 수준으로 구성되어 있는데, 다채로운 명상기법들 중에는 그런 하위 수준을 목표로 하는 경우도 있다. 쿤달리니Kundalini에 관해선, 화이트J. White가 편집한 《쿤달리니, 진화 그리고 깨달음》(Kundalini, Evolution, and Enlightenment, 1979)을 참고하기 바란다. (나다nada나 샤부드shabd로 알려져 있는) 보다 미묘한 측면에 관해선, 키르팔 싱Kirpal Singh의 저술이라면 어떤 것이라도 관심을 가져볼 만하다.

초월명상(Transcendental Meditation)은 간단하고 효과적이며 무엇보다 쉽게 실천할 수 있는 것이기 때문에, 처음 시도하는 사람들에게 이 명상법을 추천하고 싶다. 명상 전반에 대한 추천도서는 다음 장을 참고하기 바란다.

10

궁극의 의식상태

the Ultimate State of Consciousness

창조도 없고 파괴도 없다.
운명도 없고 자유의지도 없다.
길도 없고 도달함도 없다.
이것이 궁극의 진실이다.

– 라마나 마하르쉬

합일의식은 무시간적 순간으로 이루어진 것이기 때문에, 그것은 전적으로 지금 이 순간에 존재한다. 또한 지금 이 순간에 도달할 방법은 분명히 없다. 이미 그런 것에 새삼 '도달할' 방법이 달리 있을 리 없다. 따라서 라마나Ramana가 시사한 것처럼, 합일의식에 이르는 길은 존재하지 않는다. 그는 이것을 궁극의 진실이라고 선언한다.

이 말은 이상한 결론 또는 적어도 곤혹스러운 결론처럼 보인다. 특히 우리는 스펙트럼의 다른 수준들에 접촉하는 몇 가지 실천적인 방법을 탐구하는 데 상당한 시간을 할애해왔기 때문이다. 지난 몇 개의 장에서 우리는 다른 수준으로의 하강을 촉진하는 특정한 훈련, 기법 및 수행법이 있음을 보아왔다. 하지만 우리가 그런 수준에 접촉할 수 있는 것은 그 수준들이 '부분적인' — 모든 것을 포괄하고 있지는 않은 — 의식상 태이기 때문이다. 각 수준들은 다른 수준과는 '또 다른' 상태이며, 그렇 기 때문에 다른 모든 수준을 배제하고 발달할 수 있는 것이다. 그것들은 미묘하든 조잡하든 경계를 갖고 있으므로 '선택적으로' 효과를 거둘 수 있는 것이다.

그러나 합일의식 수준에 이르면 상황은 달라진다. 왜냐하면 합일의 식은 부분적인 상태가 아니기 때문이다. 합일의식은 거울이 모든 대상 을 똑같이 비추는 것처럼, 가장 근본적인 방식으로 모든 것을 포함한다. 합일의식이란 다른 의식 상태이거나 다른 상태와 분리된 별개의 상태가 아니라, '모든' 상태의 조건이자 진정한 본성이다. 만일 합일의식이 다 른 상태와 별개의 것이라면(예컨대, 지금 이 순간의 자각과 다른 것이라면), 그곳에는 자신의 현재 자각과 합일의식을 분리시키는 어떤 경계가 있음 을 의미할 것이다. 그러나 합일의식에는 그 어떤 경계도 없다. 즉, 그것 을 다른 그 무엇으로부터도 분리시키는 것은 아무것도 없다. 깨달음은 이 순간, 바로 지금 이 순간에 선명하게 빛을 비춘다.

이 점을 설명하는 데는 아마도 단순한 비유가 도움이 될 것 같다. 스 펙트럼의 여러 수준은 대양$_{大洋}$의 수많은 파도와 같다고 할 수 있다. 하 나하나의 파도는 다른 모든 파도와 분명히 다르다. 해변에 가까운 파도 는 강력하고 힘차지만, 먼 곳의 파도는 약하고 힘이 없다. 그러나 파도 하나하나는 다른 모든 파도와는 다르며, 그렇기에 파도타기를 할 경우 자신의 능력에 따라 특정한 파도를 선택하고, 그 파도에 올라타 재주를 부릴 수 있는 것이다. 파도가 서로 다르지 않다면 이런 일은 불가능하 다. 스펙트럼의 각 수준은 하나의 특정한 파도와 같은 것이며, 그렇기에 올바른 기술과 충분한 훈련을 통해서 그들 중 어떤 것을 '붙잡을' 수 있는 것이다.

그렇지만 합일의식은 특정한 파도라기보다는 '물' 그 자체에 가깝다. 물과 파도 사이에는 어떤 경계도, 어떤 차이도, 어떤 분리도 없다. 즉, 어떤 파도도 다른 파도보다 더 축축하지 않다는 점에서 물은 '모든' 파도에 동등하게 존재한다.

따라서 만일 모든 파도의 조건인 '축축함' 그 자체를 찾고 있다면, 이 파도에서 저 파도로 옮겨탄다고 해도 아무것도 얻을 수 없을 것이다. 실제로는 잃는 것이 더 많을 것이다. 왜냐하면 축축함을 찾으려고 파도를 계속 옮겨타는 한, 지금 타고 있는 파도에 그런 축축함이 존재한다는 사실을 결코 발견하지 못할 것이기 때문이다.

합일의식을 찾아다니는 것은 물을 찾아 경험의 파도를 여기저기 뛰어다니는 것과 같다. 길도 없고 성취도 없는 이유는 바로 그 때문이다. 위대한 선사 하쿠인•은 유사한 비유를 마음속에 품고 다음과 같은 글을 쓴 것처럼 보인다.

> 진리가 얼마나 가까이 있는지 알지 못하기에
> 중생은 그것을 먼 곳에서 찾는다. 참으로 애석한 일이다!
> 비유컨대 물 한가운데 있으면서
> 목마르다고 애원하며 울부짖는 사람과 같다.••

이렇게 해서 우리는, 엄밀히 말해, 왜 합일의식에 이르는 길이 없는지 그 이유를 비로소 알 수 있게 된다. 합일의식이란 잡다한 경험들 중

• 白隱(1685-1768): 일본의 선사.
•• 〈좌선화찬坐禪和讚〉

특별한 경험이 아닐 뿐만 아니라, 작은 경험에 대비된 큰 경험도 아니며, 두 개의 파도를 대신하는 하나의 파도 역시 아니다. 오히려 있는 그대로 현재 경험의 모든 파도가 곧 합일의식이다. 그러니 어떻게 현재 경험에 접촉할 수 있겠는가? 그곳에는 현재 경험 이외에는 아무것도 존재하지 않는다. 따라서 늘 있는 그것에 이르는 길이 달리 있을 리 없다. 만일 당신이 이미 물속에 있다면, 축축함에 달리 이를 수 있는 길은 없다.

진정한 현자들이 절대에 이르는 길은 없다. 합일의식을 '획득할' 방법은 없다고 주장하는 것은 이런 이유 때문이다. 힌두교의 현자 샹카라Shankara는 "브라만은 곧 그 사람 자신이지, 그 사람에 의해 획득되는 무언가가 아니다"라고 말한다. 불교의 황벽黃檗 선사는 "얻을 아무것도 없다는 말은 괜한 말이 아니다. 그것은 진실이다"라고 말한다. 기독교 신비가인 에크하르트Eckhart는 "그대는 심상 없이 또한 수단 없이(길 없이) 하나님을 알게 되리라"고 말한다. 현대의 현자인 크리슈나무르티Krishnamurti는 "진리는 가까이 있다. 진리를 찾으려 할 필요는 없다. 진리를 찾는 자는 결코 그것을 발견하지 못할 것이다"라고 말한다.

에크하르트가 말한 것처럼, 궁극에 이르는 '수단은 없다.' 아무런 기법도, 길도 없다. 왜냐하면 궁극에는 모든 곳과 모든 때에 존재하는 편재遍在적 성질(omnipresent)이 있기 때문이다. 우리가 안고 있는 문제는 축축함을 찾아 이 파도에서 저 파도로 뛰어다니는 사람의 그것과 흡사하다. 우리는 자신의 현재 상황을 충분히 이해할 수 있을 정도로 고요함을 유지하지 못한다. 언제나 다른 곳을 보고 있다. 그렇기 때문에 실제로는 답으로부터 '달아난다.' 늘 저 너머만 바라보고 있으면 현재 상황에 대한 본질적인 이해는 드러나지 않기 때문이다. 우리의 추구, 우리 자신의 욕망, 그것이 발견을 앞질러 방해한다. 간단히 말해서, 우리가 찾고 있는 열쇠를 쥐고 있는 것은 언제나 바로 이 '현재경험'임에도 불구하고, 우리는 언제나 현재경험으로부터 달아나고 있다는 것이다. 우리는 진정으로 답을 찾고 있는 것이 아니라, 답으로부터 달아나고 있다.

하지만 이 말이, 해야 할 것이란 아무것도 없다는 것을 의미하는 것일까? 현재로부터 달아나기를 멈춰야 한다는 의미일까? 아니면 지금 이 순간에 완전하게 접촉하려고 노력해야 한다는 의미일까? 이런 의문은 좀더 세심하게 살펴볼 때까지는 충분히 그럴듯한 의문처럼 보인다. 실은 아무것도 하지 않는 것조차 전적으로 핵심에서 빗나간다. '왜' 아무것도 하지 않으려 하는가 말이다. 그것은 여전히 좀더 축축한 물을 찾아 현재경험의 파도로부터 '달아나려는' 또 하나의 시도가 아닐까? 무언가를 하려 하든, 하지 않으려고 노력하든, 거기에는 반드시 '어떤 움직임'이 있을 수밖에 없다. 따라서 우리는 바로 첫 단계에서부터 오류를 범하게 된다.

그것을 획득하려 하더라도 실제로는 아무것도 할 수 없다는 사실, 이것이 합일의식의 가장 큰 역설逆說이다. 이 점은 적어도 이론적으로는 명쾌하리라고 생각한다. 그러나 만일 아무것도 하지 않을 경우, 지금과 똑같은 상태로 남아 있게 되리라는 것 또한 너무나 명백한 일이다. 마조馬祖선사는 이 점에 대해 다음과 같이 퉁명스럽게 말한다. "도道에 있어서는 자신을 수행해야 할 아무것도 없다. 만일 거기에 수행할 것이 있다면, 그 수행의 완성은 도의 파괴를 의미할 것이다. 그러나 도道에 아무런 수행이 없다면, 그 사람은 무명無明상태로 머물게 될 것이다."

우리는 주요 신비사상들의 본질적인 문제에 도달했다. 즉, 합일의식의 실현에는 '특별한 상태'가 (반드시 필요하지는 않을지라도) 마땅하다는 것이다. 하지만 이런 특별한 상태가 합일의식으로 '이끌어주는' 것은 아니다. 그 상태들 자체가 바로 합일의식의 한 가지 '표현'이다. 그 상태들은 본래 깨달음의 한 가지 형식적, 의식儀式적인 구현이자 그 향수享受이다.

예컨대, 선불교에는 "본래의 깨달음은 영묘한 수행이다"라는 의미의 '본증묘수本證妙修'라는 멋진 말이 있다. 합일의식은 어떤 수행의 결과로 '획득되는 미래'의 상태가 아니다. 왜냐하면 그렇다면 그것은 합일의식이 시간적인 '시작'을 갖고 있다는 것, 지금은 존재하지 않지만 내일 존재하게 되리라는 것을 의미하기 때문이다. 그것은 합일의식을 순전히 시간적인 상태로 만들어 놓을 것이다. 그러나 합일의식은 영원히 현존하기 때문에 이는 전혀 받아들일 수 없는 전제이다.

합일의식은 언제나 현존한다는 자각이 바로 우리의 '본증', 즉 '본래의 깨달음'이다. '본래'라고 하는 것은, 그것이 먼 옛날에 일어났기 때문이 아니라 바로 지금 이 순간의 근원이자 기반이기 때문에, 현재 형상의 근원이기 때문이다. 묘수妙修, 즉 영적 수행이란 바로 이 근원의 움직임, 활동이며, 그것은 본래의 깨달음의 마땅한 기능이다.

따라서 본증묘수는, 진정한 영적 수행이란 '깨달음을 향해' 가는 것이 아니라 '깨달음으로부터' 샘솟아 나오는 것임을 뜻한다. 수행이 합일의식으로 이끌어주는 것이 아니라 수행은 처음부터, 사실상 언제나, 합일의식이다. 스즈키 순류鈴木俊隆 노사는 다음과 같이 말한다.

만일 수행이 깨달음을 얻기 위한 하나의 수단일 뿐이라면, 사실 깨달음을 얻을 길은 없다. 깨달음이란 좋은 기분과 같은 특정한 마음상태가 아니다. 〔좌선 수행시〕 그대가 앉을 때 존재하는 마음의 상태, 그 자체가 깨달음이다. 좌선에 있어서는 바른 마음 상태를 논할 필요가 없다. 그대는 이미 바른 마음을 갖고 있기 때문이다.

진실한 기도 속에서는 그대가 하나님에게 다가가려고 하는 게 아니라 하나님이 자기 자신에게 기도하는 것이라고 하는 기독교 신비사상의 가르침과 이 말은 과연 어떤 차이가 있을까? "그대 자신을 책망하지 말라. 그대가 나를 찾으려 한다는 것은, 이미 그대가 나를 찾았다는 뜻이니라." 이와 같이 모든 의미에서 우리의 영적 수행은 그 자체가 이미 목적지다. 결과와 수단, 길과 목적지, 알파와 오메가는 하나이다.

그러나 이 말은 여전히 또 다른 의문을 제기한다. 만일 우리 안에 이미 불성佛性 또는 본래의 깨달음 또는 내면의 그리스도가 있다면, 도대체 왜 수행해야만 한다는 것일까? 물론, "왜 하면 안 되는가?" 하고 되물을 수도 있을 것이다. 그러나 진짜 핵심은, 영적 수행의 특별한 상태들을 취하는 것이 합일의식의 마땅한 표현 중 하나라는 점이다. 아무리 귀한 보석이라도 그것을 사용하고 표현하고 드러낼 수 없다면 그 세속적인 가치를 발휘하지 못한다. 마찬가지로 본래의 영적 깨달음의 적절한 활용은 모든 면에서 가장 충만한 영적 활동이다. 영적 수행이란, 그것이 깨달음을 '얻으려고' 노력하는 것처럼 보일지라도, 실제로는 단지 깨달음을 '표현하는' 것에 지나지 않는다. 예컨대 좌선을 할 경우, 우리는 마음 깊은 곳에서 부처가 되기 위해 좌선을 하는 게 아니라, 이미 우리 자신인 부처와 같이 행동하려고 그렇게 하는 것이다. 다시 한 번 스즈키 노사의 말을 인용해보자.

부처님으로부터 우리 시대에 이르기까지 전수된 가르침은, 좌선을 시작할 때, 아무 준비하지 않아도 이미 깨달음이 거기에 있다는 것이다. 좌선을 하든 안 하든, 누구에게나 불성이 있다. 불성이 있기에 수행 시 깨달음이 있는 것이다. 본래 불성이 있다면, 우리가 좌선을 하는 이유는 우리도 부처님처럼 행동하기 위해서이다. 우리의 길은 무언가를 얻기 위해 앉는 것이 아니라, 우리의 본성을 표현하기 위한 것이다. 그것이 우리의 수행이다. 선禪수행이란 우리의 진정한 본성의 직접적인 표현이다. 엄밀히 말해, 인간에게는 이 수행 이외에 또 다른 수행은 없다. 이런 삶의 방식 이외에 또 다른 삶의 방식이란 없다.

스즈키 노사는 불교 '자체'가 유일한 삶이라고 말하는 것이 아니다. 합일의식 또는 '큰마음(Big Mind)'이 유일한 삶이라고 말하는 것이다. 또한 '본증묘수本證妙修'이기 때문에, 근원적 깨달음의 즐거움으로 가득 찬 우아한 표현인 순간순간의 수행만이 살아가는 유일한 길이라는 것이다. 이런 점에서 볼 때, 참으로 또 다른 삶의 길이란 없다. 다른 길이 있다면 그것은 무수한 고통의 길뿐이다.

'본증묘수'를 이해하면, 우리가 하는 모든 것이 곧 수행이자 본래 깨달음의 표현이 된다. 모든 행동은 영원으로부터, 무경계로부터 일어난다. 또한 그것은 그 자체로 모든 것의 완벽한 표현이자 자발적인 표현이다. 단지 좌선, 찬송, 예배, 진언眞言명상, 경전암송, 성경봉독 뿐만 아니라 접시 닦기부터 세금 내기에 이르기까지 우리가 하는 모든 것이 이미 수행이며 기도가 된다. 접시를 닦으면서 본래의 깨달음을 생각하기 때문이 아니라, 접시 닦기 자체가 본래의 깨달음이기 때문이다.

그렇다면 영적 수행의 특별한 상태에 몸을 맡길 경우, 합일의식 수준에 목적을 둔 '요법'이라면 어느 것을 해도 좋을 것이다. 좌선이든,

진언명상이든, 그리스도나 스승을 통한 신에 대한 헌신이든, 또는 특수한 관상법이든 어느 것이라도 좋다. 이 짧은 한 장의 지면에서는 이런 영적 수행법들 중 어느 한 가지도 제대로 요약하는 일이 불가능하다. 그러므로 독자는 이 장 말미에 제시한 추천도서를 참고로 스스로 이 문제를 탐구해야 할 것이다.

내가 이 장에서 의도하는 것은 영적 수행을 진행해감에 따라 자신에게 일어날 수 있는 변화와 통찰의 간단한 개관을 제공하려는 것이다. 이런 개관은 적어도 이들 수행법의 몇 가지 실체에 관한 어떤 느낌을 줄 수 있을 것이고, 자신이 추구해야 할 길이 어떤 것인지를 결정하는 데도 도움이 되리라고 생각한다.

영적 수행의 특별한 상태들에 몸을 맡기면, 확실하고 분명한 한 가지 사실을 깨닫게 될 것이다. 어느 누구도 합일의식을 원하지 않는다는, 당혹스럽지만 틀림없는 사실이 그것이다. 실제로 우리는 언제나 합일의식에 '저항'하고, 신神을 피해 달아나며, 도道와 싸우고 있다. 언제나 끊임없이 파도 옮겨타기를 하고 있으며, 현재경험의 파도에 계속해서 저항하고 있다. 그러나 합일의식과 현재경험은 하나이자 동일한 것이므로 둘 중 하나에 저항하는 것은 다른 것에도 저항하는 것이다.

신학적으로 말하면, 이는 신의 현존에 대한 저항이다. 신의 현존이란 모든 형상 속에서의 충만한 존재 이외에 다른 것이 아니다. 만일 삶의 어떤 측면을 싫어한다면, 그것은 합일의식의 어떤 측면에 저항한다는 것을 의미한다. 자신도 모르게 그럴는지는 몰라도, 우리는 적극적으로 합일의식에 저항하고 그것을 부정한다. 자신도 모르게 하고 있는 이와 같은 저항을 이해하는 것이야말로 깨달음의 궁극적인 열쇠이다.

하지만 이 '저항'이 처음은 아니라는 점에 주목해야 한다. 우리는 이미 몇 가지 유형의 저항을 살펴본 바 있다. 사실상 스펙트럼의 주요 수준들은 모두 특정한 양식의 저항으로 구성되어 있다. 페르소나 수준으로부터 자아 수준으로의 하강을 논할 때, 최초로 만났던 것은 그림자에 대한 저항이었다. 그림자에 정통한 연구자였던 프로이트가 "정신분석 이론 전체는 환자로 하여금 자신의 무의식을 자각하도록 유도할 때, 환자가 드러내는 '저항'의 관찰에 기초해서 세워진 것이다"라고 말했던 것도 이 때문이다. 우리도 그림자를 탐구하면서, 이런 저항이 곳곳에서 튀어나오는 것을 보았다. 어떤 사람이 자신으로서는 받아들이고 싶지 않은 충동이나 정보에 저항하는 것을 보았다. 저항받은 그것은 그 사람의 그림자의 일부가 되고, 그 자리엔 하나의 증상이 자리 잡는다. 그리고 그 사람은 (기본적으로 똑같은 방식으로) 이번엔 자신의 증상에 저항한다. 한때 그림자와 싸웠던 것처럼 자신의 불안, 공포 등과 같은 증상과 싸우는 것이다. 나아가, 자신의 그림자를 투사한 상대방에게도 (또다시 같은 방식으로) 저항한다. 그러고는 그 사람들을 증상으로 대한다.

난처한 문제는, 특히 이런 저항에 사로잡혀 있는 사람의 경우, (페르소나로서의) 그는 충직하게도 자신은 결코 저항한다고 생각하지 않는다는 것이다. 그는 전혀 그것을 인식하지 못한다. 표면상 그는 자신의 생각대로 한다면 고통받지 않으리라고, 우울해지거나 긴장하거나 또는 증상을 갖게 되지 않으리라고 생각한다. 그러나 이런 생각은 그의 절반에 대해서만 진실일 뿐이다. 왜냐하면 소외된 절반(그림자)이 그에게 고통을 주기 때문이다! 따라서 그는 그런 사실을 알지도 못한 채 자신에게 상처를 입힌다. 또한 그런 사실을 알지 못하기 때문에 멈출 수도 없다. 스스로 자신의 증상을 만들어내면서 그것을 알지 못한 채, 자신의 고통을 방어하는 지경에 이르게 된다. 그림자에 대한 자신의 저항을 자각할 때까지는 아무런 진전도 일어나지 않는다. 그는 계속 저항할 것이고, 성장을 위한 어떤 노력도 게을리할 것이기 때문이다.

그렇기 때문에 페르소나 수준 치료사의 가장 큰 과제는 개인이 그림자에 대한 자신의 저항을 이해하고 그곳에서 탈피하도록 돕는 일이다. 치료사는 저항을 제거하거나 회피하거나 무시하려고 하지 않는다. 그 대신 먼저 어떻게 자신의 그림자에 저항하는지, 그런 다음 왜 그렇게 하는지를 알아내도록 돕는다. 일단 본인이 자신의 어떤 측면에 스스로 저항하고 있다는 사실을 구체적인 사실로서 알게 되면 — 사실상 이것이 고통의 핵심이다 — 그는 피하거나 저항하거나 억압하지 않고 그 저항을 서서히 감소시키면서 그림자와 접촉할 수 있는 상태가 된다. 그러나 자신의 저항을 고려하지 않은 채 처음부터 직접 그림자와 접촉하려고 시도할 경우, 그는 단지 그림자에 저항하고 그것을 몰아내려는 노력을 더 키워놓게 될 뿐이다. 문제의 근본적인 원인 자체를 무시했기 때문이다.

예컨대, 그림자에 대한 매우 일관성 있는 접근법인 정신분석법은 내담자에게 자유연상(free association)을 하게 한다. 아무리 터무니없고 대수롭지 않고 불합리한 것이라도 머리에 떠오른 것이면 무엇이든 모두 말하게 하는 것이다. 지시에 따라 자유연상을 시작하면 연상, 회상, 공상의 연쇄로 이런저런 상념들이 줄줄이 흘러나오기 시작한다. 그러나 내담자는 반드시 갑작스럽게 어떤 혼란상태에 빠진다. 망연자실한 상태가 되거나, 당혹스러워하거나, 얼어붙거나 할 것이다. 자유연상을 시작하면서 그는 자신의 생각에 대한 만성적인 섬일인 서항을 완화시켰다. 이런 자유로운 분위기에서 방심한 그에게 잠시 동안 그림자로 존재하던 생각이나 충동이 자연스럽게 표면으로 떠올라왔다. 지금까지는 피하고 저항해왔던 생각이나 충동들 말이다. 그림자 사고가 떠오르자마자 그 사람의 마음은 방어수단으로서 갑자기 멍해진다. 그는 그런 생각에 저항하고, 따라서 연상의 자유로운 흐름도 중단된다.

치료사는 이 점을 지적해줄 것이다. 내담자에게 그림자 사고를 직면하도록 강요하지 않고, 내담자의 생각 중 어떤 것에 대한 저항감을 살펴보는 작업에 착수한다. 이 모든 형태의 저항을 끈기 있게 살펴보게 함으로써, 치료사는 내담자로 하여금 과거, 현재, 미래에 걸친 자신의 모든 생각을 아무 저항 없이 자유롭게 넘나들 수 있는 능력을 회복하도록 돕는다. 결국 내담자는 자신의 충동과 생각, 곧 자신의 그림자에 더 이상 저항하지 않게 될 것이고, 따라서 더욱 정확하고 받아들일 만한 자기상을 발달시킬 것이다.

이것이 우리가 최초로 발견했던 첫 번째 유형의 저항이었다. 페르소나가 그림자에 저항하면서, 정확한 자아의 발견과 출현을 방해한 것이다. 또한 스펙트럼의 다음 수준으로 하강해 갈 경우, 이번엔 자아 자체가 드러내 보이는 저항과 만나게 된다. 그것은 '켄타우로스로서의 알아차림'에 대한 '자아의 저항'이다. 이런 저항의 일부는 일정 시간 동안 진정한 '현재 중심'의 자각(또는 알아차림)을 유지하는 능력의 결핍에서 비롯된다. 켄타우로스의 자각은 스쳐가는 현재에 기초해 있다. 그러므로, 켄타우로스에 대한 자아의 저항은 즉각적인 지금 그리고 여기에 대한 저항이다.

자아는 기본적으로 시간 속에서 기능하면서 과거를 뒤져보고 미래를 갈망하기 때문에, 사고思考 자체가 켄타우로스에 대한 저항이 되는 경향이 있다. 자아 치료사는 사고과정 내에서의 저항과 사고과정 자체에 대한 저항을 다룬다. 그러나 켄타우로스 치료사들의 입장에서 보면 사고 자체가 하나의 저항이다. 사실상 보다 심층적인 켄타우로스 수준의 관점에서 보면, 자아 수준에서 채용된 치료기법조차도 일종의 저항이다. 탁월한 켄타우로스 치료사인 프리츠 펄스Fritz Perls가 "신경증의 핵심 증상은 회피[저항]이다. 따라서, 나는 자유연상법이나 관념의 비상飛翔 대신에 회피의 해독제인 집중(concentration)을 그 방법으로 대치시켰다"고 말한 것도 그 때문이다. 그렇다면 무엇에 대한 집중일까? 그것은 온갖 형태 속의 즉각적 현재와, 그것을 드러내주는 심신의 자각 이외에 다른 것이 아니다. 펄스는 곧이어 다소 오해의 소지가 있는 '집중'이란 용어를 버리고, '지금 여기에 대한 자각'으로 바꾸었다. 펄스에 의하면, 대부분의 정신병리 현상은 '켄타우로스적인 지금 여기'에 대한 저항과 회피 때문이라는 것이다.

그래서 게슈탈트 치료와 같은 켄타우로스 치료법은 내담자에게 생각이 자유롭게 흘러나오도록 놔두게 하는 대신, '정신적인 지껄임(mental chatter)'을 중단시키고 즉각적인 지금 여기에 각성하게 한다. 치료사는 ― 사고 '속의' 블록이 아니라 ― 현재의 자각으로부터 사고 '속으로' 달아나는 것에 눈을 돌린다. 치료사는 내담자가 어떻게 자아로 도피함으로써 켄타우로스를 회피하는지를 스스로 이해하게 될 때까지, 지금 여기에 대한 그의 저항과 회피를 계속 지적해준다. 자아 수준의 치료에서는 자신의 과거를 탐색하도록 장려하지만, 켄타우로스 수준의 치료에서는 그것을 못하게 한다. 수준에 따라 각기 다른 유형의 저항이 작용하기 때문에 그것을 다루기 위해 다른 치료기법들이 발달해온 것이다. 어떤 기법이든 각자의 수준에서는 저마다 타당하고 적절한 기법인 것이다.

이렇게 해서 우리는, 스펙트럼의 각 수준이 어떻게 다른 많은 것들

중에서도 다양한 행태의 저항이나 회피에 의해 특징지어지는지를 깨닫기 시작한다. 페르소나 수준에서는 온갖 형태로 그림자와의 통합에 저항했다. 자아 수준에서는 켄타우로스와 그 모든 특질과의 통일에 저항했다. 마지막으로, 이제부터 보게 될 켄타우로스 수준(이것은 초개인 대역에까지 확장된다)에서는 합일의식에 대한 궁극적이고 근원적인 저항과 마주치게 된다.

우리는 또한 어떻게 해서 각각의 다양한 저항이 자신의 여러 측면들을 마치 '외부의 대상'처럼 보이도록 만드는지도 보았다. 그림자가 저 밖에 있는 낯선 대상으로 보였고, 몸이 저 아래에 있는 이질적인 대상으로 보였다. 똑같은 방식으로, 스펙트럼 아래쪽에서의 근원적 저항도 자신의 특정 측면들을 마치 '밖에 있는 대상'인 것처럼 보이게끔 한다. 그러나 넓게 펼쳐져 있는 이 수준에서는 전체 환경 자체가 — 조야한 것이든 미세한 것이든, 개아적인 것이든 초개아적인 것이든 — 외적 대상이 된다. 나무들, 별들, 해와 달… 이런 '주변환경의 대상'들은, 그림자가 '자아인 나'의 일부이고 몸이 '켄타우로스인 나'의 일부인 것과 똑같이, '진정한 나'의 일부이다.

이런 근원적 저항은 통상 우리가 '지각知覺'이라고 부르는 현상을 불러온다. 말하자면, 우리는 온갖 대상을 마치 자신과 분리된 것처럼 지각한다. 그리고 한때 그림자와의 통합에 저항하고 전유기체인 켄타우로스와의 통일에 맞서 싸웠던 것처럼, 지각된 대상 전체와 합일된 자각과 싸운다. 한마디로, 우리는 합일의식과 싸우는 것이다.

이렇게 해서 우리는 문제의 핵심으로 되돌아왔다. 적절한 영적 수행을 실천함으로써 우리는 그저 자신이 합일의식에 '어떻게' 저항하는지를 깨닫기 시작한다. 영적 수행은 이 근원적인 저항을 자각의 표면에 떠오르게끔 만든다. 우리는 합일의식을 진정으로 원하지 않으며, 늘 그것을 회피하고 있다는 사실을 깨닫기 시작한다. 하지만 다른 모든 수준에서도 저항에 대한 이해가 전환을 촉진시키는 통찰이었던 것과 똑같이, 이것은 그 자체가 '결정적인' 통찰이다. 합일의식에 대한 저항의 파악은 처음으로 그것을 다룰 수 있게 해주고, 마침내는 저항을 떨쳐낼 수 있게 해준다. 그렇게 해서 우리는 자신의 해방을 가로막고 있는 감춰진 장애물을 제거할 수 있게 된다.

영적 수행의 특별한 상태가 어떻게 해서 합일의식에 대한 저항을 드러내 보여주는 것일까? 도대체 그 특별함은 어디에 있는 것일까? 실질적으로 따져보더라도, 우리는 추구할 수 있는 무한히 많은 활동 중에서도 왜 하필 '영적' 수행이라는 것을 해야만 하는 것일까? 좌선坐禪이나 깊은 묵상默想 또는 신이나 스승에 대한 헌신에서 어떤 것이 그토록 특별한가? 그것들은 왜 효과적인 것일까? 만일 이런 점들을 이해할 수 있다면, 우리는 대해탈의 역설을 해독해내는 먼 길을 걸어온 셈이 될 것이다.

우선 먼저, 이번이 우리가 (수행이라는) '특별한 상태'를 처음 조우한 때가 아니라는 점에 주목하기 바란다. 저항과 마찬가지로, 우리는 이미 특별한 상태들을 다른 명칭으로 살펴본 적이 있다. 우리는 앞의 세 장에서 모든 수준의 치료법이 이런저런 특별한 상태를 개인에게 부여한다는 점을 살펴보았다. 각 치료법은 그 수준의 특정한 성장을 추구하는 사람에게 부여하는 그 나름의 특정한 훈련법과 특별한 기법들을 갖고 있다. 이런 특별한 상태가 없다면, 단지 교착 상태 이외의 어떤 결과도 얻지 못할 것이다. 이들 상태는 분명히 각 수준마다 다르다. 그렇다면 이 모든 특별한 상태들이 공통으로 갖고 있는 효능은 무엇일까? 말을 바꿔서, 우선 이렇게 물어보자. 이런 특별한 상태들 중 '어떤 것'이, '왜' 효과를 거두는 것일까?

그 답은 아마도 '각 상태가 저마다 한 가지 유형의 저항을 무너뜨린다'는 데에 있는 것 같다. 몇 가지 짤막한 예들이 이 점을 분명하게 보여줄 것이다. 페르소나에서 자아로의 하강을 다루는 정신분석학에서는 기본적으로 자유연상이라는 특별한 상태를 사용한다는 점을 우리는 앞서 본 바 있다. 자아는 별 어려움 없이 자유연상을 할 수 있다. 정확한 자아에게는 전적으로 받아들일 수 없는 생각이나 소망이란 거의 없기 때문이다. 그러나 페르소나는 엄청난 노력을 기울여야만 자유연상을 할 수 있다. 만성적인 검열이 완화되는 순간, 원치 않는 생각과 수용할 수 없는 생각들이 표면으로 솟아오르기 때문이다. 따라서 자유연상은 잘해야 멈칫거리면서 단속적으로 진행된다. 치료사는 이런 블록을 저항의 신호로 알아차리도록 훈련되었기에 그런 신호를 내담자에게 지적해준다. 내담자는 특별한 상태를 취하도록 지시받았기 때문에, 저항은 아주 쉽게 드러난다. 더 나아가 그는 특별한 상태를 유지한 채 자유연상을 계속해야 하기 때문에, 그 저항은 서서히 무너진다. 저항과 자유연상을 '동시에' 할 수는 없기 때문이다. 내담자가 방해 없이 자유연상의 특별한 상태를 쉽게 유지할 수 있게 된 순간, 치료는 급속히 촉진된다.

켄타우로스 수준 치료의 특별한 상태들에서도 똑같은 요인이 작용한다. 예컨대 내담자에게 어제와 내일에 관한 모든 생각을 떨쳐버리고 즉각적인 지금 여기, 눙크 플루엔스, 실존적 자각의 스쳐가는 현재에 대한 알아차림에만 주의를 기울이게 한다. 바로 이것이 특별한 상태이다. 전유기체는 이런 상태에 비교적 쉽게 들어갈 수 있지만, 자아는 할 수 없다. 왜냐하면 자아는 지속적으로 과거와 미래를 흘끔흘끔 돌아보는 시간 위에 구축된 것이라서, 현재경험의 자각과 만나면 시들어버리기 때문이다. 그렇기 때문에 자아는 스쳐가는 현재에 저항한다. 그 특별한 상태와 싸우고, 호시탐탐 어제와 내일의 사고로 표류해가려고 한다. 치료사는 (언제나 그런 것처럼) 부드럽게 '특별한 상태'를 강조함으로써 이 수준의 저항, 즉 스쳐가는 즉각적 현재로부터 달아나려는 움직임을 좌절시킨다. 이런 특별한 상태가 없다면, 내담자는 자신이 저항하고 있다는 사실조차 결코 깨달을 수 없을 것이다.

이런 식으로 (각 수준의) 특별한 상태들은 당신의 저항을 '드러내 보여주는' 동시에 저항을 '무너뜨린다.' 실제로는 저항을 무너뜨림으로써 저항을 드러내 보여준다. 저항이 무너지지 않았다면 아마도 그런 저항이 있으리라고 의심조차 하지 못했을 것이다. 당신은 은밀히 저항을 계속하여 성장을 스스로 방해했을 것이다. 나아가서, 특별한 상태들은 저항을 무너뜨림으로써 보다 심층적인 무저항 상태를 깨닫도록 해준다. 사실상 특정 수준의 상태들이란 실제로는 그 아래의 깊은 수준의 사람이 들 수 있는 상태이다. 즉, 각 수준의 특정한 '치유적' 상태란, 그 아래 수준의 한 가지 이상의 실질적인 성질인 것이다. 더 깊은 수준의 성질을 당신의 '현존 연습'의 특별한 상태로 받아들이면 그 수준에 대한 저항이 드러나면서 무너진다. 그렇게 해서 우리는 더욱 깊은 수준 자체로 되돌아간다.

이제 우리는 근원적 저항 자체로 되돌아왔다. 모든 진정한 영적 수행의 특별한 상태들은 저항을 드러내고 무너뜨려 해소시킨다. 우리가 접근해가야 하는 것은 합일의식 자체가 아니라 합일의식에 대한 이 근원적 저항이다. 합일의식에 대한 자신의 저항을 정확히 파악하지 못하면, 합일의식을 '성취'하려는 모든 노력은 허사로 끝날 것이다. '성취하고자' 애쓰는 그것이 동시에 당신이 무의식적으로 저항하고 저지하려고 애쓰는 그것이기도 하기 때문이다.

다른 스펙트럼 수준에서 은밀히 이런저런 증상들을 만들어냈던 것처럼, 우리는 은밀히 합일의식에 저항하면서 자기도 모르는 사이에 '깨닫지 못하는 증상'을 만들어낸다. 표면에서 결사적으로 열렬히 소망하는 것을 심층에서는 교묘하게 막아낸다. 바로 이 저항이야말로 우리의 진정한 곤경이다. 그러므로 우리는 합일의식을 '향해' 가지 않고, 그저 우리가 어디로부터 어떤 식으로 '달아나는지'만 이해하려고 할 것이다. 그러면 이런 이해 자체가 합일의식을 조금씩이나마 감지할 수 있게 해줄 것이다. 저항을 알아차리는 것 자체가 저항으로부터의 해방이기 때문이다.

스펙트럼 전반에 걸쳐 작용하는 다른 모든 저항과 마찬가지로, 근원적 저항은 당신에게 우연히 일어난 어떤 것이 아니다. 과거에 일어났던 것도 아니고, 당신의 동의 없이 저절로 일어난 것도 아니다. 근원적 저항은 당신이 부지불식간에 스스로 하고 있는 현재의 활동이다. 합일의식을 가로막는 것은 바로 이 원초의 활동이다. 한 마디로, 그것은 지금 모든 것을 있는 그대로 보는 것에 대한 '총체적 망설임'이다. 좀더 구체적으로 말하면, 지금 이 현재에서 당신이 보지 않으려는 무언가가 있다는 것이다.

전반적으로는, 현재경험의 성질 전체에 대한 총체적인 저항과 수용의 거부가 존재한다. 이는 단지 특정한 현재경험이나 현재경험의 몇몇 측면만이 아니라, 모든 차원을 망라한 전반적인 현재에 대한 저항이다. 이제 곧 알게 되겠지만 이것은 켄타우로스 수준의 '눙크 플루엔스', 곧 스쳐가는 현재에 대한 저항이 아니라, 합일의식인 영원한 현재, '눙크 스탄스'에 대한 저항이다.

이 저항은 총체적인 성질을 갖고 있기 때문에 명확하게 지각하거나 생각할 수 있는 것은 아니다. 그것은 대단히 미묘한 저항이다. 거칠고 극적인 저항은 대체로 위에 있는 수준에서 일어나지만, 아래쪽 스펙트럼에서 일어나는 이 근원적 저항은 미묘하고도 넓게 확산되어 있다.

하지만 우리들 대부분은 그런 저항을 내적으로 느끼고 직감할 수 있다. 우리는 왠지 현재의 전체적인 상태를 완전히 수용하려고 하지는 않는다. 우리를 총체적인 현재로부터 달아나도록 밀어내는 아주 작은 긴장이 안쪽에 있다. 따라서 우리는 자각이 지금 존재하는 모든 것에 자연스럽게 머물도록 허용하지 않는다. 우리는 자꾸 '다른 곳으로 눈을 돌리는' 경향이 있다.

즉 모든 것을 하나의 총체로서, 있는 그대로, 지금 존재하는 대로 보는 것에 대한 총체적인 망설임이 있다는 것이다. 온갖 형상으로 존재하는 현재를 회피하면서, '있는 그대로'의 각성을 거둬들이고 외면하는 경향이 있다는 것이다. '외면하는' 경향이 있기 때문에, '달아나는' 경향도 있게 된다. 이 미묘한 저항, 곧 외면하고 달아나는 경향성으로 인해 합일의식이 차단된다. 즉, 우리의 진정한 본성이 '상실'된다.

이 합일의식의 '상실'은 우리를 경계의 세계, 공간과 시간, 고뇌와 죽음의 세계로 빠뜨린다. 하지만 이 경계와 투쟁의 세계를 통과해가는 동안 우리는 기본적으로 단지 한 가지 욕구, 즉 합일의식을 다시 회복하려는 욕구, 무경계 영토를 다시 한 번 발견하려는 우리의 욕망으로부터 동기를 얻는다. 우리의 모든 욕망, 바람, 의도, 소망은, 궁극적으로는 합일의식에 대한 '대리만족'이다. 그러나 그것은 다만 절반의 만족에 지나지 않으며, 따라서 절반은 여전히 불만족 상태이다.

즉, 어떤 사람이 근본적으로 원하는 유일한 것이 합일의식이라 할지라도, 그가 유일하게 하는 것은 그것에 저항하는 일뿐이라는 것이다. 우리는 언제나 합일의식을 추구하지만, 그 방법 자체가 언제나 발견을 오히려 훼방한다. 즉, 현재로부터 달아나면서 합일의식을 찾는 것이다. 우리는 왠지 모르게 이 현재는 정말 올바른 것이 아니고 완전한 것이 아니라고 생각한다. 그렇기 때문에 이 현재에 오롯이 머무는 대신, 새롭고 더 나은 현재라고 생각하는 것을 좇아 현재로부터 '달아나기' 시작한다. 요컨대, 파도 옮겨타기를 시작한다. 마침내 그 '축축함'으로써 갈증을 적셔줄 궁극의 파도를 확보하기 위해, 시간과 공간 속을 움직이기 시작한다. 하지만 우리는 축축함을 다음 파도에서 찾으려 하기 때문에, 언제나 현재의 파도를 놓치고 만다. 영원히 탐구한다는 것은 영원히 탐구 대상을 놓치는 것이다.

문제는 현재경험의 파도에 저항하기 위해선, 그것으로부터 자신을 분리하지 않으면 안 된다는 데 있다. 현재경험에서 '달아난다'는 것에는 자신과 현재경험이 서로 다른 별개의 것이라는 전제가 깔려 있다.

끊임없이 지금으로부터 달아나려는 노력으로 인해, 우리는 끊임없이 자신이 지금의 '밖'에 있다는 환상을 강화시켜 간다. 현재의 세계로부터 달아나려고 함으로써, 당신은 마치 자신이 그 세계에서 분리되어 존재하는 것처럼 느낀다. 이런 식으로 우리는 한쪽엔 '나', 다른 쪽엔 '세계'라는 근원적 경계를 세우게 된다. 앞에서 '저 밖에' 있는 객관적 세계에 대한 지각이란 현재경험에 대한 저항이며, 따라서 현재경험으로부터의 분리라고 말했던 이유는 이 때문이다.

현재로부터 달아나는 것은 자신을 합일의식에서 분리해내는 일이며, 그렇게 해서 스펙트럼의 전개가 시작된다. 6장에서 그토록 신비스럽게 말했던 '최초의 원인'이란 최초의 경계 안에 내재되어 있는 이 '달아남'이라는 경향성 이외에 다른 것이 아니다. 우리가 "근원적 경계, 즉 끊임없이 활동하는 최초의 원인이란 바로 '이 순간'에서의 '우리'의 행위이다"라고 말했던 이유는 바로 이 때문이다. 이것은 단지 외면하고 달아나는 것 이외에 다른 무엇이 아니다. 현재경험의 단일한 세계에 저항하는 순간, 우리는 필연적으로 세계를 분할하게 된다. 보는 자, 경험자, 행위자로서의 '내적' 경험 대 보여진 것, 경험된 것, 작용된 것으로서의 '외부' 경험으로 분할하게 된다. 세계는 둘로 분할되고, 경험자인 자신과 경험된 것 사이에 하나의 경계, 환상적인 경계가 설정된다. 스펙트럼의 전개가 시작되고, 대극 간의 전쟁이 시작되는 것이다.

우리의 세계는 또 다른 기본적인 방식으로 분할되기도 한다. 전면적인 현재로부터 끊임없이 달아나는 것에는 이런 달아남을 뒷받침해주는 미래가 존재한다는 의미가 함축되어 있다. 우리는 활동할 수 있는 '또 다른' 시간이 있다고 상상하기 때문에 달아난다. 이와 같이 달아난다는 것은 시간 속에서의 활동 이외에 다른 것이 아니다.

사실상 이 '달아남'이 시간을 창조해낸다. 무시간적인 현재경험으로부터 달아나기 때문에(또는 달아나려고 하기 때문에), 우리는 경험 자체도 마찬가지로 우리를 스쳐 지나간다는 환상을 만들어내게 된다. 영원하고 총체적인 현재에 대한 우리의 저항으로 인해, 그것은 그저 '스쳐가는' 현재로 전락하고 만다. 그렇게 해서 경험들이 하나씩 직선적으로 우리 곁을 스쳐가는 것처럼 보이게 된다. 하지만 그렇게 보이는 것은 우리가 현재로부터 도피하면서 그 경험들로 빠르게 달려가기 때문일 뿐이다. (앞서 보았듯이, 이것이 곧 죽음에 대한 공포, 아무런 미래도 갖지 못하는 데 대한 두려움, '더 이상 달아날 수 없는 상황'에 대한 두려움이다.)

현재의 세계로부터 달아나려고 애쓸 때, 그 세계는 우리 곁을 '빠르게 스쳐가는' 것처럼 보인다. 그렇게 해서 영원한 현재는 가두어지고 압축되고 한정된다. 그것은 한편으론 우리가 지나쳐온 모든 과거경험과 다른 한편으론 우리가 뛰어들려고 애쓰는 모든 미래의 순간들에 의해 샌드위치가 되고 만다. 따라서 달아나는 것은 이전과 이후, '과거로부터' 벗어날 출발점과 '미래를 향해' 들어갈 종착점을 만들어내는 것이다. 우리의 현재는 움직임 그 자체로, 조용한 달아남으로 전락한다. 매 순간들이 오직 스쳐 지나간다.

이와 같이 모든 측면에서 볼 때, 달아나는 것은 현재경험으로부터 자신을 분리하는 것이며 스스로를 시간, 역사, 운명, 죽음에 투사하는 것이다. 이것이 우리의 근원적 저항이다. 모든 경험을 하나의 전체로서 지금 있는 그대로 보지 않고, 오히려 전면적으로 거기서 달아나려는 노력 말이다. 영적 수행의 특별한 상태는 바로 이런 총체적 저항을 드러내어 무너지게 한다. 영적 수행의 특별한 상태를 받아들이면, 자신이 언제나 총체적 현재로부터 '달아나고' 있다는 사실을 깨닫게 된다. 자신이 언제나 달아남으로써 합일의식 — 신의 의지, 도의 흐름, 스승의 사랑, 본래의 깨달음 — 에 저항하고 그것을 방해하고 있을 뿐이라는 사실을 알게 된다. 다른 어떤 이름으로 부르든, 그 사람은 자신의 현재에 저항한다. 그는 외면하고, 달아난다. 그렇기 때문에 고통받는다.

그러나 그는 어떤 점에선 진보하기도 한다. 자신의 근원적 저항을 '간파하고' 완화시키기 시작하는 것이다. 다른 모든 치료와 마찬가지로, 이때가 '허니문' 시기이다. 그는 비교적 행복해한다. 훈련은 순조롭고, 궁극적으론 해방의 희망이 있다고 느낀다. 이 시점에서 그는 (앞장에서 기술한) 초개아적 주시자注視者의 경지에 이를 수도 있다. 근원적인 저항을 알아차리기 시작하기 때문에 자신의 적을 이해하게 되고, 무엇을 파괴해야 할지를 안다. 그는 이 끊임없이 달아나는 짓을 포기하는 것이다.

하지만 이 이해는 그에게 재난을 가져오고, 허니문은 갑작스럽게 끝나버린다. 도대체 어떻게 해야 달아남을 '중지시킬' 수 있단 말인가? 예컨대, 그는 지금 이 순간 자신이 지금으로부터 달아나려고 애쓰고 있음을 안다. 따라서 그는 지금으로부터 달아나는 짓을 멈춰야겠다고 결심한다. 그러나 멈추려는 행위 자체는 또 다른 움직임에 지나지 않는다. 달아나지 않으려는 것도 멈춤이 일어날 미래의 순간이 필요하기 때문에 여전히 또 하나의 움직임에 불과하다. 달아남을 멈추는 대신, 단지 달아남으로부터 달아나는 것에 지나지 않는다. 조잡한 저항의 자리를 보다 미묘하지만 똑같은 저항이 대체하게 되는 것이다.

이 문제를 조금 다른 각도에서 접근해보자. 그는 영원한 현재를 정확히 있는 그대로 완전히 자각하기 위한 시도로서 지금 이 순간에 대한 저항을 멈추려고 할 수도 있다. 그러나 현재를 자각하기 위한 노력에는 이 자각이 일어날 '미래의 현재'가 필요하다. 즉, 달아나지 않으려고 하면서도 그는 여전히 현재로부터 달아난다는 것이다. 붙잡을 수 있는 유일한 현재는 '스쳐가는 현재' 뿐이기 때문이다.

이것은 정확히 켄타우로스 수준의 치료기법이다. 그러나 가장 깊은 이 합일의식 수준에서 우리의 관심은 스쳐가는 현재가 아니라 영원한 현재이다. 하지만 영원한 현재를 찾고 붙잡으려고 해도 무수히 스쳐가는 일련의 현재만을 발견할 수 있을 뿐이다. 스쳐가는 현재에 집중하는 것은, 시간 속에서 계속 현재를 재빨리 포착하기를 요구하기 때문에 그것은 단지 영원에 저항하는 짓일 뿐이다.

이것은 켄타우로스 수준에선 불가결한 것이지만, 합일의식에 있어서는 완전히 핵심을 빗나간 것이다. 영원한 현재란 자신이 붙잡으려고 하기 '이전의 이 순간'이기 때문이다. 영원한 현재는 자신이 무언가를 알기 전에 알고 있는 것, 무언가를 보기 전에 보고 있는 것, 자신이 어떤 사람이 되기 이전의 자신이다. 그것을 붙잡으려면 어떤 움직임이 필요하고, 붙잡지 않으려고 해도 움직임은 필요하다. 어느 쪽을 택하더라도 바로 그 자리에서 그것을 놓치게 된다.

이 시점에서 그는 사면초가 상태에 놓여 있다고 느끼기 시작한다. 무엇을 하더라도 옳지 않은 것처럼 보인다. 저항을 멈추려면 저항해야만 한다. 무시간적 현재를 찾기 위해서는 아주 짧은 순간의 시간이라도 필요하다. 달아남을 멈추기 위해서도 여전히 또 다른 움직임이 요구된다. 그렇게 해서 서서히 '자신이 하는 모든 짓이 실은 하나의 저항'이라는 사실을 깨닫기 시작한다. 이 말은 때로는 저항하기도 하고 때로는 저항하지 않는다는 것이 아니라, (시간을 인식하고 분리된 자기를 인식하는 한) 오직 저항하고 달아나기만 한다는 것이다. 무엇을 하든 그 모두가 달아남이라는 것이다. 여기에는 달아나지 않으려는 그 모든 교묘한 노력도 포함된다. 사실상 저항하지 않고는 움직임을 만들어낼 수가 없다. 모든 '움직임'은 정의상 그 자체가 저항이기 때문이다.

스펙트럼의 상위 수준들에서는, 특정 수준마다 저항이 아닌 행동의 여지가 어느 정도 있었다. 예컨대 자아 수준에서의 자유연상법, 켄타우로스 수준에서의 스쳐가는 현재에 대한 주의집중은 최소한 그 수준의 틀 속에서는 저항이 아니었다. 그 경우 개인에게는 저항할 것인지 하지 않을 것인지를 선택할 수 있는 여지가 있었다. 최소한 대안이 있었다. 한쪽엔 그의 정체성(페르소나, 자아, 켄타우로스 또는 초개아)이 있었고, 다른 쪽엔 그의 저항이 있었다.

그러나 스펙트럼의 기반인 이곳 합일의식에는 대안이 존재하지 않는다. 상위 수준에서의 치료는 모두 미세한 저항을 강화시킴으로써 거친 저항을 타도하는 것이었다. 그러나 이 지점에선 좀더 미세한 저항이란 존재하지 않는다. 개인은 더 이상 '대안'이 될 만한 저항을 갖고 있지 않다. 자신이 하는 모든 짓이 곧 저항이기 때문이다. 개인은 저항을 스펙트럼의 한계에 이르기까지 추적해왔지만, 이 지점에서 저항이 그를 꼼짝 못하게 포위한다.

여기엔 특별한 이유가 있는데, 그는 그 이유를 직관하기 시작한다. 자신의 '분리된 나'가 언제나 끊임없이 저항하고 있음을 보게 된다. 분리된 정체감과 저항은 하나이자 동일한 것이기 때문이다. '분리된 나'라는 내적 느낌은 달아나고 저항하고 움츠리고 비켜서고 외면하고 붙잡으려는 느낌과 별개의 것이 아니다. 나 자신을 느낄 때, 그 느낌 전부가 바로 저항인 것이다.

자신이 하려 하거나 하지 않으려고 했던 모든 일이 '틀린' 일이었고, 단지 더 큰 저항이자 달아남에 지나지 않았던 이유는 바로 이 때문이다. 내가 한 모든 행동이 잘못이었던 것은 그 행위자가 '나'였기 때문이다. 이 '나'가 곧 저항이며, 따라서 나는 저항을 멈출 수가 없었던 것이다.

이 시점에서 보면, 실로 모든 것이 냉혹하게 보인다. '개인'이란 자신을 영원히 함정에 빠뜨리려고 놓은 덫에 지나지 않는 것처럼 보인다. 영혼의 어두운 밤이 깃들고, 의식의 빛은 등을 돌려 아무 흔적도 없이 사라진 것처럼 보인다. 모든 것이 상실된 것처럼 보인다. 어떤 점에선 정말로 모든 것이 상실된다. 어둠은 어둠을 낳고, 공허는 공허로 이어지고, 깜깜한 밤이 주변을 맴돈다. 그러나 〈선림禪林〉*에서는 다음과 같이 말한다.

황혼녘에 수탉이 여명을 알리고,

한밤중에 밝은 해.

이제부터 설명하려는 몇 가지 이유로 인해, 모든 것이 절대적으로 잘못된 것처럼 보이는 바로 이 시점에서 모든 것이 저절로 바로잡힌다. 자신의 모든 움직임이 '달아나려는' 하나의 저항에 불과하다는 사실을 진실로 이해하게 되면, 모든 저항의 음모는 진정된다. 자신의 모든 움직임 속에서 이 저항을 알아차리게 되면, 자발적으로 모든 저항을 전적으로 내려놓게 된다. 이 저항의 내려놓음 자체가 합일의식의 열림이며 무경계 자각의 실현이다. 개인은 마치 오랜 꿈에서 깨어난 듯 그간 언제나 알고 있던 사실, 즉 '분리된 나'로서의 자신은 존재하지 않는다는 사실을 발견한다. 그의 '진정한 나'인 전자全者(the All)는 결코 태어난 적이 없으며, 죽지도 않을 것이다. 유일하게 존재하는 것은 전방위全方位에 전全조건으로써 빛을 발하면서 절대적으로 편재하는 '진여眞如로서의 의식'이다. 이 세계에 전적으로 선행하지만 이 세계 이외의 다른 무엇도 아닌, 순간순간 생겨나는 모든 것의 근원이자 그 진정한 모양 그 자체이다. 모든 것은 이 연못 속의 작은 파문에 지나지 않는다. 생겨나는 것 모두가 이 일자一者의 몸짓이다.

이렇게 해서 우리는 영적 수행의 특별한 상태가 우리에게 자신의 모든 저항을 보여주면서 동시에 가장 깊은 수준에서 그 모든 저항을 좌절시킨다는 사실을 알게 되었다. 간단히 말해, 특별한 상태는 우리의 파도

● 禪林句集: 15세기 말 일본의 토요 에이도가 다양한 자료를 바탕으로 편집 출간한 5천 여수의 선시禪詩 모음집.

옮겨타기를 드러내 보여주고, 그런 다음 결국엔 그것을 실행불가능하게 만든다는 것이다. 자신이 하고 있는 '모든 것'이 단지 더 축축한 파도를 찾기 위해 지금으로부터 달아나는 파도 옮겨타기이자 저항에 불과하다는 것을 간파할 때 비로소 전환점이 찾아온다. 그 사람이 이런 식으로 깨닫든 아니든, 영적 수행의 관건은 이와 같은 근본적인 전환점에 달려 있다. 자신이 하고 있는 '모든 짓'이 저항이라는 사실을 꼼짝없이 알 때까지, 그는 계속 은밀히 달아나고, 집착하고, 찾아다닐 것이고 따라서 전적으로 그 발견을 방해할 것이기 때문이다.

그는 자신이 달아나고 있다는 사실을 깨닫지 못한 채 달아남을 계속할 것이다. 자신의 모든 행위가 저항이라는 사실을 깨닫지 못한다면, 그는 여전히 합일의식을 획득할 수 있는 어떤 움직임이 있다고 믿을 것이다. 자신의 모든 행위가 단지 달아남에 불과하다는 사실을 이해할 때까지, 그는 달아남을 계속할 것이다. 자신에게는 선택의 여지, 대안이 있으며, 빠져나갈 어떤 수단이 있다고 생각할 것이다. 따라서 언제나 '달아남'에 불과한 움직임을 계속하고, 그렇게 해서 합일의식에 애당초 있지도 않았던 장애물을 만들어낸다. 그가 합일의식을 '얻지' 못하는 이유는 그것을 '얻고자 하기' 때문이다.

그러나 자신이 하고 있는 모든 것이 하나의 저항, 외면, 달아남이라는 사실을 간파하게 되는 시점이 오면, 내맡김 이외에 다른 선택의 여지는 없게 된다. 이 '내맡김'은 노력하거나 회피할 수 있는 대상이 아니다. 그 어떤 시도도 전혀 효과가 없을 것이다. 양쪽의 노력 모두가 단지 새로운 달아남에 불과하기 때문이다. 합일상태는 언제나 기존의 사실이어서, 그가 하거나 하지 않는 짓에 아무런 영향을 받지 않음을 깨달을 때 비로소 내맡김이 일어난다. 저항을 알아차리는 것이야말로 저항의 해소이며, 또한 그 이전에 있는 합일상태의 자각이다.

이 근원적 저항이 해소되기 시작하면 그와 더불어 '분리된 나' 역시 용해된다. 이쪽 편에 있는 당신이 저쪽 편에 있는 당신의 달아남을 본다는 것이 아니다. 처음에는 분리된 자아로서의 당신이 자신의 활동으로서의 저항을 바라본다는 식으로 생각할 수도 있겠지만, 당신 자신이 하고 있는 모든 것이 실은 저항에 불과함을 깨닫기 시작하면 내면의 '분리된 나'라는 존재감 역시 하나의 저항에 지나지 않음을 알게 된다.

'자신'을 느껴보면, 느껴지는 것은 단지 작은 내적 긴장, 미묘한 수축, 미묘한 달아남일 뿐이다. '나'라는 느낌과 달아남의 느낌은 하나이자 동일한 느낌인 것이다. 이런 점이 명백해지면, 더 이상 '두 개'의 서로 다른 느낌은 없어진다. 경험자가 경험을 한다는 느낌은 없어지고 다만 한 가지, 모든 곳에 만연한 저항감만이 존재하게 된다. 당신이 이런 저항을 느끼는 것이 아니라, 당신이 '곧' 이 저항감이다. '나'라는 느낌은 저항감으로 응축되고, 둘 다 용해된다.

이와 같이 근원적 저항이 해소되는 정도에 따라 세계로부터의 분리도 해소된다. 뭇 형상 그대로의 현재를 보지 않으려는 망설임과 저항에 대한 깊고 총체적인 포기가 자발적으로 일어나고, 그렇게 해서 안과 밖 사이에 스스로 세워놓았던 근원적 경계가 완전히 붕괴한다. 현재경험에 더 이상 저항하지 않게 될 때, 현재경험으로부터 자신을 분리해내려는 동기도 갖지 않게 된다. 세계와 나는 두 개의 별개의 체험이 아니라, 단일한 경험으로 되돌아온다. 존재하는 것은 오직 하나의 파도뿐이며, 그 파도는 모든 곳에 존재하기 때문에 우리는 더 이상 파도 옮겨타기를 하지 않게 된다.

뿐만 아니라 경험으로부터 달아나지 않으면, 더 이상 경험이 우리를 스쳐가는 것처럼 보이지 않는다. 현재에 저항하지 않는다는 것은 현재 이외에 다른 아무것도 존재하지 않는다는 것이다. 시작도 없을 뿐만 아니라 끝도 없으며, 앞에도 뒤에도 아무것도 없다. 기억으로서의 과거와 기대로서의 미래 둘 다가 다만 현재의 사실로 보일 때, 이 현재를 가로막는 얇은 판은 붕괴한다. '이 순간을 둘러싸고' 있는 경계들이 '이 순간으로' 녹아들고, 달리 갈 곳 없는 이 순간만이 남는다. 한 노선사는 이렇게 말했다.

> 억겁億劫이래 나란 놈은 본래 존재하지 않는 것이니,
> 죽어도 달리 갈 곳이란 없도다.
> 아무 데도 없도다.•

이렇게 해서 합일의식의 추구가 어째서 그토록 몹시나 안달 나게 하는 일인지 그 이유가 명백해졌다. 모든 것이 이미 영원히 올바르기 때문에, 우리가 하고자 애써온 모든 것은 잘못된 것이었다. 브라만 '이외에' 어떤 것도 존재하지 않기 때문에, 브라만에 대한 근원적인 저항처럼 보였던 것조차 실제로는 브라만의 움직임이었다. 지금(Now) 이외에 다른 시간이란 결코 존재한 적이 없으며, 결코 존재하지도 않을 것이다. 지금으로부터의 최초의 '달아남'처럼 보였던 것도 실은 '지금의' 원초적 움직임이었다. 본증묘수. 본래의 깨달음이 곧 영묘한 수행이다. 영원한 지금이 바로 그 움직임이다. 대양의 파도는 조약돌과 조개껍데기를 적시면서 자유롭게 해변을 넘나든다.

• 〈일휴도가—休道歌〉

추천도서

힌두교의 접근방식에 관해서는, 저명한 스리 라마나 마하르쉬Sri Ramana Maharshi보다 더 잘 설명해낼 수 있는 사람은 아무도 없을 것이다. 아서 오스본Arthur Osborne은 마하르쉬의 저술 대부분을 수집해 훌륭한 책으로 엮어냈다. 그중에서도 특히 《라마나 마하르쉬 선집》(The Collected Works of Ramana Maharshi, 1959)과 《라마나 마하르쉬의 가르침》(Teachings of Ramana Maharshi, 1962)을 추천한다.

불교의 접근에는 세 가지 커다란 흐름이 있다. 상좌부 불교 혹은 초기불교에 관해선 니야니포니카Nyaniponika 큰스님의 《불교명상의 핵심》(The Heart of Buddhist Meditation, 1972)을 참고하기 바란다. 금강승 혹은 티베트 불교의 경우, 쵸걈 트룽파Chogyam Trungpa의 저술이 뛰어나다. 그중에서도 《영적 유물론을 극복하기》(Cutting through Spiritual Materialism, 1973)와 《자유의 신화》(The Myth of Freedom, 1976)가 특히 뛰어나다. 《수정거울》(The Crystal Mirror)이란 간행물의 글 중에는 타르탕 툴쿠Tarthang Tulku가 쓴 훌륭한 자료가 있다. 선禪의 접근에 관해선, 로스앤젤레스 선원禪院에서 시리즈로 출간한 일련의 책들 — 《깨달음의 희미한 달》(The Hazy Moon of Enlight-enment), 《일상생활의 길》(The Way of Everyday Life), 《자아를 잊기》(To Forget the Self) 전부를 참조하기 바란다. 스즈키 순류 노사의 《선심초심》(Zen Mind, Beginner's Mind, 1970)은 기념비적인 걸작이다. 필립 켑로우Philip Kapleau의 《선의 세 기둥》(The Three Pillars of Zen, 1965) 역시 작은 고전으로 남아 있다.

전통적인 접근은 아니지만, 두 가지 다른 접근도 소개하고 싶다. 크리슈나무르티는 많은 저술을 통해 자신의 통찰을 활달하게 말하고 있는데, 그중에서도 《처음이자 마지막 자유》(The First and Last Freedom, 1954)와 《삶의 주석서》(Commentaries on Living, 전 3권, 1968)는 특필할 만하다. 나는 이 책에서 그의 통찰을 자유롭게 인용한 바 있다. 부바 프리 존Bubba Free John의 저술 역시 탁월하다. 《전신의 깨달음》(The Enlightenment of the Whole Body, 1978)을 참조하기 바란다.

내가 보기에는 이런 접근들 또는 이와 유사한 접근들은 현실적인 삶의 와중에서 진정한 이해를 이끌어내기에 충분할 만큼 강력하고 친절한 유일한 책들이라고 생각된다. 진정한 영적 수행이란 하루에 20분, 두 시간, 또는 여섯 시간 동안 하는 무언가가 아니다. 매일 아침에 한 번 하거나 매주 일요일에 한 번 하는 무언가도 아니다. 영적 수행이란 수많은 인간 활동 중 하나의 활동이 아니라, 모든 인간 활동의 기반이자 그 근원이며, 모든 인간 활동을 뒷받침해주는 것이다.

명상수련은 초월적 진리에 대한 우선적 헌신으로서 하루 24시간 내내 숨 쉬고 직관하고 실천하는 것이다. '진정한 나'를 직관한다는 것은 근원적 서원誓願에 따라 살아 있는 모든 존재에 내재하는 그 '나'의 실현에 자신의 전 존재를 쏟아붓는 것이다. "중생이 아무리 많이 존재하더라도, 나는 그들 모두의 해탈을 서원하노라. 진리가 아무리 비길 데 없는 것일지라도, 나는 진리의 실현을 서원하노라." 현재의 모든 상황을 지나서 무한無限 자체에 이르기까지 내려놓고 희생하고 봉사하고 실현시키는 일에 깊은 헌신의 정을 느낀다면, 영적 수행은 자연스럽게 당신의 길이 될 것이다. 부디 이번 생에서 영적 스승을 만나는 은총과 지금 이 순간에 깨달음을 얻는 은총이 함께 하길 기원한다.

Assagioli, Roberto (1965). *Psychosynthesis: A manual of principles and techniques*. New York: Viking Compass Books.

Aurobindo, Sri. *The life divine*. Pondicherry: Centenary Library.

Becker, Ernest (1973). *The denial of death*. New York: Free Press.

Bennet, E. A. (1966). *What Jung really said*. New York: Dutton.

Berne, Eric (1967). *Games people play*. New York: Grove Press.

— (1974). *What do you say after you say hello?*. New York: Bantam Book.

Blakney, R. B. (trans.) (1941). *Meister Eckhart*. New York: Harper & Row.

Blofeld, John (trans.) (1958). *The Zen teaching of Huang Po*. New York: Grove Press.

Burke, Richard (1961). *Cosmic consciousness*. New York: University Books, Inc.

Campbell, Joseph (1972). *The portable Jung*. New York: Viking Press.

Capra, Fritjof (1975). *The Tao of physics*. Berkeley: Shambhala.

Chang, Garma (1971). *The Buddhist teaching of totality*. Pennsylvania: Pennsylvania State University Press.

Chogyam Trungpa (1973). *Cutting through spiritual materialism*. Berkeley: Shambhala.

— (1976). *The myth of freedom*. Berkeley: Shambhala.

Commins, A., & Linscott, R. N. (Eds.) (1969). *Man and the universe*. New York: Washington Square Press.

Coomaraswamy, Ananda (1964). *Buddha and the Gospel of Buddhism*. New York: Harper Torchbooks.

Dean, S. (Ed.) (1975). *Psychiatry and mysticism*. Chicago: Nelson Hall.

de Broglie, Louis (1953). *The revolution in physics*. New York: Noonday Press.

de Chardin, Teilhart (1964). *The future of man*. New York: Harper Torchbooks.

Edgerton, F. (trans.) (1964). *The Bhagavad Gita*. New York: Harper Torchbooks.

Ellis, Albert & Harper, Robert. (1975). *A new guide to rational living*. Hollywood: Whilshire Books.

Fenichel, Otto (1972). *The psychoanalytic theory of neurosis*. New York: Norton and Company.

Feng, Gia-Fu & English, Jane (trans.) (1972). *Lao Tsu-Tao Te Ching*. New York: Vintage Books.

— (1974). *Chang Tsu-Inner Chapters*. New York: Vintage Books.

Freud, Sigmund (1971). *A general introduction to psychoanalysis*. New York: Pocket Books.

Frey-Rohn, Lilliane (1974). *From Freud to Jung*. New York: Delta Book.

Gendlin, Eugine (1979). *Focusing*. New York: Harper.

Glasser, William (1965). *Reality therapy*. New York: Harper & Row.

Grof, Stanislav (1975). *Realms of the human unconscious*: Observation from LSD research. New York: Viking Press.

Hall, Calvin (1973). *A primer of Freudian psychology*. New York: Mentor.

Harris, Thomas (1969). *I'm OK, you're OK*. New York: Avon Books.

Heisenberg, Werner (1958). *The physicist's conception of nature*. New York: Harcourt Brace.

Huxley, Aldous (1970). *The perennial philosophy*. New York: Harper & Row.

James, William (1961). *The variety of religious experience*. New York: Collier Books.

John, Bubba Free (1977). *Conscious exercise and the transcendental Sun*. San Francisco: Dawn Horse Press.

— (1978). *The enlightenment of the whole body*. Middletown: Dawn Horse Press.

Jung, Carl Gustav (1968). *Analytical psychology: Its theory and practice*. New York: Vintage Books.

Kapleau, Philip (1965). *The three pillars of Zen*. Boston: Beacon Press.

Keleman, Stanley (1975). *Your body speaks its mind*. New York: Simon and Schuster.

Korzybski, Alfred (1948). *Science and sanity*. Lakeville, Connecticut: International Non-Aristotelian Library Publishing Company.

Krishnamurti, Jidu (1954). *The first and last freedom*. Wheaton: Quest Book.

— (1968). *Commentaries on living(Vol. 1-3)*. Wheaton: Quest Book.

Lowen, Alexander (1967). *The betrayal of the body*. New York: Macmillan.

— (1973). *Depression and the body*. Maryland, Baltimore: Penquin Books.

Maltz, M. (1960). *Psychocybernetics*. Hollywood: Whilshire Books.

Maslow, Abraham (1968). *Toward a psychology of being*. New York: Van Nostrand Reinhold Company.

― (1971). *The farther reaches of human nature*. New York: Viking Compass Book.

May, Rollo (1969). *Love and will*. New York: Norton & Company.

Nicolas de Cusa (Salter, E. G. trans.) (1969). *The vision of God*. New York: Frederick Ungar Publishing Company.

Nyaniponika Thera (Ed.) (1972). *The heart of Buddhist meditation*. London: Rider & Company.

Osborne, Arthur (Ed.) (1959). *The collected works of Ramana Maharsh*. London: Rider & Company.

― (Ed.) (1962). *Teaching of Ramana Maharsh*. London: Rider & Company.

Perls, Fritz (1969). *Gestalt therapy verbatim*. Lafayette, California: Real People Press.

Perls, Fritz, Goodman, Paul, & Hefferline, R. F. (1951). *Gestalt therapy*. New York: Delta Book.

Progoff, Ira (1975). *At a journal workshop*. New York: Dialogue House.

Putney, S., & Putney, G. J. (1966). *The adjusted American: Normal neurosis in the individual and society*. New York: Harper Colophon Books.

Rogers, Carl (1961). *On becoming a person*. Boston: Houghton Mifflin.

Schuon, Frithjof (1975). *The transcendent unity of religion*. New York: Harper Torchbooks.

Schroedinger, Erwin (1964). *My view of the world*. London: Cambridge University.

Shybayama, Zenkei (1970). *A flower does not talk*. Vermont: Rutland.

Suzuki, Daisetz (1968). *Studies in the Lakavatara Sutra*. London: Routledge and Kegan.

Suzuki, Shunryu Roshi (1970). *Zen mind, beginner's mind*. New York: Weatherhill.

Tart, Charles (Ed.) (1975). *Transpersonal psychologies*. New York: Harper & Row.

The Zen Center of Los Angeles. *The hazy Moon of enlightenment*.

― *The way of everyday life*.

― *To forget the self*.

van Bertalanffy, Ludwig (1968). *General system theory*. New York: Grove Press.

Vaughan, Frances (1979). *Awakoning intuition*. New York: Anchor Books.

Vishnudevananda, Swami (1972). *Complete illustrated book of Yoga*. New York: Pocket Books.

Walsh, Roger & Vaughan, Frances (Eds.) (1979). *Beyond ego*. Los Angeles: Tarcher / Putnam.

Watts, Alan (1968). *The wisdom of insecurity*. New York: Vintage Books

Wei Wu Wei (1970). *Open secret*. Hong Kong: Hong Kong University Press.

Welwood, John (Ed.) (1979). *The meeting of the ways: Explorations in East/West Psychology*. New York: Schocken.

Werthman, M. (1978) *Self-Psyching*. Los Angeles: Tarcher.

White, John (1972). *The higher state of consciousness*. New York: Anchor Books.

— (1972). *What is meditation?*. New York: Anchor Books.

— (Ed.) (1979). *Kundalini, evolution, and enlightenment*. New York: Anchor Books.

Whitehead, Alfred North (1967) *Science and the modern world*. New York: Macmillan.

Whyte, L. L. (1950). *The next development in man*. New York: Mentor Books.

Wilber, Ken (1977). *The spectrum of consciousness*. Wheaton, IL: Quest Book.

— (1980). *The Atman project*. Wheaton, IL: Quest Book.

— (1981). *Up from Eden*. New York: Anchor/Doubleday.

Wittgenstein, Ludwig (1953). *Philosophical investigations*. Oxford: Blackwell.

— (1969). *Tractatus logico philosophicus*. London: Routledge and Kegan Paul.

Yampolsky, Pilip (trans.) (1967). *The Platform Sutra of the Sixth Partriarch*. New York: Columbia University Press.

— (1971). *The Zen master Hakuin: Selected writings*. New York: Columbia University Press.

부록

용 어 및 인 물 해 설

(찾 아 보 기)

〈용어해설〉

게슈탈트 Gestalt

형태(form) 또는 전체(whole)를 의미하는 독일어로서, 심리학적으로는 "통일되어 있어서 부분이나 요소로 나뉠 수 없는 전체로서의 형태"를 의미한다. 일반적으로 사람들은 지각과정에서 어떤 대상을 보고 그 대상을 배경으로부터 구별하거나, 일부의 단서를 갖고 전체를 완성하려는 경향이 있지만, 게슈탈트에서는 특정 대상이나 도형을 부분이나 요소로 분석할 경우 그 대상의 전체 형태를 상실케 된다고 주장하며, 따라서 특정 대상이나 물체의 전체 형태는 그 부분 혹은 요소들의 단순한 합으로 설명될 수 없다는 점을 강조한다. (39, 58-59)

게슈탈트 치료 Gestalt therapy

프릿츠 펄스Fritz Perls가 프로이트, 라이히Reich, 도교, 선禪 등에 기초해서 개발한 실존 치료법의 하나이다. 게슈탈트 치료에서는 심리 및 행동에서 나타나는 비정상적 기능의 원인을 지각의 불균형과 자신의 타고난 소질 또는 장점을 부정하는 데서 비롯된 것으로 본다. 자연계는 모두 일관성 있는 전체(게슈탈트)라는 가정에 기초한 통합기법으로서, 내담자에게 자신이 하고 있는 경험의 전체성을 자각할 수 있도록 도와주는 것을 목표로 한다. '지금-여기'에 초점을 맞추며, 개인과 환경 간의 통일에 대한 내담자의 자각을 중요시한다. 이름만 같을 뿐 심리학의 게슈탈트 학파와는 무관하다. (42, 177, 204, 246)

교류분석 Transactional analysis

정신의학자 에릭 번Eric Berne이 개발한 대인관계 치료법으로서, 토마스 해리스 Thomas Harris의 저서 《I'm OK You're OK》에 의해 널리 알려지게 되었다. 교류분석은 일상생활 속에서의 의사소통 행동을 분석하여 이해를 증진시키기 위한 개념체계이며, 한 사람 안에 내면화된 "부모(parent), 어린이(child), 성인(adult)"이 존재한다고 보는 것이 특징이다. 교류분석에서는 보다 자율적이고 친밀한 교류관계를 형성하도록 돕는 것을 목표로 한다. (39, 42, 177)

능가경 Lankavatara Sutra

서기 400년경에 제작된 경전으로, 선종에서는 금강경과 더불어 불교의 유식도리唯識道理(인식의 이치)를 연구하고 이해하며 실천하는 데 필수불가결한 소의所依 경전이다. 능가경에선, 무지의 시발을 이 현상계 전체가 우리 자신의 순수의식의 그림자 현상이라는 것을 알지 못한 데서 비롯되었다고 보고, 이 순수의식을 철저히 구명하게 되면 현상과 본질이 이분되기 이전의 무분별계로 들어갈 수 있음을 핵심교의로 삼는다. 중국 선종의 시조 보리달마가 제2조 혜가에게 전해준 경전이기도 하다. (66, 94, 109)

도마복음 Gospel of St. Thomas

1945년 이집트의 나그 함마디Nag Hammadi 부근에서 단지에 든 그노시스파 (Gnostic)의 문헌이 발견되었다. 도마복음서는 이때 발견된 것으로, 기존 성서에는 없는 여러 복음서, 묵시록, 서신, 비밀문서 등 49개의 문서 중 하나이다. 콥트어로 쓰인 이 문서는 1959년 처음으로 번역출판되었으며, 114개의 예수의 말씀으로 구성되어 있다. (65)

동일시와 탈脫동일시 Identification / Dis-identification

동일화 또는 자기동일시라고도 부르며, 정신분석적 관점에서는 기본적으로 자아동일시를 의미한다. 윌버는 이 개념을 자아와의 동일시뿐만 아니라 자아를 넘어선 실존 수준, 초개아 수준에도 확대해서 사용한다. 탈동일시는 정신통합의 창시자 아사지올리가 제창한 개념으로서, 특정 동일시로부터의 이탈을 의미한다. 윌버는 이 탈동일시를 합일의식 이전의 모든 수준에서 다음 단계로 성장해가기 위한 필수과정으로 확대해서 사용한다.

로고 치료 Logo therapy

빅터 프랑클Viktor Frankle에 의해 개발된 치료법으로서, 여기서 로고Logo란 그리스어로 '의미'를 뜻한다. 프로이트가 신경증의 원인을 억압된 성충동이나 자아의 여러 가지 방어기제에서 찾는 데 비해, 프랑클은 그 원인을 삶의 의미의 결여에서 찾는다. 그렇기 때문에 이 치료법에서는 신경증 환자나 우울증 환자에 대해 본인이 자신의 책임을 지도록 하는 방향으로 치료를 진행한다. (42)

로저스 치료 Rogerian therapy

내담자 중심치료로 잘 알려져 있는 칼 로저스Carl Rogers(1902~1987: 실천적인 인본주의 심리학자로서, 상담계에 큰 영향을 끼쳤다)가 개발한 인본주의 치료법을 말한다. 로저스 치료의 특징은 치료에 있어서 치료사(상담자)의 자세가 결정적인 요인이 된다고 보는 데 있다. 따라서 내담자는 다양한 잠재력의 실현이나 성장능력을 갖고 있는 존재로 다뤄지며, 자기실현을 목표로 한다. (42, 203)

롤핑 Rolfing

이다 롤프Ida Rolf 여사에 의해 개발된 일종의 마사지 치료법으로, 신체구조의 개선을 목표로 하기 때문에 '구조적 통합(structural integration)'이라고 부르기도 한다. 이 치료에서는 인간의 신체와 중력 간의 관계를 중시하며, 그 관계의 악화로 인해 생긴 척추의 왜곡을 교정하는 데 중점을 둔다. 심한 통증이 수반될 정도로 골격근에 대한 심도 깊은 마사지를 1회 한 시간 정도씩 10회 정도 진행한다. 롤핑의 기본목표는 신체통합에 있기 때문에 심리적 측면을 직접 다루지는 않지만, 심리치료나 성장수련과 결합해서 사용할 경우 심리적, 정서적 블록을 해소하는 데 큰 도움이 되는 것으로 알려져 있다. (39)

바가바드 기타 Bhagavad Gita(신의 노래)

기원전 2~3세기에 지어진 것으로 추정되는 힌두교의 가장 중요한 단일 문헌으로서, 베다와 우파니샤드의 정수를 담고 있다. 대서사시 마하바라타의 일부이지만, 혹자는 별개의 저작으로 보기도 한다. 인간 형상으로 육화한 신 크리슈나Krishna와 아르주나Arjuna 사이의 대화로 구성되어 있으며, 실재에 대한 다양한 비전과 궁극의 실현을 위한 여러 요가법(구원의 길)이 제시되어 있다. (118)

변환과 변용 Translation / Transformation

변환變換이란 의식 스펙트럼의 동일수준 내에서의 변화를 꾀하는 번역작업을 말하며, 변용變容은 한 수준에서 다른 수준으로 이동했을 때 일어나는 번역작업을 의미한다. 예컨대, 자아 수준에서의 현상을 그 수준 내에서 새롭게 번역하고 이해할 경우 그 과정은 변환이라 부르며, 그 현상을 실존 수준으로 하강해서 전혀 다른 관점으로 번역하고 이해할 경우 변용이라고 부른다. 변용은 현 수준을 초월하는 수직적 성장을 의미하는 비해, 변환은 새로운 사고방식, 신념, 패러다임을 통해 '분리된 나'에게 내재하는 혼란과 두려움을 완화시키는 것을 말한다. (20, 160, 170-175)

블록 Block(폐쇄)

라이히Reich학파 심리학자인 로웬Lowen으로 대표되는 생체에너지학에서 사용하는 개념이다. 마음과 신체 시스템 안에 억압이 발생하면 자연스러운 에너지의 흐름이 저지되고 심신 내부에 반영구적인 폐쇄 구간이 만들어지는데 이것을 블록이라고 한다. 생체에너지학에서는 이런 블록의 원인이 감정이나 충동의 억압에 있다고 보며, 그것을 근본적으로 치유하려면 억압된 감정을 신체적으로 발산해야 한다고 주장한다. (180-181, 188-197, 245, 248)

비이원 Nondual

동양의 영적 가르침에서 최상의 수준을 의미한다. '비이원' 혹은 '불이不二'에서는 우리의 상대적 자기란 존재의 절대적 기반, 즉 존재하는 모든 것의 진정한 본성과 다르거나 분리되어 있지 않다는 점을 강조한다. 비이원적 가르침은 개별자의 차이를 인식하지만 그것을 기본적인 것으로 여기지 않고 절대적 관점을 취하기 때문에, 개아/초개아, 몸/마음, 특수/보편, 물질/영은 보다 근원적인 실재의 다른 표현에 지나지 않는다고 본다. 이런 근원적 실재가 바로 우리의 본질이기 때문에, 우리는 그것으로부터 달아나거나 그것을 객관화 또는 대상화할 수 없다는 것이 비이원적 가르침의 핵심이다. (20, 27, 65-66, 83, 110)

생체에너지학 Bioenergetics

라이히Reich 학파의 심리학자 알렉산더 로웬Alexander Lowen과 존 피에라코스John Pierrakos에 의해 개발된 치료법이다. 이들은 성격에는 그에 상응하는 신체적 구조가 있으며 신체적 긴장이 성격의 기능을 제한한다고 보고, 그 긴장의 해소가 곧 성격의 해방이라는 인식에 기초해서 치료한다. 라이히가 사용한 호흡법, 울기, 소리지르기, 때리기 등의 감정해소법과 폐쇄된 신체 부위의 에너지를 활성화시키기 위한 다양한 운동, 힘든 자세 취하기 등이 함께 사용된다. (42, 204)

신비사상 Mysticism

영어의 Mysticism이라는 단어는 흔히 '신비주의'로 번역되며, 통상 불가사의한 비법, 계시나 현시, 주술 등과 관련해서 비과학적이고 전근대적인 접근처럼 애매모호하게 사용되는 경우가 많다. 그러나 이 책에서의 Mysticism은 개별자와 유일자, 순간과 영원 등의 대립적인 것이 하나로 통일된 상태를 다루는 종교와 형이상학적 철학을 통틀어서 일컫는 말이다(오해를 피하기 위해 옮긴이는 '신비사상'으로 번역하였다). 신비사상은 합리적 사유방법을 넘어선 직관적 세계상에 대한 표현이며, 한결같이 우주의 근본적인 전체성(wholeness)을 강조하는 중심교의를 갖고 있다. 따라서 신비사상은 모든 사물의 전일성과 상호관련성을 깨달아 고립된 개별적 자아라는 자기상을 초극하여 궁극적 실재와 합일시키는 것을 지상목표로 한다. (19, 39)

실존 심리학 Existential psychology

정신의학자 랭R. D. Raing, 현존재(Dasein) 분석의 빈스방거Binsbanger, 로고 치료의 프랑클V. E. Flankle, 보스Medard Boss, 메이Rolo May 등으로 대표되는 심리학파 중 하나이다. 자기실현을 주목표로 하는 인본주의 심리학과 유사한 학파로 다루어지는 경우가 많다. 윌버도 흔히 "인본주의 / 실존 치료"라는 식으로 양자를 하나로 묶어 다루는데, 이는 둘다 윌버가 말하는 실존(켄타우로스) 수준을 목표로 하기 때문이다. (42, 201, 203)

심리극 Psychodrama

루마니아 출신의 정신의학자 모레노Moreno 여사에 의해 개발된 심리치료법 중 하나로, 흔히 전문가의 지도하에 집단치료 형태로 진행된다. 참여자는 극중에서 직접 자신의 문제와 관련된 상황에서 자신의 역할, 감정, 생각 및 환상을 말과 행위로 제한 없이 자유롭게 표현하거나, 자신의 생활에 중요한 영향을 미치는 인물의 역할을 대행하기도 하는 역할연기(role playing)를 하게 된다. 심리극의 목적은 정화(catharsis)를 통해 건강한 사고와 자발적인 행동을 이끌어 내는 데 있다. 사회적인 주제로 진행하는 사회극, 아무 대사 없이 몸으로 연기하는 무언극 등 몇 가지 변형된 형태가 있다. (42)

억압 Repression

정신분석에서는 자아가 받아들일 수 없는 충동이나 그것을 둘러싼 기억, 심상을 무의식으로 내쫓는 것을 억압이라고 한다. 이 억압이라는 개념은 프로이트 정신분석의 출발점이며, 중요한 방어기제 중 하나이기도 하다. 윌버는 억압이라는 개념을 자아 수준뿐만 아니라 실존 수준, 초개아 수준에도 폭넓게 적용한다.

(33, 189-190, 196, 208, 222, 243)

영원의 철학 Perennial Philosophy

라이프니츠Leibniz가 처음 사용하고, 헉슬리Aldous Huxley에 의해 널리 알려지게 된 용어로 라틴어 'philosophia perennis'의 번역어이다. 영원의 철학은 동서고금의 위대한 형이상학적, 영적 전통에서 공통적으로 발견되는 것으로, '인간과 실재의 본질에 관한 보편적인 교의' 또는 '실재에 관한 가장 정밀한 사상'을 담고 있다. 여기서 '영원'이란 문화와 시대를 초월하여 본질적으로 동일한 보편적인 특징을 나타낸다. 윌버는 이 영원의 철학에 상응하는 '영원의 심리학(perennial psychology)', 즉 인간 의식의 본질에 관한 보편적인 관점이자 영원의 철학과 동일한 통찰을 심리학적으로 제시하는 새로운 심리학을 제안했다. (27, 101, 110, 231)

요가 Yoga

요가는 '묶다(to yoke)', '결합하다(to join)' 또는 '통일시키다(to unite)'를 의미하는 산스크리트어이다. 또한 요가에는 '방법, 수단, 방편(method)'이라는 의미도 있기 때문에, '자기실현의 수단', '구원의 길'이라고 할 수도 있다. 사람마다 처해 있는 상황과 조건이 다르기 때문에 자기실현을 위한 요가법도 다양하다. 몸을 중심으로 한 '하타Hatha 요가', 사랑과 헌신에 역점을 둔 '박티bhakti 요가', 진정한 지식을 강조하는 '즈나나Jnana 요가', 일상생활에서의 사심없는 행위를 강조하는 '카르마 karma 요가', 우주적 에너지의 활성화에 역점을 둔 '쿤달리니kundalini 요가', 소리와 주문에 의존하는 '만트라mantra 요가', 그밖에 '라자Raja(Royal) 요가' 등이 대표적이다. (39, 41, 98, 187, 204, 208, 217)

윤회 Samsara

마음이 잘못된 관념으로 인해 미혹된 실재관을 만들어내는 방식을 뜻하며, 끊임없이 돌아가는 생사의 수레바퀴로 상징된다. 따라서 윤회는 진정한 본성을 인식하지 못한 채, 우리 자신에 대한 사고가 실재를 나타낸다고 상상하는 허구적인 자기에 기초한 삶으로 인해 초래되는 혼란과 고통을 의미한다. 선가禪家에서는 진정한 본성을 깨닫게 되면 윤회輪廻와 열반涅槃(nirvana)은 별개가 아니라는 점을 강조한다. (133)

의식의 스펙트럼 Spectrum of Consciousness

동서양의 의식과 정신에 관한 다채로운 접근방법을 통합하기 위해 윌버가 비유적으로 제창한 층 모양의 의식관으로 윌버 심리학의 기반을 이루는 것이다. 스펙트럼 상의 의식은 세 개의 주요 수준과 네 개의 하위대역으로 구성되어 있다. 《의식의 스펙트럼》에서는 이 책에서와는 달리 자아 수준, 실존 수준, 마음(Mind) 수준이라는 세 개의 주요 수준과 초개아 대역, 생물–사회적 대역, 철학 대역, 그림자 대역이라는 네 개의 하위대역으로 구분하고 있다. (15, 19-22, 36, 147, 153-154, 230)

인간 잠재력 개발 운동 Human Potential Movement

미국 캘리포니아 주에 소재하는 에설른Esselen 연구소(마이클 머피Michael Murphy가 설립)를 중심으로 전개된 운동을 말한다. 인본주의 / 실존 / 게슈탈트 치료법을 기반으로 대중을 상대로 전개된 이 운동은 심신일여를 목표로 하는 집단치료 보급에 공헌하였으며, 그 후 등장한 초개아 수준 치료법의 기반이 되기도 했다. (41, 201)

인본주의 심리학 Humanistic psychology

인간의 자아실현 욕구, 비언어적 경험, 마음의 통일성, 변경된 의식상태 및 구속받지 않는 자유의지를 강조하는 심리학의 한 학파로, 실존주의 철학의 영향을 받아 1960년 매슬로우에 의해 시작되었다. 이 학파는 인간을 지나치게 기계론적이고 결정론적으로 보았던 행동주의 심리학과 정신분석학의 문제를 지적하면서, 그 대신 존엄성과 성장 가능성 및 자유의지를 가진 인간상을 강조한다. (19-20, 41-42, 201)

인지치료 Cognitive therapy

상담이나 정신과 치료과정에서 사용되는 심리치료법의 하나로, 내담자(또는 환자)가 가지고 있는 비합리적이거나 부적응적인 사고와 신념을 변화시킴으로써 문제나 장애를 치료하는 기법이다. 앨버트 앨리스Alber Ellis의 REBT, 윌리엄 글래서William Glasser의 현실요법, 아론 벡Aaron Beck의 인지치료 등이 여기에 속한다. (42)

자각 / 각성 Awareness

이 책에서 사용하는 자각이란 단어는 '무언가를 인식하다'라는 일상적인 의미보다 훨씬 고차적인 의미, 즉 '개념에 의존하지 않고 직접적인 앎에 도달하는 마음의 핵심'을 나타낸다. 이런 비개념적 자각은 일상적인 사고와 느낌이라는 다양한 모습의 파도를 포함하면서 또한 초월해 있는 더 넓고, 더 유동적이고 역동적인 대양에 비유할 수 있다. 이런 자각은 언제나 현존해 있는 경험의 핵심이기 때문에 자존적(self-existing)이며, 일상적 의식과는 질적으로 다른 명료성, 에너지, 대표성, 유연성 등과 같은 그 자체의 체험적 특성을 갖고 있다.

자기실현 Self-actualization

골드스타인Goldstein이 제창하고 매슬로우Maslow에 의해 일반에게 알려지게 된 개념으로 인본주의 심리학의 기본개념이다. 매슬로우는 자기실현을 "잠재력, 능력, 재능의 실현. 사명(또는 운명, 숙명, 소명)의 달성. 자신의 본래 성질의 수용과 그에 관한 충분한 지식. 개인 내에서의 통일성, 통합, 시너지synergy를 향한 경향의 증대"로 정의한다. 자기실현이란 개념은 융Jung이 말하는 '개성화', 아들러Adler가 말하는 '창조적 자기', 호니Horney의 '진정한 자기' 등과 대응하는 개념이기도 하다. (200-201, 263)

자아 Ego

정신분석을 중심으로 하는 서양심리학에서 자아는 다양한 의미로 사용되고 있지만, 일반적으로는 (1) 여러 충동과 요구의 균형을 맞추고 일상적인 기능을 조절하는 정신의 관리능력, (2) 안정된 자기상과 일관되고 지속적인 자기감각을 유지하는 자기 표상능력으로 정의된다. 이 책에서 윌버가 말하는 자아는 프로이트의 정신분석학에서 말하는 자아와 대체로 유사한 면을 갖고 있긴 하지만, 융이 사용한 페르소나와 그림자 양자가 충분히 통합된 상태에 더 가깝다. 윌버는 "자신을 진정한 본성과 분리시키는 활동, 자신을 심상과 개념으로 파악하려는 습관적 활동"이라는 보다 포괄적인 의미로 사용하기도 한다.

자유연상 Free association

정신분석적 심리치료에서 내담자 혹은 환자의 무의식 세계에 접근하기 위해 사용하는 방법 중 하나이다. 마음에서 연상되는(혹은 떠오르는) 감정이나 생각을, 비록 그것이 아무리 비합리적이고 사소해 보이더라도, 아무런 검열이나 제한 없이 자유롭게 보고하도록 한다. 무의식 세계에 접근하기 위한 방법으로 꿈이나 일상생활에서의 사소한 실수를 분석하기도 한다. (243, 245, 248, 256)

저항 Resistance

정신분석 치료과정에서 작용하는 방어기제 전반을 일반적으로 저항이라고 부른다. 특히 라이히Reich는 개인의 일상적인 방어적 태도가 치료과정에서 저항으로 쓰이고 있음을 중시하면서, 그것을 '성격저항(character resistance)'라고 부른다. 윌버는 어떤 수준에서의 자기감각이든 그것이 곧 저항이라고 확대 사용한다.

(161-165, 169, 182, 189, 195, 197, 216, 241-260)

절정경험 Peak experience

최상의 잠재력이 개화된 상태에서 자발적으로 일어나는 경험을 묘사하기 위해 매슬로우Maslow가 만들어낸 용어로서, 전 우주와의 일체감, 강렬하고 저항할 수 없는 황홀감과 경외감, 무한한 사랑 등의 체험을 일컫는다. 거의 모든 사람이 이러한 절정경험을 맛보긴 하지만 건강한 사람, 자기실현한 사람일수록 더 자주 더 강렬하게 경험하는 경향이 있다. 이런 경험은 자연의 아름다움, 위대한 미술과 음악의 감상, 일에의 몰입 등 다양한 상황에서 촉발될 수 있다. 매슬로우는 일시적인 절정경험이 보다 안정되고 지속적인 체험으로 정착된 상태를 '고원(plateau) 경험'이라고 불렀다. (34)

정신통합 Psychosynthesis

이탈리아의 심리학자 로베르토 아사지올리Roberto Assagioli에 의해 개발된 새로운 이론체계이다. 정신통합에서의 치료는 네 단계를 거쳐 진행되는데, 첫 단계에선 자신의 성격의 여러 요소를 학습하는 것이고, 두 번째 단계는 그런 여러 요소로부터의 탈동일시 과정이다. 세 번째 단계에선 자신의 심리적 중심을 찾아내고, 네 번째 단계에선 앞의 세 단계를 충분히 거친 후 개인적 자기실현 과정인 정신적 통합을 진행해간다. (19, 42, 230)

초개아 대역 Transpersonal Bands

윌버의 의식 스펙트럼 중에서 켄타우로스 혹은 실존 수준과 합일의식 수준 사이에 위치하는 영역이다. 이 영역은 초개아 심리학의 특이한 영역으로서, 개아個我를 넘어서 있긴 하지만 전 우주와 일체화된 무경계 영역에는 도달하지 못한 상태이며, 융 심리학의 원형적 영역도 여기에 포함된다. 이 책에서 초개아적 주시(또는 주시자)라고 언급하고 있는 상태는 개아를 초월한 상태로 사물과 사상을 주시하는 것을 가리키며, '초개아적 나' 또는 '초월적 나'라는 개념도 개아 내에 존재하지만 그 개아를 초월한 영역을 의미한다. (214)

초개아심리학 Transpersonal Psychology

인본주의 심리학의 창시자인 매슬로우Maslow, 앤소니 수티치Anthony Sutich 그리고 체코 출신의 정신의학자 스타니슬라프 그로프Stanislav Grof에 의해 1969년에 등장한 새로운 심리학이다. 초개아심리학은 동양사상, 비교秘教 지식 및 서양 심리학의 통합을 꾀하며, 엄밀한 과학적, 합리적인 접근보다는 직관과 성장을 강조한다. 윌버는 한때 초개아심리학의 기수로 각광받았지만, 지금은 인간 발달의 모든 측면과 수준과 단계를 포함하는 '통합심리학(Integral psychology)'의 확립에 더 큰 관심을 갖고 있다. (19-20, 44)

초심리학 Parapsychology

심령현상과 관련된 초감각적이고 초자연적인 현상을 과학적 실험을 통해 연구하는 학문분야를 말한다. 감각기관의 개입 없이 타인의 심리적 상태를 인식(혹은 파악)하거나 의사소통이 이루어지는 정신감응(telepathy), 미래의 사건을 미리 보는 예지豫知(precognition), 정신적인 힘만으로 물체의 변형을 일으키는 염력念力(psycho-kinesis), 감각기관에 의존하지 않고 물체나 사건을 지각하는 천리안(clairvoyance) 등이 주 연구대상이다. (34)

초월명상 Transcendental Meditation, TM

마하리시 마헤시 요기Maharish Meheshi Yogi가 제창한 만트라Mantra 명상의 일종으로, 힌두교의 전통적인 수행법을 서양사회에 도입하기 위해 간소화한 명상법을 말한다. 윌버는 명상을 처음 시작하는 초보자에게 이 명상법을 권한다. (18, 41, 231)

쿤달리니 Kundalini

산스크리트어로 '감겨진' 상태를 의미하며, 흔히 똬리를 틀고 있는 뱀처럼 인간 내면에 나선형의 형태로 잠재해 있는 초월적인 힘 또는 우주 에너지를 일컫는다. 이 잠재된 우주 에너지를 활성화시키기 위한 방법이 쿤달리니 요가이며, 여섯 차크라 chakra를 통과해 마지막 사하스라라sahasrara 차크라에 도달하면 자신의 진정한 모습, 궁극적으로는 전 우주의 신비를 깨닫게 된다고 한다. (23)

투사 Projection

내면에 존재하는 충동이나 감정 중에서 자신의 것으로 인정할 수 없는 것을 외부 대상(타인이나 사물)에 속한다고 보는 것을 말하며, 자아의 방어기제 중 하나이다. 억압된 충동이나 감정의 대부분은 이런 식으로 투사되며, 과도하게 의존할 경우 역으로 자신에게 되돌아와 피해를 주기도 한다. (33, 146-148, 154, 189, 221, 242, 254)

페르소나와 그림자 Persona / Shadow

원래 융 심리학의 개념으로, 윌버 역시 대체로 유사한 의미로 사용하긴 하지만 때로는 다른 의미로 사용하기도 한다. 자아 수준이 분열되면 자아는 페르소나와 그림자로 분리되는데, 페르소나란 자신의 이미지(self-image)를 말하며, 그림자란 그 이미지에 어울리지 않기 때문에 무의식에 억압해서 생긴 자아의 일부(욕망, 경향성, 기억, 경험 등)를 말한다. 그림자는 창의적이고 본능적인 에너지, 자발성과 활력의 저장고이기도 하다. 이런 분열이 진행되어 그림자 영역이 커지게 되면, 사회적으로 충분히 적응하지 못하는 신경증 증상이 나타난다.

프로이트 심리학 Freudian psychology

서양 심리학이 지그문트 프로이트의 출현에 의해 크게 발전되었다는 것은 이미 잘 알려진 사실이다. 프로이트가 개발한 정신분석학은 다양한 신경증의 중요한 치료법으로 사용되고 있지만, 프로이트의 가장 큰 공헌은 페르소나와 그림자의 통합이었기 때문에, 윌버는 프로이트 심리학을 "건전한 자아(healthy ego)의 확립을 위한 자아심리학"으로 분류한다. (19, 38, 176-177, 209, 230, 242)

합리적-정서적 치료 Rational Emotive Therapy, RET

앨버트 앨리스Albert Ellis에 의해 50년대에 개발된 심리치료법이다. 부적응적인 정서나 행동은 비합리적인 사고나 신념에서 비롯된다고 보고, 내담자의 문제해결 또는 치료를 위해 비합리적인 사고와 신념을 합리적인 사고와 신념으로 재구조화하는 것을 목표로 한다. 최근에는 행동적(behavioral) 요소가 추가되어 REBT라고 부른다. (177)

합일의식 Unity Consciousness

모든 의식의 기반인 동시에, 모든 의식 자체이기도 하며, 어떤 경계도 없는 통일된 무경계 의식영역을 의미한다. 윌버는 다른 저서에서 이 의식 수준을 마음(대문자 Mind로 표기) 수준 또는 브라만-아트만Brahman-Atman이라고 부르기도 한다. 전통적으로 깨달음, 도, 신 등으로 불리는 것과 대체로 일치한다.

행동수정 Behavioral Modification

왓슨John B. Watson이 제창하고 스키너B. F. Skinner에 의해 발전된 행동주의 심리학에 기초한 치료법 중 하나로 고전적 조건화 및 조작적 조건화의 원리를 사용하여 문제행동을 변화, 수정시키는 기법을 말한다. 행동수정의 기본 목적은 나쁜 습관을 제거하고, 그 대신 좀더 좋은 습관을 학습시키는 데 있다. 이 과정은 현재 행동패턴을 이루고 있는 습관의 원인이 된 강화를 밝혀내 제거하는 방식을 취하는데, 토큰경제(token economy), 체계적 둔감화 등의 기법이 사용된다. (20)

현실치료 Reality therapy

미국의 정신의학자 윌리엄 글래서William Glasser에 의해 개발된 치료법이다. 현실치료의 기저에는 R을 머리글자로 하는 세 가지 개념, 즉 현실(Reality), 책임(Responsibility), 옳고 그름(Right-and-wrong)이 핵심을 이룬다. 현실이란 자신을 둘러싸고 있는 세계를 말하며, 책임이란 타인에 의존하지 않고 자신의 욕구를 충족시키는 능력, 옳고 그름이란 자신의 행동기준의 파급을 다루는 방식을 말한다. 이 치료는 치료사와 일대일로 진행하는 경우도 있지만, 집단으로 진행하는 편이 보다 효과적이라고 알려져 있다. (177)

〈인물해설〉

로베르토 아사지올리 Assagioli, Roberto (1888-1974)

심리학과 의식확장 분야에 크게 기여한 이탈리아의 심리학자로 '정신통합'의 창시자이다. 그가 수립한 정신통합은 과학적 심리학 이론과 잠재력을 충분히 달성키 위한 실천적 치료기법을 묶은 포괄적인 자기실현화 접근으로 알려져 있다. 프로이트, 융과 동시대를 살았던 학자이지만, 인간의 궁극적인 성장 가능성에 비중을 두고 가능성의 실현을 위한 동서양의 다양한 방법을 제시했다.《정신통합》(Psychosynthesis, 1965) 외에도《초개아적 발달》(Transpersonal Development, 1991)과《의지의 작용》(The Act of Will) 등의 저술이 있다. (230)

루드비히 비트겐슈타인 Wittgenstein, Ludwig (1889-1951)

20세기의 가장 독창적이고 영향력 있는 위대한 철학자의 한 사람으로서, 1889년 오스트리아의 빈에서 태어나 영국에서 케임브리지 대학 철학교수를 역임하고 1951년 사망했다. 자신의 결론에 이르게 된 모든 사유과정을 드러내지 않았기 때문에 매우 이해하기 어려운 철학자로 알려져 있기도 하다. 그는 전혀 다른 두 개의 철학을 발전시켰는데, 생전에 유일하게 출판된《논리 – 철학 논고》(Tractatus Logico-Philosophicus, 1921)에서의 철학과 사후에 출간된《철학적 탐구》(Philosophical Investigation, 1953)에서의 철학이 그것이다. (59, 106)

마이스터 에크하르트 Meister Eckhart (1260-1328)

단테보다 5년 앞서 독일에서 태어났고, 단테 사후 7년에 사망했다. 독일의 신비사상가이며 도미니코 수도회의 수도원장으로서 주로 라인 강 상류 지방에서 학식 높은 설교자로 명성을 떨쳤다. 1302년 당시 세계에서 가장 유명했던 파리 대학에서 학위를 수여받은 후 마이스터 에크하르트로 알려지게 되었다. 만년에는 그의 신비사상이 "무지하며 훈련받지 못한 사람들을 난폭하고 위험스러운 가르침으로 선동한다"는 죄목으로 종교재판에 회부되었고(1326), 사후에는 28종에 이르는 그의 저서가 이단으로 선고되어 금서가 되었다(1329). 종교개혁의 선구자로 일컬어지기도 한다. (124, 236)

부바 프리 존 Bubba Free John(1939-)

1939년 뉴욕 롱아일랜드에서 태어나 컬럼비아 대학을 졸업한 다음, 스와미 묵타난다를 비롯한 요기들에게서 요가를 배워 신비현상의 전모를 체험했다고 한다. 1970년 초월의식과의 합일을 실현한 이후, 세계 전역에 자신의 가르침을 펴나가기 시작했다. 그의 첫 저서는 자전적인 책《무릎 꿇고 듣다》(The Knee of Listening, 1973)와 《전신의 깨달음》(The Enlightenment of the Whole Body, 1978)이 있다. 여러 차례 이름을 바꿨는데, 최근에는 아디 다 삼라지Adi Da Samraj라는 이름을 쓰고 있다. (22, 204, 263)

스리 라마나 마하르쉬 Maharsh, Sri Ramana(1879-1950)

1879년 남인도 타밀 지방의 티루출리에서 태어났으며, 남인도 아루나찰라 Arunachala 산의 스칸드Skand 아쉬람에서 많은 사람들에게 깨달음의 빛을 밝혀주었던 현자이자 영적 스승으로 알려진 인물이다. 17세 되던 해에 몸은 죽어가는데 의식은 또렷이 남아 있는 체험을 통해 깨달음을 얻었다고 하며, 자신의 체험과 베단타 불이론不二論을 바탕으로 "나는 누구인가(Who am I?)"라는 자기탐구가 깨달음의 이르는 최상의 길이라고 가르쳤다. (107, 233, 262)

스리 오로빈도 Aurobindo, Sri(1872-1950)

20세기 인도의 가장 뛰어난 철학자 중 한 사람이며 정치 활동가, 신비가이자 영적 지도자였다. 1927년에서 1950년 사이 그는 자신이 '통합요가'라고 부른 새로운 영적 수행법을 완성시키기 위해 모든 활동을 중지한 채 은둔생활을 하기도 했다. 그가 이룩한 통합요가는 물질세계에서의 완성을 위한 서양의 추구와 존재와의 일체를 이루기 위한 동양의 추구를 통합시킨 수행법이다. 《신성한 생명》(The Life Divine)과 《통합요가》(Integral Yoga) 등 다수의 저서가 있다. (184)

스즈키 다이세쯔 鈴木大拙(1880-1966)

1870년 일본의 북부 가네자와(金澤)에서 태어나, 아흔다섯의 나이로 세상을 떠난 선불교의 거성이다. 그는 스스로 깨달음을 얻고 또 가르쳐온 정신적 스승이자, 국제적으로 이름 있는 학자로서 선불교의 본질과 목적을 서양에 소개한 20여 권의 저술가였다. 영어로 쓴 선불교에 관한 여러 책 중에서 《선불교 입문》(Introduction to Zen Buddhism)과 선불교에 관한 3권의 연작 논문집 《Essays in Zen Buddhism》이 가장 잘 알려져 있다. (85)

스즈키 순류 鈴木俊隆(1901-1971)

1959년 포교를 위해 미국으로 건너가 타사하라와 샌프란시스코에 선禪 센터를 열었으며, 60년대 미국의 정신세계에 커다란 영향을 미친 일본 조동종의 선사이다. 그의 저서 《선심초심》(Zen Mind, Beginner's Mind)은 선에 관심을 둔 모든 사람에게 좋은 길잡이가 되는 명저이다. (22, 238-240, 262)

알프레드 노스 화이트헤드 Whitehead, Alfred North(1861-1947)

영국의 켄트Kent 지방 램스게이트Ramesgate 출신의 수학자이자 이론 물리학자이며 철학자이다. 미국 하버드대학 철학교수 시절 자신이 수립한 과학철학에 기초하여 웅대하고도 독특한 포괄적인 형이상학을 발전시켰다. 그의 유기체(혹은 과정) 철학은 오늘날 자연과학 분야뿐만 아니라 사회과학 분야에도 큰 영향을 미치고 있으며, 기독교의 자연신학(과정신학)에 지대한 영향을 미쳤다. 러셀Russell과 함께 저술한 《수학원리》(Principia Mathematica, 1903)는 이미 하나의 고전이 되었으며 《과정과 실재》(Process and Reality, 1929), 《과학과 근대세계》(Science and the Modern World, 1925) 등 여러 권의 저술이 있다. 1947년 87세를 일기로 생을 마쳤다. (21, 58-59, 76, 81)

앨런 왓츠 Watts, Alan(1915-1973)

영국 출신의 성공회 신부로서 미국으로 이주하여 여러 대학의 채플 담당자로 일하기도 했으나, 제도화된 종교의 틀을 깨고 신비사상의 해설자 겸 작가로 활동했던 60년대의 가장 두드러진 신비철학자의 한 사람이다. 동양학자로서 선과 도가 및 힌두사상을 서양에 소개하는 데 커다란 역할을 했을 뿐만 아니라, 동양사상의 진리와 기독교의 진리에 관한 비교 연구에도 정통했으며 동서양의 종교에 다리를 놓는 가교역할을 했다. 종교, 심리학, 신비주의 계통의 많은 저술을 남겼다. (21, 60, 99, 123)

에이브러험 매슬로우 Maslow, Abraham(1908-1970)

1908년 뉴욕 브루클린Blooklyn에서 태어났다. 위스콘신 대학에서 당시 새롭게 등장한 행동주의 심리학으로 박사학위를 받았으며(1934), 1967년에는 미국심리학회의 회장으로 선출되기도 했다. 일반적으로 '욕구위계 이론'으로 널리 알려져 있지만, 제3세력(인본주의)의 심리학과 제4세력(초개아)의 심리학을 새롭게 도입한 학자이기도 하다. 1970년 갑작스러운 사망으로 학계에 큰 주목을 끌지 못했던 그의 초개아심리학은 윌버의 《의식의 스펙트럼》을 계기로 새로운 전기를 맞게 되었다. (42, 200-204, 230)

올더스 헉슬리 Huxley, Aldous(1894-1963)

소설가, 수필가이자 지적인 신비가로서, 영국에서 태어났지만 생애의 거의 대부분을 미국 남부 캘리포니아에서 보냈다. 의식의 확장을 가져오는 물질의 총칭적이고 중립적인 용어인 '싸이키델릭psychedelic'이라는 단어를 유행시켰다. 그의 주요 작품으로는 《멋진 신세계》(Brave New World)와 《영원의 철학》(The Perennial Philosophy, 1944) 등이 있는데, 특히 《영원의 철학》은 모든 종교의 정신적인 가르침이나 어구를 모아놓은 단순한 잠언집에 머물지 않고, 개체로서의 자기로부터 신비체험에 도달하도록 안내해주는 깊은 정신성을 담고 있다. (128)

웨이 우 웨이 Wei Wu Wei(1895-1986)

1958년 그가 63세 되던 해 웨이 우 웨이라는 필명으로 펴낸 첫 번째 책《달을 가리키는 손가락》(Fingers Pointing to the Moon)이 출간될 때까지만 해도 그가 누구인지 전혀 알려진 바 없었다. 본명조차 제대로 알려져 있지 않지만 그의 저술에 소개된 바로는, 아일랜드 출신으로 영국의 케임브리지에서 성장했으며 옥스퍼드 대학을 나왔다고 한다. 젊은 시절 예술분야에 심취했었으나 염증을 느끼고 철학과 형이상학으로 전환하여 아시아 각국을 여행했으며, 라마나 마하르쉬의 아쉬람에서 수행했다고 전해진다. 불교와 선, 도가사상, 베단타에 정통했으며 16년간에 걸쳐 8권의 책을 펴냈다. (101-102)

지그문트 프로이트 Freud, Sigmund(1856-1939)

오스트리아 태생의 정신분석학의 창시자. 20세기 이후 현재에 이르기까지 학자이자 사상가로서 심리학과 정신의학뿐만 아니라 인류학, 교육학, 범죄학, 사회학 및 문화계 각 분야에 이르기까지 광범위하게 지대한 영향을 미친 인물이다. 국내에도 《정신분석학 입문》과 《꿈의 해석》 외에 그의 저술 모두가 번역되어 전집으로 소개되었다. (19, 38, 176-177, 209, 230, 242)

지두 크리슈나무르티 Krishnamurti, Jidu(1895-1986)

인도 남부의 가난한 브라만 가정에서 태어나, 미래의 영적 교사가 될 자질을 발견한 신지학회의 후원으로 영국과 프랑스에서 교육을 받았다. 그는 20세기 세계의 스승으로 지목되어 열렬한 환영을 받으나, 1929년 구루Guru(영적 스승)가 아닌 진리의 애호자 위치에서 수많은 가르침을 펴다 91세를 일기로 생을 마쳤다. 크리슈나무르티에게는 어떠한 종교도, 철학도 없으며, 유일한 바람은 인간을 모든 경직된 신학, 조직화된 종교로부터, 나아가 타인의 도그마나 의견으로부터 해방시키는 것이었다. 《삶의 주석》(Commentaries on Living, 1956), 《처음이자 마지막 자유》(The First & Last Freedom, 1954) 등 주옥같은 저술이 있다. (21, 128, 134, 236)

칼 구스타프 융 Jung, Carl Gustav(1975-1961)

스위스 바젤 태생의 심리학자이자 정신과 의사로 '분석심리학'을 제창하고 발전시켰으며, 성격을 내향성과 외향성으로 나누는 등 심리학의 역사에서 큰 업적을 남겼다. 프로이트의 애제자로서 정신분석을 이어받을 황태자로 여겨졌으나 화해할 수 없는 이론적 차이로 인해 그를 떠나 독자적인 노선을 걸었다. 무의식을 개인적, 생물적으로 해석하지 않고 집합적, 역사적인 것으로 보고 '집단무의식', '원형(archetype)'이라는 개념을 사용했다. 또한 무의식을 부정적으로 보지 않고 긍정적으로 재해석해 그 활용을 적극 주장했다. (19, 39, 41-42, 209-211, 229-230)

파드마삼바바 Padma-Sambhava(?-802)

인도인으로, 747년 티베트 왕실초청으로 그곳에 건너가 802년 떠날 때까지 50년간 머물면서 티베트 불교를 확립한 위대한 스승으로 추앙받는 인물이다. 불교의 비교秘敎적 진수를 가르치기 위해 그가 설립한 불교를 니앙마파Nyanmapa 또는 '위대한 완성의 가르침'라고 부른다. 파드마삼바바는 인간에 의해서가 아닌 "연꽃 속에서 태어난 존재(Lotus Born)"라는 의미이다. (94)

프리쵸프 카프라 Capra, Fritjof(1939-)

오스트리아 태생으로 빈 대학에서 물리학 박사학위를 받았다. 그는 수많은 과학기술 연구논문 외에도 현대과학의 철학적, 사회적, 정치적 의미에 관한 책들을 광범위하게 집필해왔다. 두 권의 세계적 베스트셀러인《물리학의 도》(The Tao of Physics, 1975)와《전환점》(The Turning Point, 1982)의 저자인 그는, 1983년 캘리포니아 주 버클리에 새로운 생태학적 관점을 위한 녹색 연구단체인 엘름우드Elmwood 연구소를 창설했다. 현재 미국에 거주하면서 활발한 저술활동을 펴고 있다. (83)

프릿츠 펄스 Perls, Fritz(1893-1970)

1893년 독일 태생의 유대인 심리학자이다. 1927년 빈에서 라이히와 함께 정신분석학을 공부했으며, 1946년 미국으로 이주하여 부인 로라Laura와 함께 게슈탈트 치료법을 개발했다. 펄스는 정서 에너지와 지금-여기를 강조하면서, 프로이트 학파의 간접적이고 지지적인 치료보다 문제와 직접 대면하는 파격적인 방법을 채택했다. 사고보다 감정을, 내용보다 과정을 지나치게 강조한다는 비판을 받기도 했다. 1970년 최초의 게슈탈트 치료 공동체가 있던 밴쿠버에서 생을 마쳤다. (204, 245)

테이야르 드 샤르뎅 Teilhard de Chardin(1881-1955)

1881년 프랑스 중부 오베르뉴 지방에서 열한 자녀 중 넷째로 출생. 1911년 신부가 되기까지 신학 과정 외에도 자연과학, 특히 지질학과 고고인류학을 깊이 연구했으며, 1929년 중국의 베이징 시 부근에서 북경원인을 발굴하는 데 참여하기도 했다. 그는 과학적 진화론을 신학에 도입하여 과학과 종교를 조화시키고, 더 나아가 우주의 미래를 예시함으로써 현대 기독교 신학계로부터 예언자적 신학자로 추앙받고 있다. 1955년 4월 10일 부활주일에 뉴욕에서 사망. 저서로는 《인간의 미래》(The Future of Man, 1964)와 《인간 현상》(The Phenomenon of Man, 1959)이 있다. (81)

하즈라트 이나야트 한 Khan, Pir-o-Murshid Hazrat Inayat(1882-1927)

1882년 인도의 바로다Baroda에서 태어났다. 뛰어난 음악가이자 신비가였던 한Khan은 1910년 미국으로 건너가 이슬람교 신비전통인 수피즘Sufism을 최초로 전파했다. 1927년 뜻밖의 사고로 요절했으나, 그가 전한 수피의 핵심 메시지는 그의 아들 빌라야트 한Vilayat Khan에 의해 계승되었다. 《심리학의 영적 차원》(Spiritual Dimensions of Psychology), 《수피의 가르침: 존재의 예술》(Sufi Teaching: The Art of Being) 등의 저술이 있다. (138)

켄 월버의 사상

사상의 전개과정

월버는 23세 되던 1972년 겨울 네브래스카 대학에서 박사과정을 중단하고 자신의 첫 번째 저술 집필에 전력투구한다. 하루 열 시간 이상을 오직 집필에 전념한 끝에 불과 석 달만에 육필 원고를 완성하고 74년 가을엔 타이핑까지 마무리 짓는다. 하지만 문제는 출판사를 찾는 일이었다. 무려 3년간 거의 30여 개 출판사로부터 번번이 거절당하는 우여곡절 끝에, 존 화이트John White (저술가이자 의식 연구가)의 도움으로 1977년 마침내 퀘스트 북Quest Books 출판사에서 출간되기에 이른다. 이 책이 바로《무경계》의 전신인《의식의 스펙트럼》(Spectrum of Consciousness)이다. 월버는 고마움의 표시로 이 책을 존 화이트에게 헌정했다.

《의식의 스펙트럼》의 가장 큰 공헌은 탄생으로부터 깨달음에 이르기까지 (죽음과 그 너머를 포함해서) 인간 의식의 다양한 단계와 수준 그리고 가능성을 하나의 비유로서 마치 전자기장電磁氣場(electromagnetic field)처럼 모든 대역을 보여주면서, 서양의 과학적 심리학과 동양의 형이상학적 신비사상의 최상의 업적을 독창적으로 결합시켜놓았다는 것이나. 월버 자신이 말하듯이,《의식의 스펙트럼》은 "심리학과 심리치료에 관한 동서양 접근법의 종합일 뿐만 아니라, 서양의 심리학과 심리치료에 관한 종합이자 통합"인 스펙트럼 심리학의 해설서이다. 이는 저자의 나이를 감안해볼 때 실로 놀라운 성취가 아닐 수 없다. 책이 출판되자 초개아심리학자들은 20대의 젊은 친구가 정말로 중요한 무언가를 이루어놓았음을 즉각 알아챘다. 초개아심리학회의 전前 회장이었던 제임스 패디먼James Fadiman 박사는 "윌리엄 제임스 이후 가장 두드러지고 가장 포괄적인 의식에 관한 책"이라고 평가했으며, 역시 초개아심리학자인 진 휴스튼Jean Houston은 "프로이트가 심리학을 위해 기여한 것만큼 윌버는 의식연구에 기여했다"고 평가했다. 슈워츠Schwartz는 이를 두고 "프로이트와 부처의 결혼"이라고 말한 바 있으며, 존 화이트는 "켄 윌버는 의식연구의 아인슈타인"이라고 평가하면서, "프로이트, 마르크스, 아인슈타인이 세계관을 바꾸어놓은 만큼이나 윌버는 머지않아 다방면에 걸친 새로운 세계관의 창시자로 인식될 것이다"고 예언하기도 했다.

책이 출간되고 난 후 1년 동안 윌버는 자신의 성공을 만끽했다. 곳곳에서 쇄도하는 강연 의뢰, 면담 요청, 회의 참석으로 정신없이 바쁜 시간을 보냈다. 그러나 곧 그 모든 활동을 중단하고, 다시 접시 닦기와 엄청난 양의 독서 그리고 하루 두 시간 이상의 명상이라는 본래의 자리로 되돌아간다. 그 당시를 회고하면서 윌버는 "그때 나는 대중과의 만남을 계속하면서 새로운 연구와 저술활동을 그만둘 수도 있었고, 모든 활동을 중단하고 고독하고 외로운 저술가로 되돌아갈 수도 있었다. … 지난 20여 년 동안 나는 예외 없이 오직 집필에만 전념하면서 그때의 결심을 지켜왔다"고 말한다. 본래 대단히 사교적인 윌버였지만, 집필과 방대한 연구를 계속하기 위해 그리고 자신의 명상과 관조를 심화시키기 위해 유명인사의 지위에서 거의 은둔자에 가까운 생활로 스스로 복귀한 것이다.

20년이 넘도록 저술에 전념해온 윌버는 90년대 말경 자신의 저술을 회고하면서 그동안 전개해온 자신의 사상을 네 개의 국면(phase)으로 구분한 바 있다. 각 국면마다 강조점과 관심영역이 다르긴 하지만, 전반적인 통합적 비전vision이라는 이론적인 핵심에서 볼 때 모든 국면이 일관성을 이루고 있음은 물론이다. 각 국면을 간단히 요약하면 다음과 같다.(Wilber/Phase 5는 본인의 구분이 아니라 Visser와 Reynolds의 구분임.)

▸ Wilber/Phase 1(1973-1977) : "의식의 스펙트럼"과 "무경계"
잠재의식, 자기의식, 초의식 ─ 또는 이드id, 에고ego, 신(God) ─ 을 망라한 의식의 스펙트럼을 제시한 점과 본래 갖고 있었지만 성장과정에서 상실한 상위단계의 잠재력을 회복하는 과정으로 보았다는 점에서, '선성善性의 회복'(recaptured-goodness)이라는 낭만적 관점을 취한 시기이다.

▸ Wilber/Phase 2(1978-1983) : "진화 혁명"
낭만주의 관점에서 탈피하여 발단단계(또는 수준)에 따라 의식의 스펙트럼이 전개해가는 모습을 보다 구체적으로 제시했다는 점에서, '선성善性으로의 성장'(growth-to-goodness)이라는 진화적, 발달적 관점을 확고하게 다진 시기이다.

▸ Wilber/Phase 3(1983-1994) : "통합적 비전: 자기, 수준 및 노선"
전반적인 의식의 스펙트럼 수준을 통과해가면서, 비교적 독립적인 방식으로 진화하는 20여 개의 발달노선(신체, 인지, 정서, 도덕성, 영성 등)을 추가한 시기이다.

▶ Wilber/Phase 4(1995-2000) : "사상한 및 탈근대 비판"

월버는 이때부터 사상한四象限(four quadrants)이라는 새로운 개념, 즉 주관적(의도적) 차원, 객관적(행동적) 차원, 간間주관적(문화적) 차원, 간間객관적(사회적) 차원을 총망라한 가장 성숙한 통합모델을 도입한다.

▶ Wilber/Phase 5(2000년 이후) : "통합적 AQAL 접근"

네 번째 시기의 "전全 상한(All Quadrant), 전 수준(All Level)" 또는 AQAL 접근을 지속적으로 확고하게 다지면서, 자신의 모형과 방법론을 적용하여 기업, 정치, 교육, 의료, 과학, 영성 등 다양한 실용적 분야를 진단하고 적절한 통합적 대안을 제시하고 있다.

월버의 가장 성숙한 통합모형인 사상한 모델을 기준으로 해서 볼 때, Wilber/Phase 1에 속하는《무경계》는《의식의 스펙트럼》과 마찬가지로 사상한 중 개인의 주관적(의도적) 차원에 초점을 맞춘 저술임을 알수 있다. 따라서 이 저술에서는 객관적인 차원과 집합적인 차원들(간주간적/간객관적 차원)에 관해서는 거의 언급하지 않는다.

《무경계》: 일반독자를 위한 배려

월버의 첫 번째 책《의식의 스펙트럼》은 대단한 성공을 거뒀다. 그는 이 한 권으로 일약 초개아심리학계의 중요한 지위를 점하게 되었다. 하지만 그 성공은 대체로 학계, 특히 초개아심리학 전문가들에 한정된 것이었다. 370여 쪽에 달하는 만만치 않은 양과 학술적인 체제, 추상적인 내용 그리고 수많은 인용문과 그림들로 인해 일반 대중이 소화해내기에는 다소 부담스러운 면이 있기 때문이다. 이런 점을 알고 있었던 윌버는 첫 번째 책이 출판되기 이전에 이미 그 책의 핵심주제를 좀더 간단하고 대중적인 형태로 알리기 위해 두 번째 저술을 집필하기 시작한다(물론 일반 대중이라고 해도 최소한 자기 성장에 관심을 갖고 있는 독자들을 말한다).

원래 "의식의 경계"(Boundary of Consciousness)라는 제목으로 노트에 쓰여진 원고였으나, 1975년 존 화이트의 제안에 따라《무경계》(No Boundary)로 제목이 바뀌었으며, 이 책 역시 출판사를 찾는 데 상당한 어려움을 겪는다. 1979년 LA에 소재하는 선원禪院에서 한정판으로 먼저 출판된 후 1981년 샴발라Shambhala에서 출판되어 일반에게 알려지게 되었다.

낭만적 시기 또는 Wilber/Phase 1로 불리는 때 나온 두 권의 책 중 특히《무경계》에서 윌버가 제시한 것은 의식 스펙트럼의 다양한 '대역'은 근본적으로 다른 정체성이며, 따라서 각 스펙트럼의 수준은 '나'의 진정한 정체성을 협소하게 하거나 제한시킨 것이라는 점이다. 심리학적으로 말하면, 나의 정체성(또는 경계)의 수준은 원초적인 저항으로 인해 만들어지며, 그것들 모두는 기본적으로 객체/주체, 아는 자/알려진 것, 내측/외측 등의 근원적인 이원론에 기초해 있다는 것이다.

여기에 덧붙여 윌버는 서양 심리학에 기초해서 인간의 정신이 페르소나/그림자, 자아/신체, 유기체/환경과 같은 다양한 인식 수준으로 분할되는 또 다른 이원론을 제시하면서, 이를 페르소나/그림자 수준, 자아 수준, 켄타우로스/실존 수준, 초개아적 수준 및 합일의식으로 구분한다. 정체성 수준에 따른 이런 구분은 다양한 심리치료와 영적 수행법에 대응하는 것들이기도 하다.

《무경계》에서 윌버는 정신분석에서 선에 이르기까지, 게슈탈트에서

TM에 이르기까지, 실존주의에서 탄트라에 이르기까지 동서양의 심리학과 심리치료에 대한 단순하지만 포괄적인 지침을 독자들에게 제공하면서, 다양한 치료법을 소개하고 설명하는 배경으로 《의식의 스펙트럼》에서 제시했던 내면세계의 지도를 적용한다. 특히 7장 이후부터는 독자 스스로가 각 치료의 성질과 실천방법을 파악하는 데 도움이 될 만한 문헌들을 소개하면서, 모든 사람의 내면에 언제나 존재하는 합일의식 또는 초개아적 자기, 주시자를 깨닫도록 이끌어간다.

이 스펙트럼 모델에 따르면, 모든 치료가 가장 깊은 합일의식에 도달할 때까지 스펙트럼 내에서 더 깊은 수준으로 이끌어주긴 하지만, 개아 수준과 관련된 문제를 다루는 심리치료를 거치지 않고 합일의식과 일체가 되기 위해 노력해선 어떤 이득도 얻을 수 없음을 보여준다. 개아 수준의 문제들이 심층의식의 확장을 가로막고 있기 때문에 합일의식을 추구하는 사람이라 하더라도 우선 심리치료 단계를 거쳐야 한다는 것이다. 이런 식으로 스펙트럼 모델은 일견 상호모순된 접근처럼 보이는 많은 치료법을 하나로 통합시키는 데도 크게 기여하고 있다. 윌버 자신도 "《무경계》는 '언제나 이미'라는 '영원의 철학'의 근원적 통찰을 담고 있으며, 이 책이 여전히 대중적으로 가장 인기 있는 책으로 남아 있는 것은 아마 이 때문이라고 생각한다"고 말한다.

1978년 이후 몇 년간은 윌버가 영적 수행으로부터 결실을 수확하는 중요한 시기이다. 비교秘敎 문헌을 통해 지적으로 알게 된 내면의 심오한 의미를 하루 수시간의 끈기 있는 명상수련을 통해 직접적으로 발견한 것이 이 무렵이었기 때문이다. 윌버는 《무경계》의 마지막 장인 〈궁극의 의식상태〉에서 자신의 이런 깨달음을 바탕으로 '궁극의 의식상태란 언제나 현존하는 자각에 대한 오류 없는 직접적인 1인칭 기술'이라고 쓰고 있다. 윌버 자신도 이 비이원적 의식상태를 체험했기 때문에, 그것은 결코 적절하게 묘사될 수 없으며 단지 직접적으로 깨달을 수밖에 없다는 점을 알고 있었다. 하지만 기존 심리학의 많은 지도(이론 / 모델)를 충실히 감싸 안는 포괄적인 지도를 그려내는 것이 그의 목표였으며, 이런 시도의 결과물이 《무경계》였다고 할 수 있다. 윌버는 자신이 그려낸 의식의 지도가 완전하다거나 완벽한 것이라고 보진 않았지만, 적어도 깊이와 높이를 포괄하는 '다소간 완전한 모습의 의식에 관한 지도'라고 생각했다.

윌버가 의식의 스펙트럼과 무경계에서 서양 심리학과 동양의 신비 전통을 하나로 아우를 수 있는 새로운 틀을 제시한 점은 형이상학적 맥락에서 볼 때 분명히 지적으로 만족스러운 성취였다. 이 두 권의 책만 남겨 놓았더라도, 윌버는 요즘의 전체론적(wholistic) 입장을 선도한 인물로 인식되었을 것이며, 동서양의 사상을 하나의 포괄적인 모델로 통합하는데 크게 기여한 인물로 남았을 것이다. 그러나 그는 여기에 안주하지 않을 만큼의 지적인 성실성을 갖고 있었다. 자신이 쓴 두 권의 책을 면밀히 검토하면서, 윌버는 스펙트럼 모델에 뭔가 크게 잘못된 곳이 있다는 불편한 느낌을 갖게 된다. 무엇이 그를 지적인 곤경 상태로 몰아간 것일까? 과연 스펙트럼 모델의 어떤 점이 잘못된 것이었을까?

초기 스펙트럼 모델의 문제

《의식의 스펙트럼》을 쓰면서 윌버는 그 출발점으로 무시간인 영(spirit)을 채용했으며, 《무경계》에선 심리치료와 영적 수행을 하려고 하는 이미 성인이 된 사람에 관심을 두었다. 하지만 어떤 과정을 거쳐 유아에서 성인에 이르는 것일까? 스펙트럼 모델과 관련시켜볼 때 유아에서 성인으로의 발달과정을 어떻게 설명해야 할까?

1978년 경, 《무경계》 집필을 끝내고 얼마 지나지 않아 그는 자신의 초기 저술과 논문에서 자신도 깰 수 없을 만큼 너무나 전문적으로 '낭만적인 입장'을 견지했다는 사실을 알아채고는 당황하게 된다. 이 치명적인 문제는 윌버의 책이 역행적(retro) 낭만주의에서 주창한 '선성의 회복' 모델을 채택하고 제안했다는 점에 기인한다. 이론적인 문제, 즉 '선성의 회복' 모델에 심대한 오류가 있다는 인식은 그의 다음 저술 《아트만 프로젝트Atman Project》와 《에덴을 넘어》(Up From Eden)를 집필하면서 점점 더 선명하게 부각된다.

윌버는 자신이 밟아온 단계를 거슬러 내려가 다양한 학문으로부터 수집한 증거들을 기초로 상세히 재검토하는 방법 이외에 다른 선택의 여지가 없었다. 이런 작업은 단순한 지적인 훈련을 넘어 "잘못된 모든 것을 바로잡을 때 따르는 육체적인 고통이자 일종의 실존적 위기"였다. 윌버는 그때를 회고하면서 "내가 낭만적 모델이 올바른 것이 되도록 노력하면 할수록(나는 정말로 열심히 노력했다), 그 모델의 부적절성과 혼동을 더욱 실감하게 되었다"고 털어놓는다. 마침내 그는 자신의 낭만적 모델(Wilber 1)이 '유아기적, 전前자아적 구조'를 '원초적 기반, 완벽한 전체성, 신과의 합일, 온 세계와의 통일'로 보고 있다는 점이 문제였음을 찾아낸다.

스펙트럼 모델의 관점에서 볼 경우, 신생아는 영(spirit), 신 또는 천국과 무의식적으로 합일된 상태에서 출발하는 것처럼 보인다. 유아는 이 합일상태에서 서서히 빠져나오게 되고 스펙트럼의 여러 대역을 통과해 성장하면서 온 우주와의 접촉을 점차 상실하게 된다. 먼저 자신을 순전히 마음으로 여기게 됨에 따라 켄타우로스라는 유기체적 심신일여 상태를 잃게 되고, 그런 다음 자신을 순전히 페르소나로 여김에 따라 마음의 통일성도 상실하게 된다. 이 시점에서 그는 몸과 환경, 우주와의 접촉을 상실한 가장 먼 반대극에 도달한다. 이 지점에 도달한 성인은 치료과정을 통해 자신의 그림자를 수용하도록 배울 수 있으며, 따라서 페르소나와 그림자가 통합된 자아를 회복한다. 그런 다음 켄타우로스로, 또다시 초개아 대역을 거쳐 온 우주와의 합일상태를 회복하게 된다.

이런 관점에서 보면, 인간의 삶의 과정은 두 개의 주요 국면으로 나뉘는데, 하나는 유아로부터 성인이 되어가는 과정이고, 다른 하나는 성인으로부터 깨달은 존재로 되돌아가는 과정이 그것이다. 그렇다면, 영적 발달이란 성인이 되는 과정에서 잃어버린 유아기의 합일상태를 되찾는 것이 된다. 다시 말해, 아동기에 상실한 낙원을 찾기 위한 노력이라는 것이다.

《의식의 스펙트럼》과 《무경계》 집필을 끝낸 후, 윌버는 자신의 스펙트럼 모델을 갖고 유아에서 성인에 이르는 과정을 기술하는 작업에 착수한다. 이 일은 발달심리학 분야의 과학적 연구에서 도출된 타당한 자료를 근거로 출발했지만, 특히 출생 초기의 과학적 연구결과와 비교하면 할수록 신생아의 의식상태는 영성의 (무의식적) 정점일 수 없다는 사실이 분명해졌다. 스위스의 발달 심리학자 피아제Piaget의 연구, 특히 "신생아에게 있어 '나'는 물질적인 것이다"라는 한 구절이 윌버의 고민을 일거에 해결해주었다. 그 당시를 회고하면서 윌버는 다음과 같이 말한다. "한순간 모든 것이 분명해졌다. 신생아에게 있어 '나'는 물질적인 것이라는 구절이 나를 올바른 자리로 돌려놓았다. 원시적이고 물질적 혼융 상태가 진정한 나와 동격일 수는 없었기 때문이다. … 유아는 세계 전체와 하나가 아니다. 출발선상에서 볼 때 유아는 정신세계, 사회세계, 상징세계, 언어세계와 하나가 아니다. 이들 중 어떤 것도 아직 출현하지 않았으며 존재하지 않기 때문이다. 유아는 이런 수준과 하나가 아니며, 그런 것에 대해서는 전적으로 무지하다. 그들은 기본적으로 단지 물질적 환경 그리고 어머니와 하나일 뿐이다. 그 이상의 어떤 수준도 유아의 원시적 혼융 상태에 들어와 있지 않다. … 따라서 어린이에서 어른으로의 성장은 낙원에서의 추락이 아니라, 성장의 길목에서 무의식 상태로부터 출현한 하나의 곤경으로 보아야 한다." 이 말이 사실이라면, 깨달은 존재로 성장해가는 것은 한때 잃어버린 합일상태로의 복귀(선성의 회복)가 아니라 출생 시 이미 시작된 발달과정의 연속(선성으로의 성장)이 된다.

낭만주의적인 관점에 따르면 유아는 천국과 무의식적인 합일에서 삶을 시작한다. 즉, 유아에게 있어 '나'는 아직 환경(또는 어머니)으로부터 분화하지 않은 채 존재의 역동적인 기저와 합일해 있다는 것이다. 그러나 그 합일은 스스로 느끼지 못한다는 점에서 무의식적이다. 이처럼 지복으로 가득 찬 신비적이고 낙원적인 상태에 있던 유아의 '나'는 이윽고 환경으로부터 분화하고 존재의 기저로부터 멀어진다. 주객이 분리되고, '나'는 무의식적인 천국에서 의식적인 지옥으로, 즉 분리, 소외, 억압된 그리고 공포와 비극으로 가득 찬 자아 수준으로 이행한다. 그러나 '나'는 성장 도중에 자아로부터 유턴하여, 유아기의 합일상태로 귀향해서 존재의 기저와 다시 결합한다. 즉, 이번엔 '완전히 의식하는' 자기실현적인 상태로서 천국을 발견한다. 이것이 낭만주의 관점의 핵심이다.

이 관점에서 가장 치명적인 문제는 첫 단계, 즉 신성과의 무의식적인 합일을 상실하는 일은 절대로 불가능하다는 데에 있다. 왜냐하면 모든 것은 이미 언제나 신성, 즉 존재의 기저와 하나이며, 그 합일을 잃으면 어떤 것도 존재할 수 없기 때문이다. 만물이 존재의 기저와 하나인 이상 그 일성—性을 알아차리든가 알아차리지 못하든가 어느 하나일 수밖에 없다. 신성과는 오직 그 두 가지 관계만이 가능하다. 만일 존재와의 합일에 대해 무의식적이라면 존재론적으로 말해 그 이상 나쁜 것도 없다. 왜냐하면 그런 사실을 알아차릴 만큼의 의식을 갖고 있지 않다는 것이 소외와 분리의 핵심이기 때문이다. 이것이 유아 상태의 실체, 즉 무의식적인 지옥이라는 것이다. 유아적 '나'가 비교적 평화스러워 보이는 것은 천국에서 살고 있기 때문이 아니라, 지옥의 불 속에 있다는 것을 알아차리지 못하기 때문이다.

유아는 존재에 내재하는 괴로움을 곧 알아차리기 시작한다. 윤회에 내재하는 고뇌, 현상세계에 잠복해 있는 광기를 알아차리기 시작한다. 이렇게 해서 괴로움이 시작된다. 이렇듯 '나'는 의식을 깊게 하면서 성장해간다. 무의식적인 지옥에서 의식적인 지옥으로 이행한다는 것이다. '나'는 이 지옥에서 모든 삶을 소모하는 경우도 있지만, 진정한 영적 영역으로 성장과 발달을 계속해갈 수도 있다. 분리된 정체감을 초월해서 '나'를 해방시킬 수도 있다.

이것이 '무의식의 지옥으로부터 의식된 지옥, 그리고 의식된 천국으로'라고 하는 인간 발달의 실제 궤적이다. '나'는 결코 존재의 기반을 상실하는 일이 없다. 그렇다면 낭만주의 관점은 두 번째와 마지막 단계(의식된 지옥과 의식된 천국)에 대해서는 옳지만, 첫 번째 단계 즉 유아기를 무의식의 천국상태라고 한 점에서는 전적으로 잘못이다. 유아기는 무의식

의 초개아 단계가 아니라 기본적으로 전前개아적 단계이며, 초합리성이
아니라 전前합리성, 초언어적이 아니라 전前언어적 단계일 뿐이다.

낭만주의는 전前 단계와 초超 단계를 혼동했기 때문에 전단계를 초단
계의 영광으로 끌어올리는 과오를 범한 것이다. 윌버가 이런 낭만주의
의 오류를 간파할 수 있었던 것은 스스로 이 경계해야 할 오류를 범했었
기 때문이다. 이는 환원주의자가 초단계를 전단계로의 퇴행이라고 말하
는 것과 똑같다. 두 가지 혼란과 혼동, 즉 격상과 격하는 전/초 오류를
구성하는 두 가지 주요 주제이다. 중요한 점은 발달이란 자아 이전 상태
로의 퇴행이 아니라 자아를 초월하는 진화라는 것이다. 이렇게 해서 한
때 낭만주의에 매료되었던 Wilber 1 시기는 막을 내린다.

고통으로 가득 찬 세계의 실존적 악몽에 눈뜬 자아는 그 후 두 개의
기본적인 선택지를 갖게 된다. 그 둘은 의식의 진화와 성장을 위한 길을
선택할 것인지, 아니면 의식을 지우고 고통에 대해 마비된 퇴행의 길을
택할 것인가이다. 만일 전자를 선택하면 자기(self)는 적절한 영적 훈련과
더불어 진화적 성장을 해가면서 비시간적인 원초적 본질을 재발견할 것
이다. 그것은 결코 과거 유아기에 상실했던 것이 아니라 시간의 세계가
아닌 현재, 다만 지금에 존재하는 것이다. 이는 자기 본성의 재발견이며,
하강에 앞서 현존해 있던 궁극의 의식상태, 즉 합일의식의 상기이다.

이렇게 해서 인간의 성장 발달은 무의식적 천국으로부터 의식적 지
옥 그리고 의식적 천국이라는 과정을 밟는 것이 아니라, 무의식적 지옥
으로부터 의식적 지옥 그리고 의식적 천국으로의 과정이 된다. 이것이
Wilber 1에서 Wilber 2로의 전환이었다.

"전/초 오류"의 극복과 새로운 출발

월버의 낭만적 지향은 '전前/초超 오류'(pre/trans fallacy)를 밝혀냄과 동시에 급진적으로 방향을 전환하게 된다. 인간 의식의 진화에서 전개아 영역과 초개아 영역의 차이점을 명백하게 규정하고 설명한 '전/초 오류'는 월버가 지금까지 자신의 사상을 발전시켜오면서 보여준 이론적 급선회 중 가장 큰 변화이며, 가장 심오하고 독창적인 아이디어일 것이다.

의식의 전개아적 구조와 초개아적 구조 사이의 구분, 즉 "전합리적 상태와 초합리적 상태는 둘 다 비합리적이기 때문에 훈련되지 않은 눈에는 혼동되던가 동일한 것처럼 보인다"는 '전/초 오류'를 확립한 이후, 월버는 이것이 갖고 있는 함의와 통찰을 널리 알리는 한편 그런 오류가 내포된 주장이나 이론에 대해 신랄하게 비판한다.

《무경계》이후 월버는 낭만적 입장인 '선성의 회복' 모델 대신 진화 발달에 대한 '선성으로의 성장' 모델의 옹호자가 되었다. 그는 성장의 전개아적(또는 전합리적), 개아적(합리적) 그리고 초개아적(초합리적) 단계의 중요한 차이점을 고려해서 새롭게 이론을 전개해 나가기 시작한다. 이와 같은 근본적인 구분은 Wilber/Phase 2 이후 전개된 국면과 최근의 통합비전에서도 여전히 주된 원리로 남아 있다.

'전/초' 구분을 제시함으로써 월버는 '자아에 봉사하는 퇴행(regression in service of ego)'으로 알려진 표준적인 심리학 모델을 역전시켰다. 최상의 궁극적인 신神 또는 신성한 깨달음을 향한 발달의 진보를 강조하는 발달적 스펙트럼 모델은 의식 진화에 있어서 고차단계로의 발날을 제시했기 때문에 신비사상과 영성 심리학을 포함할 수 있게 되었다. 다시 말해 월버의 심리학 모델은 진정한 영성은 전개아적인 깊이(심층)에서가 아니라 상위대역인 초개아적 높이(고층)에서 발견된다고 제안한다.

1979년 전/초 오류의 확립과 자신의 깨달음을 기반으로, 윌버는 훨씬 더 강력한 자신의 발달적 입장을 다음과 같이 선언한다. "신성으로 복귀하는 것은 유아기로 퇴행하는 것이 아니다. 신비사상은 자아에 봉사하는 퇴행이 아니라 자아를 초월해가는 진화이다." 그 후 모든 저술에서 윌버는 "초월적 나는 역행적 낭만주의 또는 유아적 우주의식의 정반대 방향에 놓여 있다"고 강력히 주장한다. 그러면서도 또 한편 "영은 진화의 궁극적인 목표일 뿐만 아니라, 언제나 현존하는 진화의 기반"이라는 심오한 역설을 설득력 있게 제시한다.

초기 스펙트럼 모델의 약점은 성인단계 이전의 전개아적 단계를 고려하지 않고 개아(페르소나)으로부터 초개아(합일의식)로의 성장만을 다뤘다는 것이다. 이런 약점은 Wilber/Phase 2의 새로운 스펙트럼 모델에서 "전개아적, 개아적, 초개아적"이라는 세 개의 범주로 확장되면서 완전히 해소되었다. 두 모델을 비교해 보면, Wilber/Phase 1에서 제시했던 개아적인 상태에서 초개아적 상태로의 하강이 Wilber/Phase 2에서는 전개아적 상태에서 개아적 상태를 거쳐 초개아적 상태로의 상승으로 변화되고, 그 출발점은 합일의식이 아니라 몸으로, 이미 발달된 성격을 갖고 있는 성인이 아니라 자아와 성격이 아직 형성되지 않은 신생아로 변화되었다. 발달과정의 출발점으로 '신체', 즉 물질적 실재라는 기반을 채택함으로써 윌버는 전혀 새로운 발판으로 옮겨간 것이다.

스펙트럼 모델 내에 전개아적 영역을 설정함에 따라, 윌버는 중간영역인 개아적 수준의 자아에 더 큰 가치를 부여하게 된다. 자아는 《무경계》에서 제시한 것처럼 합일의식에서 멀리 떨어져 나온 것이 아니라, 합일의식과 신체라는 양극 사이의 중간 위치에 있는, 성장과정에서 중요한 지위를 점하게 된다. 자아는 유아에서 성인으로 발달해가는 과정에서 영성을 억제하는 것이 아니라 그곳을 향해가는 여정에서 달성한 중요한 발걸음이 된다.

수정된 모델에서는 초기의 의식 스펙트럼에서와는 달리 신체는 자아보다 '진정한 나'에 더 가까이 있는 것이 아니라 가장 멀리 떨어져 있는 지점이 된다. 따라서 이제 의식 스펙트럼의 양극단에는 신체와 '진정한 나'가 자리 잡게 된다. 이를 확장시켜 구체적으로 기술하면 아래와 같다.

I. 전개아적(prepersonal) 수준

1. 감각신체적(sensoriphysical) : 물질, 감각 및 지각 영역

2. 환상적 – 정서적(phantasmic-emotional) : 정서적, 성적 수준

3. 표상적 마음(representational mind) : 피아제의 전조작적(pre-operational) 사고

II. 개아적(personal) 수준

4. 규칙/역할 마음(rule/role mind) : 피아제의 구체조작적(concrete operational) 사고

5. 형식적 – 반성적 마음(formal-reflexive mind) : 피아제의 형식조작적(formal operational) 사고

6. 비전 논리(vision-logic) : 개아 영역의 가장 통합된 구조

III. 초개아적(transpersonal) 수준

7. 심령적(psychic) : 비전 논리의 완성이자 비전적 통찰

8. 정묘精妙(혹은 미세微細, subtle) : 원형, 플라톤의 형상, 초월적 통찰

9. 시원始原(혹은 인과因果, causal) : 모든 구조의 비현시 근원 또는 초월적 기반; 공, 무형

10. 궁극적/비이원적(ultimate/nondual) : 절대, 하나이자 모든 것, 현시(형形)와 비현시(무형無形)의 완전한 통합

개아적 수준에 도달했다는 것은 무엇보다 그다음 발달과정에서 두 개의 다른 방향, 즉 신체(와 정서)로 퇴행할 수도 있고 진정한 나를 향해 진보해갈 수도 있다는 것을 의미한다. 퇴행할 경우 좀더 원시적인 측면에 접하게 되고, 진보해갈 경우 신성한 본성과 만나게 된다.

윌버의 초기 스펙트럼 모델은 이런 미묘한 차이점을 전달하는 데 제한점이 있었다. 개아적(페르소나)인 상태를 출발점으로 삼을 경우 발달은 신체를 거쳐 '진정한 나'를 향하는 하나의 방향밖에는 취할 수 없게 되며, 의식의 더 원시적인 수준으로의 퇴행과 영적인 수준으로의 진보 사이의 이론적인 구분을 할 수 없게 된다.

《의식의 스펙트럼》과 《무경계》에서 윌버의 기본적인 관심이 어떻게 하면 심리적인 문제를 극복하고 다시 존재의 근원과 하나가 될 수 있는가 하는 실천적이고 치료적인 데 있었다면, 후기 저술에서 윌버가 보여준 관심은 어떻게 해서 유아로부터 성인으로 그리고 성인을 거쳐 깨달은 존재로 성장해가는가를 이론적으로 분명히 하는 것이었다. 초기 모델과 수정된 모델 사이의 이와 같은 차이점을 이해하는 것은 윌버의 후기 저술과 그의 통합적 비전을 이해하는 데 있어서 핵심사항이라 할 수

있다. 1995년부터 시작된 Wilber/Phase 4에서 윌버는 "역사는 최후의 심판을 향해 가는 것이 아니라, 궁극적인 전체성을 향해 가고 있다"고 결론짓는다.

윌버의 일상생활과 영적 수련에 관한 견해

끝으로, 윌버의 일상생활과 영적 수행에 관한 그의 생각을 엿볼 수 있는 대담 하나를 소개하면서 마치고자 한다. 이 대담은 스코트 워렌 Scott Warren(초개아심리학 박사과정 대학원생)과 나눈 것으로 《한 가지 맛》 (One Taste, 1997)의 6월 12일 자에 실린 일기의 일부이다.

워렌: 평소의 하루일과는 어떤지 궁금합니다.

윌버: 새벽 3~4시경에 일어나 한두 시간 명상을 한 다음, 5~6시경에 책상 앞에 앉습니다. 오후 2시 무렵까지 쉬지 않고 꽤 많은 작업을 합니다. 그런 다음 한 시간 정도 운동을 합니다. 그리곤 자질구레한 일을 끝내고, 5시경에 저녁을 먹습니다. 그리고 나선 대체로 영화를 보러 외출하거나, 집에서 영화를 보기도 하고, 친구들과 한잔하거나, 손님을 만나거나, 가벼운 책을 읽거나, 전화도 하고, 10시경에 잠자리에 듭니다. 누군가와 만날 때는 저녁을 함께 보내기도 합니다.

워렌: 2시까지 작업을 하신다고 했는데, 주로 어떤 작업인가요?

윌버: 그건 연구냐, 집필이냐에 따라 다릅니다. 연구할 때는 그저 예전 방식대로 숙제하듯이 하지요. 마냥 읽고, 읽고, 또 읽습니다. 하루에 보통 두 권 내지 네 권을 읽는 편인데, 필요한 곳은 메모해가면서 아주

빠르게 읽어나갑니다. 중요한 책을 발견하면, 읽는 속도를 늦추고 상세히 메모해가면서 일주일 또는 그 이상에 걸쳐 읽습니다. 정말로 좋은 책은 2~3회 반복해서 읽기도 합니다. 집필할 때는 조금 다릅니다. 매우 집중해서, 일종의 변경된 의식상태에서, 엄청난 양의 정보를 처리합니다. 때로는 하루 15시간 정도를 쉬지 않고 집필할 때도 있습니다. 대단히 피곤한 일이지요. 육체적으로 탈진상태가 됩니다. 운동을 하는 주된 이유도 그 때문입니다.

워렌: 책 한 권을 집필하는 데는 얼마나 걸리는지요?

윌버: 책을 쓰기 전에 1년여에 걸쳐 수백 권의 책을 읽고 머릿속에서 한 권의 책을 구성하는 것이 나의 일반적인 집필방식입니다. 책을 머릿속에서 쓰는 거지요. 그런 다음 앉아서 컴퓨터에 입력하는데, 대체로 1~2개월, 어떨 땐 3개월 정도 걸립니다.

워렌: 그렇다면 그 모든 책이 몇 개월 만에 집필된 것들인가요?

윌버: 그렇습니다. 《Sex, Ecology, Spirituality》는 예외입니다. 그 책을 집필하는 데는 3년이 걸렸습니다. 정말로 힘들고 고통스러운 시간이었지요. 하지만 실제로 쓰는 데 걸린 시간은 꽤 짧았습니다. 몇 개월 정도였지요.

…

(중략)

…

.

워렌: 좋습니다. 몇 가지 이론적인 질문을 하겠습니다. 선생님께선 광범위한 비교比較문화적 문헌을 기초로 해서, 초개아적 또는 영적 발달

을 심령心靈(psychic, 조대粗大한 자각상태), 정묘精妙(subtle, 정묘한 꿈의 상태), 시원始原(causal, 깊은 무형의 상태), 비이원非二元(nondual, 그 모든 상태의 통합)이라는 네 개의 상위 수준/영역으로 나누었습니다. 또한 각 영역은 네 개의 서로 다른 영적 체험을 가져다주기 때문에, 자연自然신비주의(na-ture mysticism), 신성神性신비주의(deity mysticism), 무형無形신비주의(formless mysticism), 그리고 비이원非二元신비주의(nondual mysticism)를 만들어낸다고 말씀하셨습니다.

윌버: 그렇습니다. 기본적으론 옳습니다. 그러나 이 이론체계는 그것들 모두를 자각으로 불러들인다는 점을 중요시합니다. 근본적인 자각과 무선택의 자각은 생명의 모든 영역 — 깨어 있는 상태, 꿈꾸는 상태, 잠자는 상태 — 에 침투해 있습니다. 어떤 영역에 있어서도 '깨어난 일자(Awakened One)'로 있다는 것은 대단히 평범한 것, 단지 그러할 뿐임을 의미합니다.

워렌: 제가 알고 있는 많은 초개아적(transpersonal) 치료사와 영적(spiritual) 치료사들은 선생님의 견해를 대단히 합리적인 방식으로 이용하고 있습니다. 그들은 자신들이 해야 할 일이란 선생님께서 제시한 상위단계를 암기하는 것이 전부라고 말합니다. 그들은 스스로 선이나 요가, 묵상기도와 같은 영적 수행을 할 필요 없다고 생각합니다. 왜냐하면, 선생님께서 이미 모든 결과를 밝혀놓았기 때문이라는 것이지요.

윌버: 그 사람들이 나 때문에 수행을 하지 않는다구요? 맙소사. 그건 내 의도와는 완전히 정반대입니다. 나는 이런 상위의 고차적 발달단계를 실제로 알고 이해하기 위해선 실천을 계속해야 한다는 것, 교시教示(injunction)를 따르지 않으면 안 된다는 점을 누누이 강조해왔습니다. 혹시 농담하신 것 아닙니까?

워렌: 아닙니다. 그들은 선생님의 단계를 기억하는 것이 좋은 초개아 치료사가 되기 위해 필요한 전부라고 생각합니다.

윌버: 농담이 아니었군요. 그것은 마치 내가 바하마 섬의 정밀한 지도를 작성했으니, 이제 당신은 휴가기간에 실제로 바하마 섬에 갈 필요는 없고 그저 거실에 앉아 지도를 보면 된다는 말과 같습니다. 끔찍하군요. 바하마 섬에 한 번도 가보지 않고 그곳 여행가이드가 될 수는 없습니다.

워렌: 그들이 하는 일반적인 실천은 대체로 신체에 초점 맞추기(bodily focusing)나 감각적 인식(sensory awareness)인 것 같습니다. 이런 식의 신체 감각에 대한 자각을 영적 각성과 혼동하고 있는 듯합니다.

윌버: 그렇습니다. 그게 아주 일반적이지만, 잘못된 것입니다. 신체 감각에 대한 자각은 대단히 중요합니다. 하지만 그것은 영적 자각과 같은 것이 아닙니다. 무엇보다도 비이원적 또는 영적인 자각은 "심신탈락", 즉 심신과 그것의 사고·감정과의 배타적인 동일시를 멈추는 것을 의미합니다. 심신과 사고·감정은 여전히 존재하고 충실히 기능하지만, 그런 것에 더해서, 당신은 모든 현시된 것과의 확장된 정체감을 발견하게 됩니다. 자신의 신체에 초점을 맞추는 것만으론 전혀 도달할 수 없는 단계입니다.

워렌: 그 치료사들은 체험적으로 신체에 초점을 맞추는 것이 깨달음과 똑같은 상태를 가져다준다고 말합니다.

윌버: 말도 안 되는 소리입니다. 명상은 흔히 호흡 따라가기, 이런저런 신체감각이나 느낌에 초점을 맞추기 같은 신체적 자각과 더불어 시작하지만, 결코 그곳에만 머물지는 않습니다. 명상적 자각 — 공평하게 관조하는 능력 또는 무엇이 일어나든 순수한 주의를 기울이는 능력 —

은 몇 분에서 몇 시간에 이르기까지 확장되고, 집중적인 훈련기간에는 하루 온종일 확장되기도 합니다. 일단 하루종일 주시하는 것이 안정적으로 가능해지면, 그 거울 같은 명상적 자각은 꿈꾸는 상태로 확장되고 일종의 자각몽自覺夢(lucid dreams)처럼 됩니다. 그런 다음 그곳에서 꿈 없는 깊은 잠으로 확장되고, 마침내 투리야turiya, 즉 고차의 순수한 주시, 깨어 있고 꿈꾸고 잠자는 세 가지 상태를 초월한 '제4의 상태'가 됩니다. 그런 다음 투리야티타turiyatita, 즉 '한 가지 맛(One Taste)' 또는 모든 가능한 상태를 초월하면서 포함하는, 또한 아무것도 제한하지 않는 '영원한 자각', '항상적(constant) 의식', '근본적인 자각', '무선택의 자각'을 의미하는 '제4상태의 초월'에 이르게 됩니다. 이것은 '주시자'가 아니라, 근본적인 영靈(spirit) 자체인 비이원적 의식입니다. 따라서 이 모든 것이 깨어 있는 동안 체험적으로 신체에 초점을 맞추는 것으로 발견된다고 말하는 것은 전적으로 표적을 빗나간 것입니다. 마찬가지로, 심층생태학(deep ecology), 생태여성학(ecofeminism), 신이교신앙新異敎信仰(neopaganism), 융Jung심리학, 생명의 직물(web-of-life), 생태심리학 또는 신新패러다임 이론가들의 문장 속에서는 이와 같은 '항상적 의식' 같은 것은 어떤 것도 찾아볼 수 없습니다. 이것은 그들이 무엇을 하고 있든 ─ 나는 그들 연구의 팬입니다 ─ 그들은 '항상적 의식', '거울 같은 자각' 또는 언제나 존재하는 비이원적인 '영'을 다루고 있지 않다는 것을 의미합니다.

워렌: 그것이 제가 하려던 다음 질문입니다. 영적 치료에 있어서 또 다른 일반적인 접근은 일종의 시스템 이론적인 사고방식 또는 가이아Gaia 사상, 생태심리학, 생명의 직물 이론 등입니다. 이런 생각은 만일 당신이 전체론적으로 생각한다면 더 나은 것을 얻게 되리라는 것입니다. 그리고 마침내 가이아 혹은 생명의 직물이 '영' 그 자체라고 생각합

니다.

윌버: 그러나, 아시다시피, 생명의 직물은 그저 하나의 개념, 단지 하나의 사상思想에 지나지 않습니다. 궁극의 실재는 그런 사상이 아니라 그런 사상의 주시자(witness)입니다. 이 주시자를 탐구해보십시오. 누가 분석적 개념과 전체론적인 개념 양쪽 모두를 인식하는 것일까요? 지금 이 순간 당신 안의 누구 또는 무엇이 그 모든 이론을 알아차리는 것일까요? 아시다시피, 그 답은 이 주시자 쪽에 있습니다. 사고의 대상 쪽에 있지 않습니다. 사고 대상들이 옳은지 아닌지는 핵심에서 벗어난 것입니다. 중요한 것은 실제로 순수한 공空(Emptiness)인 진정한 나, 주시자입니다. 분석적 개념이 생겨나면, 우리는 그것을 주시합니다. 전체론적인 개념이 일어나면, 우리는 그것을 주시합니다. 궁극의 실재는 옳든 그르든 개념 속에 있지 않고 주시자 안에 있습니다. 당신이 사고와 개념 수준, 관념과 심상 수준에서 작업하는 한, 결코 그것을 얻을 수 없을 것입니다.

워렌: 순수의식이란 순수한 공입니까?

윌버: 그렇습니다. 근원적인 의식은 무엇이라고 한정지을 수 없는 것입니다. 순수의식이란 순수한 공이라고 은유적으로 시사할 수는 있습니다. 그러나 반복해서 말하지만, 공이란 개념이 아니라 단순하고 직접적인 자각입니다. 자, 보세요. 지금 당신은 다양한 색을 볼 수 있습니다. 나무는 초록이고, 저기 있는 대지는 붉으며, 하늘은 푸릅니다. 당신은 색을 볼 수 있지요. 그렇기 때문에 당신의 자각 그 자체는 무색無色입니다. 그것은 당신 눈의 투명한 각막과 같습니다. 만일 각막이 붉다면, 붉은색을 볼 수 없을 겁니다. 당신이 붉은색을 볼 수 있는 것은 각막이 '붉음 없음' 또는 무색이기 때문입니다. 그와 똑같이 당신의 현재 의식

이 색을 보는 것은 그 자체가 무색이기 때문입니다. 공간을 볼 수 있는 것은 당신의 현재 의식은 무공간이기 때문입니다. 당신은 시간을 의식합니다. 왜냐하면 당신의 의식은 무시간이기 때문입니다. 형체를 보는 것은 의식이 무형이기 때문입니다.

따라서 당신의 기본적인 의식, 즉각적인 의식, 의식의 대상이 아닌 의식 그 자체, 주시하는 자각은 무색이며 무형이며 무공간이며 무시간입니다. 바꿔 말하면, 당신의 기본적이고 원초적인 각성은 한정지을 수 없는 것입니다. 그것에는 형태, 색, 공간, 시간이 없습니다. 이 순간 당신의 의식은 순수한 공이며, 또한 우주 전체가 생겨나는 공입니다. 이 순간 푸른 하늘이 당신의 의식 안에 존재합니다. 이 순간 붉은 대지가 당신의 의식 안에 존재합니다. 이 순간 저 나무의 형상이 당신의 의식 안에 존재합니다. 바로 이 순간 시간이 당신의 의식 안에서 흘러갑니다.

따라서 이 순간, 유형의 세계 전체가 당신 자신의 무형의 의식에서 일어나고 있습니다. 바꿔 말해, 공空과 형形은 둘이 아닙니다. 그 둘은 이 순간 속에서 한 가지 맛입니다. 또한 당신이 바로 그것이기도 합니다. 정말입니다. 공과 의식은 동일한 실재에 대한 두 개의 이름에 지나지 않습니다. 그것은 우주 전체가 순간순간 생겨나는 광대한 개방성(openness)과 자유입니다. 공이란 이 순간 당신 자신의 원초적인 자각입니다. 공이란, 다른 이름으로 부르자면, 근원적인 영 그 자체입니다.

전혀 별개의 문제이지만, '현시된 세계란 실제로 어떤 것인가'라는 의문이 있습니다. 나는 그것이 상호침투하는 과정으로 서로 잘 짜여진 네트워크 또는 홀론holons이라고 믿습니다. 그것은 참으로 일종의 전체론적 모델입니다. 그러나 우리는 그 모델의 진위 ― 현시된 세계의 진실 ― 를 현시된 세계를 연구함으로써 확인합니다. 우리는 '내면의 나-

나'('I-I': 마하르쉬가 자각의 원천인 관조자를 일컬을 때 사용하는 독특한 개념)를 탐구함으로써 영의 진실을 확인합니다. 궁극적으로 그들이 둘이 아니라는 것은 옳지만, 그 실재를 발견할 수 있는 유일한 방법은 '내면의 나-나'를 따르는 것이지, 생명의 직물을 찾아다니면서 객관적인 세계 주위를 내달리는 것으로는 발견되지 않습니다. 만일 그렇게 한다면 표적을 빗나갈 것입니다. 계속 그렇게 한다면 영원히 표적을 빗나갈 것입니다.

워렌: 그렇다면 선생님께선 영적 치료사의 역할은 어떤 것이어야 한다고 생각하십니까?

윌버: 나 스스로는 꽤나 멋지다고 생각하는 아이디어가 하나 있습니다(웃음). 물론 모두에게 흥미를 갖도록 할 수는 없겠지요. 의학에서는 일반의(General Practitioner/GP)라는 개념이 있습니다. 기본적으로 가정의(family doctor)라고 할 수 있겠지요. 그들은 의학 전반에 관해 훈련을 받지만 전문화된 의사는 아닙니다. 그들은 뇌수술을 할 수 없습니다. 복잡하고 특이한 진단을 하거나, 연구실에서 연구할 수도 없습니다. 하지만 그런 일을 할 수 있는 전문의를 알고 있고, 꼭 필요한 경우 당신에게 적합한 전문의를 소개하도록 훈련받습니다.

나는 영적 치료사도 일반의와 같아야 한다고 생각합니다. 그들은 의식 스펙트럼의 모든 수준, 즉 물질(matter), 신체(body), 마음(mind)•, 혼(soul)••, 그리고 영(spirit)•••에 관해 최소한 이론적으로는 친숙해야 합니

• 윌버는 마음을 다시 주술적(magic) 마음, 신화적(mythic) 마음, 합리적(rational) 마음, 통합적-비조망적(integral-aperspectival) 마음으로 구분한다.

•• 윌버는 혼을 다시 심령적(psychic) 혼과 정묘적(subtle) 혼으로 구분한다.

••• 윌버는 영을 다시 시원적(causal) 영과 비이원적(nondual) 영으로 구분한다.

다. 각 수준마다 발생할 수 있는 여러 유형의 병리현상과도 친숙해야 합니다. 신체 감각에 초점 맞추기와 심리적 해석과 같은 일반적인 하위수준 기법을 훈련받아야 합니다. 페르소나, 그림자 그리고 자아 문제를 어떻게 다뤄야 하는지도 알아야 합니다. 그리고 스스로 구체적인 상위의 고차적인 수행 또는 관조수행을 해야 합니다. 또한 상하위 할 것 없이 의식의 전 스펙트럼에서 발생하는 특정 병리에 초점을 맞추도록 훈련받아야 합니다. 그리고 자신이 직접 다룰 수 없는 사람들의 경우에는 전문가를 소개해주어야 합니다. 아마도 최상위 수준의 경우에는 선禪, 위파사나vipassana, 베단타, 초월명상(TM), 기독교의 묵상기도, 수피의 지크르zikr, 다이아몬드Diamond 접근(하미드 알리 알마스A. H. Almaas에 의해 창시된 심리-영적 성장이론과 방법), 요가 등이 해당할 테고, 하위 수준에선 웨이트 트레이닝, 에어로빅, 영양학적 상담, 롤핑, 생체에너지학 등이 해당하겠지요.

중요한 것은 그들 스스로 뇌수술을 하려고 해서는 안 된다는 것입니다. 그들의 일차적인 책임은 첫째로 내담자에게 일반적인 심리치료와 약간의 초개아적 치료를 하는 것이고, 둘째로 만일 필요하다면 다른 전문의를 소개하는 것이고, 셋째로 내담자의 다양한 변형도구(transformational tools) 모두를 통합하도록 도와주는 것입니다. 그러나 그들 자신이 모든 치료를 하려고 해서는 안 됩니다. 지금 현재, 너무나 많은 초개아 치료사와 영적 치료사들이 모든 치료를 자신들이 할 수 있고 또한 해야 한다고 생각하고 있습니다. 그것은 내담자를 위해선 불행한 일이 아닐 수 없습니다. 아무도 좋아할 것 같진 않지만, 이것이 나의 생각입니다.

참고문헌

Reynolds, Brad (2004). *Embracing reality: The integral vision of Ken Wilber*. New York: Jeremy P. Tarcher/Penguin.

Schwartz, Tony (1996). *What really matter: Searching for wisdom in America* (pp. 339-374). New York: Bantam Books.

Visser, Frank (2003). *Ken Wilber: Thought as passion*. New York: SUNY Press.

Wilber, Ken (1998). *The eye of spirit: An integral vision for a world gone slightly mad*. Boston: Shambhala.

Wilber, Ken (1999). *One Taste: The Journals of Ken Wilber* (pp.121-127). Boston: Shambhala.

Wilber, Ken (1999). *The Collected Works of Ken Wilber* (Vol. 4, pp.80-160). Boston: Shambhala.

켄 윌 버 의 저 술 목 록

1977   *The Spectrum of Consciousness* (Quest)

1979   *No Boundary: Eastern and Western Approaches to Personal Growth*
        (L.A. Zen Center/Shambhala(1981/2001)*

1980   *The Atman Project: A Transpersonal View of Human Development* (Quest)

1981   *Up from Eden: A Transpersonal View of Human Evolution* (Quest)

1982   *The Holographic Paradigm and Other Paradoxes: Exploring the Leading
        Edge of Science* (Eds.) (Shambhala)

1982   *Sociable God: A Brief Introduction to a Transcendental Sociology*
        (McGraw-Hill/New Press, Shambhala)

1983   *Eye to Eye: The Quest for the New Paradigm* (Shambhala)*

1984   *Quantum Questions: Mystical Writings of the World's Great Physicists*
        (Shambhala)*

1986   *Transformations of Consciousness: Conventional and Contemporative
        Perspectives on Development* (Eds.) (Shambhala)

1987   *Spiritual Choices: The Problem of Recognizing Authentic Paths to Inner
        Transformation* (Eds.) (Paragon House)

1991   *Grace and Grit: Spirituality and Healing in the Life of Treya Killam Wilber*
        (Shambhala)

1995   *Sex, Ecology, Spirituality: The Spirit of Evolution (Kosmos-Trilogy I)*
        (Shambhala)

1996   *A Brief History of Everything* (Shambhala)*

1997   *The Eye of Spirit: An Integral Vision for a World gone slightly Mad*
        (Shambhala)

1998   *The Marriage of Sense and Soul: Integrating Science and Religion*
        (Random House)*

1999   *One Taste: The Journal of Ken Wilber* (Shmabhala)*

1999   *The Collected Works of Ken Wilber (CW 1-8)* (Shambhala)

2000   *Integral Psychology: Consciousness, Spirit, Psychology, Therapy*
       (Shambhala)*

2000   *A Theory of Everything: An Integral Vision for Business, Science, and
       Spirituality* (Shambhala)

2002   *Boomeritis: A Novel that will set you Free* (Shambhala)

2004   *The Simple Feeling of Being: Embracing Your True Nature* (Compiled and
       edited by Mark Palmer, Sean Hargens, Vipassana Esbjorn, and Adam
       Leonard, Shambhala)

2006   *Integral Spirituality*

       (＊는 국내에 번역·출간된 책)

준비중인 저술(가제)

Kosmic Karma and Creativity (Kosmos-Trilogy Vol. II) (천여 쪽에 이르는 내용이 이미
   Shambhala 웹 사이트(wilber.shambhala.com)에 게재되어 있음)
The Spirit of Post-Modernity (Kosmos-Trilogy Vol. III)

켄 윌버와 그의 사상에 관한 저술

1998   *Ken Wilber in Dialogue: Conversations with Leading Transpersonal
       Thinkers* (Donald Rothberg & Sean Kelly (Eds.), Quest Books)

2003   *Ken Wilber: Thought as Passion* (Frank Visser, SUNY Press)

2004   *Embracing Reality: The Integral Vision of Ken Wilber, A Historical Survey
       and Chapter-by-Chapter Guide to Willber's Major Works* (Brad Reynolds,
       Jeremy P. Tarcher/Penguin)

2005   *Introducing Ken Wilber: Concepts for an Evolving World* (Lew Howward,
       Author House)

2006   *Where's Wilber At? Ken Wilber's Integral Vision in the New Millennium*
       (Brad Reynolds, Paragon House)

켄 윌버와의 대담 CD

2001   Speaking of Everything(2 CDs). Enlightenment.com, Inc.
2003   Kosmic Consciousness(10 CDs). Sounds True,

순금의 정신으로 빚어내는
천금의 감동이 있는 곳

정신세계사는 홈페이지와 인터넷 카페를 통해
열린 마음으로 독자 여러분들과 깊은 교감을 나누고자 합니다.
홈페이지(www.mindbook.co.kr) 또는 인터넷 카페(cafe.naver.com/mindbooky)의
회원으로 가입해주시면

1. 신간 및 관련 행사 소식을 이메일로 받아보실 수 있습니다.
2. 신간 도서의 앞부분(30쪽 가량)을 미리 읽어보실 수 있습니다.
3. 지금까지 출간된 도서들의 정보를 한눈에 검색하고 열람하실 수 있습니다.
4. 품절·절판 도서의 대여 서비스를 이용하실 수 있습니다.(카페 안내문 참고)
5. 자유게시판, 독자 서평, 출간 제안 등의 기능을 활용하실 수 있습니다.
6. 정신세계의 핫이슈에 대한 정보와 의견들을 자유롭게 나누고
   교류하실 수 있습니다.
7. 책이 출간되기까지의 재밌는 뒷이야기들을 들으실 수 있습니다.

일상의 깨달음에서 심오한 가르침에 이르기까지,
그 모든 정신의 도전을 책 속에 담아온 정신세계사의 가족이 되어주세요.

정신세계사의 주요 출간 분야

겨레 밝히는 책들 / 몸과 마음의 건강서 / 수행의 시대 / 전신과학 / 티벳 시리즈 / 잠재의식과
직관 / 자연과 생명 / 점성·주역·풍수 / 종교·신화·철학 / 환생·예언·채널링 / 동화와 우화
영혼의 스승들 / 비총서(소설 및 비소설)